JENNIFER BENKAU

A REASON TO Stay

LIVERPOOL-REIHE
BAND 1

RAVENSBURGER

TRIGGERWARNUNG

Dieses Buch enthält Themen, die potenziell triggern können.
Auf Seite 475 befindet sich ein Hinweis zu den Themen.

ACHTUNG: Dieser enthält Spoiler für die gesamte Handlung.

MIX
Papier | Fördert gute Waldnutzung
FSC® C111262

2 4 6 5 3

Originalausgabe

Dieses Werk wurde vermittelt durch die Literarische Agentur Thomas Schlück GmbH, 30161 Hannover.

Lektorat: Sarah Heidelberger (www.sarah-heidelberger.de)
Umschlaggestaltung: Sandra Taufer, München,
unter Verwendung von Motiven von © Amelia Austin, © Mari Dein und © pzAxe, alle von Shutterstock
Enthaltene Liedtexte: S. 30: »Round Here«, Counting Crows, Text: Steve Bowman, David Bryson, Adam Durit, Charlie Gillingham, Matt Malley, Dave Janusko, Dan Jewett und Chris Roldan; S. 52: »Surrender«, Billy Talent, Text: Billy Talent; S. 229: »Uprising«, Muse, Text: Matt Bellamy; S. 243: »Three Lions«, Baddiel, Skinner & Lightning Seeds, Text: David Baddiel und Frank Skinner

Printed in Germany

ISBN 978-3-473-58598-4

ravensburger.com

Für Amy, Tim und Chester.

Aber vor allem für uns.
Für die, die bleiben.

Liebe Leserinnen und Leser,

sobald ihr umblättert, begegnet ihr Figuren mit psychischen Erkrankungen.
Diese Geschichte erzählt von ihren Stärken und Schwächen, von Ängsten und Erfolgen, von ihrer Kreativität und ihrer Hilflosigkeit, vom Scheitern und vom Glück, von Humor, überbordendem Löwenmut und lähmenden Panikattacken.
Und von Verlusten.
Einzelne Szenen können bei betroffenen oder vorbelasteten Menschen Gefühle auslösen, die sich möglicherweise nicht mehr oder nur schwer kontrollieren lassen.
Bitte passt auf euch auf und achtet auf eure Grenzen.
Traut euch alles! Auch Nein zu sagen, wenn euch etwas (jetzt noch) nicht guttut.
Weglaufen kann sehr wohl eine Lösung sein – solange man sich den Weg zurück offenlässt.
Akute Beratung in Krisensituationen findet ihr in Deutschland unter anderem bei der Telefonseelsorge rund um die Uhr und kostenlos unter:
0800 / 1110111 oder 0800 / 1110222
sowie unter www.telefonseelsorge.de

Ich bedanke mich herzlich bei meinem Sensitivity Reading Team: Joana, Maria und Marius (besucht Marius auf Instagram unter DerunbekannteHeld).

Alles Liebe
Jenny

TEIL 1

Singing alone might be hard.
Misunderstandings tear you apart.
But it's harder to listen, harder to say I'm sorry.
Hard to forgive and even harder to stay.
The problem is you, it's not me anyway.

We have no quarrel without a guilty conscience.
I sneak around your overarching weakness.
The story doesn't end up well
for the prince of the survivors
and his loneliness princess.
Hard to forgive and even harder to stay.
The problem is you, it's not me anyway.

After all of our trouble there's still a fact you ignore,
the problem is you, it's not me anymore.
Hard to forgive and even harder to stay.
The problem is you, it's not me anyway.

Chris von Luce

BILLY

»Wir müssen hier verschwinden. Sofort!«

Einen begriffsstutzigen Moment lang blinzle ich Olivia an und warte darauf, dass sie in ihr lautes Gelächter verfällt. Das kann nur ein Scherz sein! Doch ihr Gesicht bleibt ernst, und ich spüre mein Lächeln erstarren.

»Bist du verrückt? Warum?« Die Führung durchs Museum ist seit nicht einmal drei Minuten beendet. »Die Party geht doch jetzt erst los.«

Um uns herum stehen festlich herausgeputzte Menschen in kleinen Grüppchen zusammen. Elegante Abendkleider malen Farbkleckse zwischen schwarze Anzüge. Die Leute nehmen Champagnergläser vom Servicepersonal entgegen, lassen sie klirren und beginnen ihre Unterhaltungen, leise Musik erfüllt den Hintergrund. Ich habe längst ausgemacht, wer hier zu den Sponsoren und zur reichen und/oder schönen Prominenz von Liverpool gehört. Die interessieren mich nicht. Ich bin hier, um Kontakte zu den Leuten zu knüpfen, die im Mary Annings Museum arbeiten werden. Den Wissenschaftlerinnen und Wissenschaftlern, Kuratoren, Präparatorinnen, den Leuten aus Verwaltung und Öffentlichkeitsarbeit und den Hilfskräften. Zum ersten August hat das heute feierlich eröffnete Naturkundemuseum einen einzigen Assistenzplatz für die Kuration ausgeschrieben. Meine Bewerbung wurde dankend zur Kenntnis genommen, mein Vorstellungsgespräch findet in fünf Tagen statt. Doch außer mir will gefühlt jeder zweite Bewohner der Stadt diesen einen Job, und wenn ich eine ernsthafte Chance haben will, brauche ich irgendetwas, das für mich spricht. Oder irgendjemanden. Ich habe weder Studium noch Praktika vorzuweisen, keinerlei Empfehlungsschreiben, niemanden, der jemanden kennt, der jemanden kennt, der … Die Party heute Abend ist meine einzige Chance auf eine winzig kleine und vermutlich dringend notwendige Dosis Vitamin B.

Ich kann hier doch jetzt nicht weg!

Olivia rafft den Rock ihres smaragdgrünen Abendkleides, duckt sich und umrundet einen beleibten Herrn, der ihr dabei in den Ausschnitt glotzt. Sie versucht offenbar, unter einem Radar wegzutauchen, dessen Mittelpunkt ich nicht ausmachen kann. Was hat sie denn nur?

Ich kann nicht behaupten, dass meine Freundin für ihr stets berechenbares und vernunftorientiertes Verhalten bekannt ist – sie hat auf schrecklich liebenswerte Weise heftig einen an der Klatsche! –, aber sie weiß, wie wichtig mir dieser Abend ist, und würde ihn niemals aus einer ihrer wetterwendischen Launen heraus gefährden. Was auch immer hier vor sich geht, sie dreht nicht grundlos derart frei.

Eilig hakt sie sich bei mir unter und zieht mich mit sich zwischen den Säulen entlang durch die hohe Eingangshalle in Richtung der Treppe, die zum Ausgang führt. Fast streift sie dabei das Häppchen-Tablett eines ebenso eilenden Kellners. Ich müsste mich mit Gewalt von ihr losreißen, um mich zu widersetzen. Aber als hysterische Furie, die sich auf der Eröffnungsgala mit ihrer Freundin prügelt, möchte ich hier keine Bekanntheit erlangen.

»Tut mir so leid, Billy, aber wir müssen wirklich weg.« Olivia lässt ein paar Strähnen ihres türkis gefärbten Bobs vor ihr Gesicht fallen und entgeht so meinem Blick. Sie wirkt ernsthaft zerknirscht. »Immerhin hast du den Spino-Dino gesehen.«

Den *Spinosaurus aegyptiacus.* Er gehört nicht dem Museum, wird nur als Leihgabe im Rahmen des Eröffnungsjahres hier ausgestellt und soll als Highlight der Ausstellung ›Versteinerte Zeit‹ der Publikumsmagnet sein. Seit dem Zweiten Weltkrieg, in dem Fossilien von unschätzbarem Wert zerstört wurden, existiert nur noch dieses eine, beinah vollständige Originalskelett. Ich bekam eine Gänsehaut am ganzen Körper, als ich es vorhin zum ersten Mal ansehen konnte.

»Und wenn du das nächste Mal herkommst«, fährt Olivia mit zu hoher Stimme fort, »darfst du ihn vielleicht sogar schon abstauben.«

»Sehr witzig.« Mir ist nur leider nicht nach Scherzen, sondern nach einer Erklärung. »Warum müssen wir hier so plötzlich weg?«

Wir erreichen die breite Steintreppe, die sich nach wenigen Stufen teilt und in zwei Bögen zum Kassenbereich im Erdgeschoss führt. Zwei Leute geben dort gerade ihre Garderobe ab, einige Gäste erscheinen offenbar noch nach der Führung. Die Party beginnt ja auch erst.

Ich fasse Olivia am Arm, sodass sie stehen bleiben muss. »Kannst du mir vielleicht endlich verraten, was hier los ist? Versagt dein Deo, brauchst du einen Tampon, oder hast du deinen Ex gesehen?«

»Ich erklär es dir draußen.«

»Erklär es mir jetzt, oder ich gehe keinen Schritt weiter! Du weißt, warum wir hier sind, Livie. Ich kann doch nicht …«

Was auch immer Olivia sieht, als sie einen kurzen Blick an mir vorbeiwirft, muss sich ungefähr auf dem Niveau eines tanzenden Neandertaler-Skeletts bewegen, denn zu ihren geröteten Wangen gesellt sich eine ungesunde Blässe um ihre schmale Nase. Kurzerhand fasst sie mich an beiden Schultern, dreht mich herum und versetzt mir einen Schubs, sodass ich auf meinen hohen Schuhen – Olivias hohen

Schuhen, um ehrlich zu sein – die ersten beiden Treppenstufen hinunterstolpere und dabei deutlich schneller werde, als sich gut anfühlt. Beim Versuch, das breite Steingeländer zu packen, reißt mir ein Nagel ein, die Clutch flutscht aus meiner Hand, ein Killerabsatz knickt unter meiner Ferse zur Seite weg. Ich sehe mich bereits in dem geliehenen senfgelben Abendkleid die Steintreppe abwärtspurzeln und als ersten Rettungswageneinsatz in die Annalen des Museums eingehen, als mein hilfloses Stolpern jäh endet.

In den Armen … der Beatles.

Deren Konterfeis und Pilzfrisuren prangen nämlich direkt vor meiner Nase, bis ich mich aufgerappelt habe und wieder sicher auf beiden Füßen stehe. Ein Beatles-T-Shirt in Liverpool? So was tragen Touristen, die aus deutschen Kuhkäffern kommen, oder?

»Danke«, stoße ich atemlos hervor und hebe den Blick von dem ausgewaschenen Beatles-T-Shirt, das unter dem geöffneten Jackett eines Maßanzugs hervorblitzt. Da weiß jemand, wie man gekonnt den Stil bricht. Den Beatles muss man in Liverpool für einiges danken – mein Dank aber gilt dem Typen, der mir nun, da er zwei Treppenstufen unter mir steht, direkt ins Gesicht sieht. Ohne ihn wäre ich die Treppe runtergefallen.

»Flüchtest du aus Gründen?« Er hat dunkle Haare, fast schwarz, kurz an den Seiten und etwas zu lang im oberen Bereich. Vermutlich darf er weder nicken noch den Kopf schütteln, sonst fallen ihm die verwegen zur Seite arrangierten Strähnen über die Augen. Was schade wäre, denn diese Augen kann man nur als gelungen bezeichnen. Die kräftigen Brauen – die rechte wird von einer fädchenfeinen Narbe im letzten Drittel geteilt – und der dunkle Bartschatten lassen sie sehr, sehr blau wirken. Vielleicht *sind* sie aber auch nur sehr, sehr blau. Sein Akzent verrät, dass er kein Tourist ist. Das T-Shirt muss Ironie sein.

»Ich komme nicht grundlos zu spät«, sagt er, »aber ist es wirklich so langweilig hier, dass man sich hinausstürzen und dabei alle Knochen riskieren muss?«

»Bist du echt so ein Banause?«, frage ich. »Danach siehst du gar nicht aus. Oder bist du einer von denen, die denken, es wäre irgendwie cool, alles langweilig und öde zu finden, was nicht extrem laut, extrem gefährlich oder extrem bescheuert ist?«

Daraufhin lächelt er bloß. Hab ich ihn durchschaut? So schnell richtig geraten?

»Billy!« Olivia ist bereits einige Stufen an mir vorbeigelaufen und wirkt inzwischen regelrecht aufgelöst. »Jetzt komm schon. Bitte!«

Der Beatles-Fan bückt sich nach meiner Clutch und reicht sie mir. »Ich will nicht indiskret sein, aber falls ihr einen Fluchtwagen braucht …«

Sein Lächeln ist eigentlich keins. Er lächelt nur mit einem Mundwinkel, und selbst der bewegt sich nur wenig. Ein halbes Lächeln wäre schon zu viel gesagt – es ist ein Viertellächeln. Man müsste es äußerst sparsam nennen, aber dieses Viertel wiegt aus irgendeinem Grund mehr als das strahlende ganze Lächeln der meisten anderen Menschen. Es ist ansteckend, sodass ich fast meinen Ärger vergesse. Aber nur für einen Sekundenbruchteil. Dann frustriert es mich nur noch mehr, weil es dafür sorgt, dass ich mit jedem Moment weniger hier verschwinden will. »Sag nicht, du hast zufällig einen vor dem Museum stehen?«

»Das nicht, aber für mich halten Taxis.«

»Wow. Das ist beeindruckend.« Wer ist der Knabe – ein Superstar? Ein Royal, von dem ich nichts weiß? Jesus?

»Möchtest du vielleicht mit mir frühstücken?«, fragt er.

Nun muss ich lachen. »Frühstücken. Es ist halb zehn am Abend.«

»Ich meine morgen. Bei mir. Du wirst hungrig sein, wenn du dich entscheidest zu bleiben, und ich hab vier verschiedene Sorten Cereals. Und«, er macht eine bedeutungsschwere Pause und berührt seinen scharf geschnittenen Kiefer mit den Fingerspitzen, »ziemlich guten Kaffee.«

»Das klingt wirklich verlockend. Hast du Weetabix?«

»Klar. Vermutlich abgelaufen, aber …«

»Billy!«, ruft Olivia.

»Ich muss das wissen!« Ich verschränke die Arme. »Funktioniert diese Masche bei irgendeiner Frau?«

Der Maßanzug sagt: Oh ja. Das Beatles-T-Shirt sagt: Aber hallo. Sein Lächeln … wird eine Spur breiter.

Warum frag ich denn – natürlich funktioniert das.

»Leider muss ich ablehnen.« Ich schiebe mich an dem Typen vorbei und muss mich zwingen, den Blick wieder nach vorn zu richten. Unter dem Anzug steckt nicht nur ein Beatles-Shirt, sondern auch eine schwarze Tätowierung, die an seinem linken Schlüsselbein unter dem Halsausschnitt hervorblitzt. »Ich habe dem Spinosaurus einen Wirbel gestohlen. Mit einem Taxi komme ich nicht weit.«

Bitte was habe ich gesagt? Bin ich betrunken vom Anschauen der Champagnerkelche?

»Aufregend«, raunt er. »Machst du so was öfter?«

»Ja, ständig. Wenn du mich in deiner Wohnung versteckst, wirst du von Scotland Yard ebenso verhaftet wie ich.«

»Und wenn ich bereit bin, das Risiko einzugehen? Vielleicht sperren sie uns zusammen in eine Zelle.« Sein Blick klebt auf meinem Mund, und auch wenn ich derart direkte Anmachen für gewöhnlich eher abtörnend finde, spüre ich ein Kribbeln in den Lippen, und das liegt nicht daran, dass dieser Typ wirklich verboten gut aussieht. Sondern daran, dass er in wenigen Sekunden schafft, was manchen nie gelingt: Er spricht unverblümt über nichts anderes als Sex und gibt mir dabei trotzdem das Gefühl, es ginge ihm um *mich*.

Bei den meisten Männern ist es genau andersrum.

Vielleicht liegt es an meiner Aufregung an diesem Abend, vielleicht an dem verpassten Glas Champagner, vielleicht an der Tatsache, dass ich ohnehin gehen und ihn vermutlich nie wiedersehen werde. Aber für ein paar Sekunden spiele ich das Spiel mit. Ich lege ihm die Hand auf die Brust, meine Fingerspitzen gleiten in die Kuhle über seinem Schlüsselbein, und ich beuge mich so weit zu ihm, dass ich seinen Geruch wahrnehme. Ein Hauch Aftershave oder Parfüm, darunter ein Duft, der an Orangen und dunkle Schokolade denken lässt.

»Nie«, flüstere ich, »würde ich etwas tun, was dich in Gefahr bringt.« Damit drehe ich mich um und stöckle die Treppen hinab; klapp, klapp, klapp. Und das, ohne mir etwas zu brechen. Wer sagt's denn, ich muss eine verschollene Avengers-Lady sein. Solche Aktionen schafft man nicht ohne Superheldinnen-Gen.

»Schade. Aber viel Glück mit deinem Wirbel.« Er klingt überraschend ernsthaft.

»Danke!«, rufe ich über meine Schulter. »Die Ausstellung ist übrigens kein bisschen langweilig!«

»Natürlich nicht. Aber die Party.«

BILLY

Ich würde dem Typen auf der Treppe gern noch mal widersprechen, aber Olivia nimmt mich bei der Hand und zieht mich zum Ausgang. Wir rennen beinah in eine hochgewachsene dunkelhaarige Lady mittleren Alters hinein, die selbst auf dieser feierlichen Gala unter allen Gästen noch als besonders exquisit gekleidet heraussticht und uns milde amüsiert nachsieht, als wir an ihr vorbeirauschen. Einen Moment später stehen wir in unseren ärmellosen Kleidern im Aprilwind. Eine Böe lässt Tropfen aus den Platanen, die den Eingangsbereich des Museums einfassen, auf uns niederregnen.

Olivia hält sich ihre Handtasche über den Kopf, was überhaupt nichts bringt, denn diese *Tasche* ist nicht viel größer als eine Kreditkarte.

»Auto!«, ruft sie, wobei sie meinem drängenden Blick ausweicht.

»Ich hoffe für dich, dass du alles erklären kannst!«, antworte ich, während wir mit hochgerafften Kleidern zur Straße laufen, links abbiegen und ein paar entgegenkommenden Typen mit Bierflaschen ausweichen, die uns Schweinkram nachgrölen. An die Prolls musste ich mich anfangs gewöhnen; in Liverpool sind sie überall. Nicht selten stecken sie sogar in schicken Anzügen.

Im Licht der Straßenlaternen bemerke ich immer mehr Spritzwassersprenkel auf dem senfgelben Stoff meines Kleides.

»Na super! Wenn die Reinigung die nicht rausbekommt, bin ich am Arsch.« Das Kleid ist vom Verleih und mehr wert als mein rostbrauner, altersschwacher Ford, den ich auf den Namen Homer getauft habe.

»Ich helf dir«, erwidert Livic. Und genau das hatte ich befürchtet.

»Bloß nicht. Ich erinnere dich an meinen irischen Schafwollpulli.«

»Den kann immerhin noch dein Erstgeborener in einem harten Winter tragen.«

Endlich erreichen wir Homer. Ich schließe die Beifahrertür auf, umrunde die Motorhaube und öffne meine eigene Tür. Die Zentralverrieglung war bereits kaputt, als ich den Wagen im letzten Jahr gekauft habe, und sie zählt zu den vielen Dingen, die ich nie habe reparieren lassen. Den Namen habe ich Homer in unserer ersten gemeinsamen Nacht gegeben – der ersten von beinah dreißig, in denen ich zusammengestaucht auf seiner Rückbank geschlafen habe. Mein Auto heißt nicht so, weil ich auf altgriechische Literatur oder die Simpsons stehe, sondern weil es eine Weile lang mein Zuhause war. Irgendwie wird es das wohl auch immer bleiben.

Olivia sitzt bereits, als ich mich hinters Steuer fallen lasse, und obwohl sie normalerweise, wie jede Britin, die etwas auf sich hält, nicht zum Frieren neigt, hat sie die zitternden Arme vor der Brust verschränkt und klappert mit den Zähnen. »Kannst du losfahren, bitte?«

Ich drehe den Schlüssel im Zündschloss, damit der Motor und damit auch die Heizung starten, mache allerdings keine Anstalten, mich anzuschnallen oder einen Gang einzulegen. Das Gebläse pustet uns Wind entgegen, der vom Nordpol stammen muss, und wir drehen uns gleichzeitig um und angeln nach Jeansjacke und Hoodie, die wir vorhin auf die Rückbank geworfen haben.

»Verrätst du mir jetzt, warum wir fliehen mussten, oder soll ich raten?«

Da Olivia statt einer Antwort die Lippen zusammenpresst, mache ich meine Drohung wahr.

»Okay. Prinz Harry war da, und du hattest was mit seiner Frau, bevor sie geheiratet haben. Nein, warte. Du hattest was mit seiner Frau, *nachdem* sie geheiratet haben. Oh … Du hast *immer noch was* mit seiner Frau?«

»Die ist vierzig oder so!«, widerspricht Olivia entrüstet. »Sie könnte meine Mum sein.«

»So sieht sie aber nicht aus.«

Olivia mustert mich und reibt sich mit dem Zeigefinger am Kinn. »Nein. Aber sie könnte *deine* Mum sein. Warum ist mir das nie aufgefallen? Meghan hat dunkle Haut, welliges schwarzes Haar, große, schokoladenbraune Augen … *Ist* sie deine Mum?«

»Meine Mutter«, sage ich und spüre die Ungeduld in mir anschwellen, »hat bis auf die Hautfarbe sehr wenig Ähnlichkeit mit der Herzogin von Sussex. Und du weißt ganz genau, dass ich gerade weder über Mum noch über Meghan reden möchte. Verdammt, Livie, diese Party war meine Chance!«

Eine kleine, mag sein. Aber leider die einzige.

Livie seufzt, es klingt fast wie ein Schluchzen, und ihre Miene sieht derart unglücklich aus, dass mir die scharfen Worte sofort wieder leidtun. Trotzdem muss ich wissen, was passiert ist. Immerhin könnte ich genau jetzt mit den Kuratorinnen plaudern und ihnen beweisen, wie ansteckend meine Begeisterungsfähigkeit für die Ausstellungsstücke ist. Und danach vielleicht ein Glas Champagner mit dem hübschen Beatles-Fan trinken. Ein halbes – wegen Homer.

Ich könnte ihn fragen, ob er eine Wette verloren hat, derentwegen er nun mit diesem Beatles-Shirt herumläuft, und wenn er zum Wetten neigt, würde ich dafür sorgen, dass er eine gegen mich verliert und dieses Shirt …

Oh my, es geht mit mir durch. Ich rufe meine Gedanken zur Ordnung, räuspere mich und werfe Olivia einen Blick mit streng hochgezogenen Augenbrauen zu. »Raus damit! Jetzt!«

Olivia starrt auf die Handschuhfachklappe. »Die Karten«, sagt sie dann, viel leiser, als es ihre Art ist.

»Du hast sie geklaut.« Obwohl ich meinen kuscheligen Hoodie trage und inzwischen warme Luft aus dem Gebläse kommt, wird mir schlagartig eiskalt. Gleichzeitig bricht mir der Schweiß aus, und einen Moment verweigert mein Körper den nächsten Atemzug. *Nicht das.*

»Natürlich nicht«, murmelt Olivia, und ich entspanne mich wieder ein wenig. »Leider ist die Wahrheit aber nicht viel besser.«

»Sag's bitte einfach.«

»Erinnerst du dich an Gavin? Der hübsche Blonde, den wir in dieser Bar kennengelernt haben? Auf den ersten Blick wirklich vielversprechend, aber beim Date stand nach fünf Sekunden schon fest, dass das mit uns nichts wird.«

»Moment! Warst du es nicht, die mir gesagt hat, man müsse auch dem ersten Eindruck eine zweite Chance geben?«

»Schon, aber Gavin hat komisch gerochen. Nach Fleisch, Senf, Frittenfett und Zwiebeln. Wie ein McMenü mit Cheeseburger.«

Trotz allem muss ich grinsen. »Verstehe.« Olivia reagiert regelrecht hysterisch auf Gerüche. »Und was hat das alles mit dem heutigen Abend zu tun?«

»Die Karten sind von ihm. Er war einfach überhaupt nicht mein Typ, Billy, aber als er davon geredet hat, dass er diesen Kontakt und Einladungskarten für heute Abend hat …«

Ich ahne Fürchterliches. »Da hast du ihn weiter getroffen? Nur wegen der Karten?« Nur … für mich?

»Zweimal. Es ist gar nichts gelaufen, wir waren nur im Kino, und ich habe ein wenig vom Museum geschwärmt.«

Mir schießt die Frage durch den Kopf, wie Olivia das angestellt haben will. Ihre Interessen mögen vielfältig sein, aber weder ausgestorbene Tiere noch Steine und Knochen, geschweige denn versteinerte Knochen, gehören dazu. Und in Sachen Astronomie kennt sie sich nur aus, solange es die Universen von *Star Wars* oder *Star Trek* betrifft.

»Er hat sie mir schließlich geschenkt, und dafür hab ich ihn sogar beinah geküsst.« Sie tippt auf ihren Mundwinkel. »Dorthin. Ganz kurz nur. Er hätte es gern anders gehabt, aber ich sag nur: McMenü.« Sie schüttelt sich.

Das klingt nicht, als müsse man deshalb panisch aus dem Museum rennen. »Und dann?«

Langsam zuckt sie mit den Schultern. »Dann könnte es sein, dass ich mich eine Weile nicht mehr bei ihm gemeldet habe. Eine ganze Weile.«

»Also gar nicht mehr.«

Sie nickt, und ihr Blick sagt, dass sie gerade am liebsten ins Handschuhfach krabbeln würde. »Als er mich anrufen wollte, habe ich ihn weggedrückt. Und nach siebzehn Nachrichten, die ich nicht beantwortet habe, habe ich ihn auf WhatsApp blockiert. Und dann auf Insta.«

»Oh, mein Gott. Du hast ihn geghostet! Livie!«

»Das ist mies, ich weiß das doch selbst. Aber …«

Ich lasse den Kopf sinken und lehne die Stirn gegen das Lenkrad. Olivia ist die harmoniesüchtigste Person, die ich kenne. Es ist nicht das erste Mal, dass sie wie ein Vogel Strauß den Kopf in den Sand steckt und Konflikte auszusitzen versucht. Aber dass sie jemanden ghostet, der offensichtlich Gefühle für sie hegt und sich dermaßen um sie bemüht, hätte ich ihr niemals zugetraut. Schon gar nicht Gavin, den ich eigentlich echt nett fand. Der Arme!

Zu ihrer Verteidigung muss ich zugeben, dass sie schuldbewusst wirkt und das nicht allein mir, sondern auch Gavin gegenüber.

»Okay, lass mich raten. Gavin war auf der Party.«

»Mit einem der Kuratoren, ja, diesem Grauhaarigen, der den letzten Vortrag gehalten hat. Ob er sich mit dem über mich hinwegtröstet? Was hab ich nur getan? Der Mann könnte sein Großvater sein!«

Verdammt! Ich wäre so dermaßen untendurch gewesen, wenn Gavin uns entdeckt hätte!

»Er ist hoffentlich kein Toyboy für reiche, alte Knacker geworden«, murmelt Olivia. »Ich meine, er roch wirklich eklig, aber das hat er nicht verdient.«

»Mensch, Livie, vermutlich *war* es sein Großvater!«

Sie zuckt zusammen, so giftig klinge ich, aber meine Geduld ist arg überstrapaziert.

»Was hast du dir dabei gedacht? Bist du nicht auf die Idee gekommen, dass sich jemand, der an so exklusive Karten gelangt, einfach neue besorgen kann?«

»Das ist es doch, Billy! Er wollte da überhaupt nicht hin! Deshalb hat er mir doch beide geschenkt, statt mich einzuladen, mit ihm zusammen zu gehen. Gavin wollte heute nach Manchester fahren, weil die Reds da spielen und – ich zitiere wörtlich – sein ›Herz für den Fußball schlägt‹. Das Spiel läuft gerade. Woher hätte ich wissen sollen, dass der Typ seine geliebten Reds im Stich lässt und im Museum auftaucht?«

Ich schüttle frustriert den Kopf. »Du hättest ihm sagen müssen, dass du nichts für ihn empfindest. Du hättest *mir* sagen müssen, woher die Karten stammen.« Allerdings bin ich vermutlich nicht ganz unschuldig daran, dass sie es nicht getan hat. Sie hat mir erzählt, sie hätte die Karten von einem Bekannten bekommen – was ja nun nicht gelogen war –, und ich habe nicht weiter nachgefragt, sondern hatte zwei Kreischanfälle direkt hintereinander: den ersten aus hysterischer Freude, den zweiten, weil ich mit der Frage überfordert war, was ich anziehen sollte.

Und nun sitze ich hier, und der Traum ist zu Ende, kaum dass er begonnen hat. Regentropfen rinnen an der Innenseite von Homers Windschutzscheibe hinab, weil die billige Hinterhofwerkstatt es auch beim zweiten Versuch nicht geschafft hat, die undichte Stelle auszubessern. Mein senfgelbes Abendkleid hat braune Sprenkel am Rock, und ein wirklich hübscher Beatles-Fan stößt vermutlich mit einer anderen mit Champagner an. In *meinem* Museum. Unter den leeren Augenhöhlen meines *Spinosaurus aegyptiacus!*

»Ich mach es wieder gut«, sagt Olivia, aber ich winke ab und lege den Rückwärtsgang ein, um Homer endlich aus der zu engen Parklücke zu operieren. »Wenigstens den Kerl könnte ich für dich ausfindig machen.«

»Welchen Kerl?« Irritiert überlege ich, ob ich eben laut gedacht habe.

»Den, der dich angeschmachtet hat. Ich meine den von der Treppe, den du unmöglich so schnell vergessen haben kannst.«

Ich verdrehe die Augen. »Livie, der war hübsch, ja. Aber bitte, lass es gut sein. Nachher ist er Gavins Bruder. Oder sein Date, weswegen Gavin dann doch noch gekommen ist.«

»Ich muss es aber wieder in Ordnung bringen.«

»Es geht mir wirklich nicht um einen Kerl. Ich will doch bloß diesen Job.«

Olivia legt ihre Hand über meine auf den Schaltknüppel, während ich mich millimeterweise an den Wagen hinter uns herantaste. »Und den holst du dir. Ob mit Vitamin B oder ohne. Wenn in der Personalabteilung keine gehirnamputierten Trottel sitzen, werden die sehen, dass du für diese Stelle geboren, ach was, *gezeugt* wurdest.«

»Und wie lass ich die in einem einzigen Vorstellungsgespräch etwas über den Grund meiner Zeugung wissen?«

»Das erkennt jeder, der mehr als drei Worte mit dir wechselt«, erwidert Olivia und gibt mir das tröstliche Gefühl, es vollkommen ernst zu meinen. »Du bewegst Menschen. Deine gute Laune steckt sie an, und deine Begeisterungsfähigkeit geht auf jeden über. Darling, was du eben über dieses Dinosaurier-Vogelhuhnvieh erzählt hast …«

»Archaeopteryx«, korrigiere ich, weil ich nicht anders kann.

»… das hat selbst mich beeindruckt. Dabei war ich fest entschlossen, das alles ausgesprochen langweilig zu finden. Und nun kann ich es kaum abwarten, dass du mir eine Privatführung gibst. Du bist die geborene Museumsführerin. Wenn sie das nicht merken, dann solltest du den Job gar nicht annehmen.«

»Warum nicht?«

»Weil dann nur Idioten dort arbeiten. Und dann macht der Laden ohnehin bald wieder dicht.«

CEDRIC

»Du willst mich verarschen.« Steven starrt mich an, als hätte ich ihm gerade gesagt, er müsse die Hochzeit abblasen und stattdessen mich heiraten. Sein Trauzeuge sieht aus, als würde er gleich den überdimensionalen Regenschirm wegwerfen, den er über sie beide hält, sein Jackett ausziehen, die Hemdsärmel hochkrempeln und mir eine Abreibung verpassen. Oder es zumindest versuchen. »Das ist ein scheiß Kaktus!«

»Sag an. Ist mir nicht aufgefallen.« Ich habe erwartet, dass er den Witz nicht verstehen würde, daher halte ich meine gespielte Überraschung kurz. »Im Ernst, Steven. Geh in dieses Standesamt, überreich Carlina den Kaktus und schau, was passiert. Vertrau mir.«

Den letzten Satz hätte ich mir sparen sollen. Ich bin auf Wunsch der Braut zu dieser Hochzeit eingeladen, der Bräutigam würde mich vermutlich lieber mit einbetonierten Füßen am Grund des River Mersey wissen. Immerhin habe ich vor nicht einmal einem Dreivierteljahr mit seiner Zukünftigen geschlafen. In einer Beziehungspause, die allerdings er initiiert hat; Carlina ist nicht der geringste Vorwurf zu machen, und ich … Nun, ich bin nicht für das Seelenheil von Idioten verantwortlich. Und am Ende war nicht ich der Trottel, der den Brautstrauß im Taxi hat liegen lassen, sondern Steven. Ich habe ihm bloß angeboten, mit meinem Fahrrad zum nächsten Blumenladen zu fahren und Ersatz zu besorgen, und er weiß es zwar noch nicht – aber ich habe ihm mit dem Kaktus mit seiner roten Blüte einen echten Gefallen getan.

In meinem Kopf läuft »Round Here« von den Counting Crows in Dauerschleife; ein Song, der den größten Stress entzerren kann, und den mit Steven hier erst recht.

»Carly kann Schnittblumen nicht ausstehen«, sage ich. Der Schmock will sie in zwanzig Minuten heiraten, warum weiß der das eigentlich nicht? Vermutlich weiß er es, aber es ist ihm egal. Er hat wahrscheinlich begriffen, dass seine Braut kleine Verrücktheiten mag, aber er ahnt nicht, dass es so weit geht, dass sie spießige Konventionen verabscheut. »Sie hasst es, ihnen beim Verwelken zusehen zu müssen. Normale Topfblumen gehen ihr kläglich ein und machen im Standesamt auch nicht mehr her als der Kaktus hier.«

Steven tritt von einem Fuß auf den anderen. »Willst du mir was über meine Frau erzählen?«

Ich zucke mit den Schultern. Was will er hören?

Der Anzugstoff ist an meinen Schultern inzwischen vom Regen durchweicht, ich werde der Hochzeit nass wie eine Kanalratte beiwohnen. Vernünftiger wäre es, nach Hause zu fahren. Außer Carlina will mich hier ohnehin niemand sehen. Aber sie wäre enttäuscht, wenn ich nicht bliebe. Also bleibe ich.

»Ich kenne sie fast nur aus der Uni.« Und zusätzlich aus einer Nacht. »Aber ich bin ein guter Menschenkenner. Und ich hätte zwar durchaus Lust, dich zu verarschen, Steven, aber nicht, wenn ich damit riskiere, Carlina am schönsten Tag ihres Lebens zu verletzen.«

Ich halte ihm den Kaktus hin. Der Sprühregen hängt in glitzernden Perlen zwischen den Stacheln. Sieht ganz hübsch aus, so ein nass geregneter Hochzeitskaktus.

Steven zögert.

»Fuck, jetzt mach hier keine Szene. Überreich ihr den Kaktus als Zeichen, dass du sie wirklich kennst, sag für ihre Eltern irgendwas Symbolträchtiges, dass eure Liebe zäh genug sein wird, auch Dürrephasen zu überstehen, und tu um Himmels Willen so, als wäre das alles deine Idee gewesen.«

»Steve, ich kann schnell zur Tanke fahren, die haben Blumen«, murmelt der Trauzeuge und mustert den harmlosen Kaktus, als würde das Ding jede Sekunde seine Stacheln auf ihn abfeuern.

Steven steht das Misstrauen noch ins Gesicht geschrieben, aber dahinter arbeitet sichtlich etwas in seinem Kopf. Zum Glück. Ich käme schwer damit klar, wenn Carlina einen Vollhonk heiraten würde.

Zwanzig Minuten später muss ich schlucken, als die Tür aufschwingt und Carlina in einem bodenlangen, milchweißen Kleid und mit einem Blumenkranz im Boho-Stil in ihrem langen Haar den Gang hindurch nach vorn tritt, wo der Standesbeamte mit ihrem zukünftigen Ehemann und einem Kaktus auf sie wartet. Sie wollte keine kirchliche Trauung, aber es sollte sich wie eine anfühlen. Daher haben ihre Freundinnen den nüchtern gehaltenen Saal mit Girlanden und Papierblumen geschmückt. Das Klavierstück kommt vom Band und mischt sich mit dem Song, den ich seit dem Aufwachen im Kopf habe. Carlina strahlt in die Reihen der Gäste. Sie ist fünfundzwanzig, nur ein Jahr älter als ich, aber irgendwie bereits ein ganzes Leben weiter. Im Sommer macht sie ihren Master in Meeresbiologie, plant danach zu promovieren, während ich noch am Bachelor ackere. Und Carly heiratet!

Lächeln, sagt mein Gehirn, und ein paar Muskeln in meinem Gesicht gehorchen.

Viele sind nicht hier. Die Familie, die engsten Freunde und am

Ende noch ich. Eine klassische Studentenhochzeit mit kleinem Budget und vielen feuchten Augen. Als Carlina den Kaktus entdeckt, hat sie mir bereits den Rücken zugewandt, sodass ich ihr Gesicht nicht mehr sehen kann. Doch sie hebt beide Hände an den Mund, und das Zucken ihrer Schultern verrät, dass sie lacht und dabei vermutlich ein paar Tränen verdrückt. Sie dreht sich kurz zu ihren Gästen um, schickt ihren Eltern Luftküsse, zwinkert in Richtung ihrer besten Freundinnen und winkt uns anderen. Sie sieht unfassbar glücklich aus, als sie sich Steven zuwendet und mit den Fingerspitzen dabei zärtlich über das Töpfchen streicht, in dem der Kaktus steckt. Sie hat dieses Glück verdient, und ich freue mich für sie, ich freue mich wirklich. Mein Lächeln hält von allein, dabei schaut niemand mehr zu mir hin, ich könnte es auch fallen lassen. Aber der Song läuft weiter.

She says, it's only in my head.

She says, shh, I know it's only in my head.

Die Stimmen verstummen, nur noch die Fotokameras klicken, und ich wünschte, man könnte das warme Gefühl von flüchtigem Glück wie ein Bild festhalten, es konservieren, sodass man es hervorholen kann, wenn man es dringend braucht.

Aber Glück ist etwas Lebendiges. Schon der behutsame Versuch, es einzufrieren, tötet seine elementaren Bestandteile. Und allein dieser Gedanke reicht aus, dass mir kalt wird.

And I can't see nothing, nothing round here.

Ich sollte besser gehen.

BILLY

»Sybil. Schön, dass Sie da sind. Setzen Sie sich bitte. Mein Name ist Vivian Blunt, ich manage verschiedene Sammlungen im Mary Annings Museum und darf unter den Bewerberinnen und Bewerbern die Vorauswahl für die ausgeschriebene Assistenzstelle treffen.«

Ich gebe mir die größte Mühe, die Kuratorin nicht dümmlich anzugrinsen, auch wenn sie es kaum merken würde, da sie meine Bewerbungsunterlagen zu studieren scheint. Sie trägt das feuerrot gefärbte Haar in geschmeidige Wellen gelegt und verbreitet einen intensiven Duft nach Parfüm und Haarspray. Dass meine Finger vor Aufregung zittern, hat sie definitiv schon mitbekommen. Besser, ich schenke mir nichts aus der bereitstehenden Auswahl an Wasser und Säften ins Glas, nachher flute ich noch die Tischplatte.

»Nennen Sie mich bitte Billy«, sage ich und beschwöre den Lederstuhl, bitte keine pupsenden Geräusche von sich zu geben, während ich das Gewicht verlagere.

»Schön, Sybil.« Vivian Blunt hebt den Blick und mustert mich aus eisblauen Augen. »Womit Sie auch gleich zu meiner ersten Frage an Sie überleiten. Ihre Bewerbung haben Sie mit dem Vornamen Billy unterzeichnet, in Ihren Schulzeugnissen steht allerdings Sybil. Meine erste Assoziation mit dieser Abweichung ist, dass sie ein Problem mit Autorität haben, wenn Sie schon die Ihrer eigenen Eltern infrage stellen.«

Mein Lächeln gefriert. Ich habe verloren. Es hat nicht mal angefangen, und ich habe bereits verloren. Mit Vorwürfen habe ich nicht gerechnet. Was zur Hölle antwortet man auf eine solche Unterstellung? Vor allem, wenn sie voll ins Schwarze trifft?

Doch Vivian Blunt erwartet offenbar nicht, dass ich dazu Stellung beziehe, denn sie spricht bereits weiter. »Sie haben in Oxford studiert, schreiben Sie. Jura. Das hat nicht viel gemein mit einer Assistenzstelle in einem Museum, finden Sie nicht auch?«

Mein Schlucken gerät vermutlich so laut, dass sie es hören kann. »Als ich das Jurastudium begann, war ich noch nicht sicher, was ich mir von meinem Leben erwarte. Ich war …«

»Jung, natürlich. Und nun sind Sie«, ein Blick aufs Papier, »zwanzig, bald einundzwanzig.« Ihre Stimme klingt nicht spöttisch, und trotzdem trifft mich ihr Hohn. Natürlich bin ich immer noch jung, und vermutlich weiß ich immer noch nicht, ob ich meinen jetzigen Traumberuf vierzig bis fünfzig Jahre lang machen möchte. Woher soll man das auch wissen?

Ich straffe die Schultern. »Nun bin ich bereit, Widerstände in Kauf zu nehmen, um das zu tun, was ich wirklich möchte, und zwar seit Jahren.«

Verdammt, klang das nun entschlossen oder bockig? Die Frau hat mich vollkommen aus dem Konzept gebracht, aber ich werde ganz sicher nicht meine Familiengeschichte vor ihr ausbreiten und ihr von meinem Vater und seinem Lebenstraum erzählen, in dem ich irgendwann seine Kanzlei übernehme und stinkreiche Konzerne noch stinkreicher mache.

»Sie haben erkannt, dass ein Studium Ihnen zu anspruchsvoll ist? Ganz anspruchslos ist die Arbeit in unserem Haus ebenfalls nicht.«

Man könnte diese Kuratorin für unverschämt halten. Nein, man müsste es sogar. Hätte ich mich doch durchgesetzt und meine Oxford-Unterlagen mitgenommen. Ich mag mitten im Jahr abgebrochen haben, aber ich war gut, und die Unterlagen belegen das.

»Oh, und denken Sie nun bitte nicht, meine kritischen Fragen hätten etwas mit Ihrer Hautfarbe oder Herkunft zu tun.« Der Drache kontrolliert mit einem raschen Blick seine rot lackierten Krallen. Plant sie, mich jetzt aufzuschlitzen, wenn ich ein falsches Wort sage, oder checkt sie bloß ihr Make-up? Ihre Nägel sind derart auf Hochglanz poliert, dass das im richtigen Lichteinfall ohne Weiteres funktionieren dürfte. »Ich bin immer sehr gründlich. Bei allen Bewerberinnen und Bewerbern.«

Und ich erkenne Misanthropie, wenn ich sie sehe, da braucht es gar keine Spezialisierungen in Richtung Rassismus mehr. Aber diesen Gedanken lasse ich unausgesprochen.

»Ich habe das Studium abgebrochen, weil ich mich nicht als Juristin sehe. Ich hätte ein anderes Studienfach in Oxford wählen können« – zumindest bevor alles eskaliert ist und ich abgehauen bin –, »aber ich konnte mich einfach nicht entscheiden. Mich interessieren Biologie, Botanik und Zoologie nicht weniger als Paläontologie, Archäologie und Astronomie. Ich brenne für das gesamte Feld der Naturgeschichte. Und all das vereinen Sie unter Ihrem Dach. Daher möchte ich in Ihrem Museum arbeiten.«

Darum, und weil ich mein Leben allein finanzieren muss und ein kostspieliges Studium neben einem Kellnerinnenjob verflucht hart ist. Noch so etwas, was diesen Drachen nichts angeht. »Ich möchte in anderen Menschen Interesse und Faszination an diesen Themen wecken.«

Das war doch gar nicht so schlecht!

Sie notiert sich etwas, vermutlich, dass ich sprunghaft oder nicht entscheidungsfähig bin oder sonst was, das mich schlechtmacht. »Momentan arbeiten Sie als Kellnerin? Und das schon seit einem Jahr?«

»Richtig, die Miete zahlt sich nicht von selbst.« Durchatmen, freundlich bleiben, nicht die Nerven verlieren. Ich kann das. Sollte ich die Bewerbungen in London und Edinburgh erwähnen, oder legt sie mir das gleich wieder negativ aus? Die Vorstellungsgespräche dort waren wenigstens wertschätzend gewesen, ich habe aufgrund der vielen Bewerber einfach Pech gehabt. »Das Kellnern ist eine Übergangslösung, trotzdem habe ich dabei viel über mich gelernt. Ich weiß jetzt, dass ich stressresistent bin, mich gut auf unterschiedliche Menschen einlassen und sie mit meiner Begeisterung anstecken kann.«

»Das ist zweifelsfrei sehr wichtig«, sagt der Drache. »Nur ist für unser Museum Beständigkeit wichtiger als ein heiß glühender, aber schnell abbrennender romantischer Eifer.« Ihre Pause ist lang genug, um mich den Stich spüren zu lassen, den sie mir versetzt, aber zu kurz, um zu antworten. »Und lassen Sie mich ehrlich zu Ihnen sein, Sybil, das gebietet mir mein Respekt vor Ihnen: Den anspruchsvollen Besuchern unsere vielfältigen Sammlungen zu präsentieren, ist vielleicht nicht ganz damit zu vergleichen, den Gästen bei der Entscheidung zu helfen, ob sie Scones oder Battenberg Cake bestellen sollen.«

Du gemeine, bösartige, arrogante Hexe!

Warum hat sie mich eigentlich eingeladen? Um mir persönlich klarzumachen, dass ich ungeeignet bin? Hätte eine Standardabsage nicht gereicht, oder befürchtet sie, ich würde es nächstes Jahr noch mal versuchen, wenn sie auch nur einen Funken Hoffnung in mir glimmen lässt? Vermutlich ist sie so was wie eine Vampirin, die sich von der Enttäuschung der armen Menschen ernährt, die sie zu sich lockt.

»Jede Menge unserer Bewerber haben Ihnen Praktika und Ehrenämter im Bereich der Naturkunde voraus und beweisen damit seit langer Zeit, wie ernst ihnen ihr Interesse ist. Durch praktische Erfahrungen können Ihre Konkurrenten auch bereits einschätzen, was auf sie zukommt.«

Natürlich. Und ich habe … nichts. Weil ich jahrelang davon geträumt habe, meinen Vater doch noch zu überzeugen, mich friedlich meinen eigenen Weg gehen zu lassen, statt einen riesigen Streit zu provozieren, indem ich mich ohne seine Zustimmung beworben habe. Vor vier Jahren habe ich es zum ersten Mal probiert. Das University Museum of Natural History in Oxford hatte mir tatsächlich einen Praktikumsplatz angeboten, doch ich war erst siebzehn, ging noch aufs College und war auf die Unterschrift eines Elternteils angewiesen. Vater hatte sie mir verwehrt, weil er diesen *Unsinn* nicht unterstützen wollte. Mum hatte zwar versucht, ihn umzustimmen, aber weder ihre Mails noch Telefonate konnten etwas bewirken. Spätestens als die beiden in einen Streit darüber gerieten, verringerte Mums Unterstützung meine Chancen eher, als sie zu verbessern.

Ich war eine Träumerin im schlechtesten Sinne. Denn mein Traum, meinen Vater doch irgendwie zu überzeugen, war naiv und der Streit ohnehin vollkommen unausweichlich. Heute ist mir das klar, dafür brauche ich keinen Drachen, der mit geschärften Krallen vor dem Eingang zum Museum sitzt und mich mit einem kühlen Lächeln wissen lässt, dass mein Weg an dieser Stelle endet.

»Ich verstehe. Dann kann ich nun gehen, oder?« Der verräterische Druck in meinen Augen lässt mich beinah aufspringen und aus dem Büro flüchten. Doch ich werde vor dem Drachen nicht heulen, weil er meinen Traum filetiert, vor meinen Augen grillt und dann genüsslich verspeist. Wenn ich ohnehin keine Chance habe, kann ich auch auf Risiko spielen.

»Aber lassen Sie mich vorher eins richtigstellen«, sage ich und hasse meine Stimme dafür, dass sie rau klingt, zittert und verrät, wie nahe ich den Tränen bin. »Wir kennen uns nicht näher. Sie können mich vermutlich nur anhand meiner Unterlagen beurteilen, die ich Ihnen nicht einmal vollständig vorlegen kann.« Und deren Fehlen ich aufgrund ihrer herablassenden Art nicht erklären kann, ohne einen emotionalen Zusammenbruch zu riskieren. »Aber es wäre fair von Ihnen gewesen, mir eine Möglichkeit zu geben, Ihnen zu beweisen, wie ernst es mir ist, bevor Sie mich als ungeeignet verurteilen. Ich hatte noch keine Chance, Praktika zu machen, aber ich war nicht untätig. Stellen Sie mir Fragen! Ich verspreche Ihnen, dass ich jede beantworten kann, die in einem entsprechenden Studium gelehrt wird, weil ich mir den Stoff in den letzten Jahren selbst erarbeitet habe. Aus Interesse und Faszination für die Themen, nicht wegen Noten oder eines Abschlusses. Gerade bin ich dabei, die deutsche Sprache zu lernen. Können Sie sich vorstellen, warum?«

In ihrer undurchschaubaren Miene regt sich kein Muskel. Nur die Querfalte auf ihrer Stirn scheint tiefer geworden zu sein.

»Weil es im deutschsprachigen Raum, in Deutschland, Österreich und in der Schweiz, insgesamt siebenundfünfzig Naturkundemuseen gibt. Siebenundfünfzig! Wussten Sie das? Das bedeutet siebenundfünfzig Chancen für mich.«

»Ich denke, die entscheidenden Fragen sind für mich beantwortet, Sybil. Danke, dass Sie hier waren.« Sie schlägt meine Bewerbungsunterlagen zu, erhebt sich und hält mir über den Tisch hinweg die Hand hin. »Bitte haben Sie Verständnis, dass es mehrere Wochen dauern kann, bis Sie von uns hören. Die Stelle wird ja ohnehin erst zum August besetzt. Wir melden uns aber in jedem Fall bei Ihnen.«

Mich hochzustemmen und ihre Hand – ihre Klaue! – zu ergreifen, kostet mich eine Mischung aus Kraft und Beherrschung, die ich nur unter Mühen zusammenkratzen kann. »Danke für Ihre Zeit, Ms Blunt.«

»Finden Sie allein hinaus?«

CEDRIC

> Nimm auf jeden Fall die Flasche Sekt mit! Die hab ich ihr versprochen, dann weiß sie gleich, dass ich dahinterstecke!

Ich lese die letzte Nachricht der Instagram-Userin Livie_Loves_Lettuce zum dritten Mal. Da steht immer noch dasselbe. Aber nein, das mit dem Sekt werde ich schön bleiben lassen. Was soll das arme Mädchen denn denken, wenn ich gleich mit Sekt antanze, den es dann allein trinken muss? Dass ich sie abfüllen will?

Andererseits …

Nein, Benedict. Das ist dreist und verrückt.

Verrückter als diese Olivia auf ihrer Ich-muss-wiedergutmachen-dass-ich-meine-Freundin-um-eine-Party-gebracht-habe-Mission ist hier allerdings nur einer: Ich bin es, denn ich sitze tatsächlich auf den Stufen vor dem Naturkundemuseum, stütze die Ellbogen auf die Knie und warte auf Billy, die Knochenräuberin – die völlig ahnungslos ist. Ich hoffe, ihre Freundin hat recht, wenn sie sagt, dass Billy auf verrückte Überraschungen steht.

Während ich warte und mir die Frühlingssonne in den Nacken scheinen lasse, scrolle ich noch mal durch unseren Gesprächsverlauf.

Olivia hat mich über den Hashtag der Museumseröffnung auf einem Foto auf Instagram entdeckt, ist der Markierung gefolgt, die Mum *dankenswerterweise* dort hinterlassen hat, und hat mich kurzerhand angeschrieben:

> Hi. Ich mach so was normalerweise nicht. Niemand macht so was, ich weiß. Aber du hast meine beste Freundin Billy bei dieser Eröffnung auf der Treppe aufgefangen, und sie hört seitdem ständig die Beatles. Ich ertrag es nicht länger.

Verzweifeltes Emoji. Kleine E-Gitarre. Dramatisch verzweifeltes Emoji.

> Wenn du nicht der Toyboy der schönen Lady bist, die dich markiert hat, dann bitte, antworte mir!
> CU Olivia.

Dreiundzwanzig Text-, sieben Sprach- und drei Videonachrichten später war ich breitgeschlagen und habe zugesagt, ihre Freundin zu treffen. Warum auch nicht?

> Sag nicht, Billy würde dir nicht gefallen. Oder sag es doch, aber dann bist du halt ein Lügner. Und wir mögen hier keine Lügner, du brauchst in dem Fall also gar nicht erst auftauchen!

Was sollte ich dazu sagen? Natürlich gefällt sie mir, anderenfalls hätte ich kaum mit ihr geflirtet.

Ein Lügner bin ich nicht. Aber auch kein Beziehungstyp. Wenn du also in die Richtung denkst, haltet mich besser für einen Lügner, und es wird keinen Grund für Katzenjammerabende mit zu viel Eis, zu viel Rotwein und zu vielen Folgen *Friends* geben.

Hey, du kennst dich ja richtig aus mit Frauen.

Augenrollendes Emoji.

Erfahrung.

Schließlich bin ich großer Bruder.

»Das passt schon«, kam per Sprachnachricht. Im Hintergrund lief laute Musik, irgendwas von Kygo, und nur anhand dieser Musik war zu erkennen, dass es eine normale Tonaufnahme war, kein Fast Forward. Die Frau spricht mit dem Tempo eines Maschinengewehrs. »Billy will nichts Festes. Absolut nicht. Das heißt nicht, dass sie leicht zu haben ist. Also, auch wenn's okay wäre, wenn's so wäre … Verdammt, ich red lauter Bullshit, sorry. Ich glaube, sie würde dich einfach gern noch mal treffen. Das lief blöd letzte Woche, und ich hab's verkackt, also muss ich es irgendwie wieder … grade kacken?«

Bitte keine Fotos davon!

schrieb ich.

Die Wirbeldiebin hat mir tatsächlich gefallen. Ihre dunklen Augen, in denen man die Iris kaum von der Pupille unterscheiden kann; ihr ehrliches, offenes und so vollkommen unbekümmertes Lächeln, die Kurven, die eine Silhouette formen, bei der jede Linie in perfekter Harmonie in die andere übergeht. Ich sah beinah schon den seidigen Stoff ihres Kleides über ihre dunkle Haut nach unten gleiten … *Okay, Benedict, genug Träumerei für einen Montagnachmittag.* Ich bin nicht hier, um sie flachzulegen. Okay, möglicherweise bin ich doch hier, um sie flachzulegen. Und weil die Freundin – Olivia – mir offen gedroht hat, mich mit Nachrichten in den Wahnsinn zu treiben, wenn ich Nein sage.

Ich werde dir so lange schreiben, bis du Ja sagst.

Ich könnte dich blockieren, sobald du mich nervst.

Anfänger.

Zunge raustreckendes Emoji.

Dein Insta-Name klingt echt, Cedric Benedict.
Ich finde dich überall. Überall! Drohung. Kein Versprechen.

Du machst mir echt langsam Angst.

Hoffentlich!

Darauf folgte wieder eine Videobotschaft, über die ich gelacht habe wie seit Wochen nicht mehr. Und obwohl mir durchaus bewusst ist, dass so ein Überraschungstreffen vielleicht nicht die beste Idee ist, die Livie_Loves_Lettuce je gehabt hat (aber was weiß ich schon über die Ideen einer Frau mit leuchtend türkisfarbenen Haaren), bin ich hier. Olivia rückt Billys Nummer nicht heraus, und Billy ist schlauer als ich: Ich habe sie zwar durchaus auf Fotos auf Olivias Instagram-Kanal entdeckt, aber es existiert nicht eine Markierung. Sie scheint eine Frau ohne Instagram zu sein. Ich kann demnach noch nicht mal Punkte sammeln, indem ich die Überraschung ruiniere.

Bin da. Warn sie wenigstens vor!

tippe ich nun in den Chatverlauf und setze vorsichtshalber darunter:

Sonst gehe ich wieder.

Gesehen. Schreibt … erscheint auf dem Display.

Ich warte. Was schreibt sie mir denn, einen Roman? Dann:

Nope!

Und kurz darauf noch:

Billy LIEBT Überraschungen!

Ich muss grinsen. Wenn Billy Überraschungen so viel abgewinnen kann wie Livie_Loves_Lettuce Salat, dann blüht mir gleich was. Denn Olivias Instagram-Kanal besteht aus Bildern von Cupcakes, Burgern und Cupcakes in Burgerform. Kurz kommt mir der Gedanke, dass ich vielleicht nur aufs Korn genommen werde, und ich sehe mich unauffällig nach jemandem um, der mich heimlich filmt.

In diesem Moment kommt Bewegung in die automatische Drehtür am Eingang. Billy tritt heraus, und obwohl ich wirklich nichts unattraktiver finde als Kostümchen mit braven, weißen Blusen und schwarzen Pumps, haut etwas an ihr selbst das biederste Outfit raus.

Vielleicht die schwarzen Haarsträhnen, die ihr aus der Frisur gerutscht sind und sich um ihre Wangen kringeln.

Sie hält ihr Smartphone ans Ohr, sagt etwas, das ich auf die Entfernung nicht verstehe, und bleibt abrupt stehen. Kurz schließt sie die Augen, öffnet sie wieder und tastet mit ihrem Blick vorsichtig den Eingangsbereich ab.

Ich bleibe auf der Treppe sitzen, hebe aber eine Hand, um sie auf mich aufmerksam zu machen, sollte sie mich nicht auf Anhieb wiedererkennen.

Mit steinerner Miene flüstert sie etwas ins Telefon, wischt darauf herum und pfeffert es in die Handtasche, die ihr über die Schulter hängt.

Okay. So viel ist sicher: Billy und Überraschungen … Das ist nicht unbedingt die große Liebe. Jedenfalls nicht die *ganz* große.

In diesem Moment erscheint eine weitere Nachricht in meinem Chat mit Livie_Loves_Lettuce:

> Mayday, Mayday! Abbruch! Aktion SOFORT abbrechen!

Aber spätestens jetzt bin ich neugierig.

BILLY

Ich werde Olivia kündigen, denke ich, als mein Blick auf Mr Beatle fällt. Sie neigt zu bekloppten Aktionen, die ganze Frau und ihr komplettes Leben sind eine einzige bekloppte Aktion – ihre Worte, nicht meine! –, aber das geht jetzt wirklich zu weit.

»Ich werde Olivia kündigen«, wiederhole ich laut, als sich Mr Beatle geschmeidig erhebt, die Treppe hoch auf mich zukommt und dabei zumindest den Anstand hat, beschämt zu grinsen, wobei er sich auf die Unterlippe beißt. »Die Wohnung« – dummerweise ist Olivia die Mieterin –, »die Mitfahrgelegenheit« – damit treffe ich sie. Hart!, – »und die Freundschaft.« Ja, das mache ich. Ich jage meine beste Freundin zum Teufel. Das mach ich bestimmt.

»Das ist … Was wird das hier, bitte? Oh Gott, ist das peinlich!«

»Frag mich mal«, sagt der Typ mit gesenkter Stimme und sieht sich verstohlen um. »Ich hab bei der ganzen Aktion auch noch mitgespielt und nicht mal eine tolle Ausrede parat, von wegen: War gerade in der Nähe, häng hier nur zufällig ab. Im Vergleich zu mir bist du richtig fein raus, denn du wusstest von nichts.«

»Das macht es nicht besser! Du hättest es wenigstens mit ›Ich war gerade zufällig im Museum‹ versuchen können.«

»Nein, ich fürchte, das wäre schiefgegangen. Du hättest mich gefragt, was mich am meisten beeindruckt hat, und ich hätte wie ein Fünfjähriger gesagt: ›Der riesige, gefährliche T-Rex‹, und dann hättest du durchschaut, dass ich gar keine Ahnung habe.«

In jedem anderen Moment würde sein Kommentar mich amüsieren. Selbst jetzt, nachdem Vivian Blunt mich und meine Träume well done durchgegrillt hat, zuckt der Teil von mir, der gern laut loslacht. Es sind allerdings eher krampfhafte, letzte Zuckungen. »Die Fünfjährigen wissen mittlerweile alle, dass der Tyrannosaurus eher ein träger Aasfresser und nicht mal der größte der Theropoden war. Der Allosaurus dagegen – der war ein richtig gefährliches Biest!«

Er legt sich eine Hand auf die Brust und schafft es trotz der Theatralik der Geste, dabei ernst zu bleiben. »Wie gut, dass ich nie lüge.« Dann streckt er die Hand aus und hält sie mir hin. »Ich bin Cedric. Hi.«

»Billy«, erwidere ich und warte, bis er die Hand nach einigem Warten wieder sinken lässt, nicht ohne vorher kurz seine Frisur in Form zu bringen. Wenn er eitel ist, wäre das fantastisch, dann könnte ich ihn gleich freundlich abservieren und müsste keinen Gedanken mehr an ihn verschwenden.

Aber ganz so einfach wird es möglicherweise nicht. »Okay, Cedric. Ich entschuldige mich für Olivias Aktion. Sie ist ein bisschen durchgeknallt.«

»Ziemlich.«

»Was?«

»Sie ist ziemlich durchgeknallt. Ein bisschen ist maßlos untertrieben.«

Hey. Moment mal, Honey. Beleidigst du gerade meine beste Freundin?

Er scheint zu merken, dass er auf ganz dünnem Eis steht, und räuspert sich. »Aber cool, cool ist sie auch. Ich wäre nicht gekommen, wenn sie nicht cool wäre.«

»Okay«, sage ich und lächle bemüht. »Vielleicht könnt ihr mal was ausmachen, ihr beide. Aber ich … Ich sollte jetzt … Also …« Leider hat der Schreck über das Auftauchen von Mr Cedric Beatle meine immense Enttäuschung nur kurzfristig verdrängt. Sie kriecht bereits wieder zurück an die Oberfläche.

Cedric mustert mich aus seinen blauen Augen. »Ist alles in Ordnung? Musstest du etwa den geklauten Wirbel zurückgeben?«

Kann er bitte damit aufhören? »Das wär ja noch schöner. Nein. Ich hatte gerade ein Vorstellungsgespräch.« Die Feuchtigkeit in meinen Augen nimmt rapide zu, aber ich werde nicht in Tränen ausbrechen. Nicht auf der Treppe vor dem Museum, wo Vivian Blunt, der Museumsdrache, mich womöglich vom Fenster aus beobachtet. »Und ich will nur noch nach Hause.«

»War es so schlimm?«, erkundigt er sich, während er neben mir her die Treppe hinabläuft. »Manchmal fühlt es sich viel schlimmer an, als es wirklich war. Und aufgeregt sind bestimmt alle, die sich bewerben.« Entweder er ist ein verdammt guter Schauspieler, oder er hat tatsächlich Mitgefühl mit mir.

Ich zwinge mich zu einem höflichen Lächeln, kann es aber nicht halten. »Es war nicht *schlimm*. Es lief ganz und gar furchtbar. Ich hatte kein Bewerbungsgespräch – ich wurde verhört, verurteilt und emotional exekutiert.«

»Fuck. Und dann taucht auch noch irgend so ein Idiot auf und geht dir auf die Nerven. Tut mir leid, das war blöd.«

»Schon okay. Eigentlich war der Plan, es bloß souverän die Treppe runterzuschaffen, diese scheiß Schuhe in den nächsten Mülleimer zu werfen und barfuß zu meinem Auto zu rennen, wo ich dann heulend zusammenbrechen wollte.«

Mein Hirn hat keine Kapazitäten mehr frei, um einen gewissen Anschein von Restintelligenz oder gar Stolz zu verteidigen. Als wäre das alles nicht demütigend genug, muss ich auch noch die Nase hochziehen, sonst beginnt sie gleich zu laufen. »Du hast mich aus dem Konzept gebracht, fürchte ich.«

»Die Schuhe kannst du immer noch wegwerfen«, sagt er mit einem kritischen Blick auf die spitz zulaufenden Lederpumps. Dann hält er mir ein platt gedrücktes Päckchen Papiertaschentücher hin, das er aus seiner hinteren Hosentasche gezogen hat, und kommentiert meine erste Träne nicht weiter. »Die Dinger sehen aus, als hätten sie es verdient. Meine Füße schmerzen schon vom Hinsehen.«

»Danke.« Ich zupfe ein Tuch heraus, denke zu spät an Mascara und Lidstrich und mache mich mit einem Wisch vermutlich zum einseitigen Panda. »Leider sind sie geliehen.«

»Gib sie zurück, sie passen nicht zu dir. Und der Job auch nicht, wenn sie dich schon im Vorstellungsgespräch auseinandernehmen. Am Anfang sollte man seine Vorgesetzten mögen – blöd werden sie von ganz allein.«

Vielleicht hat er damit sogar recht. Aber ich würde es gern auf mich nehmen, unter dem Drachen zu arbeiten, wenn ich nur endlich eine Chance bekäme. »Ist halt alles nicht so leicht«, murmle ich. »Ich habe so gut wie sämtliche Museen durch und die Jobs immer um Haaresbreite verpasst.«

»Sämtliche Museen in Liverpool?«

»In Großbritannien.«

Er pfeift durch die Zähne. »Du willst das wirklich, oder?«

»Ich bin kurz davor, in die Staaten zu gehen und es da zu versuchen.«

»Gott – tu das nicht!« Er fährt sich durch die Haare, als hätte ich erklärt, ich wolle in den Krieg ziehen. »Du hast dein ganzes Leben noch vor dir!«

Ich kann nicht anders, ich muss lachen, auch wenn es eher wie ein

Schluchzen klingt. Cedric hat seine Frisur zerstört und schüttelt lediglich den Kopf, damit die Haarsträhnen ihm nicht die Sicht nehmen, sieht aber offenbar keinen Grund, sein Styling wieder zurechtzuzupfen. Vielleicht ist er doch nicht eitel.

»Nein, zuerst klappere ich Europa ab. Und wenn ich damit fertig bin, fange ich einfach in London wieder von vorn an.«

»Ich nehme an, du studierst etwas in die Richtung? Oder bist du schon fertig?«

Ich seufze, weil er in der Kürze der Zeit schon den ganz wunden Punkt erwischt hat. »Das mit dem Studium lief nicht so gut.« Was nicht ganz der Wahrheit entspricht, aber … »Es ist kompliziert.«

Wir erreichen die Heyworth Street, und ich kann Homer in einiger Entfernung bereits am Straßenrand erkennen. Zu unserer Linken liegt der riesige Everton Park mit seinen hügligen Wiesen, Kastanien und Ahornbäumen. In den Backsteinhäusern zur Rechten nutzen die Leute den ersten milden Frühlingstag, um in ihren Beeten herumzufuhrwerken, Fenster zu putzen oder unter dem begeisterten Geschrei der Kinder ein Trampolin aufzustellen, das die gesamte Gartenfläche einnimmt.

»Ich hab auch ein Studium abgebrochen«, sagt Cedric unvermittelt.

Überrascht sehe ich ihn an, er erwidert meinen Blick mühelos.

»War auch kompliziert. Man muss nicht jedes Rätsel lösen.«

Das klingt, als sei es ganz einfach. Seine Worte sagen: Ist okay, du musst das nicht erzählen. Und obwohl ich das natürlich ohnehin nicht muss – ich kenne ihn seit fünf Minuten, einem Zusammenstoß und ein paar dummen Anmachsprüchen –, mag ich das Gefühl, dass er es mir leicht machen will.

Olivia möchte ich immer noch eiskalt duschen für die *Überraschung*, die sie mir bereitet hat, aber wenn ich ehrlich sein soll, ist es mir im

Moment ganz recht, dass Cedric da ist. Er scheint wirklich nett zu sein. Der Frust und die Enttäuschung lungern zwar um mich herum, können mich aber nicht überwältigen, solange ich nicht allein bin.

Neben Homer bleibe ich schließlich stehen. »Das ist mein Auto«, sage ich und klopfe auf die Motorhaube. »Homer. Und bevor du fragst: Er ist ein technisches Wunderwerk, und kein Mechaniker kann sich erklären, warum er noch fährt. Er tut es mir zuliebe.«

Cedric betrachtet Homer mit der angemessenen Mischung aus Faszination und Ehrfurcht. »Er muss dich wirklich lieben. Soll ich ihm Guten Tag sagen, oder ...«

»Nur, wenn du mal mitfahren willst.«

»Cool. Hi, Homer. Schön, dich noch kennenzulernen, bevor du über die Regenbogen-, sorry, Farbkarten-Brücke fährst.«

»Hey! Mach ihm keine Angst. Angst fressen Kolben auf – weißt du das nicht?« Ich schließe die Fahrertür auf, lasse mich in den Sitz fallen und angle meine Chucks aus dem Beifahrerfußraum. Mit bequemen Schuhen bin ich ein anderer Mensch. Ich spiele sogar mit dem Gedanken, mir die verflixte Strumpfhose von den Beinen zu pellen. Der Bauchbund hat sich aufgerollt, schneidet ein und drückt mir in den Magen. Dass Cedric eine Hand aufs Wagendach stützt und mich mit diesem Viertellächeln von oben ansieht, lässt mich die Idee, unter meinem Rock herumzufummeln, aber gleich wieder verwerfen.

Zu zweideutig. Eindeutig zu zweideutig.

»Wohin fahren wir denn?«, fragt er.

»Moment.« Das geht mir jetzt doch ein wenig schnell. »Die Spielleiter im witzigen Wir-überraschen-Billy-Spiel seid Livie und du. Ich bin nur Billy – das arme Opfer. Für den Spielverlauf seid ihr zuständig. Und da Livie nicht da ist, wirst du dich wohl allein drum kümmern müssen. Selbst schuld, wenn man sich auf Deals mit ihr einlässt.« Damit steige ich wieder aus dem Auto, wobei ich mich eng an Cedric vorbeiquetschen muss, werfe den Blazer auf den Rücksitz, ziehe stattdessen den Hoodie über die Bluse und prüfe meine Erscheinung in Homers Seitenspiegel. Bleistiftrock, Hoodie und Chucks. Viel besser. Fast gut.

»Viel besser«, bestätigt Cedric, und kurz wird mir warm, was am kuscheligen Hoodie liegen könnte oder an seinem Blick. Der Typ braucht nicht mal sein Viertellächeln, er kann mit den Augen lächeln, ohne den Mund zu bewegen. So lange ich auch hinsehe, da ist keine Regung seiner Lippen. Und trotzdem lächelt er.

Ich dagegen muss grinsen und spüre Hitze in meinen Wangen, als mir bewusst wird, dass ich seinen Mund anstarre, als plane ich bereits, Besitzansprüche durch Anlecken anzumelden. Er weiß sicher selbst, dass er heiß ist – muss ich ihm das auch noch auf die Nase binden?

»Ich möchte Olivia keinesfalls durch falsche Entscheidungen verärgern«, sagt er, »aber ich glaube, meine Idee wird ihr gefallen. Ich kenne das beste Pub der Stadt. Homer darf zwar nicht mit rein, und wenn du wieder rauskommst, wirst du ihn nicht mehr nach Hause fahren können, denn Sawyer, dem der Laden gehört, macht seinen Job wirklich gut. Aber …«

Ich lehne mich gegen den Kotflügel und winke ab. »Olivia würde die Idee lieben, aber ich lege ein Veto ein.«

Er zieht eine dunkle Augenbraue hoch, die mit der kleinen Narbe. »Du bist das Opfer. Du hast ein Veto?«

Dafür hat er sich einen Knuff in den Bauch verdient. Er fällt ein bisschen lasch aus, dieser Knuff. In solche Bauchmuskeln könnte man auch kräftiger knuffen. Ich merke es mir fürs nächste Mal. »Du hast die Spielregeln nicht gelernt, Beatles-Typ!«

»Verdammt, das Kleingedruckte! Okay, kein Pub, zweiter Versuch. Der Park liegt nahe, du hast bequeme Schuhe an, und Homer scheint sich hier im Schatten der Bäume auch ganz wohlzufühlen. Wir könnten eine Runde drehen und auf dem Weg ein Eis mitnehmen. Wäre das in Olivias Sinne?«

Ich seufze gespielt. »Damit wird sie klarkommen müssen. Mir gefällt's.«

»Das nächste Mal bitte ich sie einfach um genaue Instruktionen. Lass uns gehen.«

CEDRIC

Ich halte ihr die Hand hin, nur so, weil ich gespannt bin, was sie macht. Sie ist schlagfertig und wirkt selbstbewusst – allein dieses Outfit aus Flugbegleiterinnen-Rock, Oversize-Hoodie und Turnschuhen ist ein Statement. Aber hinter ihrer Lässigkeit versteckt sich Misstrauen, wie bei jemandem, der nicht fürchtet, dass dort draußen Gefahren lauern, sondern es genau weiß.

Dennoch ergreift sie meine Finger und läuft tatsächlich kurz mit mir Hand in Hand, bevor wir wieder loslassen und uns angrinsen.

Dr. Raghav rät mir das wieder und wieder – mehr Spaß zu haben. Meiner Meinung nach tu ich fast nichts anderes, aber ich nehme an, wir reden aneinander vorbei.

Wir schlendern durch den Park in Richtung Spielplatz, und Billy erzählt, dass sie mein Lieblingspub heute nicht besuchen will, weil sie nach schlechten Tagen nie Alkohol trinkt, was ich ausgesprochen klug von ihr finde, auch wenn ich scherzhaft frage, ob der Tag denn wirklich *so* schlecht ist.

»Schlecht genug, um nichts zu trinken«, erklärt sie ausweichend.

Der Spielplatz ist gerammelt voll. »Es erstaunt mich jedes Jahr«, sagt sie, »wo an den ersten sonnigen Tagen all diese Kinder herkommen, die man ein halbes Jahr lang nirgendwo gesehen hat.«

»Aus Erdlöchern«, raune ich ihr zu, »um uns den Sommer lang das Eis wegzufressen und sich dann wieder zu verkriechen.« Denn tatsächlich steht am Eiswagen, der in den letzten Monaten genauso verschwunden war wie die Kinder, eine Schlange, als gäbe es dort das letzte Eis der Welt.

Wir gehen weiter und verlassen den Park bei der Moschee. Schräg gegenüber ist ein kleiner One-Stop-Markt, wo man zumindest Eis am Stiel bekommt.

»Der Laden hier hat die gruseligste Dreisternebewertung, die je bei Google vergeben wurde«, erzähle ich ihr leise, während wir an der Kasse warten, bis die alte Dame vor uns ihr Kleingeld abgezählt hat. »Ich habe so ein persönliches Ding mit mittelmäßigen Bewertungen.« Ursprünglich war das Lukes persönliches Ding. Offenbar hat er es mir hiergelassen, als kleinen, harmlosen Bestandteil eines Riesenhaufens aus Dreck, um den ich mich jetzt kümmern darf. Danke, Luke. Arsch.

Um die ungebetenen Gedanken zu vertreiben, drehe ich imaginär Billy Talent im Kopf lauter. Bässe und Gitarren, Schlagzeug, Benjamins Stimme.

Surrender.

Every word, every thought, every sound.

Durchatmen auf Sparflamme, damit Billy es nicht merkt.

»Diese hier«, flüstere ich, »ist meine ungekrönte Königin der Mittelmaßbewertungen. Ich zitiere: ›Sie haben meinen Hund getötet, sehr nett!‹«

Billy starrt erst mich, das verpackte Eis in ihrer Hand, dann wieder mich an. Den Blick zu der Angestellten hinter der Kasse vermeidet sie.

»Aber drei Sterne. Von fünf. Das ist ziemlich … okay.«

»Ich weiß nicht, ob ich Eis kaufen will, wo Hunde …«

Sie hat wirklich leise gesprochen, die Kassiererin wirft ihr trotzdem einen giftigen Blick zu.

»Reiz sie nicht«, raune ich ihr zu. »Sie sieht aus, als würde sie es wieder tun.«

Billy legt das Eis auf die Theke und schluckt. Während ich nach dem Geld suche, neige ich den Kopf zu ihr. »Entspann dich. Immerhin drei Sterne. *Sehr nett.*«

Sie prustet hinter vorgehaltener Hand los, wendet sich um und verlässt den Laden ohne Eis. Ich schenke der Kassiererin ein harmloses Lächeln (sie sieht aus, als wäre an der Geschichte was dran, zum Glück habe ich keinen Hund) und gehe mit dem Eis nach draußen, wo Billy immer noch gluckst.

»Wirklich *sehr nett*«, sage ich.

»Das ist so was von nicht komisch«, japst sie und lehnt sich einen Moment gegen meine Schulter, sodass mir der Duft ihrer Haare in die Nase steigt. Okay. Das ist … wirklich sehr nett.

»Bitte sag mir, dass du ein Spinner bist, Cedric, und das hier nur ein ganz normaler, netter kleiner Laden.«

»Es gibt diese Bewertung wirklich. Du kannst sie googeln. Auf dem Profilbild des Kritikers ist eine Katze, soll ich es dir zeigen?« Ich grabe in der Tasche meiner Jeansjacke nach meinem Telefon, aber sie winkt immer noch lachend ab.

»Ich glaub es dir ja. Aber es ist nicht witzig.«

»Du lachst, es ist also wohl witzig.«

Daraufhin lacht sie noch lauter. »Dass *ich* lache, sagt nichts darüber aus, ob etwas witzig ist. Mein Humor ist fehlgeleitet, ich lache ständig über die falschen Dinge.«

Das wiederum kommt mir bekannt vor. »Das ist schon richtig so.« Es soll Leute geben, denen alberner Humor das Leben rettet.

Ich hole ihr Eis aus der Verpackung und reiche es ihr. »Da du Liverpools definitiv witzigste Geschäftsbewertung noch nicht kanntest …«

»Eine Bildungslücke, die nun endlich geschlossen ist.«

»Großes. Jedenfalls, da du sie noch nicht kanntest, nehme ich an, dass du noch nicht allzu lange hier lebst.«

»Hm.« Sie antwortet nicht sofort, sondern widmet sich zunächst mit Lippen und Zunge der dünnen Schokoladenschicht über dem Eis. Vielleicht sollte ich nicht zu genau hinschauen ... Zu spät.

»Ein knappes Jahr schon.«

Die Straße ist gerade frei, also laufen wir auf die andere Seite und tauchen wieder in die Schatten der Parkbäume ein. »Und du kommst aus London«, vermute ich.

Überrascht sieht sie mich an. »Hast du das am Akzent erkannt? Ich gebe mir doch solche Mühe mit dem Liverpooler.«

Mein Lachen gerät ein wenig dreckig. »Merkt man. Kompliment, dass du den Scouse nach einem Jahr schon *verstehst.*«

»Ich hatte eine Kinderfrau, die nur Irisch mit mir gesprochen hat. Das ist dicht dran.«

»Mag sein. Ein Scouser wird man so schnell trotzdem nicht.«

Sie hebt herausfordernd die Augenbrauen. »Vermutlich muss man hier geboren sein, um einer von euch zu sein, ja?«

»Nee. Bin ich auch nicht. Wir sind hier alle mehr oder weniger Einwanderer. Zum Scouser – einem waschechten Liverpooler – wird man über die drei Grundpfeiler Liverpools: Wir arbeiten hart, wir streiten hart und wir trinken.«

Sie nickt mit einem Schmunzeln. »Hart.«

»Richtig hart.«

»Das also beweisen jede Nacht die Freaks auf der Straße vor unserem Haus. Ich hab die bisher für besoffene Fußball-Proleten gehalten. Danke, jetzt weiß ich endlich, dass es in Wahrheit um die Erhaltung von Kulturgut geht.«

»Lokalkolorit«, bestätige ich trocken. «Und das direkt vor der Tür. Stimm ›You'll Never Walk Alone‹ an, mach dir ein Lager auf, und du erlebst Liverpooler Kultur in Reinform, ohne das Haus verlassen zu müssen. Und gewinnst darüber hinaus hundert neue beste Freunde, die dich mit Freude aus jeder Schwierigkeit rausprügeln werden.«

Ein paar Meter gehen wir schweigend, dann sagt sie: »Ich mag diese Stadt wirklich. Sie ist laut und hässlich und dreckig, und ich finde nie einen Parkplatz. Aber sie ist verdammt echt. Ehrlich.«

»Man braucht hier eigentlich auch keinen Parkplatz. Die Züge klappern und rappeln zwar, als würden sie nur mit Glück ankommen – die meisten haben aber Glück. Und die Busse sind manchmal sogar pünktlich.«

»Kann schon sein«, erwidert sie, und plötzlich klingt ihre Stimme eine Nuance tiefer, als belaste sie das Thema. »*Man* braucht hier kein Auto. Aber *ich* brauche dieses Auto. Es ist mir wichtiger als eine Wohnung – immerhin kann man in einem Auto übernachten. Aber versuch mal, in einer Wohnung irgendwo hinzufahren.«

»Stimmt. Das hab ich noch nie geschafft. Wo willst du denn so spontan hin?«

Sie zuckt mit den Schultern. »Na ja. Woandershin.« Dann schüttelt sie den Kopf und lächelt mich knapp an. »Ist nur eine Marotte von mir.«

Erzähl mir mehr! Ich mag es, sie reden zu hören. Sie hat eine schöne Stimme und sagt immer etwas, das ich nicht erwartet habe. »Bist du deshalb aus London hergekommen? Weil du woanders hinwolltest?«

Ihr Blick flattert vom Wegesrand zu den Baumstämmen, streift mich kurz und gleitet zurück über die Wiese. »So ungefähr.«

Gott, mach mich doch nicht so neugierig, Frau! »Warte! Du warst auf der Flucht. Das mit dem Spinosaurus-Wirbel – du hast es schon mal getan. Du bist eine Wiederholungstäterin.«

Diesmal lacht sie gar nicht. Warum lacht sie nicht? »Das kommt dem Ganzen ziemlich nahe, ja. Ein Leben auf der Flucht.«

»Zu persönlich?« Ganz offenbar. Wie konnte das denn passieren? Ich verfüge über ein hervorragendes Frühwarnsystem für Kram, der zu persönlich ist. Ob man das regelmäßig warten lassen muss, damit es nicht kaputtgeht?

Zu meiner Erleichterung sagt sie: »Ach, nein, das nicht. Es ist bloß eine Geschichte des Scheiterns.«

»Damit kannst du mich nicht beeindrucken. Ich trage einen Landesmeistertitel im Scheitern.«

Amüsiert sieht sie an mir runter und wieder hoch, und ich glaube, ihre ironischen Gedanken von ihr abstrahlen zu spüren: Scheitern? Du? Ja, ganz bestimmt.

Wenn du wüsstest, Billy.

»Liverpool war nicht meine erste Wahl. Ich hab es in Edinburgh versucht, in Dublin, in Glasgow ... Aber mit einem abgebrochenen Jurastudium und der festen Überzeugung, nicht mal zum Stempeln und Briefmarkenanlecken in einer Anwaltskanzlei arbeiten zu wollen, kommt man nur an schlecht bezahlte Aushilfsjobs.«

»Und von schlecht bezahlten Aushilfsjobs kann man in Edinburgh und Dublin nur leben, wenn man im Auto schläft«, schließe ich den Kreis.

»Und deshalb«, sie schnipst mit den Fingern, »bin ich froh, dass ich Homer habe.«

»Klingt abenteuerlich.« Ich mag Abenteuer, ich mag sie wirklich sehr. »Und wie kommt man nun von einer Aversion gegen Jura in ein Museum mit Drachen?«

»Schwer«, seufzt sie. »Beziehungsweise gar nicht – das ist mein Problem. Es wirkt auf alle, als hätte ich versagt und würde jetzt etwas Leichteres suchen. Dabei will ich nur endlich durchsetzen, was ich immer machen wollte, mir aber verkneifen musste.«

»Darf ich raten?« Ich warte geduldig ihr Nicken ab, bevor ich weiterspreche. »Deine Eltern haben eine Kanzlei und davon geträumt, dass du bei ihnen einsteigst. Ihr habt euch zerstritten, als du Jura geschmissen hast, und nun musst du auf eigenen Beinen stehen.«

Verblüfft öffnet sie den Mund. »Hey. Du bist gut. Die Eltern sind bloß ein Vater, und ich muss nicht, sondern will auf eigenen Beinen stehen. Aber der Rest ist wirklich dicht dran. Oder hat«, ihr Gesicht verliert an Fassung, »Olivia dir das erzählt?«

»Nein, natürlich nicht«, beeile ich mich zu versichern. »Aber diese Geschichte teilst du in ihren Grundzügen mit jedem zweiten Menschen unter fünfundzwanzig, der hier auftaucht.«

»Mist.« Sie schnippt ihren Eisstiel über mehr als zwei Meter zielgenau in den Mülleimer am Wegrand. »Und ich dachte, ich sei was Besonderes.«

Ihre Treffsicherheit *ist* besonders. Ich lecke rasch den letzten Rest Vanilleeis vom Stiel, um es auch zu versuchen, meiner landet allerdings knapp neben der Tonne. »Moment«, bitte ich Billy, hebe den Stiel auf und versuche es noch mal. Keine Chance. »Das war ein Zufallstreffer, oder?«

»Wetten, dass ich es noch mal schaffe?« Sie tritt zwischen den Mülleimer und mich, macht einen Schritt auf mich zu und sieht mir direkt ins Gesicht. Langsam hebt sie die geöffnete Hand, damit ich ihr mein Holzstäbchen gebe.

Ich nehme es wie eine Zigarette zwischen zwei Finger und halte es ihr in Slow Motion hin, um diese unerwartete Nähe noch etwas hinauszuzögern. Sie greift nach dem Stäbchen, ich lasse aber nicht los und beobachte das winzige Lächeln in Billys Mundwinkeln. Sie ist so nah und so schön, dass das einzig Richtige nun wäre, das verdammte Stäbchen loszulassen, ihre Schulter zu streifen, meine Finger unter ihr Haar zu schieben und meine Handfläche in ihren Nacken zu legen. Wenn dieses Lächeln dann weiter auf ihrem hübschen Mund spielt (und da bin ich recht sicher), würde ich den Kopf senken und sie küssen. Und dann …

Stopp, Benedict. Reiß dich zusammen! Ganz falsche Reihenfolge! Erst die Regeln, dann das Küssen. Alles andere ist nicht fair.

Ich lasse das Stäbchen los, behalte meine Finger bei mir und lächle sie stattdessen an. »Zeig's mir.«

Sie bleibt exakt, wo sie ist. Wenn das hier ein Spiel ist, dann plant sie zu gewinnen. Meine Atemzüge werden unweigerlich tiefer, und ich spüre meinen Puls in der Halsbeuge pochen.

Billy beißt sich auf die Unterlippe, schüttelt ihr Haar zur Seite und wirft das Stäbchen kurzerhand über ihren Rücken.

»Und?«, fragt sie und steckt die Hände provokant in die Taschen ihres Hoodies. »Hab ich getroffen? Geh doch mal nachsehen.«

Ja, besser ich tu das und erinnere mich dabei noch mal sehr genau an all meine Vorsichtsmaßnahmen. Bevor ich Dinge tue, die ich nachher bereue.

BILLY

»Respekt«, sagt er, während er den Boden um den Mülleimer herum absucht, wo natürlich kein Eisstäbchen zu finden ist. Denn das ist in meiner Tasche. Ich werde es ihm später verraten.

Vorerst bin ich damit beschäftigt, dieses verwirrende Gefühl von Schwerelosigkeit in den Griff zu bekommen, das meinen Kopf und meinen Bauch gleichermaßen einnebelt. Diese Nähe gerade … Sie war schön. Und beunruhigend. Es ist genauso wie nach der Fahrt in einer Achterbahn: Mit meinem Körper passiert etwas, das der Verstand nicht greifen kann, und dadurch wird alles schwer und leicht zugleich. In meinem Nacken kribbeln Warnung und Wunsch, es wieder zu tun.

»So was lernt man in Jura?«, fragt er.

»Irgendwas Sinnvolles muss man da mit seiner Zeit anfangen.« Die Sinne wieder ins Lot bekommen, genau. Das wäre … sinnvoll. »Apropos. Was machst du Sinnvolles, wenn du nicht gerade auf Museumstreppen herumlungerst?«

»Ich hab aus dem abgebrochenen Studium gar nichts gelernt«, erzählt er, während wir weitergehen, »und ein neues angefangen. Meeresbiologie.«

Mir entkommt ein ungewolltes Seufzen. »Das klingt großartig.«

»Ja, ist es. Wir sitzen den ganzen Tag am Strand, lauschen Walgesängen und schwimmen mit Delfinen.«

»Im River Mersey, schon klar.«

»Genau. Und wenn wir dann aufwachen aus unseren Träumen, sezieren wir Klieschen, vermessen Algen, sezieren die Parasiten von Klieschen, pulverisieren Quallen, um sie auf radioaktive Substanzen zu untersuchen, sezieren die Parasiten der Parasiten von Klieschen …«

»Großartig, ich bleibe dabei. Ich habe auch an Meeresbiologie gedacht, aber … die Saurier wären traurig geworden, hätte ich mich von ihnen abgewandt. Stimmt es, was man über euch sagt? Seid ihr die Weltretter?«

Er mustert mich kritisch. »Du bist ganz schön frech. Natürlich sind die meisten Meeresbiologen Weltretter.«

»Und du nicht?«

»Ich glaub nicht mehr daran, dass sie zu retten ist.« Er stößt die Luft aus, und für einen Moment weiß ich nicht, ob er es ernst meint oder mich foppt. »Aber falls doch, will ich natürlich dabei sein.«

»Natürlich. Wo studierst du? An der John Moores?«

Wir müssen ein weiteres Mal dicht zusammenrücken, da eine Gruppe von Radfahrern uns an den Wegrand drängt. Ich stoße mit der Schulter gegen Cedrics Arm und stelle mir vor, er würde ihn kurzerhand um mich legen. Ich würde nicht Nein sagen. Um ehrlich zu sein, gefällt mir die Vorstellung sogar so gut, dass in meinem Bauch ein vorsichtiges Kribbeln einsetzt. Leider legt er weder Arme noch andere Gliedmaßen um mich, auch wenn ich ahne, dass er mit dem Gedanken spielt. Ob er … schüchtern ist? Unsicher? Hübsch, humorvoll und auch noch unsicher? Dann ist er wohl kaum echt, und Livie hat mir eine Illusion geschickt. Ob ich ihn noch mal anfassen darf, um sicherzugehen, dass er echt ist? Vielleicht dort, wo diese hübsche Tätowierung unter seiner Kleidung hervorblitzt?

Leider wirkte er bisher weder unsicher noch schüchtern, eher im Gegenteil. Kaum anzunehmen, dass er es plötzlich wird.

»An der Liverpool University«, antwortet er, was mich wirklich verwundert.

»An der Liverpool? Und ich hab dich noch nie dort gesehen?« War ich denn blind? »Ich arbeite da. Im Sweet & Cheesy.«

»Du arbeitest im Sweesy?«

Okay, er kennt den Laden, und wenn ich mir diesen Körper ohne T-Shirt und Jeansjacke vorstelle – Himmel hilf! –, liegt die Erklärung nahe, dass er einen Bogen um ihn schlägt, weil man einfach nicht so aussieht, wenn man auf unsere süßen oder käsigen, aber immer fetttriefenden Backwaren steht. Zumindest nicht lange. Vermutlich trifft man Männer wie ihn im Fitnessstudio oder an der Salatbar. Hat die Uni so was überhaupt? Die meisten Studentinnen und Studenten brauchen Nervennahrung in Form von Fett, Zucker und Kohlenhydraten.

»Ich arbeite da, weil ich abhängig von den Sauereien bin, die wir als Essen verkaufen«, erkläre ich ernst. »Und wegen Nanna, meiner Oma.«

»Ist die auch abhängig, und du dealst für sie mit Cupcakes?«

Ich merke zu spät, dass ich mich erneut verquasselt habe. Es muss an dem Stress im Vorstellungsgespräch liegen, dass ich ihm Dinge erzähle, die ich normalerweise für mich behalte oder nur Menschen anvertraue, die ich gut kenne. Auch wenn das nicht viele sind. Oder daran, dass er wirklich aufmerksam zuhört und seine Antworten durchdacht klingen, als würde er sich etwas aus mir machen, statt mich mit Phrasen abzuspeisen. Ich könnte ihn mögen, denke ich. Wirklich gern mögen.

Möglicherweise färbt die Offenheit der Liverpooler, der Scouser, aber auch langsam auf mich ab. Hier trägt man sein Herz auf der Zunge, sagt lieber zu viel als zu wenig, und wenn ich dazugehören möchte, sollte ich vermutlich aufhören, meine Worte auf die Goldwaage zu legen, bevor ich sie ausspucke.

»Nein. Sie lebt in Brasilien, in Macapá, und denkt immer noch, ich ginge zur Uni und würde etwas aus meinem Leben machen.« Ich beiße mir auf die Lippe, weil es klingt, als würde ich Nanna anlügen. »Ich habe ihr natürlich erzählt, dass ich abgebrochen habe. Aber sie ist dement und vergisst es immer wieder. Und wenn ich ihr am Telefon sage, dass ich gleich zum Campus gehe, ist sie glücklich und macht sich keine Sorgen.«

Daraufhin sagt er eine Weile nichts, und ich bereue meine Worte. Vermutlich hält er mich jetzt doch für eine Lügnerin. Toll, Billy. Erzähl ihm doch gleich, warum du wirklich aus London abgehauen bist.

Ich bin erleichtert, dass wir uns dem Parkausgang nähern. Die Ablenkung hat wirklich gutgetan, und nach unserem langen Gespräch bin ich zuversichtlich, das Heulen um den vermasselten Job einfach überspringen und mit meinem Alltag weitermachen zu können. Gedemütigt fühle ich mich trotzdem noch vom Drachen. Aber vor allem bin ich müde.

»Billy, ich fand deine Freundin zu Anfang wirklich verrückt«, beginnt Cedric. Er scheint nach den richtigen Worten zu suchen. »Aber ich bin froh, dass sie mich angeschrieben hat und wir uns doch noch kennengelernt haben. Sag ihr das, ja?«

Unschlüssig lehne ich mich an die Autotür und spiele mit einer Hand am Schlüssel in meiner Tasche herum. Das klingt nun nicht, als sei er total enttäuscht von mir, weil ich meine Oma belüge. Eher …

»Ja, das finde ich auch. Es war nett. Vielleicht können wir das …«

»Vielleicht magst du mit zu mir kommen?«

»Jetzt?«

»Wann sonst?«

»Hm.« Mir fällt wieder ein, dass er mir keine zehn Sekunden nach unserem ersten gewechselten Wort schon Frühstück als Abschluss einer gemeinsamen Nacht angeboten hat. Daher sollte es mich nicht wundern, dass er ziemlich direkt ist. Hatte mir das im Museum nicht sogar ein bisschen gefallen?

Ja, schon. Aber jetzt fühlt sich der Gedanke an einen One-Night-Stand mit ihm grundlegend falsch an.

»Weißt du, ich … Ich will es nicht überstürzen. Ich mag so was eher langsam angehen.«

Bitte, flehe ich innerlich. Sag, dass ich dich falsch verstanden habe und du mir nur dein Aquarium oder deine Muschelsammlung zeigen möchtest. Sag bitte einfach, dass es dir um was ganz anderes geht als um Sex gleich nach dem Kennenlernen.

»Völlig in Ordnung, das verstehe ich«, sagt Cedric. Zu meiner Erleichterung klingt es ernst gemeint, respektvoll und dabei so vollkommen nüchtern, als sprächen wir von einem Termin zu einer Weisheitszahnentfernung.

»Aber wir können uns gern noch mal treffen«, sage ich. »Uns ein bisschen besser kennenlernen.«

Allein an der Pause, die entsteht, weil er vermutlich nach Worten sucht, um mir schonend beizubringen, dass er daran keinerlei Interesse hat, wird klar, dass das, was da eben zart in meinem Bauch geflattert hat, unter eine gewaltige Fliegenklatsche gehört. Ich verstehe nicht, warum das plötzlich so abgrundtief schiefläuft. Reden wir aneinander vorbei? Ist es bloß ein Missverstandnis?

»Nein«, sagt er.

Wow, das ist mal eine klare Ansage.

Kann das bitte sofort aufhören? Er duscht mich eiskalt, und mein Hirn funkt SOS.

»Du bist unglaublich süß, Billy«, fängt er an, und in meinem Kopf schreit irgendetwas: Bitte nicht die Du-bist-so-süß-mit-deinen-lächerlichen-Hoffnungen-Masche. Die ertrag ich nicht. Nicht noch so eine Demütigung.

»Aber ich bin nicht der Typ zum Treffen und Kennenlernen und all das.«

Ich will die Abfuhr, die er mir erteilt, wirklich nicht diskutieren. Das macht es selten besser. Aber ich kann mir nicht verkneifen zu sagen: »So einen Typen hast du aber täuschend echt imitiert.«

Er reibt sich über die Stirn. »Tut mir leid, wenn das so angekommen ist. Ich dachte, deine Erwartungen wären anders.«

»Olivia«, unterbreche ich ihn tonlos. »Hat sie das behauptet?«

Er lässt die Chance, alles auf meine Freundin zu schieben, verstreichen.

Entweder er ist dumm. Oder irgendwie … anständig.

»Du hast dir also eine schöne, unverbindliche kleine Nummer vorgestellt«, fasse ich die Situation zusammen. »Nur darum warst du so ein netter Typ.«

»Billy, tut mir leid«, murmelt er. »Ich bin kein Arschloch, aber …«

»Lass gut sein.« Ich gebe mir größte Mühe, die Fahrertür ruhig und souverän aufzuschließen und mich nicht in mein Auto reinzuwerfen, sondern *Platz zu nehmen.* »Soll ich dich vielleicht noch irgendwohin mitnehmen?«, frage ich süßlich. »Ach nein, dazu bin ich ja gar nicht der Typ. Hab noch einen schönen Tag, Cedric. Bis … hoffentlich nicht so bald.«

Sein »Warte doch mal« geflissentlich ignorierend schlage ich die Tür zu, starte den Motor und brause nach einem kurzen Kontrollblick über die Schulter ohne Blinker und ohne mich anzuschnallen los.

Wie abgrundtief mies kann so ein sonniger Apriltag eigentlich werden?

Eine kleine Nummer wollte er, ja?

Weißt du, Cedric, fuck you.

CEDRIC

»Mr Benedict?«

Mein Blick schnellt vom Mikroskop hoch. Professor McLloyd steht mit seinem typischen Zwei-Meter-zu-jedem-menschlichen-Wesen-Abstand vor meinem Arbeitsplatz und blinzelt mich über die Brille hinweg an, als hätte ich ihn tödlich beleidigt. »Prüfen Sie Ihre Zahlen.«

Ich weiß nicht, was er meint. Zu den Objekten, die ich zu mikroskopieren begonnen habe (Mageninhalt eines Gefleckten Rochens), existieren noch keine Daten. Oder meint er etwa …? »Die zum Algenwachstum?«

Isaac tritt neben mich und mustert den Professor mit verschränkten Armen. Man kann das unausgesprochene ›Alter, was machst du den Mann an?‹ förmlich in der Luft flirren sehen. Seit ich Isaac einmal gegen einen wirklich herablassenden Kommentar einer Professorin verteidigt habe, springen wir füreinander in die Bresche. Hin und wieder auch dann, wenn wir diese Bresche erst selbst schlagen müssen.

»Die Zahlen müssen stimmen.« Ich trete zum Laptop, um die Datei aufzurufen.

»Deine Zahlen stimmen immer«, murmelt Isaac mir zu.

»Dann beten Sie mal beide, dass es diesmal anders ist«, erwidert der Professor lakonisch. »Denn falls nicht, haben wir morgen eine Algenplage im River Mersey, und nächste Woche versinkt die ganze Stadt unter Algen.«

»Was?«

An den anderen Tischen wird es auffallend ruhig. Alle schauen zu mir rüber, während ich in der Datei scrolle. Auf den ersten Blick scheint alles in Ordnung, aber dann …

Fuck. Was zum Teufel ist das denn?

»Sie haben recht, Professor. Das sind vollkommen idiotische Zahlen.«

»Schön, dass Sie es so treffend bezeichnen. Warum geben Sie so etwas ab und verschwenden damit meine Zeit? Hätte nicht ein Blick darauf gereicht, um zu erkennen, dass etwas nicht stimmen kann?«

Ich nicke. »Absolut. Ich hab geschlampt.«

»Kann passieren«, sagt Isaac und wirft einer Kommilitonin, die schadenfroh grinst, einen bösen Blick zu.

»Nein, wenn man das Studium angemessen ernst nimmt und nicht bloß als Hobby betrachtet, passiert einem das nicht«, erwidert Professor McLloyd. »Ich möchte Sie später in meinem Büro sehen, Mr Benedict. Passt es Ihnen um sechzehn Uhr, oder sind Sie da anderweitig beschäftigt? Sie können gern in Ihrem Terminkalender nachsehen.«

Ich verstehe die Anspielung und sehe von der Datei auf, in der ich soeben den Fehler gefunden habe.

»Sechzehn Uhr passt mir natürlich. Tut mir leid, Professor, ich überarbeite die Zahlen sofort. Mir ist in der Formel beim Multiplikator ein Komma verrutscht.«

Ein beschissener Tippfehler! Und der Prof hat recht, das hätte ich verdammt noch mal sehen müssen, bevor ich ihm die Daten weiterleite.

»Was war das denn?«, knurrt Isaac, als der Professor sich abgewandt hat, um sich der Mikroskopierung zweier Studentinnen zu widmen.

Ich sehe ihn wortlos nicken, fast schon ein Ritterschlag, denn ein deutlicheres Lob bekommt von dem Mann niemand.

»Bisschen übertrieben, dich wegen eines Kommafehlers vor allen hier runterzuputzen. Vermutlich schiebt er Frust, weil er bei dir sonst nichts findet, was er kritisieren kann.«

»Kann sein.« Ich räume die Objektträger zurück in ihre Box und verschiebe das Mikroskopieren aufs nächste Mal. Erst mal muss ich die Tabelle korrigieren und die Zahlen prüfen – jede einzelne, wenn es sein muss. »Ich war nicht bei der Sache gestern.«

»Gewitter?«, erkundigt sich Isaac leise.

Mein Lachen gerät müde. »Nein. Hab vorgestern ein Mädchen getroffen und mich wie ein beschissener Idiot verhalten.«

Isaacs Lippen formen ein stilles *Oh.* »Mädchen, ich seh schon. Und du hast sie nicht rumgekriegt. Das muss wehtun.«

»Arschloch«, murmle ich freundlich. »Sie hält mich für den letzten Drecksack.«

»Siehst du sie wieder?«

»Nein.« Eigentlich nicht. Außer … Fuck.

»Dann …« Isaac dreht sich leichtfüßig um die eigene Achse und beginnt leise »Let It Go« zu singen.

»Bitte nicht die Eisprinzessin! Das krieg ich Tage nicht aus dem Kopf.«

Er singt ungerührt weiter.

»Isaac. Du trägst einen verdammten Kittel, kein Glitzerballkleid!«

Endlich hört er mit dem Tanzen auf, offenbar glaubt er mir jetzt, dass ich nicht lachen werde, und die anderen tuscheln schon. »Schade, oder? Und Elsa ist Königin, keine banale Prinzessin. Was also wirst du tun?«

»Nichts, sagte ich doch schon.«

»Nicht mit dem Mädchen.« Klingt da etwas Misstrauen in seiner

Stimme mit? »Mit Professor McLloyd. Um sechzehn Uhr. Glaube kaum, dass er dir einen Drink ausgeben will, dafür ist es ein bisschen früh.«

Ich vergewissere mich kurz, dass sowohl der Prof als auch seine Speichellecker mit ihrem eigenen Kram beschäftigt sind. »Der hält mir einen Vortrag über die Anwesenheit bei den Vorlesungen, ich halte mit meinen Noten dagegen. Er wird mir vorwerfen, hier aus einer Laune heraus das Geld meiner Familie zu verprassen, ich werde ihn darüber aufklären, dass ich genug eigenes habe und es verprasse, wofür auch immer ich will.«

»Ja«, sagt Isaac gedehnt. »Mach das richtig mysteriös, verschränk die Arme und leg den Kopf in den Nacken.«

Spaßeshalber probiere ich das gleich aus. »Er soll mich also für einen Mafioso halten?«

Isaac begutachtet meine Pose. »Lass das doch besser, das kommt so überzeugend rüber, nachher ruft er die Security.« Er mustert mich kurz, dann fährt er fort: »Ehrlich, Ceddy, sein eigentliches Problem mit dir ist die Expedition.«

»Was interessiert ihn die Expedition?«

»Er hätte Florence Hall gern auf diesem Schiff gesehen und war nicht glücklich, als die Kapitänin sich für dich entschieden hat.«

Langsam ergibt das Sinn. »Das wusste ich nicht. Vielleicht …«

»Und als sich dann rumsprach, dass du diese Chance womöglich nicht mal wahrnimmst, sondern die Reise vielleicht abbläst, war er richtig angepisst.«

»Verstehe.« Aus Sicht des Professors ist der Ärger verständlich. Ich bin leider nicht als der zuverlässigste seiner Studenten verschrien, und Zuverlässigkeit ist ihm wichtig. Im Gegensatz zu ihm weiß die Kapitänin, warum meine Entscheidung, als studentische Hilfskraft an der zweiwöchigen Expedition in die Irische See teilzunehmen, so wackelt.

Ich tue mich allerdings schwer damit, vor Leuten auszupacken, die mich dermaßen von oben herab betrachten wie Professor McLloyd.

»Du solltest dich einfach bis sechzehn Uhr entschieden haben, ob du fährst oder nicht«, meint Isaac, während ich Desinfektionsmittel auf die Arbeitsfläche sprühe und mit Tüchern wieder aufwische. »Wenn du ihm klarmachst, dass das Studium für dich keine Beschäftigungstherapie gegen chronische Langeweile ist …«

»Chronische Langeweile eines gut betuchten Vollzeitsohnes«, ergänze ich, während in meinem Kopf Filme ablaufen. Was soll ich denn nachher schon sagen? ›Professor, ich studiere Ihr Fach, weil ich das Meer liebe. Meine innere Sicherung knallt irgendwann vollends durch, wenn uns nicht bald etwas einfällt, wie wir es vor unserem Dreck und dem ganzen Müll retten können, darum will ich alles darüber lernen, um an dieser Lösung mitdenken zu können. Leider knallt bei mir allerdings auch so häufiger mal was durch‹? Der lacht mich aus.

»*Arrogant* hast du in deiner Liste noch vergessen«, hilft Isaac aus, »dann haben wir's. Wenn du ihm einfach mal begreiflich machen würdest, warum du nicht immer zu den Vorlesungen antrabst, kommst du auch von seinem Kieker wieder runter und er sucht sich wen anders, an dem er seine Kinks auslebt.«

»Weißt du, warum dich niemand leiden kann, Isaac Allen?« Die Ironie braucht nicht in meiner Stimme durchklingen, sie liegt in jedem einzelnen Wort. Denn es gibt auf diesem Campus nahezu niemanden, der Isaac nicht mag. Sie verspotten ihn nicht mal, wenn er Disney-Lieder singt, sondern schmunzeln bloß. Ihr Lästern ist gutmütig. Man muss Isa mögen, er ist nicht nur freundlich und loyal, seine guten Eigenschaften färben auch ab. Irgendetwas an ihm bewirkt, dass die Menschen menschlicher werden, wenn sie mit ihm zusammen sind. Mein Frühwarnsystem vor emotionalen Bindungen schlägt in seiner Nähe permanent an. Aber ich hab mich an den Sirenenton im Hinterkopf gewöhnt. »Weil du immer recht hast, Isa. Keiner mag Klugscheißer.«

»Das weiß ich selbst viel besser als du«, sagt er trocken. Wir schultern unsere Rucksäcke, winken den anderen knapp zu, und ich klemme mir den Laptop unter den Arm. Kaum dass wir das Labor verlassen und in den Gang Richtung Treppenhaus einbiegen, breitet sich ein Grinsen auf Isaacs Gesicht aus, das von einem Ohr zum anderen reicht.

»So, du Freak, wir sind allein, und jetzt bist du fällig.«

Ich hätte damit rechnen müssen.

»Ich will jetzt und hier und augenblicklich alles über das Mädchen hören, das Cedric Benedict zu einem peinlichen Anfängerfehler treibt.«

Ich raufe mir die Haare. »Sie hat Nein gesagt, das ist alles. Für Typen wie mich ist das hart. Ich bin das nicht gewohnt.«

Er lacht kopfschüttelnd. »Glaubst du wirklich, damit kommst du bei mir durch? Wer ist sie, und woher kennst du sie? Ist sie in unserem Kurs?«

»Nein.«

»Moment mal.« Er stockt. »Woher kennst du sie dann? Du gehst doch so gut wie nie irgendwohin!«

So schlimm, wie er es ausdrückt, ist es auch nicht. »Sie war bei der Eröffnungsfeier des Museums. Da war ich zum Beispiel, wenn du dich erinnerst.«

»Im Ernst? Dann hab ich sie gesehen?«

»Ja, bestimmt. Schönes Kleid, scheußliche Schuhe.«

»Das trifft auf fast alle Frauen zu, die da waren.«

Vermutlich. Aber irgendwas an Billy war trotzdem … besonders.

»Details, Cedric. Und warum hast du den ganzen Abend lang mit mir abgehangen, wenn da ein Mädchen war, das du …«

»Weil sie gegangen ist, als ich kam.«

Nun lacht Isaac richtig los, so laut, dass sich eine Gruppe Studentinnen zu uns umschaut. »Alter. Du hast sie gleich vertrieben? Was bitte war da los bei euch?«

»Lange Geschichte. Sie hat mir erzählt, sie wäre gerade dabei, ein Fossil zu stehlen, und müsse fliehen.«

»Bitte was, bitte?« In Isaacs Gesicht geschehen seltsame Dinge. Normale Leute ziehen die Augenbrauen hoch, talentierte tun das nur mit einer. Isaac aber formt aus seiner linken Augenbraue eine Treppe mit zwei Stufen, was seiner Verwunderung eine ausgesprochene Dramatik verleiht. Er mag Dramatik.

»Das war nur ein Witz. Glaube ich.« Ich weiß bis heute nicht, warum sie aufgebrochen ist wie Aschenputtel, wenn das letzte Stündlein schlägt. »Aber ich frage mich die ganze Zeit, ob es vielleicht keiner war. Ob sie vielleicht wirklich …«

»Uuuh.« Isaacs Braue nimmt wieder ihre normale Form an. »Du kannst einfach nicht aufhören, über sie nachzudenken, ja?«

»Hmpf.«

»Du hast nicht an deine Algen, diese schlüpfrigen kleinen Scheißerchen gedacht, als du die Datei bearbeitet hast, sondern an die schlüpfrigen Stellen an Miss … wie heißt sie?«

»Billy. Ja, kann sein. Nein! Eigentlich nicht. Überhaupt nicht!« Eher an ihre großen, dunklen Augen. An die Enttäuschung darin, als ich versucht habe, ihr ohne viel Melodramatik zu erklären, dass ich … fuck. Dass ich ein Arsch bin, der keiner sein will. Hat super funktioniert, ich bin begeistert von mir.

»Du kannst nicht mehr schlafen. Nicht mehr essen!«

»Jetzt übertreib mal nicht!«

»Läuft Ed Sheeran in deiner Jukebox-Birne?« Isaac lacht, als wäre Ed Sheeran völlig absurd. Dabei hat der Mann ein paar echt nette Songs geschrieben. Isaacs Blick trifft auf meinen, und das Lachen vergeht ihm wieder. »Scheiße, Mann. Ernsthaft? Ed Sheeran? Was ist denn schiefgelaufen?«

»Ich hab mich ein bisschen blöd ausgedrückt. Okay, ich habe mich richtig blöd ausgedrückt. Und dann war sie plötzlich weg mit ihrem Homer – frag einfach nicht, Isa! – und nun denkt sie, ich sei ein Arschloch.«

»Was du natürlich nicht bist.«

»Ich doch nicht!«

»Das ist mal wahres Drama, Cedric. Was wirst du tun?«

»Ich korrigiere die Datei. Und dann lasse ich die Hosen vor Lloyd runter und …«

»Tu das nicht, er steht nicht auf Schwänze! Auch nicht auf Muschis, glaub mir. Er hasst einfach jeden. Was tust du nach dem Kniefall vor Lloyd?«

»Keine Ahnung. Was essen gehen, denke ich.«

Isaac lacht. »Als ob du noch essen könntest.«

BILLY

»Wir hätten gern zwei Kaffee, Baby, einmal den Schinkenbagel mit Käse, einmal die Quiche mit Lachs. Und n' Küsschen von dir dazu. Jeder eins.«

Die Anzugträger grinsen mich breit an, der, der bestellt hat, spitzt die Lippen, und aus meinem freundlichen Kellnerinnen-Lächeln wird eines voller Mitleid.

»Okay, Jungs«, sage ich mit einem Seufzen und stecke den Notizblock demonstrativ in meine babyblaue Schürzentasche. Wir würden lächerlich aussehen in diesen pastellfarbenen Schürzen mit einem Knallbonbon auf der Brust, würde die Anweisung von Muriel, der Inhaberin des Sweesy, nicht lauten, darunter konsequent Schwarz zu tragen, damit wir nicht selbst wie kleine Tortenstücke wirken. Muriel hat den Twist vom Fünfziger-Jahre-Stil zur Emanzipation voll drauf. »Ich gehe jetzt mal schauen, ob bei den anderen Gästen alles gut ist. Dann wische ich die Tische ab, spüle ein paar Gläser und schmier Sandwiches. Wenn ich fertig bin und gute Laune habe, komm ich zu euch zurück, und wir versuchen das mit der Bestellung einfach noch mal. Diesmal bestellt ihr, ohne jemanden zu belästigen. Damit bin ich explizit mitgemeint. Ihr könnt das nämlich, ich glaub an euch!«

Schon während ich mich umdrehe, fällt der Satz »Wenn die sich hier so anstellen, kann der Laden ja nur pleitegehen«, aber das erst mal zu ignorieren, gehört zum Plan.

»Code Orange«, murmle ich Jessica zu, als ich am Tresen vorbeigehe. Meine Kollegin nickt knapp und behält die Anzüge im Blick.

Code Orange bedeutet ›Vorstufe einer Belästigung – gut beobachten und vor die Tür setzen, wenn sie ihre zweite Chance nicht nutzen‹. Wir haben hin und wieder mit solchen Cockwombles zu tun, wie Muriel sie nennt; fast ausschließlich betrifft es Gäste von außerhalb der Uni. Einige von ihnen kommen nur auf den Campus, weil sie hoffen, *knackige Studentinnen klarmachen zu können.* Ich will niemanden vorverurteilen, aber wenn Anzugträger im Sweesy auftauchen, werde ich immer misstrauisch.

Code Reds sind seltener, aber auch die kommen vor. Code Red bedeutet körperlicher Übergriff, wiederholte Belästigung oder – da ist Muriel vollkommen unerbittlich – es werden Gäste belästigt. Bei einem Code Red arbeiten wir zu dritt: Zwei bitten den betreffenden Gast hinaus, eine Dritte hat das Telefon in der Hand, sollte ein Notruf nötig werden.

Doch die beiden Anzüge scheinen ihre zweite Chance zu nutzen. Als ich einige Minuten später an ihren Tisch zurückkehre, bestellen sie ganz normal ihre Speisen und Kaffees.

»Nichts für ungut«, murmelt der eine, der vorhin geschwiegen hat.

Der andere nickt. »Musst du als Kompliment sehen.«

Muss ich? »Nee, muss ich nicht, es war nämlich keins«, sage ich und laufe zurück zur Theke, um Jessica die Bestellung zu reichen. Das Türglöckchen klingelt, als eine Gruppe Studentinnen reingeschneit kommt; Stammgäste, die meisten kenne ich beim Namen, und ihr Ankommen hebt meine Laune sofort wieder an.

Der Code Orange ist vergessen. Ich mag nicht die geborene Kellnerin sein. Auch nach all den Monaten im Sweesy trage ich stur nur zwei Teller gleichzeitig und werde immer noch nervös, wenn sich zu viele Getränke auf meinem Tablett befinden. Trotzdem mach ich den Job gern, und das liegt nicht nur an den verrückten Sandwiches, Baguettes, Bagels und Cupcakes, für die wir weit über die Campusgrenzen hinaus bekannt sind, sondern vor allem an der bunten und meist gut gelaunten Mischung unserer Gäste.

»Hey, Billy«, werde ich von dem Quartett begrüßt, und während ich zu ihnen rübergehe, um ihnen die Wochenkarte zu bringen, höre ich Jessica hinter der Theke bereits den ersten Latte macchiato durch die Maschine jagen.

»Wir wissen doch, was ihr wollt!« steht in großen pinken Buchstaben auf dem bonbonroséfarbenen Schild über dem Eingang, und ja, bei den meisten Gästen trifft das genau ins Schwarze.

»Hast du es getan?«, frage ich vielsagend in Richtung von Carlina, die meines Wissens nach Anfang der Woche geheiratet hat – falls es denn beim Ja geblieben ist.

Carlina strahlt mich an, ihre Freundinnen kommentieren die Hochzeit mit entzückten Lauten, und ich umarme die junge Braut und wünsche ihr alles Glück der Welt. Steven und sie sind einfach ein Traumpaar. Ich wäre gern zur Hochzeit gekommen, aber leider musste ich arbeiten, weil eine Kollegin wegen ihres kranken Sohnes ausgefallen war.

Während ich Sandwiches mit Sweet-Chili-Mozzarella sowie überbackene Pasta im Brotteig aufschreibe und nebenbei bei der Auswahl aus unseren zwölf verschiedenen Quesadillas helfe, erfahre ich vom neusten Klatsch auf dem Campus, von lang erwarteten Gastrednern, die, endlich angekommen, nichts Spannendes zu erzählen hatten, und von den kleinen Privatkonzerten, zu denen man nur kommt, wenn man jemanden kennt, der jemanden kennt. Ich kenne inzwischen fast alle.

Eine der Studentinnen erkundigt sich nach meinem Vorstellungsgespräch. Dass sie daran noch gedacht hat!

»Failed«, sage ich schulterzuckend. »Ich würde euch zu sehr vermissen, darum hab ich's wohl instinktiv vermasselt.«

Sofort werde ich in Bedauern und Zuneigung gehüllt, doch wie immer bleibt unsere Kommunikation an der Oberfläche. Ich weiß, dass die Mädels mich, kaum dass ich mich einen Meter vom Tisch wegbewegt habe, bereits vergessen haben. Das ist okay, völlig in Ordnung. Eigentlich könnte es nicht besser sein, oder? Ich werde gesehen, Leute denken an mich. Und trotzdem drängt mich keiner durch zu persönliche Fragen in emotionale Bereiche, in die ich nicht schmerzfrei gelange. Selbst Olivia, mit der ich Bad und Küche sowie das ein oder andere Geheimnis teile – einmal sogar die Menstruationstasse –, dringt schon lange nicht mehr in Tiefen vor, die mir wehtun. Irgendwann hat sie begonnen, mir abzunehmen, dass da, wo sie anfangs etwas Dunkles in meiner Vergangenheit vermutet hat, schlicht und einfach gar nichts ist.

Und genau so soll es sein. Denn da ist ja auch nichts. Jedenfalls nichts, was es wert wäre, hervorgeholt zu werden. Weil es vorbei ist.

»Träumst du?« Jessica pikst mir freundschaftlich in die Seite und zupft sich das oberste Blatt von meinem Block.

»Bisschen«, gebe ich zu.

»Schau mal, ich glaub, die Anzüge brauchen mehr Kaffee.«

In diesem Moment kommt auch ein weiterer Schwall neuer Gäste herein, also beeile ich mich, damit niemand lange warten muss, trage volle Teller und Tassen, Gläser und Bowls in die eine Richtung und leere in die andere. Es wird voller, gleich sind alle Tische besetzt, und die ersten Gäste verlangen ihre Snacks zum Mitnehmen, um sie draußen auf den Bänken zu essen.

Und dann, ich eile gerade mit einer neuen Bestellung zu Jessica zurück und lade ein Camembert-Sandwich mit Blaubeeren und Basilikumpesto auf mein Tablet, verwächst mein Blick plötzlich mit einer Person in der Eingangstür.

Erst denke ich noch: *Quatsch, das ist er nicht*, und dann: *Verdammt, er ist es doch.*

Cedric kommt rein, geht zum Tresen, sagt etwas zu Jessica, stützt den Ellbogen auf den Tresen und lehnt sich leicht zu ihr hinüber, während er zuhört, was sie antwortet. Plötzlich schauen beide zu mir, und mein Mund wird trocken.

Das ist nicht fair.

Was will er hier? Mich noch mal beleidigen?

»Ich weiß echt nicht, was du hast«, hat Olivia zu mir gesagt, als ich vorgestern reichlich frustriert nach Hause gekommen bin und die von einer ihrer Freundinnen geliehenen Pumps auf ihr Bett gepfeffert habe. »Du hast immer gesagt, dass du keinen Freund willst, keine Beziehung. ›Gegen Sex ist nichts zu sagen, aber der Rest kann mir gestohlen bleiben‹ – deine Worte! Und jetzt bist du sauer, weil der Typ das Gleiche will? Muss ich das verstehen?«

Und die Wahrheit war: Nein. Musste sie nicht. Ich verstand es selbst nicht. Denn sie hatte recht. Ich wollte nichts Festes mehr. Meine letzte Beziehung habe ich so derart räudig in den Sand gesetzt, dass ich mich bis heute manchmal frage, ob ich überhaupt beziehungsfähig bin. Oder nicht doch ein Freigeist wie meine Mum, die sich von jeglicher Verpflichtung bedrängt fühlt und seit der Scheidung von meinem Vater allenfalls noch Bekanntschaften hat – aber bislang niemanden, den sie mir auch nur über Skype vorgestellt hätte. Für Tristan tut es mir bis heute leid. Er war unglaublich lieb, fürsorglich, ein Beschützertyp. Und ich habe ihm einen Brief dagelassen, in dem stand, ich könne in seinen Armen kaum atmen. Glanzleistung.

»Aber nicht mit Cedric«, hab ich Olivia geantwortet, und jedes Wort war mir im Weg gewesen.

»*Der* war dir nicht gut genug? Wen hast du erwartet – Kit Harrington? Warte, ich check schnell, ob ich den auch auf Instagram finde. Echt, Billy, vielleicht solltest du deine Ansprüche mal der Realität anpassen.«

»Aber das meine ich gar nicht! Kit Harrington wäre ja okay. Aber Cedric Benedict … der ist zu gut für einen One-Night-Stand.«

»Ach.« Olivia zieht eine Flunsch, wirkt aber schon wieder viel versöhnlicher. »Und Kit nicht? *Kit* ist nicht *zu gut* für was Unverbindliches?«

»Der hat sich immerhin nicht als humorvoll und süß erwiesen. Der ist weder aufmerksam noch … mag ich das Gefühl, in seiner Nähe zu sein.« Und falls doch, weiß ich nichts davon. Von Unverbindlichkeit zu träumen, ist leicht, solange die Realität nichts davon zu bieten hat. Zumindest nichts derart … Überzeugendes.

Vielleicht habe ich nach all der Zeit ohne Mann, ohne Sex, ohne einen einzigen verfluchten Kuss schlicht kalte Füße bekommen.

Dachte ich vorgestern Abend. Gestern. Heute früh. Und bis gerade eben noch.

Und nun steht Mr Nur-für-eine-Nacht am Tresen, hebt eine Hand, senkt dabei den Kopf und lächelt dieses kleine Viertellächeln, als sei er ein wenig schüchtern. Und ich habe spontan das Verlangen, ihn am Kragen seines schwarzen T-Shirts zu packen, richtig fest, ihn zu schütteln und ihn dann … vor die Tür zu setzen. Denn Cedric ist heiß. Durchtrainiert und hübsch. Was völlig in Ordnung wäre, kämen nicht noch Charme und Humor dazu und ein vager erster Eindruck von Intelligenz. Ich wäre nach der unverbindlichen einen Nacht einfach rettungslos verloren, selbst wenn er im Bett eine Niete wäre.

Herrgott, es gehört verboten, mit einer solchen Einstellung schüchtern zu lächeln. Der Anstand verbietet es.

Mein Puls ist auf hundertachtzig, und ich bin heilfroh, dass es mir gelingt, das Tablett unfallfrei auf dem Tresen abzustellen. »Hi, Cedric.«

»Hey. Hast du einen Moment?«

Jessica nickt mir zu, ich sage hastig: »Nein.«

»Komm schon, Billy, bitte. Zwei Minuten.«

Ich blicke ihn an, direkt in seine – leider verdammt – blauen Augen, die von – leider verdammt dichten – schwarzen Wimpern eingerahmt werden. Ob ich bei Jessica einen Code Orange anmelde?

Er blinzelt langsam, und ich begreife: Ich bräuchte einen Code Red, aber das kann ich nicht bringen.

»Eine Minute?«, sagt er bittend. »Ich bin extra hergekommen.«

»Er war heute Mittag schon da«, wirft Jessica ein, ein Glas polierend. »Vor deiner Schicht. Hätte er nach dir gefragt, hätte ich dich natürlich gewarnt.«

»Da gibt sich jemand Mühe«, sage ich süßlich. Verdammt, was ist los mit mir? Warum führe ich mich auf wie ein nach der Verlobung betrogenes Weibchen?

Hallo, Hirn? Er hat uns nichts Böses getan. Bloß die blöden Hormone geärgert. Können wir den Bitch-Modus bitte wieder runterdrehen?

»Tschuldigung«, murmle ich, und mir steigt die Hitze ins Gesicht. Super. Ich gebe ein ganz attraktives Bild ab. Zicke mit Schweißausbruch.

Der erleichternde Gedanke kommt sofort: Natürlich führe ich mich auf, aber ich habe ja auch einen guten Grund. Ich will ihn vergraulen, bevor ich mich an den Anblick seiner Unterarmmuskulatur gewöhne und ihn später vermisse. Das Tattoo reicht bis in seine Ellenbeuge. Ob das wehgetan hat? Die Haut an dieser Stelle ist so dünn und …

Oh mein Gott. Hirn. *Bitte!*

»Deine Minute ist gleich um«, erklärt Jessica hilfsbereit wie immer, und Cedric räuspert sich, lächelt verkrampft und gibt den Versuch dann schnell wieder auf.

»Ich … Du hältst mich für einen Arsch, ich weiß.«

Der Kerl verwirrt mich völlig. Männer, die nur Sex wollen, drucksen nicht rum. Nicht, wenn sie aussehen wie dieser hier und keinerlei Probleme damit haben dürften zu bekommen, was sie wollen. Vor allem aber tauchen Männer, die nur Sex wollen, nach einer Abfuhr nicht auf der Arbeit der Frau auf. Stalker tun das, aber ohne die Abfuhr vorher. Normale Männer, die Sex wollen und abblitzen, geben sich arrogant, als hätten sie eh nur aus Langeweile vögeln wollen. Meist beleidigen sie einen sexistisch und trollen sich dann.

»Entschuldigung.«

Das. Sagen sie. Nie.

»Tut mir wirklich leid, wenn ich dich beleidigt habe.«

»Du hast ja nichts Schlimmes getan«, murmle ich. Was übrigens ziemlich zutreffend ist. Warum wollte ich ihn gerade noch rauswerfen? »Ich war bloß … überrumpelt.«

Enttäuscht. Das war es. Ich war enttäuscht, weil ich mir mehr vorgestellt hatte. Vielleicht nicht gleich eine feste Beziehung, aber ein bisschen mehr eben schon. Ein Kennenlernen.

»Ich hab den Spaziergang mit dir wirklich genossen«, gebe ich zu. »Es hat mich … na ja, vielleicht nicht direkt verletzt, dass du kein Interesse daran hattest, mehr Zeit mit mir zu verbringen, aber …« Wie war das in Liverpool? Herz auf die Zunge und Zunge raus! »Okay, doch. Genau das war es. Es hat mich verletzt.«

Mir bricht der Schweiß zwischen den Schulterblättern aus, während Cedric bloß meinen Blick erwidert. Wer hat noch mal behauptet, Offenheit wäre ganz leicht? Ich benötige gleich eine Rehamaßnahme. Mit Delfintherapie.

»Antworten«, souffliert Jessica Cedric. »Jetzt. Billys Gäste winken schon.« Poliert sie immer noch dasselbe Glas? Wie kann man nur so neugierig sein?

Cedric antwortet nicht. Er nickt nur ganz leicht, als würde er etwas verstehen, was ihm zuvor nicht klar war. »Eine Minute reicht nicht«, sagt er dann, und es klingt beunruhigend souverän, als hätte ich mir das Drucksen und die Entschuldigung für nichts nur eingebildet. »Und zwei Minuten auch nicht. Und außerdem würde ich gern allein mit dir reden.« Er schenkt Jessica ein charmantes *ganzes* Lächeln und sagt »Sorry«, bevor er sich mir wieder zuwendet und das Lächeln verlischt. »Würdest du morgen Abend mit mir essen gehen?«

Essen. Essen?

»Ich … weiß nicht.« In meinem Kopf redet alles durcheinander. Die Debatte beginnt bei: ›Ja, natürlich, gern, wirst du ohne T-Shirt essen?‹ und endet bei ›Das gibt bloß Katzenjammer, Billy, tu's nicht, tu's einfach nicht!‹

»Wir könnten reden«, sagt Cedric.

»Reden läuft auf Besserkennenlernen hinaus, oder?«, erkundige ich mich misstrauisch. »Die Sache, für die du nicht der Typ warst.«

Er lächelt jetzt, aber es wirkt seltsam aufgezwungen, fast frustriert. »Das verkrafte ich schon. Ich erklär dir, was ich gemeint habe. Du wirst verstehen.«

Du wirst verstehen? Das klingt immer noch wie: Du wirst in meinem Bett landen. Dummerweise kann ich das nicht ausschließen.

»Kennst du den Parkplatz an den Docks?«, fragt er. »Ich bin um acht Uhr da.«

»Ich arbeite bis sieben, das wird zu …«

»Tust du nicht«, unterbricht mich Jessica. »Du feierst Überstunden ab, du gehst um fünf.«

Davon wusste ich bis gerade nichts, aber gut. Ich seufze. »Lass mir deine Nummer da. Ich überleg's mir und sag dir dann Bescheid.«

Da erreicht das Lächeln seine Augen und wird mit einem Mal unbeschwert. »Nein. Ich werde da sein. Du kommst oder du kommst nicht. Deine Entscheidung.«

Damit nickt er Jessica freundlich zu, lässt mir ein »Ciao« zurück wie ein geheimnisvoll verpacktes Geschenk, das ich später öffnen soll, und geht.

Und ich blicke ihm nach und sehe noch Sekunden, nachdem er aus der Tür ist, die Wirkung, die er auf die Leute hier im Raum hat.

Aus irgendeinem Grund lächeln sie alle.

Oder bin ich das, die lächelt?

BILLY

»Cedric Benedict?«, fragt eine Studentin in vielsagendem Tonfall, als ich kurz darauf mit gezücktem Block an ihren Tisch trete, um die Bestellung von ihr und ihrer Freundin aufzunehmen. Liza heißt sie, sie kommt häufiger her, die Freundin kenne ich nicht.

»Tschuldigung.« Hinter aller Lässigkeit kann ich nicht verbergen, dass meine Wangen erneut zu glühen beginnen. »Der steht heute nicht auf der Karte.«

Sie lacht nicht, sondern schnalzt mit der Zunge. »Ehrlich, Billy. Der Typ ist den Kummer nicht wert, den er verursacht. Ein seltsamer Kerl ist das. Einzelspieler, er hat nicht mal Freunde.«

Ihre harten Worte stoßen mich vor den Kopf. Eben noch hat sie ihm nachgegrinst wie fast alle anderen, und nun spricht sie über ihn, als wäre er das Letzte? »Tschuldigung«, wiederhole ich zögerlich. »Ihr sollt hier eigentlich nicht den Privatkram von uns Kellnerinnen diskutieren müssen. Das war blöd von mir, erzählt es bitte nicht Muriel.«

»Ich meine das ernst.« Liza wechselt einen Blick mit ihrer Freundin, die gewichtig nickt.

»Klar ist er sexy.« Das zweite Mädchen hat ein bildschönes, zartes Gesicht und rotgoldenes Haar. Leider tut sie sich mit der dicken Make-up-Schicht, die ihre Sommersprossen überdecken soll, keinen

Gefallen. »Und irgendwas hat er. Man fühlt sich irgendwie … gut bei ihm. Aber überleg dir genau, was du tust. Der weiß, wie er wirkt, und nutzt das aus.«

»Susan hat recht«, bestätigt Liza. »Sein Plan lautet offenbar, die halbe Uni durchzuvögeln. Vorausgesetzt, die Mädchen sind hübsch genug.«

In Susans Blick erkenne ich Mitleid. »Vielleicht ist er mit den Studentinnen fertig, sodass er jetzt bei den Jobberinnen anfängt. Eigentlich …«

»Ja?«, frage ich vorsichtig, dabei weiß ich jetzt schon, dass das ein Fehler ist.

»Na ja, eigentlich bist du nicht sein Typ.«

Danke auch. Wie hätte ich ohne diese Information weiterexistieren sollen?

»Moment mal«, mischt sich plötzlich Carlina vom Nebentisch ein. »Entschuldigt, dass ich mich da einmische, aber das kann ich so nicht stehen lassen.«

Liza und Susan sehen kurz irritiert zu ihr rüber und werfen sich dann Blicke zu, zu denen man in jeder Sitcom hämisches Lachen eingespielt hätte. »Solltest *du* nicht wissen, wovon wir sprechen?«, fragt Liza mit einem überlegenen Unterton.

Susan neigt sich in meine Richtung und flüstert: »Angeblich hat sie ihren Verlobten mit Cedric betrogen.«

»Äähm … Ich glaub nicht, dass mich das was angeht.« Ich hätte doch einen verdammten Code Red ausrufen sollen. »Also, möchtet ihr bestellen, oder …?«

Carlina wird auf ihrem Stuhl einen halben Kopf größer. »Ich weiß sehr genau, wovon ich spreche, in der Tat. Und genau deshalb weiß ich, dass ihr vor allem Gerüchte nachplappert. Ihr kennt Cedric überhaupt nicht.«

»Eigentlich seltsam, oder?«, hakt Liza betont freundlich nach. »Susan hat dieselben Kurse wie er. Es ist aber ausgesprochen schwer, jemanden kennenzulernen, der nur dann zur Uni kommt, wenn er wieder wen aufreißen will.«

Carlina schnaubt. »Das stimmt doch nicht.«

Susan streicht ihre roten Haare zurück. »Dann ist es nicht wahr, dass er immer bloß One-Night-Stands hat und nie auch nur den Ansatz einer normalen Beziehung?«

Carlina schüttelt den Kopf. »Das ist ja wohl seine Sache.«

»Geht euch echt nichts an«, bestätigt eine ihrer Freundinnen, aber es klingt halbherzig, als gäbe sie Carlina nur aus Loyalität recht.

»Uns tun die Frauen leid, die er dafür benutzt«, sagt Liza, und ihr Blick in Carlinas Richtung ist nun offen mitleidig. »Ich kann nicht verstehen, dass du ihn auch noch in Schutz nimmst, dabei hat er mit dir dasselbe gemacht wie mit allen anderen. Es hat nicht jede einen Ex, zu dem sie zurückkann, wenn Cedric mit ihr durch ist.«

Carlinas Gesicht wird himbeerrot und mir ein wenig schlecht. Zum einen, weil mich nicht ganz kalt lässt, was Liza und Susan sagen. Zum anderen, weil hier gerade ein Streit zu eskalieren droht, den ich ausgelöst habe. Wenn es einen guten Zeitpunkt gab, das zu beenden, habe ich ihn verpasst. Verdammt! Wenn Muriel davon Wind bekommt, grillt sie mich und setzt mich vor die Tür. »Kein Zickenalarm« ist ihre Regel Nummer eins.

»Hört bitte auf jetzt«, sage ich leise. »Das können wir hier nicht diskutieren. Also, was darf ich euch bringen?« Bitte geht einfach, denkt der Teil von mir, der am liebsten selbst alles hinwerfen und nach Hause laufen würde. Aber niemand hier geht. Liza und Susan bestellen Cupcakes, als wäre nichts gewesen, und Carlina wird von ihren Freundinnen beruhigt, die wiederum giftige Blicke auf die anderen beiden abschießen. Die Luft zwischen den beiden Tischen ist so dick, dass man sie in Blöcke schneiden und eine Mauer daraus bauen könnte. Dummerweise tut das niemand, es wäre sicher hilfreich.

Und alles nur, weil dieser Typ hier aufgetaucht ist? Hatte ich so was wie ein verkapptes Date mit der Persona non grata und dem heißesten Typen der Stadt *gleichzeitig*?

»Was ist los?«, haucht Jessica mir zu, als ich zum Tresen zurückkomme.

»Cedric Benedict ist los«, flüstere ich zurück. »Und ich bekomme ihn nicht mehr eingefangen, dabei ist er schon weg. Wenn der jedes Mal so einen Aufruhr veranstaltet, will ich ihn hier nie wieder sehen!«

Jessica verzieht das Gesicht. »Angeblich lässt der sich eh nie auf dem Campus blicken, ich dachte eben schon, ich würde mit einer Fata Morgana reden. Frag mich, wie der das Studium schafft, wenn er nie hingeht. Aber gut, seine Mutter verdient bestimmt ein Vermögen, da braucht er sich um seine Zukunft ja nicht sorgen.«

»Seine Mutter?« Ich erinnere mich an die Lady, mit der er im Museum war. Hatte ich nicht das Gefühl, sie schon mal gesehen zu haben? »Kennt man sie?«

Jessica grinst. »Sie ist Sopranistin. Und zwar nicht irgendwo, sondern am Royal Opera House in London. Wenn man was von klassischer Musik versteht, kennt man sie auf jeden Fall.«

Oh, krass. Selbst Jessica ist voll über Cedric im Bilde. Aber immerhin studiert sie auch hier an der Uni. Nur ich hab mal wieder keinen Schimmer.

»Ich wusste nicht, dass du was für Opern übrig hast.«

Beiläufig zuckt sie mit den Schultern. »Mein Dad ist Laura Benedicts größter Fan. Seitdem er weiß, dass ich auf dieselbe Uni gehe wie ihr Sohn, hegt er gewisse Hoffnungen, ich könnte in die Familie einheiraten. Aber da kann er lange warten. Cedric ist nicht mein Typ. Ich mag eher die treue, bodenständige Sorte Mann, nicht solche Windhunde und Playboys.«

»Verstehe.« Ja, ich bin bei dir, Jessi, ich fühl das. »Wärst du so nett, heute den Service zu machen?« Normalerweise überlasse ich die Theke ihr, weil sie so hübsche Muster in den Milchschaum zaubert, während die Versuche bei mir immer aussehen, als wäre eine dicke Fliege qualvoll im Kaffee ertrunken. Aber heute … »Die beginnen sonst gleich einen Krieg um die Frage, ob ich mit Cedric Benedict schlafen sollte oder nicht.«

»Uuh«, macht Jessica. »Klar, mach ich. Ich muss unbedingt herausfinden, welche Seite für die richtige Sache kämpft. Denen«, sie zieht ein grimmiges Gesicht und deutet an, sich zwei Streifen Kriegsbemalung unters rechte Auge zu ziehen, »schließe ich mich an.«

Kopfschüttelnd flüchte ich an die Förmchen und Pfännchen für Scones und Waffeln. Ich will gar nicht wissen, welche Seite Jessica zufolge die richtige ist.

Wenig später kann ich durchatmen, denn Liza und Susan gehen, und kaum sind sie weg, entspannt sich die Stimmung am Nebentisch und damit auch meine. Zumindest hing sich niemand in den Haaren, und mit etwas Glück erfährt Muriel nicht, dass es meinetwegen Streit zwischen den Gästen gab. Wobei ja eigentlich gar nicht ich schuld daran war, sondern Cedric. Der allerdings nur hier war, um mir mitzuteilen, dass er kein Arschloch ist. Das ist nun auch nicht verboten. Und er hätte sich auch nicht entschuldigen müssen, hat es aber eindeutig getan …

Ich zucke ertappt zusammen, und das Glas, das ich gerade abgespült habe, flutscht zurück ins Spülbecken, als Carlina am Tresen auftaucht.

»Alles okay?« Meine Stimme klingt ein wenig fiepsig. Warum bringt mich das alles so verflucht aus der Fassung? »Soll ich Jessica zu euch schicken, oder kann ich …?«

»Billy, ich wollte dir nur noch was sagen.« Carlina sieht sich kurz nach Zuhörern um, aber wir sind allein. »Die Mädels vorhin haben nicht gelogen. Cedric ist …« Sie blickt ein weiteres Mal im Raum umher, diesmal, als stünde irgendwo eine Antwort auf die Frage, wer oder was Cedric ist. »Cedric eben. An den Gerüchten ist schon was dran.«

Ich bin nicht ganz sicher, was ich darauf antworten soll. *Danke für die Warnung?* Vielleicht auch einfach *Schade?*

»Aber es ist nicht ganz, wie du denkst«, fährt Carlina fort, was mich endgültig verwirrt. »Dass ich meinen Mann mit ihm betrogen habe, stimmt so nicht!«

»Carlina, du musst dich doch nicht rechtfertigen!«

»Das ist mir aber wichtig. Steven und ich waren nicht zusammen, als die Geschichte mit Cedric lief. Und Cedric … Zu ihm kann ich nur eins sagen: Er macht niemandem was vor, und du weißt bei ihm, woran du bist. Immer. Er ist von Grund auf ehrlich.«

»Danke«, sage ich schließlich, einfach, weil ich nun mal irgendetwas sagen muss. »Du rätst mir also, ihn zu treffen und mir anzuhören, was er sagen will?«

Sie seufzt lautlos und hebt beide Hände. »So einfach ist das nicht mit ihm. Wenn du ihn scharf findest – geh hin und hab einen wirklich tollen Abend. Aber wenn es im Bauch kribbelt und du nur das geringste Risiko verspürst, dich in ihn zu verlieben, dann …«

»Dann lass ich ihn besser morgen Abend stehen?«

»Dann lass ihn die ganze Nacht stehen.«

BILLY

Als ich am nächsten Tag spätnachmittags nach Hause komme, liegt Olivias Zimmertür über zwei Stühlen mitten in unserer Wohnküche, und frische Farbe im Ton Aubergine tröpfelt auf den mit Zeitungen ausgelegten Boden.

Auberginefarbene Strähnen ziehen sich durch Olivias türkisfarbene Haare. Ob das wieder rausgeht, oder gilt das als gefärbt?

»Bist du schon aufgeregt?«, fragt sie, während sie die Kanten anpinselt. »Wegen deines Dates gleich?«

»Kein Date«, erwidere ich. »Gab es heute Post?«

Olivia wirft mir einen augenrollenden Blick zu. »Ja, gab es. Es waren Rechnungen, sie heften am Kühlschrank.«

»Aber noch nichts vom Museum?«

»Billy. Wenn Post vom Museum kommt …«

»Dann rufst du mich an, ich weiß. Tut mir leid.« Ich schiebe mich an der kolossal im Weg stehenden Tür zum Kühlschrank durch und scanne die Rechnungen. Olivia und ich teilen alles, was die Wohnung betrifft, und trotzdem wird es für uns beide manchmal eng. Für mich, weil man als Bedienung in einem Studentencafé nun mal keinen Reibach macht; für Livie, weil ihre Eltern ihr zwar das Studium und einen vernünftigen Lebensstil finanzieren – nicht aber die regelmäßigen

Eskalationen in Klamottenläden. Ihr Argument »Aber es ist alles secondhand!« verfehlt das Problem komplett, denn die Designerstücke, die ihr den Kopf verdrehen, kosten auch aus siebenundzwanzigster Hand noch ein Vermögen.

»Vierzig Pfund für Farbe?«, hake ich nach. »Was willst du alles anpinseln, Livie?«

»Wie gut, dass du fragst.« Meine Freundin streicht ihr Haar zurück und zieht sich damit gleich ein neues Strähnchen. »Ich habe noch Pink und Türkis. Du darfst dir für deine Tür eine Farbe aussuchen, die andere kommt auf die Badezimmertür.«

»Okay«, sage ich gedehnt. Es ist ungeschriebenes Gesetz, dass Olivia über die Einrichtung entscheidet, immerhin studiert sie Design. Zwar Medien- und nicht Wohndesign, aber ich will ja nicht kleinlich sein. Sie lebt schon länger in der Wohnung im Stadtteil Walton. Als ich nach Liverpool kam, auf Homers Rückbank schlief und mich für jedes WG-Zimmer und jeden Job bewarb, den ich finden konnte, hatte sie gerade ihren Ex-Mitbewohner wegen Sachen wie Maden und Pizzakartons rausgeworfen. Bis heute bin ich der Meinung, dass so was passieren kann. Olivia sah das anders, wir debattierten erbittert bis spät in den Abend, und ich blieb erst über Nacht und dann langfristig. Es ist eine wirklich coole Wohnung über einem arabischen Barbier und schräg gegenüber einem Pub, was in Kombination Lärm von früh bis spät bedeutet – aber es ist ein Lärm, der mich erst fasziniert hat und inzwischen in den Schlaf wiegt. Hier ist alles ehrlich und lebendig, man streitet, freut sich, liebt und singt entweder leidenschaftlich laut oder gar nicht. Für mich war das so erholsam wie ein Schweigekloster für jemanden, den Lärm krank macht. Mich hat Stille krank gemacht. Penible Ordnung und Sauberkeit. Das Verbot von allen Gerüchen, bei denen es sich nicht um Raumduft oder Parfüm handelt.

»Ich hab mich vorhin verhört, oder?«, erkundigt sich Olivia, als ich mich eng an die Wand gepresst an ihrer Tür vorbeidrücke, um ohne Farbtupfer in mein Zimmer zu gelangen. Mist. Ich hatte gehofft, sie würde erst ans Nachfragen denken, wenn es zu spät ist.

»Oder was sollte das heißen – kein Date? Ihr geht doch essen. Bei den Docks, hattest du gesagt. Bestimmt geht ihr nach Chinatown. Da gibt es tolles Sushi.«

Was ein gutes Argument wäre, denn ich liebe Sushi. »Sushi ist japanisch, nicht chinesisch.«

»Das interessiert in Chinatown aber niemanden. Die haben alle Sushi.«

Ah, sie ist so eine Banausin! Als könnte man einfach so irgendwo Sushi essen, nur weil es auf einem Buffet steht. »Ich glaube nicht, dass Cedric Sushi isst. Schon vergessen? Meeresbiologie. Vermutlich hält er mir einen Vortrag über Überfischung und Schwermetallbelastung von Thunfisch.«

Olivia reibt sich die Nase, wenn sie so weitermacht, ist sie in einer halben Stunde komplett auberginefarben. »Das ist der Vortrag, den du immer hältst. Also vor allem mir und dir.«

Ich fahre mir durch die Haare. Sie hat recht. »Wie gut, dass wir arm sind und uns nur selten Sushi leisten können.«

»Weil du ein Snob bist und nur in diese«, sie malt mit dem Pinsel in der Hand Anführungszeichen in die Luft, »*richtigen* Sushiläden gehst.«

»Die Meere wären leer, würde ich den billigen Kram kaufen, Livie.«

Sie deutet an, den Pinsel nach mir zu werfen, woraufhin ein Tropfen Farbe auf die gestrichene Tür kleckst, was sie mit einem Fluch kommentiert und sogleich auszubessern versucht. »Aber du hast recht, die Meeresbiologen sind immer die Weltenretter. Gibt es Veganersushi?«

»Sogar recht viel Auswahl.«

»Super. Und was auch immer ihr esst, ob vegan, rohen Fisch oder ein Affenhirn auf Eis, es ist und bleibt trotzdem ein Date. Was ziehst du an?«

»Nichts.«

»Verwegen!« Sie kräuselt ihre Stirn. »Was soll das heißen – nichts?«

»Jogginghose und Wollsocken«, erkläre ich, öffne unter dem T-Shirt den BH, schlüpfe umständlich heraus und ziehe ihn durch den Ärmel nach draußen. Dann gehe ich in mein Zimmer, und der BH fliegt aufs Bett, während ich mich zu Olivia umwende, die mir bis in den Türrahmen gefolgt ist und nun dort steht und mich kritisch mustert.

»Ich könnte einen Muskelkater vertragen, der vertreibt alle Gedanken aus dem Kopf, die da zu viel sind. Demnach hab ich überlegt, dass ich in die Boulderhalle fahre und ein paar Routen klettere. Aber dann bin ich morgen platt, und Jolie lacht mich aus, wenn ich runterfalle. Also werde ich heute faulenzen. Ich werde meine Mamãe anrufen und mit ihr über Gott und die Welt reden – aber nicht über Männer. Dann schreibe ich einen Brief an Nanna. Und anschließend widme ich mich einem wahnsinnig gut aussehenden Typen. Er wird großartig kochen, ein tolles Haus haben und geile Partys geben. Vielleicht macht er auch Karriere oder schreibt ein Buch. Vor allem aber wird er mindestens drei Kinder zeugen.«

»Du spielst Sims?« Olivia ist empört. »Aber du hast ein Date mit einem echten Typen. Und der ist süß und lustig und hübsch.«

»Eben.«

»Eben? Was kann man denn noch wollen?«

»Die Frage ist, was will ich *nicht*. Und die Antwort lautet: Ich will nicht morgen in einem Berg aus Taschentüchern, Pizzakartons und Schokoladenpapier hocken und mich selbst bemitleiden, weil dieser süße, lustige und hübsche Typ nicht mehr von mir will als einen Orgasmus. Das ist mir zu heiß.«

Olivia schüttelt den Kopf. »Was die Studentinnen sagen, solltest du nicht ernst nehmen. Die nehmen sich wichtiger, als sie sind. Du weißt, wichtig für dein Leben ist nur die Meinung einer einzigen Person.«

Ich lasse mich auf mein Schlafsofa fallen, das ich seit dem Einzug nicht mehr zum Sofa zusammengeklappt habe. »Und das bist du.«

Livie kommt zu mir und setzt sich neben mich. »Sehr richtig. Und ich sage: Ins Bad mit dir, du heißer Applecrumble, du riechst nämlich wie welcher. Mach dich fertig, und dann mach *ihn* fertig. Und wenn er dir gefällt, dieser Cedric-nur-für-eine-Nacht, dann gibst du ihm einen Gutenachtkuss, der ihn bis zum Morgengrauen nicht schlafen lässt, aber du kommst nach Hause. Verstanden? Ich wette meine halbe Miete darauf, dass er seine Prinzipien dann über Bord wirft.«

Schwer lasse ich mich nach hinten sinken und starre an die Decke. Aus dieser Perspektive fällt auf, wie nackt meine Wände sind. Noch immer habe ich kein einziges Bild aufgehängt, keine Pflanze gekauft und kein Regal angebracht, als würde ich jederzeit meine beiden Koffer packen und die Bücher, die sich überall stapeln, wieder in ihre Kiste räumen, um weiterzuziehen. Selbst das gerahmte Foto von meiner Mutter und meiner Oma, auf dem sie beide so breit lachen, liegt einfach nur auf dem Schreibtisch. Ich könnte wenigstens mal einen Nagel in die Wand schlagen, um es aufzuhängen.

»Meinst du wirklich?«

»Aber ja. Ich kenn dich.«

»Schmeicheleien helfen gerade nicht.«

»Und er hat Augen im Kopf.«

»Noch mal. Schmeicheleien helfen nicht.«

Livie lehnt sich über mich und klimpert mit den Wimpern. »Hübsche Augen sind das. Und ich hab genau gesehen, wie hingerissen er dich mit diesen hübschen Augen angesehen hat.«

Lachend versuche ich, sie von mir runterzuschieben, aber Livie kann trotz ihrer zierlichen Statur ausgesprochen gewichtig sein. »In den zehn Sekunden im Museum?«

»Eine amerikanische Studie kommt zu dem Schluss, dass Männer nur eine Fünftelsekunde Zeit brauchen, um sich zu verlieben.«

»Das heißt nicht, dass sie es zwangsläufig tun. Cedric will mich vögeln, nicht liebhaben. Das ist ein Unterschied.«

»Unsinn! Er weiß vielleicht noch nicht, wie verliebt er ist, aber das musst du ihm halt klarmachen. Liest du denn keine Romance?«

»Ich lese Fantasy«, sage ich und angle nach einem dicken Buch, das zwischen Bettkante und Wand klemmt, um es Livie an den Kopf zu hauen, wenn sie nicht gleich von mir runterrutscht. »Und trotzdem war in meinem Kleiderschrank nie ein geheimer Tunnel, meine roten Schuhe bewirken keine Wirbelstürme, und der einzige Vogel, der mir je ans Fenster geflogen ist, war eine Taube. Die Betonung liegt auf ›war‹, die Arme ist bei der Aktion gestorben.«

»Mein Beileid.« Endlich rollt Olivia sich von mir runter, hüpft auf die Füße und tritt an meinen Kleiderschrank, um ihn zu öffnen und eine Vorauswahl zu treffen. »Außerdem bin ich heute Abend weg. Du wärst ganz allein mit deinem Sims-Mann, und ich hätte ein schlechtes Gewissen.«

»Wo gehst du denn hin?« Sie hatte gar nichts erwähnt.

»Extraprobe im Laientheater. Wir haben es bitter nötig und treffen uns bis zur Premiere jetzt drei- oder viermal die Woche statt zweimal. Das Stück ist echt anspruchsvoll.«

»Dieses politische Stück, von dem du erzählt hast?«

Olivia hängt eine breit gestreifte Bluse an die Außenseite der Schranktür. »Ja. Wir spielen europäische Länder. Ich bin Norwegen. Wortkarg, reich und schön, dabei aber trotzdem freundlich. Weißt du, wie schwer es ist, Norwegen zu sein?«

»Ich war noch nie Norwegen, nein.«

»Uns fehlen übrigens immer noch Darstellerinnen. Niemand wollte bisher Ungarn sein – dabei ist das so eine interessante Rolle. Herzlich und lustig, aber aus irgendwelchen verqueren Gründen von einem Nazidiktator regiert. Willst du nicht vielleicht …?«

»Ich möchte auf gar keinen Fall Ungarn sein«, unterbreche ich Livie, bevor sich aus ihrer Idee ein Plan manifestiert. »Und auch sonst kein Land. Ich will nicht Theater spielen.«

Ungewollt wird meine Stimme schwermütiger. In der Schule habe ich mit Begeisterung Theater gespielt, aber diese Leidenschaft war das Erste, was mein Vater aus meinem Leben gestrichen hat, als die Dinge aus dem Ruder zu laufen begannen. Ich kann damit nicht wieder anfangen, ohne Angst zu bekommen, *alles* würde von vorn anfangen. Ich darf nicht zurückblicken, solange ich nicht will, dass das, was hinter mir liegt – zurückgelassen, abgeschlossen – erneut die Jagd auf mich beginnt.

»Schlechter als Frankreich bist du auf keinen Fall. Sein Akzent klingt, als hätte er Nasenbluten. Du wärst viel, viel besser.«

Sie meint es nur lieb, und ich habe ihr nie gesagt, warum sich mein Interesse am Theater darin erschöpft, bei jeder emotionalen Szene Tränchen zu verdrücken. Livie merkt ja, dass ich das Theater fast genauso liebe wie sie. An ihrer Stelle würde ich mich auch mitschleifen wollen.

Olivia zieht einen Jumpsuit mit Neckholder aus meinem Kleiderschrank. »Holy Mary, was ist das für ein scharfes Teil?«

»Ach herrje.« Ich wusste bis gerade gar nicht, dass ich den noch habe. Habe ich den damals wirklich mitgenommen? Aber warum? Vielleicht ist der dünne, seidige Stoff nur versehentlich zwischen meine Pullover gerutscht? »Also, den ziehe ich in gar keinem Fall an. Allein der Versuch wäre demütigend, damals trug ich sechsunddreißig und heute zwei Größen mehr.«

Livie faltet den Anzug wieder zusammen, um ihn zurückzulegen. »Was ist damit?« Sie hält mir ein cremefarbenes Shirt mit schulterfreiem Carmen-Ausschnitt hin.

Unschlüssig blase ich die Luft aus. »Zu Jeans und braunen Boots? Das ginge schon.« Ein unverbindliches Outfit, die perfekte Mischung zwischen alltäglich und sexy. »Es würde aussehen, als hätte ich die Klamotten den ganzen Tag getragen und mich nicht extra für Cedric umgezogen.«

Olivia gibt ein quietschendes Geräusch von sich. »Dann gehst du hin, ja?«

»Das hab ich überhaupt nicht gesagt!« Dieses Luder! Sie hat mich überrumpelt.

»Du hast aber auch nicht noch mal Nein gesagt!« Zielstrebig durchwühlt sie meine Hosen nach der Jeans, in der ich ihr am besten gefalle, und wirft mir beides aufs Bett. »Geh für mich, Billy. Ich werde mich sonst den ganzen Abend nicht auf mein Norwegen konzentrieren können, weil ich mir Sorgen mache, dass du hier mit deinen Sims vereinsamst.«

Seufzend ziehe ich mir die Decke übers Gesicht. »Du bist gemein und manipulativ.«

Olivia zieht mir die Decke weg. »Jipp. Und ich will spätestens um acht ein Beweisfoto, dass du da bist.«

Ich knurre. »Warum ist dir das so wichtig? Cedric ist nicht der einzige hübsche Mann der Insel.«

»Hast du mal sein Instagram-Profil gecheckt?«

»Natürlich nicht! Hast du?«

Ihr Lachen sollte mich nicht wundern. »Ich folge ihm da seit letzter Woche. Der Mann geht auf Anti-Brexit-Demos und teilt Reden von Gina Miller. Außerdem hat er die hässlichste Katze der Welt. Sie ist schlammfarben und hat nur ein Auge.«

»Scheiße.«

»Ganz so schlimm ist es auch nicht.«

»Nein, ich meine: Scheiße, weil das alles zu gut klingt. Politisch engagiert, klug, Katzenhalter, nicht oberflächlich.«

»Sportlich«, wirft Livie ein, für den Fall, dass ich es vergessen haben könnte. »Er geht laufen. Regelmäßig. Im Park oder an der Küste.«

»Das ist alles zu perfekt«, sage ich. »Entweder es wird der Liebeskummer meines Lebens, oder der Mann ist eine einzige Show und in Wahrheit ein Psychopath.«

Olivia verdreht die Augen. »Womöglich bist du auch nur hysterisch, und er ist nichts weiter als ein guter Typ, den du deshalb nicht kennenlernst, weil seine Katze mit ihrem fehlenden Auge zu perfekt für dich ist. Was willst du eigentlich? Wovor hast du solche Angst?«

»Und warum ist es dir so wichtig?«, gebe ich zurück, ihre letzte Frage stoisch ignorierend, auch wenn es – ich kann es nicht anders sagen – eine verdammt gute Frage ist. »Man könnte meinen, du wärst in ihn verschossen. Warum gehst du nicht hin?«

»Würde ich«, trällert Livie erstaunlich gut gelaunt, »wäre da nicht Polen.«

»Polen?«

»Polen. Sie heißt Desna, ihre Familie hat das indische Restaurant an der Walton Street, wo ich immer das Chole Bhature hole, und sie spielt dieses verkappte katholische Polen so göttlich, dass ich in alles verliebt bin. In Polen, Chole Bhature und in Desna.«

Ich richte mich im Bett auf und spiele mit dem Bindeband des Carmen-Shirts herum. »Steht sie denn auf Frauen?«

»Gute Frage.« Olivia grinst breit. »Keine Ahnung. Ich weiß das ebenso wenig, wie du weißt, ob Cedric Benedict was Ernstes von dir will oder bloß in dein Höschen. Aber ich hab einen Mordsspaß daran, es herauszufinden.«

Ich seufze. »Ich überleg's mir.«

Aus dem Grinsen meiner Freundin wird ein Strahlen.

»Aber erst ruf ich meine Mutter an und schreib Nanna.«

»Das sind die richtigen Prioritäten.« Sie zieht sich etwas getrocknete Farbe aus den Haaren. »Und ich geh zuerst duschen. Geht Kreidefarbe aus den Haaren?«

CEDRIC

»Ich hätte dich gern dabei, Cedric. *Werkelijk.* Aber diesmal kann ich nicht für dich den Kurs ändern. Das Institut hat die Expedition nahtlos getaktet, weil wir optimales Wetter erwarten und das Budget klein ist. Ich habe keinen Puffer, um dich irgendwo anlanden zu lassen.«

Der niederländische Akzent von Kapitänin Janneke Verstraaten lässt selbst ihre wenigen ernsten Sätze immer unglaublich freundlich klingen, beinah niedlich, aber ich höre heraus, was sie mir sagen will: Wenn du mitkommst, muss es reibungslos laufen.

»Ich weiß, Käpt'n. Und ich bin wirklich dankbar für die zweite Chance.«

»*Ach wat,* ich bitte dich!« Janneke steht auf, holt die Kanne aus der Kaffeemaschine und schenkt uns beiden nach. An ihren Bewegungen sieht man nicht den kleinsten Hinweis darauf, dass das Schiff auch im Hafen anliegend permanent sanft schwankt. »Du bekommst auch eine Dritte, wenn es nach mir geht. Du bist immerhin der Erste von all den Wissenschaftlern, die je mit uns gefahren sind, der uns in seinem Hafen begrüßen kommt und *lekker* Scones mitbringt.«

»Hab mir gemerkt, dass du die magst.« Dass die meisten Seeleute unser englisches Traditionsgebäck dankend ablehnen würden, hatte ich aber ebenso wenig erwartet wie die Tatsache, dass ihre zierliche

Kapitänin fast die Hälfte der Menge verputzen würde, die ich für eine ganze Crew angedacht hatte.

Außerdem ist dies kein reiner Willkommen-in-Liverpool-Besuch, sondern in erster Linie eine Entschuldigung. Ich war im letzten Jahr schon einmal als studentische Hilfskraft auf einer Forschungsreise an Bord der *Kleverig* dabei und habe mich dabei nicht als besonders hilfskräftig erwiesen. Stattdessen habe ich Kapitänin Verstraaten und ihr Team einen halben Tag gekostet, weil ich abbrechen musste. Einen halben Tag, den sie damals auf ihre Kappe nahm, wie ich viel später erfahren habe.

»Ich will mehr Danke als Willkommen sagen, Käpt'n. Du weißt warum.«

Janneke mustert mich eine Weile, ein Lächeln im Mundwinkel versteckt. Sie ist Mitte vierzig, sieht mit ihren verschossenen T-Shirts und dem dicken blonden Zopf aber viel jünger aus, obwohl die Sonne ihr tausend kleine Fältchen um die Augen gegerbt hat. Was sie sagt, ist auf diesem Schiff Gesetz. Und trotzdem kann man ihr ausnahmslos alles sagen.

»Gern, Cedric. Und ich bin gespannt auf Dienstag. Wenn du es packst, sei pünktlich am Dock. Wenn nicht …«

Ein kurzes Schweigen flirrt in der Luft. Durch die geöffnete Tür der zweckmäßigen kleinen Galley, der Schiffsküche, klingt Musik herein. Eine der Rundfahrtfähren, aus deren Lautsprechern nichts anderes dröhnt als Gerry and The Pacemakers »Ferry Cross the Mersey«.

Janneke schiebt sich ein letztes Stück Scone in den Mund. »Sind das die Beatles? Ich habe gehört, ihr hört hier nichts anderes als die Beatles. Aber selbst auf den Schiffen?«

Wir müssen beide lachen, und die nächsten zwanzig Minuten decke ich Janneke mit Tipps für ihr freies Wochenende in Liverpool ein. Parallel spülen wir unsere Kaffeetassen und machen dann, obwohl Regen einsetzt, einen Rundgang über die *Kleverig*, die nun für ein langes Wochenende an ihrem Anlegeplatz allein sein wird. Janneke kontrolliert alle Vertäuungen, jede Tür und jede Luke. Die restliche Crew ist bereits an Land gegangen, und auch auf den benachbarten Schiffen ist in diesem Bereich des Hafens am frühen Abend nicht mehr viel los.

»Bis Dienstag«, sage ich, als wir fertig sind und Janneke ihren gewaltigen Rucksack geholt hat, um zum Hotel zu gehen. »Und wenn nicht, sehen wir uns ein anderes Mal.«

»Wir sehen uns«, sagt Janneke lächelnd. »Da bin ich sicher. Bis bald, Cedric. *Doei!*«

BILLY

Der Parkplatz liegt zwischen Fabrikgebäuden aus rotem Backstein sowie einem Parkhaus mit mindestens zwölf Etagen und macht trotz der Hinweise auf einen Sicherheitsdienst keinen vertrauenserregenden Eindruck. Wie gut, dass betagte Kleinwagen wie Homer den Autodieben schon von Weitem zurufen: Hier ist nichts zu holen, aber wenn du Mitleid hast, lass was da.

Cedric steht im Windschatten des Kassencontainers und begrüßt mich durch das runtergelassene Fenster mit den Worten: »Ich habe dir schon mal ein Ticket besorgt.«

Ich bin sprachlos; weniger, weil er sechs Pfund für das Parken meines Autos investiert hat, sondern eher, weil er wirklich auf mich gewartet hat. Ich habe zu lange mit meiner Mutter telefoniert, weil sie viel zu erzählen hatte, bin zehn Minuten zu spät, und es hat geregnet. Cedric hat nicht mal einen Schirm, geschweige denn einen Regenparka. Seine Jeansjacke ist dunkel vor Nässe. Die Haare hängen ihm in beinah schwarzen Strähnen ins Gesicht und lenken meinen Fokus auf ein kleines, aber ehrliches Lächeln und meine Fantasie auf Küsse im Regen. Leider – oder Gott sei Dank? – hat er mittlerweile wieder aufgehört.

Eilig parke ich Homer und gehe dann langsam zu Cedric, der an der

Einfahrt wartet. Nicht, dass ich noch kurzatmig werde oder Herzrasen bekomme, weil ich mich so beeile! Mein gesamter Plan für den Abend steht und fällt mit meiner lässigen Souveränität. Dieser Eindruck – ob real oder nicht – muss aufrechterhalten werden, koste es, was es wolle.

Wir begrüßen uns mit einer kurzen Umarmung, etwas zu kurz für meinen Geschmack, und Cedric sagt: »Schön, dass du gekommen bist.«

»Danke, dass du gewartet hast.«

Er sieht von dem klotzartigen Backsteingebäude über die abblätternde Farbe des Containers zu dem Schutt, der am Zaun liegt. »Jetzt weiß ich, was für hübsche Ecken ich verpasse, wenn ich immer mit der Bahn fahre.«

»Wohin gehen wir denn überhaupt?« Die Frage, ob er nicht friert, verkneife ich mir. Noch.

»Was magst du?«, fragt er zurück. »Und was isst du nicht?«

Gefährliche Frage. »Prinzipiell esse ich alles, aber Tierisches in Maßen und nicht, wenn es aus gigantischen Fleischfabriken kommt.« Super, Billy. Präsentier dich gleich als versnobt und kompliziert. »Aber ich kann durchaus mal eine Ausnahme machen, wenn du in ein Steakhouse gehen willst.«

Er wirkt ganz zufrieden mit sich und erklärt: »Um ehrlich zu sein, habe ich schon reserviert. Aber ich denke, du wirst fündig. Die haben da was mit Rüben und Rettich.«

Ich bin nicht sicher, ob das ein Scherz sein soll. Rüben und Rettich klingen nun nicht gerade unwiderstehlich, aber ich belasse es bei einem Lächeln und folge ihm durch das Ropewalks-Viertel in Richtung der nahen Einkaufsmeile.

»Wie war dein Tag?«, fragt er, und es ist so ein verzweifelter Versuch, ein Gespräch in das aufkommende Schweigen zu quetschen, dass ich leise lachen muss.

»Ganz okay, denke ich. Aber bist du sicher, dass du das wissen willst? Nachher lernen wir uns aus Versehen kennen, und – dafür bist du ja nicht der Typ.«

Himmel hilf. Wir haben noch keine drei Sätze gewechselt, und ich werde schon spitzfindig und reite auf dem herum, was Cedric doch eigentlich richtigstellen wollte. Irgendetwas in mir gibt sich größte Mühe, ihn schlechtzumachen. Nur will ich das eigentlich immer weniger.

»Manchmal«, sagt er, »probiere ich was Neues. Mein Tag war übrigens auch gut. Ich stand vor der Entscheidung, auf eine Forschungsreise zu gehen, und die ist nun gefallen.«

Eine Forschungsreise? Ich muss aufpassen, dass mir nicht die Gesichtszüge entgleisen. Ist das der Grund, warum er sich auf nichts einlassen will? »Und wirst du gehen?«

Er nickt und wirkt irgendwie *kriegerisch* dabei. Als hätte er einen langen Kampf ausfechten müssen und am Ende gesiegt. »Dienstag geht es los. Wir fahren zwei Wochen in die Irische See.«

Ich schaue schnell ins Schaufester eines Friseursalons, damit er die Erleichterung in meinem Gesicht nicht sieht. Zwei Wochen Irische See sind ja nicht die Welt. Ich hatte zwei Jahre Antarktis befürchtet. »Das klingt toll. Sicher reitet ihr auf Walen und singt mit Delfinen.«

Er lacht. Es ist ein leises, schönes und dunkles Lachen, das in der Lage wäre, eine leise, schöne und dunkle Wärme in meinem Bauch auszubreiten, würde ich nicht so gut auf meinen Bauch aufpassen.

»Wir werden uns vor allem mit den Ausscheidungen von Rochen beschäftigen und diese auf Schwermetalle und Mikroplastik untersuchen.«

»Das ist sicherlich nicht so romantisch, klingt aber sinnvoller, muss ich zugeben.«

»Auf jeden Fall, ja. Rochen sind ohnehin die coolsten Fische. Sie erkennen die Leute, die sie füttern, aus einer Vielzahl von Menschen heraus und treiben sogar Scherze mit ihnen. Und auf die Wale kann man immerhin hoffen. Zwerg- und Schweinswale werden wir sicher sehen, Delfine auch. Für Buckelwale ist es zu früh, die kommen erst im Herbst, aber mit Glück kriegen wir Orcas zu sehen.«

Cedric erzählt, und ich möchte ewig zuhören, wie er über die Fische, Muscheln und Meerespflanzen berichtet, an denen er schon geforscht hat, und dabei alles mit kleinen Gesten untermalt. Er muss sein Studium wirklich lieben, was nicht ganz mit den Informationen zusammenpasst, die seine Kommilitoninnen mir gegeben haben. Sie meinten, er würde kaum zu den Vorlesungen erscheinen. Das passt gar nicht zu dem Cedric, der sich mir heute voller Begeisterung zeigt und selbst über Quallen Interessantes zu berichten weiß. Quallen! Hin und wieder streicht er sich die Haare aus der Stirn, aber der nächste Windstoß macht die Bemühung wieder zunichte.

Ich überlege still, ihn zu fragen, was an den Gerüchten über ihn dran ist, doch da haben wir unser Ziel erreicht und betreten den Food-Court auf der Duke Street.

Okay, unvorsichtig ist er schon mal nicht. In dem Rondell drängt sich ein Stand an den nächsten, und man kann Essen für wirklich jeden Geschmack bekommen, wenngleich es ein wenig an Gemütlichkeit fehlt und die umherlaufenden Gäste sowie die vielen unterschiedlichen Gerüche und Stimmen eher an einen Bahnhof denken lassen. Ich sehe mich etwas unbehaglich zwischen den vielen Leuten um. Wir nehmen allerdings an keinem der Tische Platz, sondern gehen eine Treppe hoch in eine offene Galerie – und kaum oben angekommen, ändert sich das Bild. Hier wirken grob belassene Steinwände, rustikale Holztische und mit Leder bezogene Stühle auf Understatement-art sehr schick. Ein spitzes Glasdach gibt den Blick auf den Himmel frei, wo gerade die Wolken aufreißen und einem späten Sonnenuntergangsorange Platz schaffen. Das Herzstück des Restaurants – ein spanisches, wie ich jetzt erkenne – ist die einsehbare Küche, die nur durch einen Tresen vom Gastraum getrennt wird. Der Koch arbeitet dort eilig, aber ohne Hektik zwischen Gasflammen und offenem Feuer.

»Willkommen, Pilger«, ruft ein Kellner uns von Weitem entgegen. Ich werde herzlich mit »¡Buenas tardes, señorita!« begrüßt, Cedric wird auf Kumpelart umarmt. Aha, ein Stammrestaurant also.

Wir bekommen einen hübschen Tisch an einer Wand mit Blick auf die Küche. Als wir unsere Jacken ausziehen, sehe ich erleichtert, dass Cedric zumindest nicht durchnässt wurde. Er trägt ein offenes Kurzarmhemd lässig über einem engen schwarzen T-Shirt. Sein Blick streift leicht über meine freien Schultern, wobei er unauffällig über die Innenseite seiner Unterlippe leckt, und ich sende einen stillen Dank an Olivia, die fortan alle meine Kleider aussuchen wird – jeden einzelnen Tag.

Der Kellner erkundigt sich nach meinen Getränkewünschen, rät mir zu einem guten Wein, fragt Cedric aber nicht ein einziges Mal. Ich entscheide mich für Kirschsaftschorle, immerhin steht Homer in der Nähe.

»Da du häufiger hier zu sein scheinst, kannst du sicher etwas empfehlen?« Ich will nach der Karte greifen, aber Cedric legt seine Hand darauf, direkt neben meine.

»Bist du mutig, Billy?«

Das herausfordernde Lächeln kann ich erwidern, wenn es auch nicht besonders leichtfällt. »Ziemlich.«

»Wie mutig?«

»Ich bin die, die mit zwei Koffern und einem Karton in diese Stadt kam, zwanzig Pfund auf dem Konto und sechs in der Tasche. Noch Fragen zu meinem Mut?«

»Nein, dafür hundert andere. Aber was unser Essen betrifft, weiß ich genug.«

Der Kellner kommt bereits mit den Getränken zurück, Cedric hat er eine stylische Flasche mit stillem Wasser gebracht. Sein Gesicht beginnt zu strahlen, als Cedric sagt: »Bring uns, was du am besten findest, Tom«, und schon ist er wieder verschwunden.

»So«, sagt Cedric, gießt sich Wasser ins Glas und hebt es dann. »Und nun verhindere, dass ich weiter über Seestachelbeeren und Ruderfußkrebse rede, ansonsten könntest du auch einfach eine Vorlesung in der Uni besuchen und müsstest nicht mit mir essen gehen.«

Ich bin sehr kurz davor, ihm zu gestehen, dass ich jede Vorlesung besuchen würde, die er gibt, einfach nur, weil er das kann, wovon ich träume: Begeisterung in Menschen wecken für Themen, von denen sie zuvor nicht wussten, wie spannend sie sie finden.

Leicht stoße ich mein Glas an das seine. »Warum sollte ich?«

»Hast du schon eine Antwort zu deinem Bewerbungsgespräch?«

»Nein. Ich erwarte ehrlich gesagt nur eine Absage.«

»Eine Zweckpessimistin also«, erklärt er, und ich hebe fragend die Augenbrauen.

»Du gehst vom Schlimmsten aus, damit die Realität nachher nicht ganz so bitter ist und du nicht enttäuscht wirst.«

»Welches Studium hast du abgebrochen? Psychologie?«

Er lacht. »Nein. Das nicht. Bin ich nah dran?«

Ja. »Nein.« Doch. »Vielleicht ein bisschen.«

»Warum willst du unbedingt im Museum arbeiten?«, erkundigt er sich, und ich glaube, dieses Nicht-Kennenlernen scheitert dramatisch. Und das soll es.

»Ich wollte das einfach … immer. Als ich ein Kind war, träumten die Mädchen aus meiner Klasse davon, Springreiterin, Tierärztin oder Prinzessin zu sein. Und ich wollte eben Museumsführerin werden. Die anderen verstanden dann nach und nach, dass man als Springreiterin nichts verdient, als Tierärztin süße Hunde einschläfern muss und als

Prinzessin von der Presse gemobbt wird. Ich erfuhr auch immer mehr über meinen Traumberuf. Aber ich konnte einfach nie aufhören, ihn zu wollen. Vielleicht bloß«, ich zögere, sage es dann aber doch, »weil ich ihn nicht haben konnte.«

Cedric wirkt nicht nervös. Aber er hat irgendwie Mühe, seine Hände ruhig zu halten. »Deine Eltern haben das nie unterstützt?«

»Meine Mum schon, doch meine Eltern haben sich kurz nach meiner Geburt getrennt, und ich lebte die meiste Zeit bei meinem Vater. Aber meine Nanna hat mir ständig Bücher über Dinosaurier geschickt, oft in jeder Woche eins.«

Die Erinnerung versetzt mir einen Stich, denn es waren diese Bücher, an denen ich damals merkte, dass sie krank wurde. Sie schickte sie plötzlich doppelt und dreifach und stritt es ab, wenn ich sie am Telefon darauf ansprach. Kurz darauf zog meine Mutter dann zu ihr nach Brasilien, um sich um sie zu kümmern. Merkwürdigerweise muss ich daran denken, wie Nanna mich bat mitzukommen. Ich fragte meinen Vater, ob ich dürfte, und er tat das Seltsamste, das ich mit meinen neun Jahren je erlebt hatte. Er weinte. Also blieb ich, weil es logisch für mich war: Mama hatte nun Nanna, Nanna hatte Mama. Dad hatte niemanden, wenn ich nun auch ging.

Der Kellner bringt uns Brot und reißt mich damit aus meinen Gedanken. Ich konzentriere mich auf Cedric, weil ich hier sein will, nicht in irgendwelchen alten Erinnerungen.

Cedric zupft sein Brot auseinander. »Wie war das, als du herkamst mit Homer, deinen beiden Koffern und sechundzwanzig Pfund? Wie hast du das hinbekommen?« Er stockt. »Oder ist das zu privat?«

»Schon gut«, sage ich, »sonst hätte ich es ja nicht erwähnt. Ich war auf Jobsuche und hatte gerade gemerkt, dass Irland und Schottland für meine Ansprüche zu teuer sind. Meine Ersparnisse – das klingt, als hätte ich vorher Geld gehabt, es waren aber nur ein paar Pfund mehr –, waren aufgebraucht und ich hatte zu der Zeit schon ein paar Tage in meinem Auto geschlafen.«

»Wow. Entschuldige, aber … du unterscheidest dich optisch nicht von den Frauen, die eine Krise bekommen, wenn das Hotel nicht mindestens fünf Kissen ins Bett legt und den Bademantel parfümiert. Und du schläfst in dieser Schro… in deinem Auto? Hattest du keine Angst?«

Ständig. Aber nicht vor dem Alleinsein oder vor einem verspannten Nacken. »Ich habe immer an Orten geparkt, wo niemand war. Wovor hätte ich Angst haben müssen?«

Er antwortet nicht.

»Ich war also auf Jobsuche, aber etwas zu finden, war ziemlich kompliziert. In einem Secondhandgeschäft hatte ich dann nach neun Absagen an einem Tag einen totalen Zusammenbruch und«, ich lache ein bisschen Scham beiseite, »musste einfach heulen. Das fand die Verkäuferin so unangebracht, dass sie mich rausgeworfen hat. Eine Kundin hat die Szene mitbekommen und lief mir nach, um zu fragen, ob alles okay sei.«

»Man muss sie suchen, die Anständigen in Liverpool, aber es gibt sie. Und diese Kundin hatte dann einen Job für dich?«

»Nein, diese Kundin war Olivia. Einen Job hatte sie nicht. Aber Wein und Schokolade und zufällig ein WG-Zimmer, wie sich herausstellte. Und nachdem ich ein WG-Zimmer, Wein, Schokolade und eine Freundin hatte, ging das mit dem Job plötzlich wie von selbst.«

Er lehnt sich über den Tisch näher in meine Richtung. »War denn außer Olivia keiner bereit, dich zu unterstützen? Deine Familie, deine Freunde?«

»Hab ich alles hinter mir gelassen. Aus Gründen.«

»Okay.« Er nickt, schluckt und sieht mich wieder an.

Ich bin nicht ganz sicher, was er in mir berührt, aber es fühlt sich überraschend intensiv an. Was ich erzähle, scheint ihm nahezugehen, ganz egal, was er sich vorgenommen hatte. »Das klingt hart.«

»Ich hätte Hilfe bekommen«, beeile ich mich zu sagen. »Aber ich wollte meinen Vater nicht darum bitten. Ich wollte ihm beweisen, dass ich allein zurechtkomme.« Und ihm vor allem keinen Anhaltspunkt geben, wo er mich finden kann. »Und meine Mutter sollte nichts erfahren, damit sie es nicht an meine Nanna weitererzählt. Sie ist alt und nicht gesund. Ihre Zeit kommt bald. Da will ich nicht, dass sie Kummer hat.« Meine Augen werden ein wenig feucht, und mein erster Impuls ist es, das wegzulachen. Aber ich lasse es, wie es ist. Soll er doch sehen, dass mir meine Großmutter fehlt.

»Habt ihr viel Kontakt?« Er fragt das leise, behutsam.

Ich kann nur mit den Schultern zucken. »Leider nicht. Wir telefonieren oft, und ich schreibe ihr alle paar Tage einen Brief und bekomme hin und wieder sogar einen zurück. Aber ich habe sie schon eine Weile nicht mehr besucht. Wenn ich erst einen richtigen Job habe und ein bisschen besser verdiene …« Hart beiße ich mir auf die Zunge. Dahin hatte ich nicht kommen wollen! Er soll mich nicht für ein jammerndes armes Mädchen halten. Hat nicht genau daran meine Beziehung mit Tristan gelitten? An Mitleid und seinem Bedürfnis, alles für mich regeln zu wollen, mich ständig vor allem retten zu müssen – in erster Linie vor mir selbst?

Ich räuspere mich. »Nanna ist zäh. So lange bleibt sie noch.«

Themenwechsel – jetzt! Es ist keine Option, beim ersten Date zu weinen. »Was machst du mit deiner Katze, wenn du auf Forschungsreise gehst?« Er kann mir nicht vorwerfen, seinen Instagram-Kanal gecheckt zu haben, oder? Daran ist nichts auszusetzen. Jede würde das tun. Oder? »Nicht, dass du denkst, ich hätte deinen Instagram-Kanal gestalked. Olivia hat das getan.«

»Hätte ich auch gemacht«, beruhigt er mich. »Aber du hast keinen.«

»Nein.« Er hat es also wenigstens versucht. Interessant.

»Mr Vane – so heißt er – wäre ein vortrefflicher Schiffskater, aber da wir Fische für die Wissenschaft aus dem Meer holen und so viele wie irgend möglich wieder lebend ins Meer zurücklassen, bleibt er zu Hause und bewacht meine Wohnung. Ein Kommilitone versorgt ihn.«

Du wohnst also mit dem Kater allein, Cedric Benedict. Und ein Kommilitone kommt zum Catsitten. Kein Freund.

Unschlüssig, was ich als Nächstes fragen möchte – Lizas Bemerkungen von wegen ›keine Freunde, Einzelspieler!‹ gehen mir im Kopf umher und passen einfach nicht zu diesem aufmerksamen Mann mir gegenüber – greife ich in den Brotkorb. Eine Idee, die er wohl auch hatte. Wir verharren beide kurz vor dem kleinen Weidenkörbchen und sehen uns mit in der Luft schwebenden Händen einen Moment in die Augen. Cedrics Mundwinkel zuckt. Ich senke meine Hand in den Korb, er tut dasselbe, und die Rückseiten unserer Finger berühren sich kein bisschen zufällig, sondern äußerst bewusst, und prompt beginnt das Flattern in meinem Bauch. Ich fahre mit der Zunge über meine Unterlippe, es ist wie ein Reflex, den ich nicht verhindern kann, und spüre seinen Blick auf meinem Mund.

»Das mit dem Nicht-Kennenlernen funktioniert übrigens toll«, bemerke ich amüsiert. »Ich werde ab heute nur noch Leute kennenlernen, die nicht der Typ dafür sind. Man spart sich das ganze unnötige Zeug von Lieblingsserie, Lieblingsmusik, Lieblingswetter und kommt gleich zu den Dingen, auf die es ankommt.«

»Ja«, sagt er gedehnt. »Aber vielleicht verschieben wir das schwer Verdauliche auf nach dem Essen, damit wir uns nicht den Appetit verderben. Ich sag dir dann auch gern, dass ich keine Lieblingsserie habe, sondern in Genres aufteilen muss. Liebste SciFi, liebste Dokureihe, liebste Fantasy, liebstes Gangster-Abenteuer …«

Das also tut er, wenn er Vorlesungen schwänzt? Binge-Watching?

»Liebste Piratenserie …«

»*Black Sails*«, platzt es aus mir heraus. »Vergiss alles andere! Kaum jemand kennt diese Serie. Aber wenn dir das Spiel mit Zuschauersympathien in *Game of Thrones* gefällt, dann schau *Black Sails* und staune, wie weit man das treiben kann.«

Cedrics Grinsen verändert sich und wirkt, als hätte er in mir gerade eine heimliche Verbündete erkannt.

»Wir verstehen uns, Billy. Oder was denkst du, warum mein Kater Charles Vane heißt?«

BILLY

Unsere Tapas kommen, eine große Auswahl aus duftumschwaderten Schälchen, aus denen wir gemeinsam nehmen, und unser Kellner Tom erzählt zu jedem eine kleine Geschichte. Aus welcher Region der lauwarme Salat aus Rettich und Rüben stammt, was den Küchenchef zu dem Blauschimmelkäse im Mangold inspiriert hat, und dass er auf dem andalusischen Hof, woher das Fleisch stammt, regelmäßig Urlaub macht und dort die frei herumlaufenden Schweine mit Kastanien füttert.

»Ich dachte, ich wäre eine gute Kellnerin«, murmle ich Cedric zu, als wir wieder allein sind. »Aber Tom ist ein Künstler. Am liebsten würde ich was nachbestellen, nur, damit er mir etwas darüber erzählt. Ich möchte augenblicklich nach Spanien.«

»Du hast doch noch nicht mal probiert.«

»Ich rede ja auch von Tom! Wenn ich so gut wäre, würde ich nichts anderes machen wollen, mein ganzes Leben lang. Wenn jetzt noch das Essen schmeckt …«

Cedric lacht lautlos in sich hinein, und ich frage ihn, was daran so witzig ist.

»Nichts«, sagt er. »Gar nichts. Ich mag bloß deine Wahrnehmung. Sie freut mich irgendwie.«

Ich weiß nicht, was ich darauf antworten soll, aber für einen Moment vergesse ich den Kellner Tom und sogar das Essen, auch wenn es noch so würzig duftend um meine Aufmerksamkeit buhlt. Wie soll ich noch essen, wenn Cedric mich ansieht, als würde er bis auf den Grund meiner Seele blicken? Als würde er es tun und genießen, was er dort sieht? Mein Bauch ist voller Schmetterlinge. »Ich … mag deine Restaurantwahl.«

»Dann lass uns essen«, antwortet er. Irgendetwas Schweres klingt mit, als würde es nach dem Essen, zum Dessert vielleicht, etwas Unverdauliches geben.

Ich lade mir den Teller mit gegrillter Paprika mit Meersalz, lauwarmem Wurzelgemüsesalat und käsegefüllten, in bunte Mangoldblätter gewickelten Pilzen voll, und meine Geschmacksnerven schießen bei jedem Bissen ein buntes Feuerwerk ab. Die Mischung aus Gemüse, Kräutern und Gewürzen ist umwerfend, das Fleisch butterzart, und die gebackene und mit Cidre abgelöschte Wurst entlockt mir ein Geräusch, das zu Kichern am Nebentisch führt. Vorbei ist das Gefühl, nach Spanien zu wollen. Ich *bin* in Spanien. In einer in Perfektion erträumten Wunschvorstellung von Spanien, ohne Stierkampf und Sprachbarrieren.

»Verdammt«, sage ich schließlich, als ich beim besten Willen nicht mehr nachnehmen kann. »Ich werde nie wieder in ein anderes Restaurant gehen. Alles wird fad und langweilig schmecken, wenn ich es mit diesem Essen vergleiche.«

»Mir fallen durchaus noch ein paar ein, die mithalten können«, sagt Cedric und legt seine Gabel zur Seite. »Ich gebe dir gern Tipps.«

Er lächelt. Und trotzdem wirken seine Worte wie eine kalte Dusche auf mich, denn ich möchte keine Tipps. Ich möchte ihn wiedersehen. Meinetwegen zu Fish and Chips im Hafen oder zu einer Fertigsuppe um Mitternacht oder einer Schale Weetabix in seiner Wohnung.

Tom kommt mit neuen Getränken und räumt den Tisch ab, auf meine Lobeshymnen will er uns den Küchenchef schicken, aber Cedric schüttelt den Kopf. »Wir brauchen ein paar Minuten«, sagt er, und Tom nickt und lässt uns allein.

»Ich mag deine Wahrnehmung, Billy«, sagt Cedric. Das hat er vorhin schon einmal gesagt, aber da hat er dabei gegrinst. Jetzt scheint der Satz, der so positiv wirkt, eher ein Problem darzustellen. »Du … siehst Menschen. Du bewunderst sie für das, was sie sind und können, für Dinge, die andere vollkommen banal finden. Du siehst, dass es das nicht ist, dass nichts banal ist.«

Ich glaube zu spüren, wie meine Körpertemperatur ansteigt, so sehr berühren mich seine Worte. Ich weiß nicht, was ich sagen soll, und die Worte, die ich finde, klingen patzig, sind aber nicht so gemeint. »Das ist überraschend tief gehend für jemanden, der nicht der Typ fürs Kennenlernen ist.«

»Ja.« Er nickt schlicht, greift dann in die Innentasche seiner über dem Stuhl hängenden Jacke, zieht eine Schachtel heraus und legt sie quer über den Tisch vor mir ab. »Das ist der Grund.«

Ich starre auf das blau-weiße Päckchen aus dünnem Karton. Es ist so groß wie eine Zigarettenschachtel und eingedrückt, als hätte er es häufig in seiner Tasche. Am Rand ist es feucht vom Regen. Eine Tablettenschachtel. Filmtabletten, fünfzig Milligramm Wirkstoff – Sertralin. Weder der Wirkstoff noch der Name des Medikaments sagt mir etwas.

»Was ist das?« Ich flüstere und verstehe erst beim Drübernachdenken, warum. Was, wenn er nun sagt, dass er unheilbar krank ist? Sterbenskrank vielleicht? Das wäre eine Erklärung dafür, dass er von niemandem mehr will als kurzfristigen Spaß. Mein Herz klopft wie verrückt.

Das ist jetzt nicht wahr, oder?

»Ein Antidepressivum«, erklärt er, und erleichtert atme ich aus.

»Mann, hast du mich erschreckt. Ich dachte, du wärst schwer krank.«

»Na ja«, sagt er und legt den Kopf schief. »Ich will nicht sagen, dass es so ist. Aber so ist es.«

»Ich meine richtig krank.« *Moment, Billy,* pfeife ich mich innerlich zurück. *Das wird jetzt seltsam.* Vielleicht sollte ich besser erst denken, dann reden. »Todkrank, dachte ich.« *Es wird nicht besser.* »Vielleicht denke ich erst mal einen Moment darüber nach.«

»Ja«, bestätigt Cedric hilfsbereit. »Und dann frag einfach, was du wissen willst. Stell alle Fragen, egal wie unsinnig sie dir scheinen. Die dümmsten Fragen sind sehr viel klüger als das, was die meisten Leute zu wissen denken.«

Ich nicke, öffne den Mund und schließe ihn wieder. Was soll ich nun sagen? Was ist angebracht? ›Tut mir leid‹ oder ›Kopf hoch, das wird schon wieder?‹ Nein, das ganz sicher nicht.

»Hart zu schlucken?«, fragt Cedric leise. Hat er jetzt etwa Mitleid mit mir, weil mir nichts zu seiner Diagnose einfällt?

»Nein, völlig okay. Ich bin nur überrascht.«

Er grinst. »Ich sehe gar nicht so aus, als hätte ich Depressionen, oder?«

»Nein. Ich meine …« Wie soll man auch aussehen, wenn man Depressionen hat? »Ich weiß einfach nicht, was ich sagen soll. Ich will nichts Falsches sagen.«

»Kannst du gar nicht.« Sein sanfter, ja, beinah zärtlicher Tonfall bewirkt trotz des tonnenschweren Themas eine seltsame Leichtigkeit in meinem Bauch.

»Ich fürchte schon. Ich könnte sagen: Hey, warum denn, das Leben ist schön! Oder: Dann musst du mal an deiner Einstellung arbeiten und positive Energien freilassen. Oder, warte! Ich könnte sagen: Aber wie kannst du denn Depressionen haben – du lachst doch die ganze Zeit!«

Er lacht tatsächlich. Wenigstens das ist mir gelungen. »Das Risiko, dass du so etwas sagst, ist überschaubar. Ich gehe es ein.«

»Sehr mutig von dir! Mir fällt aber gerade doch noch eine Frage ein. Eine, die ich mich zu stellen traue.«

Er dreht die Handflächen nach oben. »Stell sie.«

»Ich nehme an, die Depressionen und das«, mein Blick geht zu der Tablettenschachtel, »Antidepressivum sind der Grund, warum du kein Mädchen näher kennenlernen willst?«

Mit einem langsamen Ausatmen legt er die Hände ineinander und senkt den Blick darauf. »Die Depression ist der Grund, dass ich keine Beziehungen eingehe.«

»Gar keine?« Mir schießt durch den Kopf, wer seinen Kater füttert, während er auf Expedition geht: ein Kommilitone. Kein Freund.

»Keine, die sich verhindern lässt. Meine Familie ist natürlich die Ausnahme. Ich habe auch Nachbarn und Kommilitonen und Bekannte, aber sie bleiben genau das.«

Absolut keine Freunde, bedeutet das. Wie unglaublich traurig.

»Aber …« Wird man nicht erst recht depressiv, wenn man keine Freundschaften schließt?, liegt mir auf der Zunge, aber das würde klingen, als gäbe ich ihm die Schuld an der Depression. Besser, ich stelle die Frage anders. »Warum nicht? Du machst nicht den Eindruck, als sei es besonders schwer, dich zu mögen.«

Er lächelt ein seltenes ganzes Lächeln, das unweigerlich ein absolut unangebrachtes Signal in meinen Bauch schickt. Wärme sowie ein angenehmes Kribbeln breiten sich in mir aus, während meine Hirnzellen darüber debattieren, dass er häufiger so lächeln sollte und wie man ihn wohl dazu bringen kann. Die Opposition steht auf gänzlich verlorenem Posten mit ihrem schwachen Einwurf: ›Hallo. Können wir zum Thema zurückkehren? Das ist gerade nicht romantisch, sondern verflucht traurig.‹

»Aber es fällt mir schwer, andere zu mögen«, sagt er, das Lächeln verlischt, und in meinem Kopf und meinem Bauch wird es abrupt still. Die Hirnzellen-Opposition hat den Anstand, sich jeden Kommentar zu sparen.

Irgendwo zwickt mich Unbehagen. Ich kann mir das einfach nicht vorstellen. Was er gerade sagt, passt nicht zu dem, was er tut.

»Depressionen«, erklärt er, »verlaufen nicht gradlinig. Eher in Wellen. Die stärksten Wellen nennt man depressive Episoden. Ich nenne sie Gewitter. In dieser Zeit ist das meiste, was ich fühle, wie blockiert. Es ist sehr schwer, sich dann um andere zu kümmern. Sie zu sehen, sie wirklich zu sehen. Oder gar für sie da zu sein. Die wenigsten Leute wollen Freunde, die nur da sind, wenn es ihnen gerade in den Kram passt und die Umstände günstig sind.«

»Nun ja. Aber wenn man weiß, dass keine Absicht dahintersteckt, sondern …« Ich lasse den Satz unvollendet. Dieses Wort klingt so technisch, so … pathologisch. Es passt nicht zu Cedric, und ich flüchte mich für einen Moment in die Illusion, man könne Dinge verschwinden lassen, wenn man sie nicht beim Namen nennt. Das mag bei Voldemort nicht funktioniert haben, bei mir aber durchaus.

»Hast du schon mal das Gefühl gehabt, dass dein Wissen in krassem Gegensatz zu dem steht, was du fühlst?«

Jetzt gerade, denke ich, als er aufsieht und unsere Blicke sich treffen. Jetzt gerade haut genau dieses Gefühl mich fast um.

»Und? Möchtest du vielleicht ein Dessert?«

CEDRIC

»Was?« Billy schaut mich so irritiert an, wie man nach einem absurden Themenwechsel nur sein kann, und ich stolpere heute nicht zum ersten Mal über meine Unbeholfenheit. Nach der Sache mit Chris hab ich mir geschworen, allen Frauen reinen Wein einzuschenken, weil es nie wieder so schiefgehen darf. Dass ich kein Arsch bin, ist kein leeres Gerede; ich ertrage es nicht, ein Arsch zu sein. Die nächste schlechte Phase reitet darauf herum, bis ich an der Scham verrecken will, was dummerweise nicht passiert.

Aber normalerweise verläuft das alles sehr viel knapper, technischer, und meist bleibt es dabei, dass ich Cedric bin und Beziehungen nicht mein Ding sind. Den meisten reicht diese Information. Carlina war die Letzte, die mehr wissen wollte, und auch mit ihr ist mir das Reden nicht ganz leichtgefallen.

Aber noch nie war ich so fahrig, so besorgt, etwas Blödes zu sagen, so sicher, alles falsch zu machen, wie jetzt, wo mir Billy gegenübersitzt. Und gleichzeitig fühlt es sich nicht schlecht an. Der Grat zwischen Beunruhigung und Aufregung ist verdammt schmal heute Abend.

»Es ist so. Ich habe diese Krankheit schon verdammt lange. Ich kann in den guten Phasen darüber reden, aber es ist nicht leicht, zu erklären, welche Auswirkungen sie auf meine Beziehungen hat.«

»Hey«, sagt Billy leise. »Ist schon in Ordnung. Du musst nicht darüber reden.«

»Will ich aber, es ist mir wichtig. Es ist leichter, wenn wir ein Stück gehen. Daher schlage ich vor, wir essen das Dessert, und danach zeige ich dir endlich das beste Pub der Stadt, in Ordnung? Wir müssen ein Stück laufen, und wenn wir da sind, wirst du es verstehen.«

»Das, Cedric Benedict, sind große Töne, die du da spuckst. Versprichst du immer so viel?« Sie legt den Kopf schräg und zieht eine Braue hoch, ganz minimal nur. Ihr Blick ist die pure Herausforderung, und ich will sie annehmen. Will Billy alles beweisen, was sie nicht glauben kann, und sie gleichzeitig hier und jetzt an mich pressen und küssen und ihr jeden Zweifel an mir austreiben.

Für heute Nacht kann ich das. Was morgen sein wird, muss mir egal sein. Die Gewitter und ich kommen miteinander klar, wenn ich mich an ein paar Regeln halte.

»Ich halte alles, was ich verspreche«, sage ich leise, den Blick auf Billys schöne Lippen gerichtet. Innerlich verspreche ich uns beiden wenigstens einen Kuss in dieser Nacht.

»Ich möchte kein Dessert, lieber gleich losgehen.« Sie greift nach ihrer Tasche. »Ich werde zahlen.«

Warum wundert mich das nicht? »Kommt nicht infrage.«

»Leb damit, dass *ich* das entscheide«, erwidert sie mit freundlicher Entschlossenheit. »Du darfst beim nächsten Mal zahlen.«

Bloß gibt es kein nächstes Mal. Ich winke Tom zu uns. »Wir haben ein Problem. Meine Begleitung möchte zahlen, aber …«

»*Señorita, lo siento.* Aber Cedric ist ein Verbrecher und muss alles, was er bestellt, im Voraus zahlen. Wir buchen bei ihm ab, bevor der Koch auch nur einen Finger rührt, sonst steht Cedric am Ende wieder ohne Geld da und spült unsere Teller. Er taugt dafür nicht, er lässt das Geschirr fallen.«

Über den Tisch hinweg lächelt sie mich schmal an. »Du bist ein Mistkerl. Ein richtig blöder!«

Ich greife mir theatralisch an die Brust. »Wie kannst du das sagen? Hast du kein Mitleid?«

»Kein Stück.«

Nichts anderes hatte ich erwartet. Es wird die Sache nicht einfacher machen. Aber schöner. »Danke, Billy.«

Wenig später zwängen wir uns durch den inzwischen völlig überlaufenen Food-Court nach draußen, wo uns überraschend frische, sauber geregnete Luft entgegenschlägt. Ich beobachte Billy, wie sie für einen kleinen Moment die Augen schließt und durchatmet, und kann mir nicht helfen. Ich mag das Gefühl, neben ihr zu sein. Das Wissen, dass wir zusammen wo hingehen. Ich mag sogar die Vorstellung, gleich mit ihr bei Sawyer aufzutauchen, und die Frage, wie er das wohl aufnimmt. Ich will ihn einfach mal wieder sehen und habe endlich einen Grund, der stärker ist als das uralte, beschissene Gewissen.

Was ich dagegen überhaupt nicht mag, ist meine Sprachlosigkeit. Wir gehen die Straßen entlang, auf denen jede Menge los ist, denn halb Liverpool streunt um diese Zeit zwischen Restaurants, Imbissläden und Pubs herum und langsam in Richtung der Clubs. Aus beinah jedem zweiten Eingang dringt Musik und wir pressen uns durch etliche Trauben aus vor der Tür abgestellten Rauchern.

Billy wartet auf Antworten, aber alle, die ich in Worte fassen kann, passen nicht zu den Fragen, die zwischen uns schweben, in dem kleinen Raum zwischen meiner rechten Hand und ihrer linken.

»Ich versuche eine Menge«, sage ich, es fühlt sich hilflos ins Leere geplappert an, und ich komme mir vor wie der letzte Idiot. »Die Leute sagen, Sport würde helfen, also gehe ich laufen und laufe an sämtliche Grenzen und darüber hinweg, aber …«

»Es hilft dann doch nicht?«

»Ich mache wohl etwas falsch.«

»Oder die Leute haben keine Ahnung.« Sie überlegt, sieht dabei ein paarmal fast verstohlen zu mir rüber, kann meinen Blick aber nicht halten.

Na ja. Wenigstens versucht sie, kein Mitleid zu haben.

»Ich würde es gern besser verstehen, aber es ist schwierig. Wie muss man sich das vorstellen, wenn man … also … entschuldige. Jeder weiß, wie es ist, traurig zu sein. Aber es ist mehr, oder?«

»Um ehrlich zu sein, ist da kein Vergleich zwischen Traurigkeit und Depression.« Erstaunlich, wie leicht man im Stimmengewirr der Stadt miteinander reden kann. »Sie sehen nach außen ähnlich aus, aber ein Weißer Hai und ein Tümmler haben auch Gemeinsamkeiten, und trotzdem ist der eine ein Fisch und der andere ein Säugetier.«

Kurz fliegt Erheiterung über ihr Gesicht und ebenso durch meinen Kopf. Ein paar Semester, und schon bringe ich Fisch-Metaphern.

»Traurigkeit ist ein normales, gesundes Gefühl, wenn auch kein schönes. Die Depression ist …« Ich zögere einen Moment, die Worte auszusprechen, die ich für mich wähle – in Gedanken und Songs –, aber nie laut sage. Nie. Doch Billys Blick ist offen und interessiert, da ist weder Abscheu noch der häufig vermittelte Eindruck, ich würde mich anstellen oder reinsteigern. Sie nimmt das erstaunlich gelassen, als hätte ich ihr gesagt: ›Erzähl es keinem weiter, aber ich hab Schuppen!‹ Was darauf hinweist, dass sie entweder naiv sein muss oder in irgendeiner Weise erfahren. »Die Depression ist wie eine Fremde in meinem Kopf. Sie ist da seit Jahren, gibt nichts von sich preis, aber sie weiß alles über mich, jedes Detail meiner geheimsten Gedanken. Sie nutzt ihr Wissen, um mich zu verletzen. Manchmal ist sie scheu und fast zärtlich, flüstert mir nur kleine Zweifel ein, als wäre sie auf meiner Seite. Jemand stimmt mir in einer Sache zu – *Pass auf, der lügt.*

Jemand sagt etwas Nettes – *Merkst du denn nicht, wie du manipuliert wirst?* Und oft saugt sie mir alles aus, jede Energie, jedes Gefühl. Traurigkeit wäre überhaupt nicht schlimm, aber nicht mal die ist da dann noch. Keine Traurigkeit, keine Frustration, keine Wut. Man fühlt sich zu erschöpft, um zu fühlen. Zu leer. Wie ausgelöscht, als mache es keinen Unterschied, ob man noch da ist oder nicht. Ihr Ziel ist die totale Vernichtung, ich soll mich nutzlos und unwürdig fühlen, mein Leben für eine einzige Verschwendung halten.«

Billy schluckt schwer, sagt aber nicht mehr als ein geflüstertes »Scheiße«. Dann hört sie wieder zu. Kein ›Hast du mal dies versucht – hast du mal jenes probiert?‹

»Ich nehme Medikamente«, sage ich, während die Lichtkegel der vorbeifahrenden Autos unsere Schatten über die Häuserwände ziehen. Wir sind inzwischen fast allein auf den Bürgersteigen, nur selten kommt uns noch jemand entgegen. »Und gehe zur Therapie. Das hilft, damit die Phasen, in denen sie keine Macht über mich hat, größer werden und die schlechten kürzer. Gewitterfronten nenne ich diese Zeiten, weil man im Regen und im Sturm steht, nichts außer dem Donnergrollen hört und abwarten muss, während man darauf hofft, nicht erschlagen zu werden.«

Die Metapher trifft es gut, aber sie kommt nicht von mir, und es erschreckt mich ein bisschen, wie leicht es mir fällt, Billy davon zu erzählen. Als Luke und ich über Gewitter sprachen, brauchte das jede Menge Alkohol. Ich sage ihr mehr als anderen Mädchen, sage ihr viel zu viel, aber sie hört jedes Wort an, nimmt es in sich auf und lässt weitere Worte zu. An den meisten Menschen prallen Worte zu diesem Thema ab wie an einer Teflonschicht, sie schützen sich vor ihnen, bevor sie die Gefahr überhaupt einschätzen können. Man muss die Worte in Musik einfassen, in Rhythmen und Melodien, damit sie sie an sich heranlassen.

»Wie lange hast du das schon?«, fragt Billy zaghaft.

Ich zucke mit den Schultern. »Vermutlich schon immer. Meine Mum hat schon ganz früh gemerkt, dass da etwas an mir anders ist. Bis zur Diagnose hat es trotzdem gedauert – es ist nicht einfach, Kinder zu diagnostizieren. In Behandlung bin ich, seit ich zehn bin. Vierzehn Jahre.«

Billy atmet scharf ein. »Ich hatte falsche Vorstellungen. Ich dachte …«

»Man bekommt eine Diagnose, ein paar Pillen und ein halbes Jahr Therapie, und die Sache ist erledigt?«

»So ähnlich. Ich dachte, Gefahr erkannt – Gefahr gebannt.«

Wir erreichen die Chaloner Street. Hinter der lauten Musik, die in ihre wummernden Bässe gehüllt und von Lichtern begleitet aus dem Casino strömt wie Gäste nach einer Glückssträhne, ahnt man schon das Geschrei der Möwen am Hafen.

»Oft ist das so. Aber viele werden ein Leben lang begleitet von ihren Gewittern, trauernden Ladys, Dämonen oder schwarzen Hunden – nenn es, wie du willst.«

»Dann hilft die Behandlung dir nicht?«

»Beim Durchstehen schon, aber nicht unbedingt beim Gesundwerden. Dieser Zug ist abgefahren.« Ich betone diese Worte nicht scharf, lege keine Kälte und keine Verbitterung in meine Stimme. Doch ich sage sie mit der Klarheit, die es braucht, damit Billy die Konsequenzen versteht und gar nicht erst auf den Gedanken kommt, es bräuchte nur irgendeine Sache – Liebe, Religion, bestimmte Vitamine (die Ideen der Leute sind vielfältig) –, um mich wieder in Ordnung zu bringen.

Sie kneift minimal die Augen zusammen, vermutlich unbewusst. Das macht sie oft, wenn sie nachdenkt. »Gewöhnt man sich daran?«, fragt sie dann. »Oder wird es schwerer?«

Ich stoße die Luft aus, ein halbes Lachen. Was für eine erstaunliche Frage. »Beides. Man gewöhnt sich daran, dass es schwerer wird.«

»Literatur?«, fragt sie unvermittelt.

Ich bin verwirrt. »Was?« Bitte, Billy, komm jetzt nicht mit einem Buch, das ich lesen soll, damit alles wieder ins Lot kommt.

»Hast du ein Literaturstudium abgebrochen?«

Lächelnd vor Erleichterung schüttle ich den Kopf. »Literatur war es auch nicht, nein.«

»Sag es mir nicht, ich bekomme es schon noch raus. Konntest du immer so offen darüber reden? Ich meine, wir kennen uns nicht so gut, und dieses Gespräch ist schon ziemlich …«

»Zu intim?«, frage ich.

»Ziemlich tief«, erwidert sie und sagt damit alles und nichts.

»Es ist manchmal leichter, je fremder mir die Leute sind.« Mit Billy fällt es mir beunruhigend leicht, aber ich weiß, dass es schwerer wird. Und fühle das Gewicht jetzt schon auf mir lasten. »Als ich begann, meinen Therapeuten leiden zu können, hätte ich fast abgebrochen, und mit meiner Mutter zu sprechen, ist mir bis heute kaum möglich.«

»Und deshalb gehst du keine Beziehungen ein?«

Ich atme durch. Zu Sawyer ist es noch eine gute Viertelmeile, ich sollte tatsächlich langsam zum Punkt kommen. Das Wasser der Queen's Docks glitzert bereits hinter dem Zaun des Firmengeländes, das uns noch vom Hafen trennt. »Die Depression ist gierig. Wenn ich nicht verdammt vorsichtig bin, nimmt sie mir alle, die mir etwas bedeuten.«

Eine skeptische Falte entsteht zwischen Billys dunklen Augenbrauen. »Ansteckend wird sie nicht sein.«

»Täusch dich nicht. Es gibt Dinge, die schlimmer sind als eine Depression. Eins davon ist, jemanden gernzuhaben, der eine hat.«

Sie nickt. »Ich verstehe, was du meinst. Man leidet mit, wenn es einem Freund schlecht geht.«

»Du hast nicht die geringste Ahnung, wie weit das, wovon ich spreche, von Mitleiden entfernt ist. Wie weit es wirklich geht. Du denkst daran, dich an einem Gemüsemesser zu schneiden. Ich rede von einem rostigen Schwert in deinen Eingeweiden.«

Sie schluckt, aber ich nehme den drastischen Vergleich nicht zurück. Es ist wichtig, dass sie versteht, wie riskant es ist, jemanden wie mich auch nur zu mögen.

»Menschen gehen daran zugrunde, Billy. Starke, solide im Leben stehende Menschen. Denn sie wollen helfen, sie wollen beschützen, wen sie lieben. Jeder tut das, es ist so wenig zu verhindern wie das Atmen. Aber gegen die Depression kann man nichts tun.«

»Gar nichts? Hilft es nicht, dass wenigstens jemand da ist?«

»Manchmal«, gebe ich zu. »Aber oft passiert Folgendes: Stell dir einfach vor, du wärst meine Freundin.«

Ihr Blick gleitet über meinen Körper und weckt ein unangebrachtes begehrliches Kribbeln. Ich wünschte, wir hätten dieses Gespräch hinter uns, denn ich will sie. Ich will sie wirklich, will das bisschen von ihr, das ich haben kann. Und ich will, dass sie mich will. Auch noch, nachdem sie weiß, wie weit ich zu gehen bereit bin. Und wie bald Schluss sein wird.

»Kann ich«, sagt sie leise. »Ist ganz leicht.«

»Du würdest etwas tun wollen. Alle empathischen Menschen wollen trösten, aufmuntern, ablenken. Aber das alles bewirkt im besten Falle nichts, und nicht immer hat man die Kraft, vorzugeben, es wäre anders.«

»Ich könnte nur abwarten, ja?«

»Niemand kann abwarten. Du würdest alles versuchen, was du kannst. Und ich wäre widerlich zu dir, würde dich abweisen, genervt reagieren oder alles, was du sagst und tust, bestenfalls an mir abprallen lassen und schlimmstenfalls ins Lächerliche ziehen, weil ich es nicht ertrage. Wir würden streiten, uns irgendwann versöhnen, und dann würde in der nächsten Phase alles von vorn beginnen. Immer wieder, immer wieder, immer wieder. Du würdest trauriger werden, stiller. Ich würde dich mit jedem Mal etwas tiefer runterziehen, bis du selbst nicht mehr gesund wärst. Du«, meine Stimme kratzt in meinem Hals, »du wärst immer allein. Einsam.«

»Ist das deine Erfahrung?« Sie flüstert fast. »Oder denkst du, dass es so kommt, weil es vielleicht einmal so passiert ist?«

»Ich habe es oft genug erlebt, um sicher zu sein. Eine Beziehung, die irgendjemandem etwas gibt, ist mit mir nicht möglich. Eine Beziehung mit mir nimmt nur. Ich bin bloß aus einem einzigen Grund so offen, Billy, und aus demselben konsequent. Um die Katastrophen zu verhindern, die geschehen, wenn ich es nicht bin.«

Sie widerspricht nicht, sondern schweigt.

Wir biegen in eine Nebenstraße ein, und prompt hat man das Gefühl, in eine andere Stadt zu kommen. Wo zuvor die Straßenschilder und Leuchtstoffreklamen der Firmen und Fabriken das Bild dominierten, stehen nun friedliche Reihen- und Apartmenthäuser aus Backstein – überwiegend Ferienhäuser, vor denen Autos mit Dachgepäckträgern und Nummernschildern aus aller Herren Länder parken. In den meisten Fenstern brennt Licht hinter den Gardinen, irgendwo erklingt Musik, ein paar Häuser weiter quellen Gelächter sowie Lagerfeuer- und Würstchenduft aus einem hinter Ligusterhecken verborgenen Garten.

Schließlich sagt sie: »Und du erlaubst dir keine anderen Erfahrungen zu machen? Ist das eine Selbstbestrafung?«

Ich muss ein wenig lachen, weil ich ihre Gedanken so verdammt gern mag. Sie ist klug. Und gleichzeitig so unerfahren. Ihre Seele scheint so narbenlos wie die Haut ihrer Wangen. Und ich wünsche ihr, dass sie sich das für immer erhält. »Ich beschütze …«

»Moment!«, unterbricht sie mich, eine Hand erhoben. »Darf nicht jeder selbst entscheiden, welches Risiko er eingeht? Du musst nicht die Welt retten.«

»Ich beschütze nur mich selbst, Billy. Ich rette mich allein.«

BILLY

Wir gehen langsam durch diese schmale Straße zwischen liebevoll gepflegten Häusern, ein warmes Licht und Zeichen von Zufriedenheit in beinah jedem Eingang. Doch mein Herz schlägt, als würden wir durch das unheimlichste Viertel der Stadt fliehen, eine Horde böser Geister auf unseren Fersen.

In meinem ganzen Leben habe ich keinen Menschen getroffen, der so offen zu mir war, der mir so bereitwillig seine wundesten Stellen bloßgelegt hat. Und das nach so kurzer Zeit. Ich bin unschlüssig, ob er weiterreden oder endlich aufhören soll, unschlüssig, ob ich mehr ertrage oder mehr brauche. Und muss mich immer wieder daran erinnern, dass er diese Illusion von unglaublicher emotionaler Nähe nur schafft, um zu verhindern, dass wahre Nähe entsteht.

Ein Achterbahngefühl, aber anders als beim letzten Mal. Ich bekomme das Innen nicht mit dem Außen zusammen, mein Körper fühlt sich *dazwischen*. Irgendwie trudelnd, als müsste ich mich festhalten.

»Wie meinst du das?«, frage ich. Seine Erklärungen klingen, als wollte er mich und jeden anderen vor seiner Erkrankung schützen. Er kann nicht ahnen, wie gut ich auf mich selbst aufzupassen vermag; wie geübt ich darin bin, alles zu verlieren und es mir aus dem Nichts neu aufzubauen. Seine letzten beiden Sätze haben mich allerdings aus dem Konzept gebracht.

Ich beschütze nur mich selbst. Ich rette mich allein.

»Zuzusehen, wie jemand, der mir etwas bedeutet, an der Depression und an mir leidet und zugrunde geht, das …« Cedric grinst gequält, »lässt mich nicht kalt.«

»Natürlich nicht.«

In diesem Moment macht die Straße einen Bogen, der Fußweg führt ein paar niedrige Stufen herab, und unvermittelt stehen wir an einem Kai hinter einem schmiedeeisernen Gitter. Blau und tief scheint das Wasser im Halbdunkeln; es schlägt kleine Wellen, die die Jachten und Segelboote, die im hinteren Bereich des Docks anliegen, sanft schaukeln lassen. Fahnen flattern müde, hin und wieder klirren die Befestigungsketten der Segel. Hinter der Marina erhebt sich ein großes Hotel voll golden leuchtender Fenster. Ein Anblick, schön wie gemalt, dabei streicht der Wind mit seinem ganz speziellen salzigen Duft des River Mersey über mein Gesicht. Ich nehme das alles nur am Rande wahr, während ich auf den melodischen Klang von Cedrics Stimme warte. Er klingt fast, als würde er mir Lieder erzählen, wenn er spricht, und egal wie unbehaglich das Thema ist – ich würde ihm gern viel länger zuhören.

»Es hat mit Schuld zu tun«, sagt er endlich, »mit Scham. Und wenn es Tabletten und Therapien gibt, die die Depression beherrschbarer machen, dann sind Schuld und Scham die Mittel, die sie aufputschen, ihr Kraft geben und sie brutal werden lassen. Ich hab ihr dann nichts mehr entgegenzusetzen. Zu sehen, dass jemand meinetwegen leidet, gibt der Depression eine Macht, die – das klingt melodramatisch, aber es ist leider so – mein Leben gefährdet. Ich habe gelernt, das sehr ernst zu nehmen.« Sein Blick wandert über das Wasser und kehrt zu mir zurück. »Du hast recht, man kann nicht die Welt retten, man kann nämlich niemanden retten. Aber man muss auf sich aufpassen. Das tue ich, indem keine meiner Beziehungen länger dauert als eine Nacht.«

Meine Augen beginnen zu brennen. »Es ist nicht fair.«

»Nein. Ist es nicht. Ich kann nicht fair sein, das kann ich mir nicht erlauben. Es ist einfach«, er hebt mit einem Achselzucken die Hände und vergräbt sie dann tief in seinen Taschen, »zu gefährlich.«

Mir entkommt ein unglückliches Lachen. »Das meine ich gar nicht. Es ist nicht fair, dass jemand wie du so eine abscheuliche Krankheit bekommt.«

Sein Grinsen wirkt beinah unbekümmert. »Ich sehe gar nicht aus wie der typisch Depressive, oder? Soll ich dir was verraten? Genau *das* ist ausgesprochen typisch. Darf ich dich um etwas bitten, Billy?«

Um alles, fürchte ich. »Hm.«

»Wenn du mit jemandem über diesen Abend redest, mit Olivia zum Beispiel …«

»Ich kann das für mich behalten.«

»Nein, das sollst du gar nicht. Aber wenn du mit jemandem redest, dann bitte die Person um Stillschweigen. Es muss nicht die große Runde machen, meine Mum …« Er bricht ab, und ich beiße die Zähne zusammen.

»Natürlich«, sage ich, aber innerlich klingt das Wort kalt. Es ist doch überall dasselbe in den besseren Kreisen. Es soll sich bloß nicht herumsprechen, dass das eigene Kind eine psychische Krankheit hat. Was sollen nur die Leute denken!

»Nun, Billy.« Cedric bleibt stehen, lehnt sich gegen das Gitter am Kai und legt die Hände zu seinen Seiten aufs Geländer. »Ich bin nackt. Es liegt an dir, was wir jetzt tun.«

Nackt?!

Nicht. Sein. Ernst.

Leider muss ich zugeben, dass der Seelenstrip Cedrics Anziehungskraft nicht ansatzweise geschmälert hat. Ganz im Gegenteil. Ich mustere ihn mit verschränkten Armen. Wandere mit meinem Blick seine langen Beine hoch, betrachte seine schlanke Figur und die durchtrainierten Schultern und Arme und sehe ihm schließlich auf den Mund und am Ende in die Augen. Faszinierenderweise wirken sie im Halbdunkel des Hafens heller als bei Tag. Ich wünschte, ich könnte dieses Phänomen etwas genauer erforschen …

»Ich bring dich zurück zu deinem Homer, wenn du das möchtest. Es ist okay.«

Die Tatsache, dass seine Stimme ein wenig rau klingt, lässt meinen Magen angenehm warm und schwer werden.

Die Karten sind auf dem Tisch, und sie gefallen mir nicht, nichts daran gefällt mir, außer … Außer ihm. An ihm gefällt mir leider alles. Viel zu sehr.

Gut genug, um etwas zu tun, das ich morgen bereuen werde? Oder schon *zu* gut?

»Oder wir gehen jetzt zu Sawyer. Es gibt Livemusik in seinem Pub und verboten gute Drinks, und du hast Zeit, dir zu überlegen, was du danach tun willst.«

Ich sollte gehen. Jetzt. Mein Kopf sagt das mit absoluter Sicherheit. Die Begründung verliert sich im Hintergrundrauschen, aber sie hat etwas mit ›Verlieben‹, ›einer Nacht‹ und ›gebrochenem Herzen‹ zu tun.

Ich gehe einen Schritt auf Cedric zu und muss aufpassen, dass es bei einem bleibt. Meine Magenunterseite vibriert. »Was steht zur Auswahl, nachdem wir bei Sawyer waren?«

»Wir gehen zu mir nach Hause«, erwidert Cedric mit lässiger Selbstverständlichkeit. Wir stehen vielleicht eine Unterarmlänge voneinander entfernt, und das ist – verdammt – viel zu nah und viel zu weit weg. »Und dann setzen wir uns auf meinen Balkon und ich mach dir eine Flasche Wein auf, und wir reden die ganze Nacht.«

Reden? denke ich ironisch. »Die ganze Nacht?«, frage ich.

Cedric nickt. »Oder …« Er streckt seine Hand nach mir aus, streift hauchfein die Linie meiner Taille nach und hakt mit unerträglicher Langsamkeit seinen Zeigefinger unter meinem Bauchnabel in den Bund meiner Jeans. Ganz sacht zieht er mich zu sich, und während ich nachgebe und es zulasse, breitet sich ein zufriedenes Lächeln auf seinem Mund aus.

Das ist alles eine so vollkommen dumme Idee, wirft mein Hirn ein, aber es wird schon leiser. Ich hebe die Hände, lege sie an der Stelle, wo Cedrics Jeansjacke offensteht, auf seine Brust, als wollte ich ihn wegschieben. Ich will das Gegenteil. Er fühlt sich fest und warm und unwiderstehlich an, und ich frage mich bereits, wie ich wohl empfinden würde, wenn kein Hemd- und T-Shirt-Stoff mehr zwischen meiner und seiner Haut stört. Ob seine Brust ganz glatt ist? Oder ein wenig behaart? Und wohin ziehen sich die Linien seines Tattoos, und hat es wohl eine Bedeutung, und werde ich sie lesen können?

»Oder?«, frage ich, meinen Mund nun nur noch ein kleines Stück von seinem entfernt. Was da tief in mir sehnsuchtsvoll zieht, ist eindeutig nicht mein Magen.

Er beugt sich an meinem Gesicht vorbei, und sein Atem fließt über meine Ohrmuschel wie der Hauch einer Berührung. »Oder«, flüstert er, »falls du nicht reden willst, kann ich auch andere Dinge mit meinem Mund machen.«

Ein Seufzen will aus mir heraus, ich übertöne es, indem ich atemlos frage: »Die ganze Nacht?«

Er lacht, und unabsichtlich streifen seine Lippen mein Ohr. Diesmal stöhne ich leise auf und korrigiere meinen Eindruck im gleichen Moment, in dem ich mich enger an ihn schiebe und seinen harten Körper an meiner Hüfte spüre. Er hat das mit Absicht getan. Und alles in mir, jeder Nerv und jede Faser, springt auf ihn an.

Ich schiebe meine Hände höher, fahre über glatte Haut, streife mit der Daumenspitze über fast unsichtbar kurze Bartstoppeln und vergrabe die anderen Finger in seinem Haar, dort, wo es länger ist. Es macht mich wahnsinnig, wie langsam er sich bewegt, sein Gesicht an meines bringt und mit einem winzigen Abstand verharrt, um mich anzusehen.

»Ist *alles* okay für dich?« Sein *Alles* meint nur eine Sache; diese eine, verdammte Nacht. Seinen wackligen Schutzschild vor sich selbst.

»Alles okay«, flüstere ich und hebe das Kinn. Wer mit bloßen Händen in der Glut stochert, braucht danach keine Angst mehr zu haben, sich die Finger zu verbrennen. Zu spät. Viel zu spät. Es macht keinen Unterschied mehr, schon eine Weile nicht mehr.

Seine Lippen streifen meine; es ist eine dieser Berührungen, die so leicht sind, dass sie sich fast schmerzhaft intensiv anfühlen. Er schließt mich in die Arme, und ich verbiete mir das Denken, weil jeder Gedanke mich daran erinnert, dass ein erster Kuss irgendwann endet.

»Was ist das für ein Parfüm?«, raunt er an meiner Haut.

»Hm?«

»Das gehört verboten. Es macht meinen Kopf schwammig. Schon die ganze Zeit, seit wir uns im Museum getroffen haben. Was ist das?«

»Weiß nicht«, wispere ich. Ich trage gar kein Parfüm, nie.

Die nächste Berührung unserer Lippen ist länger, aber nicht weniger sanft. Ich drehe das Gesicht leicht zur Seite, nur damit er meinen Wangenknochen küsst, die Haut meiner Wange. Ich spüre seine Hände an meinen Oberarmen, an meinen Schultern und schließlich warm in meinem Nacken. Seine Lippen erreichen meinen Mundwinkel, und kurz, ganz, ganz kurz nur, stupst er mich dort mit der Zungenspitze an.

Okay, Schluss mit der Beherrschung. Ich küsse ihn zurück, und dieser Kuss wird anders. Hungrig und hitzig, als hätten wir ewig darauf gewartet und nun nur ganz wenig Zeit. Meine Leidenschaft spornt ihn an, und die Heftigkeit, mit der er reagiert, treibt mir heiße Schauer durch den Körper. Ich spüre seine feuchten Lippen, seine Zunge, seine Zähne und an meiner Hüfte den deutlichen Beweis, dass ich nicht allein erregt bis in die letzte Faser meines Körpers bin. Sein Mund schmeckt unvergleichlich und so gut, dass ich wünschte, ich könnte verwahren, was ich rieche, schmecke, empfinde.

Cedric vergräbt die Hand in meinen Haaren, schlingt den anderen Arm um meine Schultern und dreht mich herum, ohne dass unsere Lippen sich trennen. Er drängt mich fest gegen das Geländer des Kais, fasst links und rechts von mir ans Gitter, und ich bin gefangen und mir vollkommen bewusst, dass ich so schnell nicht mehr von ihm freikommen werde.

Oh my. Cedric. Was machen wir hier?

Als hätte er die Zweifel in meinem Kopf gehört, hält er kurz inne, um mich anzusehen. Die Lichter des Hafens funkeln in seinen Augen, und tief dahinter glitzert etwas, von dem ich nicht weiß, was es ist. Ich will es haben. Unbedingt.

»Küss mich noch mal«, wispere ich, und er tut es sofort, aber diesmal vollkommen anders. Langsam, zärtlich, aber nicht weniger tief.

So küsst man doch nicht, denke ich, wenn man nur eine Nacht will. Oder?

Mein ganzer Körper ist voll von einem Gemisch aus Emotionen. Ich will mit meinen Händen unter den Stoff seiner Kleidung, will nackte Haut spüren, über mir, unter mir, in mir. Ich bin schwer und schwerelos zugleich, mit allen Sinnen im Hier und Jetzt und doch irgendwie traumverloren. Ich will ihn mit aller Zärtlichkeit küssen, die ich noch zu geben habe, und ihn gleichzeitig beißen, bis Blut fließt.

Ich glaube nicht, dass ich jemals so …

Ver. Dammt.

Das geht nicht. Wir müssen damit aufhören.

Cedric ist es, der den Kuss unterbricht, seine Hand an meiner Wange, sein Blick in meinem versenkt.

Ich räuspere mich. »Das Pub … hat vermutlich nicht die ganze Nacht auf.«

Ich will überhaupt nicht in das blöde Pub. Mein ganzer Körper winselt, dass wir zu mir nach Hause gehen sollen oder zu ihm, oder meinetwegen in das Hotel auf der anderen Seite der Docks. Aber das ist keine gute Idee. Ich fühle zu viel, ich fühle zu tief. Wenn ich jetzt den Kopf verliere, handele ich mir den schlimmsten Liebeskummer ein, seit Fynn Martians mit dreizehn Jahren vor der gesamten Klasse den ersten und letzten Liebesbrief vorlas und zerriss, den ich je geschrieben habe.

»Ja«, sagt Cedric, und der heisere Klang seiner Stimme bewirkt, dass ich ihn sofort wieder küssen will. »Nein. Hat es nicht. Lass uns gehen. Ist nicht weit.«

Bevor ich darüber nachdenken kann, schmiege ich meine Hand in seine, und er tupft mir einen Kuss auf die Haare, bevor wir losgehen.

Der Weg führt uns schnurgerade am Kai entlang. Von einem der Schiffe im Jachthafen wehen ein chilliger David-Guetta-Song, entspanntes Gelächter und der Geruch von Gras zu uns rüber.

Das Pub liegt direkt am Ufer und verfügt neben einem Anlegeplatz, an dem ein kleines Motorboot schaukelt, über eine Terrasse, auf der um die Uhrzeit aber niemand mehr sitzt. Als wir reingehen, kommt uns neben rockiger Musik ein hübscher Mann mit Gitarrenkoffer auf dem Rücken entgegen und hält uns die Tür auf. Er hat dunkles Haar und graue, fast silbrige Augen. »Schönen Abend, is'n netter Laden«, meint er mit starkem irischen Akzent.

Cedric wartet, bis die Tür zugefallen ist, und fährt sich durch die

Haare. »Ich fürchte, das war die Livemusik, die ich dir versprochen habe.«

»Hey, verspätete Gäste«, ruft uns der Barkeeper zu, während ich mich im Pub umsehe und es wie jeden Laden, den ich ein erstes Mal betrete, dabei dem unvermeidlichen Check auf Leute unterziehe, die mir Schwierigkeiten machen könnten. Keiner der Gäste macht den Anschein, als sollte ich mich besser in größerem Abstand zu ihm hinsetzen. Mein Rassisten-Radar nervt mich, aber er ist nötig. Heute funkt er: Alles safe.

Die Einrichtung ist in Holz gehalten. Auf den Dielen liegen ein paar verschossene Teppiche. Die Tische bestehen aus Fässern oder wirken wie aus den Überresten alter Schiffe zusammengezimmert, und an den Wänden stehen leckgeschlagene Ruderboote, die mit Kissen in gemütliche Sitzgelegenheiten verwandelt wurden. Die sind natürlich alle besetzt, nur ein paar Rumfass-Stehtische sind frei. Im hinteren Teil gibt es eine im Stil einer Reling abgetrennte Bühne, auf der ein Flügel, Boxen und Mikrofonständer stehen.

»Willkommen im Stoertebeker's«, sagt der Typ, der bis eben hinter der Bar stand und mir nun mit einem breiten Grinsen die Hand hinhält. Er ist vielleicht Mitte zwanzig, nicht besonders groß, weder richtig schlank noch dick und hat eine Haarfarbe, die sich irgendwo in dem namenlosen Zwischenreich von Dunkelblond bis Rot angesiedelt hat. Trotz knallbunter Tattoos auf den Armen, Silberringen im linken Ohr und einem in der rechten Augenbraue ist er einer dieser Typen, die beinah unsichtbar scheinen – bis sie einen ansprechen. Denn er hat eine leicht raue und derart melodische Stimme, dass man sich spontan wünscht, er würde einem die Getränkekarte vorlesen.

»Ich bin Sawyer. Hier kommen Piraten her und Leute, die im Jachtclub nicht reingelassen werden. Was also machst ausgerechnet *du* hier?«

»Ich bin Billy und habe keine Ahnung«, antworte ich und betrachte fasziniert die zahllosen Postkarten, die hinter der Bar an der Wand zwischen den Regalen mit Gin- und Whiskyflaschen hängen. Das müssen mehrere Hundert sein, und sie stammen aus allen nur denkbaren Teilen der Welt.

Sawyer erwartet zum Glück keine geistreichere Antwort, sondern wendet sich Cedric zu und mustert ihn kritisch. »Aha, den Vogel hast du auch mitgebracht«, ist alles, was er sagt – und er sagt es zu mir. Dann zieht er Cedric in eine kurze, schroffe Umarmung, der nicht viel zu einer freundschaftlichen Geste fehlt, aber irgendetwas Entscheidendes dann doch.

»Eigentlich«, sagt Cedric, »wollten wir den Iren hören, von dem du auf Instagram geschwärmt hast. Aber ich fürchte, wir sind zu spät, hm?«

Sawyer wirft einen Blick auf die Uhr über der Bar. Sie sieht aus, als hätte er sie aus einem uralten Bahnhof geklaut. »Kjer hat um sieben angefangen, gleich ist elf. Die Iren machen ja einiges mit, aber wie lange soll der arme Kerl denn singen? Er müsste vor euren Augen in sein Boot gesprungen sein. Der muss ja noch zurück nach Dublin rudern.« Ich hebe die Brauen, und Sawyer grinst breit. »War nur Spaß. Er wollte mit seiner Freundin noch ein bisschen durch Liverpool ziehen. Wo mögt ihr sitzen?«

In dem Moment erheben sich Gäste, die bisher eines der Boote besetzt haben. Sawyer registriert meinen Blick sofort und winkt uns mit sich. Eilig räumt er die Gläser ab und feudelt mit einem Lappen, der an seiner Schürze hängt, einmal über die quer gelegten Ruder, die als Tischchen dienen.

»Wie war denn der Ire?«, erkundigt sich Cedric, während wir uns in die Kissen sinken lassen.

»Kjer? Großartig. Vielleicht kommt er im Sommer noch mal rüber.«

Verschwörerisch senkt er die Stimme. »Der Laden war brechend voll. Kjer hat was von Lewis Capaldi gesungen – die Männer haben geweint und Getränke geholt. Dann hat er seine Freundin geküsst, und die Frauen haben geweint und Getränke geholt.«

»Freut mich, dass alle geweint haben«, sagt Cedric und ich hake nach: »Hast du denn auch geweint?«

»Unmengen an Tränen der Dankbarkeit«, erwidert Sawyer zufrieden. »Endlich mal wieder volle Hütte. Sag mal …« Er mustert Cedric auf eine seltsam fragende Art, aber der schüttelt den Kopf.

»Nein, vergiss es.«

»Warum nicht, Cid? Meine Gitarre steht noch bereit, ich hab einen Song mit Kjer zusammen gespielt.«

»Dann haben deine Gäste genug von deiner Ed-Sheeran-Stimme gehört.«

Sawyer wischt sich genervt mit dem Unterarm die Haare aus der Stirn. »Bist du ne Prinzessin!«

»Geh allein auf deine mickrige Bühne, Sawyer, und fick dich dort ins Knie.«

»Ich fick aber nun mal lieber *dein* Knie, Baby. Komm schon. Nur eins.«

»Sawyer hat eine Stimme wie Ed Sheeran?« Ich bin mir bewusst, dass ich Cedric ein wenig in den Rücken falle, aber er wirkt nicht grundsätzlich dagegen, mit Sawyer Musik zu machen, nur ein wenig verhalten. Der Wortwechsel mit Sawyer scheint mir harmloses Geplänkel zweier Jungs zu sein, die zusammen gelegentlich vergessen, dass sie eigentlich schon erwachsen sind. Sie sollen trotzdem aufhören, bevor es ernst wird.

»Meine Stimme braucht Klavierbegleitung, um ihre volle Wirkung zu entfalten«, erklärt Sawyer mit einem Schulterzucken.

Cedric spielt also Klavier? Nun gut, wenn seine Mutter Opernsängerin ist, liegt das nahe. Vermutlich hat er es schon als Kind lernen müssen.

»Wolltest du das nicht endlich mal selbst lernen? Ach, ich vergaß, du brauchst ja wenigstens eine Hand meistens für was anderes.«

»Ach, komm, Cid. Nur einen Song. Dann gehen all eure Getränke aufs Haus.«

»Ha-ha«, erwidert Cedric trocken, sieht zu mir rüber, und ich versuche mich unauffällig an einem Hundeblick.

Erfolgreich offenbar, denn Cedric seufzt. »Okay. Einen Song.«

»Deal«, sagt Sawyer eilig, lehnt sich ein Stück über mich rüber und schlägt Cedric einen Hauch zu fest gegen die Schulter. Er hat einen Eisvogel im Aquarellstil auf dem Unterarm, die Farben leuchten. »Einen Song, den *ich* aussuche.«

»Sawyer?« Cedric wirkt urplötzlich ernst. »Mach keinen Scheiß.«

»Du kennst mich gut genug …«

»Um mich gleich übergeben zu müssen.«

»Cool down. Bleibt sitzen, ich bring euch Getränke an den Tisch. Was magst du trinken, Billy? Ich habe einen portugiesischen Rosé da. Ich weiß, man soll in Pubs keinen Wein trinken, aber das Stoertebeker's ist die Ausnahme, wir schmuggeln gutes Zeug auf diese Insel.«

»Klingt gut, aber ich muss noch fahren.« Möglicherweise. Vielleicht. Also – ganz wahrscheinlich, natürlich.

»Cedric kann fahren«, sagt Sawyer leichthin.

Cedric nickt. »Ich fahr dich gern, klar.«

Cedric will *mein* Auto fahren? *Meinen Homer?* Selbst wenn er mit der ultrasensiblen Kupplung umgehen könnte, würde ich das nicht zulassen. Ich teile ja bereitwillig alles mit Menschen, die ich mag, aber mein Auto definitiv nicht.

»Danke, aber ich nehme nur eine Saftschorle, Kirsch, falls du hast«, sage ich, und Sawyer beeilt sich, zur Bar zu kommen, wo sich inzwischen eine kleine Traube an Leuten gebildet hat, die etwas zu trinken holen wollen.

»Klavier also«, sage ich leise. Das war ja klar. So jemand wie er muss natürlich Klavier spielen. Wie die Traumtypen in den kitschigen Filmen.

Cedric grinst. »Klischee erfüllt, ja? Tut mir leid. Meine Mum ist schuld.«

»Dachte ich mir. Wie ist das so, wenn man eine berühmte Mutter hat?«

Er legt den Kopf in den Nacken und stößt die Luft aus. »Das hab ich nur selten wahrgenommen. Niemand von meinen Freunden kannte sie, und selbst die exzessivsten Fans klassischer Musik stehen nicht kreischend vor der Haustür, sondern schicken handgeschriebene, schmachtende Briefe, die Mum mir nie gezeigt hat. Sie ging halt abends zur Arbeit, ansonsten unterschied sie sich nicht von anderen Müttern. Sie hat uns Pausenbrote geschmiert, uns zum Schwimmen und zur Musikschule gefahren und mit uns über den blödsinnigen Unterrichtsstoff oder die Lehrer gelästert, wenn die uns schlechte Noten gegeben haben.«

Ich möchte eigentlich lachen, aber an irgendeiner Stelle verhakt sich meine Freude. Seine Beschreibung klingt liebevoll, und ich stelle mir unweigerlich vor, jemand hätte sich mit mir solidarisiert, wenn ich keine Bestnoten nach Hause gebracht habe. Von meinem Vater gab es Kritik – sachlich und mit Sicherheit immer auf den Punkt. Aber manchmal hätte ich mir Trost gewünscht, keinen Anruf bei der Nachhilfelehrerin.

»Und dein Vater?«, frage ich. »Wie stand der zu den handgeschriebenen, schmachtenden Briefen?«

»Keine Ahnung. Wir waren früh allein mit unserer Mum. An die Zeit vorher hab ich wenig Erinnerungen.«

Er redet davon genauso, wie ich auch von der Trennung meiner Eltern erzähle. Leichthin, als wäre es egal. Natürlich ist es das nicht. Aber man lernt es hinzunehmen, man hat ja als Kind keine andere Wahl. Und irgendwann belastet einen das Mitleid der anderen fast mehr als das Vermissen, also gewöhnt man sich diesen Tonfall an, der sagt: Das ist schon okay, es war für alle besser so. Ich nicke und hoffe, er erkennt die Antwort in meinem Blick: *Alles klar, verstanden. Ich kenne das und ich bohre nicht weiter.*

»Wir?«, frage ich stattdessen. »Wie viele Geschwister hast du denn?«

Cedric zieht sein Telefon aus der Tasche und zeigt mir das Foto eines hübschen schwarzen Mädchens. Sie ist fünfzehn oder sechzehn, trägt eine schmale Brille und lächelt milde, als hätte sie keine Lust auf das Foto gehabt, aber dem Fotografen einen Gefallen getan. »Eine Schwester, und glaub mir, die reicht. Emily.«

In Gedanken vergleiche ich das Mädchen mit Cedric sowie mit der Frau, die ich im Museum gesehen habe. Emilys Haut ist tiefbraun, dunkler als meine und damit viel zu dunkel, als dass ein anderer Vater es erklären würde.

»Wir sind adoptiert«, sagt Cedric, bevor ich nachfragen muss. »Beide. Meine Mutter kann keine Kinder bekommen.«

»Oh.« Die nächste Stolperfalle. Was sagt man darauf, ohne in ein tiefes Fettnäpfchen zu treten?

Zu meiner Erleichterung rettet mich Cedric sofort, indem er sagt: »Mach dir darum keine Gedanken. Du kannst mich alles fragen, aber ich kann nicht viel antworten. Wir wurden beide als Babys adoptiert, ich habe keinerlei Erinnerung an meine leiblichen Eltern und hätte vermutlich auch kein Bedürfnis, sie kennenzulernen, wenn es möglich wäre. Meine Mum ist meine Mum. Der Rest ist Genmaterial. Vermutlich schadhaftes«, er tippt sich an den Kopf, »aber immerhin sehe ich gut aus.«

Er grinst, und ich muss lachen. Das tut er wirklich. Als ich gerade nachfragen will, ob er überhaupt noch Kontakt zu seinem Adoptivvater hat, kommt Sawyer, stellt ein Glas Saftschorle vor mir ab und kommandiert Cedric mit einem Fingerschnipsen auf die Bühne. Cedric seufzt zwar schwer, folgt aber, steigt die Stufen hoch und setzt sich ans Klavier. Prüfend schlägt er ein paar Tasten an, und obgleich ich da nur klare, perfekte Töne vernehme, kassiert Sawyer einen Kommentar, dass man so ein Klavier hin und wieder stimmen lassen muss. Sawyer hängt sich schulterzuckend eine Gitarre um. Die Gespräche im Pub verstummen, als er die ersten Akkorde spielt. Cedric hört mit schräggelegtem Kopf zu, verzieht dann das Gesicht, als würde das Stück ihn nerven, aber Sawyer grinst ihn nur provokant an.

Was ist das da zwischen den beiden? Es wirkt wie ein Kampf auf einer emotionalen Ebene. Etwas sehr Vertrautes schwingt zwischen ihnen. Aber auch etwas völlig Gegensätzliches. Eine ältere Verletzung?

Für einen Moment bin ich sicher, dass Cedric den Klavierdeckel zuklappt und geht, doch dann lächelt er knapp in ein Kopfschütteln hinein und beginnt, den Song mitzuspielen. Spätestens jetzt redet kein Gast mehr ein Wort.

Der Song sagt mir zunächst nichts, ich glaube nicht, dass ich ihn je gehört habe. Doch dann beginnt Sawyer zu singen, und meine Meinung ändert sich. Die Musik klingt wie schon oft gehört, auch wenn mir weder die Melodie bekannt vorkommt noch der Text und erst recht nicht Sawyers Stimme.

»*Singing alone might be hard. Misunderstandings tear you apart.*«

Ich komme ins Grübeln. Der Song ist wunderschön und trifft mich mit den ersten Tönen da, wo es wehtut. Ich kenne ihn wirklich nicht, aber was daran ist mir so vertraut? Im Publikum singt niemand mit, sie lauschen andächtig, und hier und da nickt jemand anerkennend.

»But it's harder to listen, harder to say. Hard to forgive and even harder to stay. The problem is you, it's not me anyway.«

Im Refrain glaube ich, meine Antwort gefunden zu haben. Es ist die Seele in dem Song, die ich wiedererkenne. Es muss ein unbekannterer Coversong einer Band sein, die ich gern höre. Oder lief er mal in einer Serie im Hintergrund?

Ich mag nicht länger darüber nachdenken, ich genieße lieber die Musik. Sawyer singt gut. Ed Sheeran ist übertrieben, seine Stimme ist rauer, ungeschliffener, und er verschluckt manchmal Silben und versemmelt auch mal einen Ton. Aber sein Gesang berührt in seiner Unvollkommenheit noch mehr, weil man die Emotionen spürt. Nicht nur im Gesang, auch die Gitarre und das Klavier tragen das Gefühl: Melancholie, Schmerz, aber auch Wut, eingebettet in eingängige Melodien.

»We have no quarrel without a guilty conscience. I sneak around your overarching weakness. The story doesn't end up well for the prince of the survivors and his loneliness princess.«

Cedric wirkt kaum konzentriert, er kommt mir abwesend vor. Ohne zu blinzeln, starrt er auf den goldenen Markennamenschriftzug, der auf dem schwarzen Lack prangt, als stünden dort die Noten, die er zu spielen hat. Doch wie Sawyer spielt auch er aus dem Kopf – und egal wo er in Gedanken sein mag, seine Musik ist perfekt und wird dort energisch, wo Sawyers Stimme kratzt.

Was geht in dir vor?, denke ich unweigerlich. An wen denkst du, wenn du dieses traurige und gleichzeitig zornige Lied spielst? Wen klagst du da an, tief in dir? Bin ich in deiner Wahrnehmung noch hier oder längst verabschiedet und gegen einen neuen Menschen ersetzt, mit dem du etwas Nähe imitierst? Eine Nacht lang?

»After all of our trouble there's still a fact you ignore. The problem is you, it's not me anymore.«

Der Song ist zu Ende, und auch wenn das Publikum lautstark applaudiert und nach mehr verlangt, springt Cedric von der Bühne und marschiert schnurstracks zur Bar, tritt hinter den Tresen und füllt sich dort ein Glas mit Wasser. Er leert es, als kippe er einen Drink runter. Dann kommt er, von neugierigen Blicken begleitet, zurück zu unserem Boot und lässt sich in die Sitzkissen fallen, wo er durchatmet. Sawyer würdigt er keines Blickes mehr.

»Das war schön«, sage ich vorsichtig wie eine Frage und beobachte die seltsame Mischung aus Zufriedenheit, Unbehagen und latentem Ärger, die er verströmt. »Du spielst gut. Spielst du auch gern?«

»Nicht vor Leuten. Nein.«

Treffer, versenkt. »Lampenfieber?«

»Nein. Aber wer zieht sich schon gern vor Fremden nackt aus und lässt sich bis auf die letzte Narbe auf der Haut begutachten und bewerten?«

Wie schafft er das nur? In beiläufigem Plauderton macht er mich sprachlos. Ein Viertellächeln, mehr braucht es nicht. »Freut mich, dass es dir gefallen hat. Und doch, eigentlich spiele ich gern.«

Ich warte auf ein Aber, doch es kommt nicht. Stattdessen fragt er mich: »Möchtest du noch bleiben?«

Dabei sind wir doch eben erst gekommen, mein Glas ist noch halb voll. Doch der Song hat etwas zwischen Cedric und Sawyer grundlegend verändert. Was zuvor verhalten schwelte, es liegt nun offen. Cedric fühlt sich nicht mehr wohl, ich merke eine gewisse Nervosität, die tatsächlich nichts mit Lampenfieber zu tun hat und nichts mit mir. Eben hatten Sawyer und er fast wie Freunde gewirkt, etwas raubeinig, aber … nah. Nun ist etwas zwischen ihnen. Etwas, das mit der schmerzerfüllten Anklage aus dem Song zu tun hat.

»Was überlegst du?«, fragt Cedric.

Ich fühle mich bei meinen Gedanken ertappt und spreche sie einfach frei heraus: »Ich frage mich, was das für ein Song war und was er mit euch gemacht hat.«

Verwundert lächelt Cedric mich an. »Hab ich schon mal erwähnt, dass ich deine Wahrnehmung mag?« Er schweigt kurz, dann fährt er fort: »Mögen ist untertrieben. Und dieser Song sollte mir etwas sagen, mich an etwas erinnern. Ich möchte Sawyer dafür gern eine reinhauen, aber ich fürchte, das kann ich nicht.«

»Weil ihr Freunde seid?«, wage ich mich vor. »Zumindest wart ihr es mal.«

»Nein. Auf Freunde kann man sich verlassen.«

Ich nicke langsam. Da ist also wirklich eine alte Verletzung. »Auf Sawyer nicht?«

Cedric sieht mich an, als hätte ich irgendetwas Grundlegendes nicht verstanden. »Doch«, sagt er langsam. »Auf Sawyer schon. Ich würde jetzt trotzdem gern gehen.«

Sein Blick haftet auf mir, und ich fürchte mich vor dem, was er jetzt sagen wird, und wünsche es mir im gleichen Moment. Mein Bauch ist voll von diesem Achterbahngefühl auf dem höchsten Punkt, wenn man unbedingt will, dass es steil nach unten und dann über Kopf geht – und gleichzeitig vor Angst kaum atmen kann. »Und wenn du magst, Billy, nur wenn du mich nicht für ein Arschloch hältst, dann würde ich …«

»Ja?«

»Ungern allein gehen. Ich wohne nicht weit von hier.« Er lehnt sich vor, sodass sein Gesicht meinem nah genug wäre, um einen Kuss zu stehlen, würde ich mich trauen. »Willst du mitkommen?«

Ich sollte nach Hause gehen. Wenn ich nicht verletzt werden will, richtig tief verletzt, dann *muss* ich jetzt gehen. Aber etwas in mir, dieser habgierige Teil, der weder Kompromisse noch Erbarmen kennt – nicht mal mit mir selbst – verlangt nach genau dem, was ich nicht haben kann. Nimmt es sich ohne Wenn und Aber. Er schert sich nicht um Schwierigkeiten und Konsequenzen, das tat er nie.

Ich hatte gedacht, er wäre Geschichte. Etwas, das ich in London zurückgelassen habe. Aber offenbar äußert er sich nun bloß auf andere Weise.

»Dann gehen wir zu dir.«

CEDRIC

Wenn wir so weitermachen, kommen wir nicht bis zu meinem Apartment. Alle paar Meter stoßen unsere Oberarme oder die Hüften aneinander, und jedes Mal setzt dieser Kontakt eine Kettenreaktion an weiteren Berührungen in Gang, und wir küssen uns, bis einer von uns mit dem Rücken gegen eine Hauswand stößt oder der Lichtkegel eines vorbeifahrenden Autos uns blendet und ein paar Schritte weitertreibt. Wir brauchen eine Stunde für den Weg, den ich sonst in zwanzig Minuten gehe.

Ich muss vergessen haben, wie sehr man eine Frau wollen kann. Wie sehr es zieht, in der Brust, im Bauch. Tiefer. Mein Kopf randaliert, und ich greife um ihren Hintern und presse ihren Körper gegen meinen. Es hilft nichts. Unterschwellig ist da immer noch die Wut auf Sawyer – die Wut und die Dankbarkeit, diesen Song als Warnung für mich auszusuchen, es nicht noch einmal so weit kommen zu lassen wie mit Chris. Das wird nicht passieren.

Absurderweise will ich Billy mit dieser Überzeugung noch mehr.

Wir kämpfen uns weiter durch die Nacht, es ist eine dieser wassertiefen, dunklen Nächte ohne Mond, in denen man ewig versinken kann, ohne wieder aufzutauchen. Ich hoffe, ich kann die Luft lange genug anhalten.

Endlich stolpern wir Hand in Hand das Treppenhaus hoch. Jede Holzstufe quietscht unter Billys Boots, weil sie nicht weiß, wo man geräuschlos auf die Treppe treten kann, und wir lachen darüber vermutlich das Haus wach.

Der Kater macht sich unsichtbar, als ich die Wohnungstür zuschlage, Billy ins Wohnzimmer dirigiere und selbst in die Küche gehe, wo ich ein Rotweinglas mit Leitungswasser volllaufen lasse und dann zu ihr zurückkehre. Sie hat ihre Jacke über die Sessellehne gelegt und betrachtet den Banksy-Druck an meiner Wand, das ›Washing Zebra‹.

»Ich schulde dir einen Wein, hab aber nur Wasser.«

»Kein Alkohol«, sagt sie, »wegen der Medikamente, richtig?«

»Kein großer Verlust.« Ich lüge beschissen, aber in unserer ersten und letzten Nacht lässt sie mir alle Lügen durchgehen, die sie zweifellos durchschaut.

»Wasser ist gut«, sagt sie, den Blick auf das Bild gerichtet, als würde es ihr etwas sagen. Vermutlich tut es das sogar. Sie trinkt einen Schluck, stellt das Glas auf die Ablage und wendet sich mir zu.

»Weißt du noch, als ich das Eisstäbchen über meinen Rücken in den Mülleimer geworfen habe?« Sie kichert, es klingt, als wollte sie es nicht.

Ich habe keinen Schimmer, wo der Zusammenhang sein soll, aber ich brauche auch keinen. Ihre Augen glänzen dunkel, als ich näher trete und mit den Fingerspitzen den Schwung ihrer Schläfe nachzeichne, dann den Kiefer, runter zum Hals.

»In Wahrheit hab ich dieses Stäbchen in meiner Jackentasche.«

Ich streiche über ihre Schulter, den Oberarm.

»Es war ein Trick. Ich wollte dir das sagen.«

Mit dem Daumen streife ich über ihre Brust, spüre ihre Brustwarze durch den BH und die Bluse.

Billy schließt die Augen.

»Du bist gut in Tricks, Billy.«

»Ja. Ich kann das. Richtig gut.«

Irgendetwas macht ihr Sorgen, die ich am liebsten wegküssen würde, wenn ich könnte. Meine Hände rutschen tiefer, bis zu ihrer Taille. Dann streiche ich an ihren Seiten wieder hoch, schiebe den leichten Stoff ihres Oberteils vor meinen Fingern her. »Das beeindruckt mich viel mehr, als wenn du ganz profan bloß getroffen hättest.« Ich umschließe ihre Brüste, die voll sind und weich und fest zugleich, neige mich zu ihrem Ohr, streife die dünne Haut mit den Lippen. »Ich glaube, du spielst noch immer Tricks mit mir.«

Anders ist kaum zu erklären, wie sehr ich dieses Mädchen spüren will. Ich will jede Stelle ihres Körpers küssen, will sie überall an meiner eigenen Haut riechen, will fühlen, wenn sie kommt.

Blitzschnell schlingt sie ihre Hände um meinen Nacken, und ihr Mund ist auf meinem, ihre Zunge zwischen meinen Lippen. Ihr Geschmack vernebelt mir den Verstand wie zwei Drinks auf Cipralex. Inklusive einem mörderischen Hangover am Morgen, den ich noch verdränge.

»Kann man nicht mit aufhören«, flüstert sie an meinen Lippen, »wenn man erst mal angefangen hat.«

Ich schiebe sie zur Couch, sie lässt sich nach hinten sinken und zieht mich über sich, und ich streife ihr in der gleichen Bewegung die Bluse über den Kopf. Ein cremeweißer BH lässt ihre Haut dunkel leuchten, und ich senke die Lippen auf diese köstliche Haut und küsse eine Spur bis an den Rand der Spitze. Billy ist wunderschön, wie sie ihren Kopf in den Nacken legt, und ich sinke zwischen ihre Beine, stöhne in den Stoff ihres BHs.

Meine Lippen gleiten tiefer, und ich knabbere an ihrem Bauch, während ich die Knöpfe ihrer Jeans öffne und den Stoff über ihre Hüften ziehe. Ein Schaudern läuft über ihren Körper.

»Ist dir kalt?«

»Nein«, seufzt sie, dabei ist es wirklich kalt in meinem Wohnzimmer. Sie hat eine Gänsehaut auf den Oberarmen.

»Komm mit.«

Sie setzt sich auf, lässt mich aber nicht aufstehen, sondern zieht mit zwei Fingern die Linien meines Tattoos nach, wo es oben aus dem T-Shirt ragt. »Zieh das erst aus, Cedric. Das Hemd und das T-Shirt. Und das alles.«

Sie macht keine Anstalten, mir zu helfen, als ich mich dicht neben ihr aus der Kleidung schäle. Aber ihr Blick ruht auf mir, und den spüre ich so intensiv wie ihre Haut an meiner. Sie streicht damit jede schwarze Linie auf meiner Brust nach, über die Schulter, den Arm herum bis in die Innenseite und von dort aus in einer nur zu erahnenden Pfeilspitze in die Ellenbeuge, wo mein Puls sichtbar in der gewölbten Arterie schlägt.

»Ich wünschte«, sagt sie sehr leise, beugt sich vor und berührt mit den Lippen meine Schulter, »du würdest mir irgendwann die Bedeutung der Symbole erzählen.«

Ich stehe auf, ziehe sie mit mir und lege ihr zwei Finger auf die Lippen. »Sie haben keine Bedeutung.«

Nicht für sie, einzig und allein für Luke und mich gab es diese Bedeutungen. Wir haben sie selbst entworfen, im Kopf Erfolg, in der Blutbahn eine gefährliche Mischung aus teuerstem Whisky und bitteren Pillen. Das meiste habe ich vergessen, aber es gab sie mal, die Bedeutung.

»Komm«, sage ich leise, führe Billy ins Schlafzimmer und setze mich vor ihr aufs Bett. Sehr langsam streife ich ihr ein Kleidungsstück nach dem anderen von der Haut und präge mir dabei ihren Anblick ein. Jede Linie, jedes Muttermal, die kleine Schramme am Knie, die feine Narbe am Arm, den blauen Fleck an ihrer Hüfte.

Meine Muskeln brennen vor Verlangen, meine Arme zittern ein wenig, weil ich mich darum bemühe, sie ganz langsam näher zu ziehen, ganz sanft und so nah, bis ihre Brüste meine Lippen berühren. Ich küsse mir einen Weg zu ihren Brustwarzen, gleite mit der Zunge darüber und stöhne selbst leise auf, weil Billy es tut und weil der Geschmack ihrer Haut umwerfend ist.

Billy schiebt mich zurück, drückt mich auf den Rücken und gleitet neben mich, Haut an Haut, halb ineinander verschlungen, aber doch so weit auf Abstand, dass wir uns ansehen können. Ich vergesse diese Nacht, während wir uns berühren, küssen, unsere Hände tiefer wandern lassen, küssen, unsere Finger mutiger werden lassen, küssen, Haut riechen, küssen, Haut schmecken, küssen, uns berauschen an allen Sinnen, küssen, bis sie irgendwann meine Shorts nach unten ziehen und mich in der gleichen Bewegung über sich ziehen will.

»Kondom«, murmelt sie. Sie liegen auf dem Nachttisch.

Ich keuche und stoße gleichzeitig kleine, lachende, ablehnende Laute aus.

»Dafür sind wir doch hier«, flüstert sie ungeduldig.

Aber ich will diese Nacht zu einer wassertiefen Nacht machen, in der man ewig versinken kann, ohne wieder aufzutauchen. »Ich kann nicht«, flüstere ich. Nicht mit dir, setzen meine Gedanken nach.

»Ich bin sicher, dass du kannst«, sagt Billy, aber ich verschließe ihre Lippen mit zwei Fingern und drücke sie ins Kissen. Meine Lippen wandern über ihren Körper, gleiten tiefer. Ich mache eine kleine Pause an ihrem Hüftknochen, um ihn zu küssen, an der Haut zu saugen, bis sie sich entspannt und den Kopf hinlegt. Dann schiebe ich mich weiter. Als ich am Ziel angelangt bin und sie für einen Moment nichts als meinen Atem und eine Vorahnung spüren lasse, hält sie die Luft an.

Ich muss lachen bei dem Gedanken, dass sie das nicht lange wird aushalten können.

BILLY

Es ist stockdunkel, als ich aufwache, fast zu dunkel zum Atmen. Selbst hinter dem Fenster versammelt sich nichts als Schwärze. Das Schlafzimmer geht zum Park raus, wo es weder Straßenlaternen noch beleuchtete Werbetafeln gibt, und für einen Moment ist mir alles zu viel. Zu viel Stille, zu viel Dunkelheit und zu viel Nähe zu dem Mann neben mir, der geräuschlos atmet und so flach, dass ich es kaum spüre, obwohl seine Brust sich an meinen Rücken schmiegt. Wann ist das passiert? Es ist zu warm, zu behaglich, das Gefühl zu sicher und zu schön, und ich nehme mir zu viel Zeit, mich noch einmal in diese Wärme zu schmiegen. Das ist alles zu richtig, um einen Moment länger zu bleiben, um noch ein Quäntchen mehr Herz zu verlieren.

Nichts hat sich geändert.

Ich wusste, worauf ich mich einlasse, und ich habe in dieser Nacht mehr bekommen, als Cedric versprochen hat. Mein Gott, allein die Erinnerung weckt das Summen in meinem Unterleib wieder auf.

Im Gegenzug wollte Cedric nichts. Mehr als Berührungen ließ er nicht zu, und meine Fragen nach dem Warum küsste er fort, sodass ich sie vergaß.

Es ist nicht seine Schuld, dass ich grundsätzlich vor allem die Dinge will, die ich nicht bekommen kann. Nun möchte ich bleiben, mich einfach wieder an ihn kuscheln und am Morgen erst mit ihm schlafen, bis wir kommen, wir beide, dann gemeinsam frühstücken und mich mit einem langen Kuss verabschieden. Einem Kuss sowie einer – das ist das Wichtigste – Verabredung für den Abend. Aber nichts davon lässt sich stehlen, und freiwillig wird er mir nicht geben, was ich will.

Ich muss gehen. Bin viel zu glücklich hier.

Vorsichtig löse ich mich aus seiner Umarmung, warte, ob er aufzuwachen droht, und schleiche mich dann, da er es nicht tut, aus dem Bett.

Mich mit den nackten Zehen über die Dielen tastend, klaube ich meine Sache zusammen. Den BH und eine Socke finde ich nicht auf Anhieb, soll er sie behalten. Im Wohnzimmer dringt etwas Straßenlicht durchs Fenster und ich sammle meine Jeans, die Bluse, die Jacke und meine Handtasche ein, in der das Handy lautlos wartet. Vier Uhr sieben, ich habe elf Nachrichten von Olivia und durch das Display genug Licht, um in der Diele meine Schuhe zu entdecken. Neben der Kommode sitzt der Kater, ich zucke vor Schreck zusammen, weil er überraschend groß ist und mich mit seinem blassgrün schimmernden Auge unerwartet feindselig anstiert.

Was machst du noch hier?, scheint er wissen zu wollen, ohne sich zu bewegen. *Warum scherst du dich nicht fort?*

Und ich weiß keine Antwort.

Mir fällt allerdings noch etwas ein, ein Hoffnungshauch auf eine Chance, und ich schleiche noch einmal in die Küche zurück.

Kaum zwei Minuten später öffne ich die Tür, ziehe sie von außen lautlos ins Schloss und mache mich davon wie eine Diebin.

Die weißen Altbauten auf der Devonshire Road wirken bei Nacht wie gewaltige, Spalier stehende Geister. Leer und dunkel liegt die Straße vor mir, laut meinem Handy sind es zwei Meilen bis zu meinem Auto. Eine gute halbe Stunde, in der ich mit meinen Gedanken über

Cedric und mich, mich und Cedric, allein bin und einen nach dem anderen wälze, Schritt für Schritt, Meter für Meter.

Als ich Homer auf dem schäbigen Parkplatz erreiche, habe ich eine schmerzhafte Blase an dem Fuß, wo die Socke fehlt, und nach all dem Grübeln immer noch dasselbe Problem:

Ich verstehe, warum Cedric keine Beziehung eingehen will. Ich verstehe es wirklich, denn seine Gedanken sind klug und einfühlsam und voller Empathie.

Und ich hasse sie alle.

Ich will, dass er aufhört, sie zu denken; dass er seine Zweifel und früheren Erfahrungen in den Wind schießt; dass er sich nimmt, was er haben will, statt eine Nacht lang zu geben und dann auf Nimmerwiedersehen zu verschwinden, um das, was er braucht, in einer anderen Nacht zu suchen.

Und, verdammt, ich will, dass er mich will.

TEIL 2

Every dog has its day, just not mine
My loyal black dog hits fat prey
On every single day he wants to take.

The sun follows every rainy day, just not ours
Our blazing sun blinds the eye
so shadows are all we see.

Chased by a thunderstorm
Overtaken by the past
Wasn't helpful to ignore
that the worst comes from within
Downed by myself. Downed by the thunderstorm
That is as much myself as I am. This is a warning.

Shadows protect you from the heat, just not yours.
Your eerie shadows submerge you,
Until your lungs are full of water.

Rain washes away the dirt, just not mine
My poisoned rain clogs up my perception
And suffocates me without a sound.

Chased by a thunderstorm
Overtaken by the past
Wasn't helpful to ignore
that the worst comes from within
Downed by myself. Downed by the thunderstorm
That is as much myself as I am. This is your warning.

I'm Dreaming about normality.
Dreaming of not being me.
Dreams are changing into nightmares
Who the hell that person would be
Downed by the thunderstorm
That is as much myself as I am.
This is my warning. This is me.

Warning, Luce

CEDRIC

»Wie weit sind die Abstriche von den Rochen, Cedric?«

Dr. Gerald hebt nicht mal den Blick von ihrem Tablet, auf dem sie die Antwort auf ihre Frage finden müsste, denn die Hautabstriche sind allesamt erledigt sowie mikroskopiert, und die Kulturen wurden angelegt, um Befalle von Pilzen, Viren oder Bakterien zu entdecken, die sich unter dem Mikroskop nicht sofort erkennen lassen. Ich habe alle relevanten Daten bereits ins System eingepflegt – eine mühsame und langwierige Arbeit, die traditionell den studentischen Hilfskräften zusteht, weil wir in der Nahrungskette ganz unten stehen und die lästigen Pflichten an niemanden mehr weiterreichen können. »Alles erledigt, Doktor. Die Jungs können wieder ins Meer.«

»Wir hätten hier keine brauchbaren Daten, wenn das die Studierenden entscheiden würden«, erwidert Dr. Gerald trocken. An ihren Tonfall habe ich mich schnell gewöhnt, sie spricht hier mit jedem so. Als Expeditionsleiterin lässt sie sich auf See nur von zwei Leuten etwas sagen: von der Kapitänin und Gott. Und zwar in dieser Reihenfolge.

»Holen Sie sich eine Unterschrift von jemandem, der eine Fachhochschule abgeschlossen hat, Cedric. Danach dürfen Sie für heute Feierabend machen.« Sie lässt ihren Blick kritisch durch das kleine, aber voll ausgestattete Labor wandern. »Nachdem Sie den Saustall hier wieder in Ordnung gebracht haben.«

Das Labor ist pieksauber, niemand hier wagt es, einen der beiden Arbeitsplätze in nicht vorbildlichem Zustand zu verlassen. Auf dem Schreibtisch liegen bloß zwei Kugelschreiber herum, und das letzte Schmierblatt auf dem Notizblock ist noch nicht abgerissen und entsorgt. Um meiner Chefin nicht den Abend zu verhageln, gehe ich noch einmal mit Desinfektionsmittel über die Arbeitsflächen, während der Drucker die Dokumentation unserer heutigen Arbeit ausspuckt.

Aoife, die zweite studentische Hilfskraft, steckt ihren blonden Strubbelkopf ins Labor, nachdem unsere Expeditionsleiterin weg ist. »Bist du immer noch nicht fertig, Cedric? Heute ist Monopoly-Abend, ich will eine Revanche. Und wir müssen vorher noch Seetagebuch führen.«

Ich stöhne. »Das wird viel Schreibkram heute.«

»Besser, als tagelang nur vom schlechten Wetter berichten zu können«, sagt Aoife, womit sie zweifelsfrei recht hat. In der letzten Woche ist es aller Prognosen zum Trotz häufig stürmisch gewesen, und wir hatten beide mit Seekrankheit zu kämpfen, dabei ist Aoife viel routinierter als ich. Sie kommt aus Dublin und fährt schon das vierte Mal mit Dr. Gerald, was nichts daran ändert, dass sie auch mit ihr redet, als sei sie ein ahnungsloses Schulkind, das zum ersten Mal auf einem Schiff dabei sein darf.

»Aoife, wärst du so nett, Melanie die Dokumentation zum Unterschreiben zu bringen? Ich räum hier noch zusammen, und danach können wir die Rochen freilassen.«

Sie nickt begeistert, klaubt sich die Blätter aus dem Druckerschacht und verschwindet.

Wenig später treffen wir uns im Aquarium wieder, das direkt neben dem Labor im Bug der *Kleverig* liegt. Hier quartieren wir die Fische für die Dauer der Untersuchungen ein. Eingeholt werden sie mit großen Netzen, ähnlich wie in der Fischerei, danach müssen wir sie auf Wasser transportierenden Fließbändern möglichst schnell sortieren und alle, die wir nicht benötigen, wieder ins Meer zurücklassen. Die beiden Spitzmäuligen Rochen sowie der Glattrochen mussten für ein paar Tage mit einem Bassin von der Größe eines Planschbeckens vorliebnehmen, umso schöner ist es, dass wir sie nun verabschieden dürfen. Dafür hat die *Kleverig* eine eigens eingebaute Schleuse im Aquarienraum, die verhindert, dass wir die großen Fische ein weiteres Mal durch die engen Gänge und über die steilen Treppen schleppen und ihnen damit den Schreck ihres Lebens einjagen müssen.

Aoife und ich verpassen diesen Moment nie. Inzwischen sind wir routiniert genug, die Tragenetze allein unter die erstaunlich furchtlosen Rochen oder die übellaunigen kleinen Haie zu ziehen, um sie dann zügig aus ihren Bassins in die Schleuse zu wuchten.

»Was für ein Riese, der Glatte.« Aoifes Arme zittern vor Anstrengung, als wir den Rochen anheben, jeder auf einer Seite des Netzes.

»Hundertfünfundzwanzig Pfund«, sage ich, als er wieder im Wasser ist. »Hab eben noch sein Wiegeergebnis eingetragen.«

Dann beginnt der Moment, der uns für Seekrankheiten, unseren lausigen Koch und Tage des Wartens in einer stickigen Kajüte entlohnt. Aoife drückt die beiden Knöpfe, die den Mechanismus in Gang bringen, und die Schleuse schließt sich zwischen uns und dem Glattrochen, um sich dann an der Außenseite wieder zu öffnen. Durch drei Bullaugen an jeder Seite der Schleuse können wir dank Scheinwerfern dabei zusehen, wie der Rochen losschwimmt. Er taucht ins tiefe Blau ein, wird im Schatten des Kelpwaldes unter uns beinah unsichtbar und kehrt noch einmal zurück, um einen Kringel durchs Wasser zu ziehen.

»Als wollte er uns einen Gruß dalassen«, sagt Aoife, einen verträumten Ausdruck im Gesicht.

Ich muss grinsen. »Der da lautet: ›Auf Nimmerwiedersehen, ihr Hackfressen. Wegen euch muss ich jetzt stundenlang nach Hause schwimmen. Wagt es nie wieder, mir zu nahe zu kommen. Möge Triton euch alle untergehen lassen!‹«

»Ob sie durch die Erfahrung wenigstens klüger werden? Passen sie beim nächsten Schiff besser auf, nicht ins Netz zu gehen?«

Ich zucke mit den Schultern. »Tun wir das denn? Aus Erfahrungen klüger werden? Na los, lass uns den Nächsten freilassen.«

Eine Weile später stehe ich im Bug backbord an der Reling. Das diesige Wetter hat alle anderen unter Deck getrieben, vielleicht werden bereits heimliche Allianzen für den Spieleabend geschmiedet. Gegen die Schiffscrew hat kein Normalsterblicher eine Chance, vermutlich versuche ich es später trotzdem wieder und verliere meinen übrigen Schokoladenvorrat.

Für den Moment will ich hierbleiben und dem Rauschen der See zuhören statt Stimmen und Gelächter. Gischt und die Feuchtigkeit von bis zu uns herabhängenden Wolken durchdringen ganz langsam meinen Pullover und färben das Dunkelrot eine Nuance tiefer. Ich schmecke Salz auf den Lippen. Es ist nicht wirklich kalt an diesem Abend, aber das Zusammenspiel von winzigen Wassertröpfchen und scharfem Wind im Gesicht fühlt sich wie Winter an.

Halbe Kraft voraus pflügt die *Kleverig* durch die Irische See gen Norden. Morgen erreichen wir die Ufernähe des östlichsten Teils Nordirlands, wo der drittletzte Hol der Reise geplant ist. Wenn wir dem Land so nahe kommen, gehen WhatsApp-Nachrichten durch, und bei dem Gedanken tasten meine Finger fast reflexartig nach dem Eisstäbchen, das ich seit zwei Wochen mit mir herumtrage; nicht zu einem bestimmten Zweck, nur um mich an die theoretische Möglichkeit zu erinnern, irgendwann mal die Nummer anzurufen, die Billy auf der einen Seite aufs Holz geschrieben hat. Auf der anderen Seite steht in winzig kleiner Schrift: *1. Date, Park. 3 Sterne. Er hat mich beleidigt, aber sehr nett.*

Es liegt mir normalerweise nicht, haufenweise Fotos zu machen, doch in den letzten Tagen habe ich genau das getan: Ich habe die Klippen der Isle of Man fotografiert, die im Nebel der Gischt fast wie Gespenster aussehen, sowie die schier endlosen menschenleeren Sandstrände von Newcastle. Robben auf Felsen, die Tümmlerfamilie, die im ersten Licht des Morgens vorbeizog, als das Wasser rosa leuchtete wie in einem Traum, sowie den Finnwal, der auf dem Bild wegen der Entfernung nur als Schemen zwischen den Wellen zu erkennen ist und mein Herz trotzdem ehrfürchtig tiefer schlagen lässt, wann immer ich das Bild ansehe. Kaum eine Freilassung habe ich nicht auf Video festgehalten, auch wenn man durch die Bullaugen fast nichts erkennt. Aber ich weiß, was da passiert, im Dunkeln hinter dem dicken Glas, und ich werde selbst dann noch täglich daran denken, sollte ich aus Versehen hundert Jahre alt werden.

Und etliche Male habe ich bereits die ersten Ziffern von Billys Nummer in mein Smartphone getippt, um ihr ein paar Fotos zu schicken, eine Tonaufnahme des Windes zwischen Uferfelsen, oder um ihr zu erzählen, was es mit einem Menschen macht, vor dem ersten Kaffee Delfine spielen zu sehen. Um mit ihr zu teilen, was mich bewegt.

Wir kennen uns so wenig, haben kaum Zeit miteinander verbracht. Trotzdem fehlt es mir jetzt schon, mit ihr zu reden.

Doch es wäre nicht fair vorzutäuschen, ich könnte wenigstens einen Bruchteil von dem bieten, was sie will und verdient hat.

Meine Finger umklammern krampfhaft die Reling, weil ich verflucht noch mal keine Lust mehr auf Fairness habe. In Billys Nähe –

und ich muss ihr nur in Gedanken nah sein – will ich alles riskieren. Alles bis auf *sie*. Was, bin ich ehrlich zu mir selbst, alle Anrufpläne zerschellen lassen sollte wie Wellen an den Klippen. Und trotzdem kann ich nicht aufhören, darüber nachzudenken.

Dass ich ihre Nähe will, ihre Haut an meiner, ihren Geschmack in meinem Mund. Ich will ihren Herzschlag als mein Metronom, ich will ihr meinen Namen von den Lippen lecken. Lieder aus ihren Worten schreiben; Texte, die so schön sind, dass die Musik sich in verschwenderischer Begeisterung um sie schart und ich nur die passendsten Melodien auswählen muss.

»Hoi, Cedric. Wie geht es dir?« Janneke tritt zu mir, ich hatte sie nicht kommen hören.

Es rührt und beschämt mich zugleich, dass sie sich immer noch Sorgen macht. »Vermutlich viel besser, als ich aussehe, wenn ich melancholisch an der Reling stehe und zum Horizont starre«, antworte ich halb ironisch, halb ehrlich.

Janneke nickt, den Blick aufs Wasser gerichtet. »Ist sie gut zu dir, meine See?«

Sie wird selten so ernst und nie, wenn sie es nicht für absolut notwendig hält. Ich weiß sofort, worauf sie anspielt, und ebenso gut weiß ich, dass ich nicht vergessen kann und darf, was ich zu gern vergessen würde. »Die Geräusche sind immer noch da«, sage ich leise.

»Aber diesmal hast du sie ausgehalten.«

»Ja.« In den ersten beiden Nächten dachte ich allerdings, wie beim letzten Mal abbrechen zu müssen, als das dumpfe Bollern gegen die Schiffswand ein Bild nach dem anderen in meinem Kopf freisetzte. Mit Kopfhörern und lauter, wütender Musik ging es dann. Vielleicht wird es besser. Vielleicht bekomme ich diese Bilder langsam unter Kontrolle. Immerhin ist es zwei Jahre her. Vielleicht kann ich sogar irgendwann wieder schwimmen, ohne eine Panikattacke zu provozieren.

»Ja, und ich breche auf die letzten vier Tage auch nicht mehr ab, keine Sorge. Wir bleiben auf Kurs.«

»*Het is goed,* Cedric. Und doch … Du siehst traurig aus.«

»Bin ich auch.« Traurig.

Traurigkeit wahrzunehmen, ist ein seltsames Gefühl. Erleichternd irgendwie. Es ist nicht die Depression, die die Kontrolle an sich reißt, ich bin bloß traurig. Unglücklich sein führt oft dazu, dass sie stark wird und Macht erhält, und ehe ich mich's versehe, ist von mir nichts mehr übrig außer einem müden, kraftlosen Rest, der hilflos dabei zusieht, wie mein Leben den Bach runtergeht. Mal wieder. »Aber ich bin wirklich nur traurig.« Auf gute und gesunde Weise.

»Oh.« Janneke macht neugierige große Augen. »Das klingt fast glücklich.«

Ich muss lachen. »So weit würde ich nicht gehen.«

Janneke richtet ihren Zopf am Hinterkopf und reibt sich dann die Hände. »Darf ich raten? Ach was, ich bin deine Kapitänin, ich darf alles, was ich will. Geht es um ein Mädchen?«

»Woher weißt du das wieder?«

Sie lacht. »Wir Seeleute haben so viele Herzen gebrochen, wir wissen, wie so was aussieht.«

»Ich versuche ja zu verhindern, ihr Herz zu brechen.«

»Ach, Cedric. *Domme Jongen.* Von ihrem Herzen red ich nicht.« Freundschaftlich legt sie mir den Arm um die Schulter und lehnt kurz ihren Kopf an meinen Oberarm. »*Domme, domme Jongen.* Warum rufst du sie denn nicht mal an, wenn wir an der Küste sind?«

Ein Stück Treibholz hüpft auf der Wasseroberfläche neben dem Schiff her, eine Welle reißt es hinab, und es verschwindet, als wäre es nie da gewesen. »Weil ich ihr wehtun werde. Du kennst den Grund.«

»Ja«, sagt Janneke schwermütig. »Das stimmt. Was da in deinem Kopf ist, das tut allen weh. Aber schau mal raus auf meine See, Cedric. Auch die verursacht Leiden. Manch einer geht unter auf See. Ich hab zweiundzwanzig Seelen an Bord, und jeder von denen kennt das Risiko und ist trotzdem oder eben deswegen hier. Sie müssen selbst entscheiden, was sie riskieren wollen.«

»Die See ist das Risiko wert. Ich hatte gehofft, die Arbeit hier würde mich ablenken.«

»*Maar nee,* Cedric. Die See lenkt nicht ab. Sie macht uns bewusst, was wir wirklich brauchen. Deshalb lieben die Menschen das Meer. Sie wissen alle, was sie wollen, aber nie, was sie *brauchen.* Also kommen sie zur See, lauschen den Wellen, und wenn sie gut zuhören, die Leute, werden sie klüger. Aber erwarte nicht zu hören, was du hören willst. Denn sie ist immer ehrlich, die See.«

»Ehrlich bin ich auch. Aber das hilft mir nicht weiter.«

»Vielleicht doch. Lass mich dir einen guten Rat von einer alten Frau geben.«

Ich knuffe Janneke in die Seite. »Du bist nicht alt, Käpt'n.«

»Sag das meinen Knochen nach einem freien Wochenende. Ich bin alt genug für *goede raad!* Dein Mädchen. Die braucht keinen, der sie beschützt. Die braucht einen, der mit ihr gegen die Wellen kämpft, wenn die Wellen stark werden. Was sie aushalten kann, das weiß sie selber besser als du.«

Wie eigenartig, dass Jannekes Worte dazu führen, dass Billy sofort mit einer zustimmenden Geste und einem Funkeln im Blick vor meinem inneren Auge erscheint.

»Und wenn sie noch lernen muss, Cedric, dass man um hübsche Männer mit großen Schwierigkeiten im Gepäck besser einen Bogen macht, dann ist es mir lieber, sie lernt es von einem guten Kerl wie dir, als von irgendeinem dahergelaufenen Trottel.«

»Man könnte meinen, du kennst sie.«

»*Ik ken ju*«, sagt Janneke schulterzuckend. »Das ist genug.«

BILLY

In dem verspiegelten Fahrstuhl, der mich steil in den Himmel trägt, in das oberste Stockwerk eines der höchsten Gebäude Londons, läuft seit meiner Kindheit dieselbe Musik. Ein Klavierstück, es ist exakt einhundertzwanzig Sekunden lang und beginnt dann in einer Endlosschleife ohne Übergang von vorn. Als ich jünger war, habe ich versucht herauszufinden, ob es Teil einer Komposition ist, ein herausgeschnittenes Stück aus einem Lied, das etwas erzählen will. Einem Stück mit Seele. Ich habe nie eine Antwort gefunden, und inzwischen bin ich sicher, dass hier einfach nur leeres Gedudel läuft.

Ein feines »Pling« stört die Endlosschleife, und ich lasse meine zahllosen Spiegelbilder allein und trete in den weitläufigen Flur direkt auf den Empfang zu. Hier spiegle ich mich nur noch schemenhaft im polierten Marmorboden.

Die Frau unter ihrer perfekten Hochsteckfrisur kenne ich nicht. Sie sieht aus, als wäre sie passend zur Einrichtung ausgewählt worden. Honigblondes Haar, makelloses Make-up. Ihr Kostüm wirkt, als wäre es vor wenigen Augenblicken aus der Reinigung gekommen. Anhand ihres Blickes, der an mir herabgleitet und die vom Fahrtwind zerzausten Locken sowie mein vom langen Sitzen zerknautschtes Kleid wahrnimmt, nehme ich an, dass sie nicht ahnt, die Tochter ihres Chefs vor sich zu haben. Selbst wenn sie es wüsste, würde sie sich über meinen unpassenden Aufzug wundern. Sie hat keine Ahnung, dass ich zweihundertzwanzig Meilen gefahren bin, und zwar in einem Auto ohne Klimaanlage, in dem ab fünfzig Meilen pro Stunde alles klappert, als drohe die Kiste gleich abzuheben oder in ihre Einzelteile zu zerfallen.

Dad weiß bis heute nicht, wo ich inzwischen wohne.

»Hallo.« Ein kurzer Blick auf das Namensschild an ihrem Platz – eine Holzschnitzerei. Die meisten Alltagsgegenstände hier sind Kunst. »Guten Tag, Ms Everton. Ich möchte zu Mr Faulkner, bitte.«

Ihr Lächeln ist glatt. »Natürlich. Sie haben einen Termin, nehme ich an.«

Ich nicke wortlos. Dad wollte, dass ich um sechzehn Uhr hier bin. Hoffentlich hat er ihr das gesagt.

»Und Ihr Name ist?« Sie richtet ihren Blick auf den Monitor. Ob da ›Termin mit Tochter‹ steht? Vermutlich nicht, dann wäre die Sekretärin wohl höflicher zu mir.

»Billy … Sybil Faulkner«, erwidere ich, und ihr Mund formt ein stilles, kleines »Oh«. Ihre Antwort lässt jedoch auf sich warten, und ich erwische mich dabei, das Gewicht von einem auf das andere Bein zu verlagern und an meinem Rocksaum zu zupfen.

»Nun, Ms Faulkner, das tut mir sehr leid, aber Mr Faulkner ist nicht im Haus.«

Warum überrascht mich das nicht? Ich habe Dad gefragt, ob wir uns in einem Café treffen können, er hätte mir meine Unterlagen mitbringen können. Aber nein, er hat mich in die Kanzlei bestellt; hierher, wo der Empfangstresen aus auf Hochglanz poliertem Walnussholz vermutlich mehr gekostet hat, als ich in meinem Leben je haben werde.

»Nehmen Sie doch bitte Platz, ich erkundige mich, ob er es einrichten kann, noch herzukommen. Darf ich Ihnen eine Tasse Tee bringen?«

»Nur ein Wasser, bitte.«

»Sehr gern.« Ihre Züge sind beherrscht, ich kann weder Mitleid ausmachen noch eine Spur von Neugier, weil sie womöglich gerade einem kleinen Familienskandal beiwohnt. Während ich zu der Sitzgruppe an der Fensterfront trete und mich in einen Ledersessel sinken lasse, um ohne Interesse einen der ausliegenden Bildbände durchzublättern – Weltatlas der Burgunderweine –, klemmt sie sich ans Telefon und spricht mit gesenkter Stimme.

Schließlich verschwindet sie in der Teeküche, in der ich als kleines Mädchen hin und wieder meine Schularbeiten gemacht habe, wenn Ava, meine Kinderfrau, krank oder im Urlaub war. Mit einem Glas Wasser, in dem eine Zitronenscheibe schwimmt, sowie einem höflichen Lächeln kehrt die Sekretärin zu mir zurück.

»Ihr Vater lässt Sie grüßen, Sybil. Jemand bringt Ihnen in wenigen Augenblicken die Unterlagen, für die Sie hergekommen sind.«

»Danke«, erwidere ich und spüre tatsächlich einen Anflug von Erleichterung. Sie durchdringt die Enttäuschung, von Dad versetzt worden zu sein. Ich kenne ihn doch, natürlich lässt er mir mein Verschwinden nicht einfach durchgehen. Keine Verfehlung darf ungesühnt bleiben – eine eiserne Regel, die zwar für seine Mandanten nicht gilt, denn die bezahlen ihn für das Gegenteil, für jeden anderen Menschen dafür umso strikter. Doch wenigstens hat es etwas gebracht, meine Schicht zu tauschen, fast fünf Stunden hergefahren zu sein und später den gleichen Weg wieder zurückfahren zu müssen. Ich werde meine Zwischenergebnisse bekommen.

Während ich warte, ziehe ich mein Handy aus der Tasche und rufe zum vermutlich hundertsten Mal die Mail auf, die mir das Mary Annings Museum geschickt hat.

»Liebe Sybil, noch einmal herzlichen Dank, dass Sie sich in unserem Museum beworben haben. Die Vielzahl der Bewerberinnen und

Bewerber hat uns überrascht, daher haben wir uns entschlossen, die vielversprechendsten unter ihnen zu einem zweiten Gespräch einzuladen. Wir hoffen, es freut Sie zu hören, dass wir auch Sie gern besser kennenlernen möchten. Bitte melden Sie sich zur Terminabstimmung unter untenstehender Durchwahl bei Ms Blunt. Mit besten Grüßen.«

Darum bin ich hier, rufe ich mir ins Gedächtnis. Nicht, um meinen Vater zu treffen, der mich ohnehin nicht sehen will. Sondern für das zweite Vorstellungsgespräch. Ich habe nicht den Hauch einer Ahnung, wie ich nach der Katastrophe des ersten Verhörs mit Vivian Blunt zu dieser Chance gekommen bin. Aber ich werde sie nutzen. Mit den Zwischenzeugnissen aus Oxford kann ich belegen, nicht aus Überforderung abgebrochen zu haben, wie sie angenommen hat. Ich werde den Drachen mit den Unterlagen füttern, damit er mich passieren lässt. Sie sind wie der magische Schlüssel, und an den gelangt man niemals auf bequemen Wegen.

»Billy!«

Ich zucke zusammen, als ich Tristans Stimme erkenne, dabei habe ich fest damit gerechnet, ihm zu begegnen. Er hat schon hier gearbeitet, bevor wir zusammenkamen, warum hätte er nach unserer Trennung kündigen sollen? Im Gegensatz zu mir kam er immer hervorragend mit meinem Vater zurecht – immerhin hat Tristan weder Jura geschmissen noch sich irgendetwas zuschulden kommen lassen.

»Hallo, Tristan.« Ich stemme mich aus dem Sessel hoch und stehe vor dem Problem, wie man einen Ex stimmig begrüßen soll. Erst recht, wenn man ihn mit einem Brief abserviert hat, in dem außer »Tut mir leid. Aber ich kann das alles nicht mehr« nicht viel drinstand. Das dafür in ungefähr tausend verschiedenen Worten, leer wie das Fahrstuhlgedudel. Danach – nichts. Kein Anruf, keine Mail. Ich habe ihm nicht mal meine neue Handynummer gegeben, aus Angst, er würde sie an meinen Vater weiterleiten. Dad hätte Tristan gar keine Wahl gelassen und ihn ohne einen Anflug von schlechtem Gewissen über seinen Job unter Druck gesetzt.

Tristan nimmt mir die Überlegungen ab und umarmt mich kurz und unverfänglich.

Er sieht gut aus, wie immer. Wenn seine Arbeit ihn stresst, ist er in der bemerkenswerten Lage, es sich nicht ansehen zu lassen. Das schaffen die wenigsten hier, aber die meisten sind auch doppelt so alt wie er. »Arbeitest du inzwischen fest angestellt hier?«

»Als Anwalt, ja. Schon eine ganze Weile. Du warst lange fort.« Er hat sein Studium also inzwischen abgeschlossen.

»Das stimmt.« Ob ich ihm sage, dass ich in wenigen Minuten wieder weg sein werde? Er verdient eine Entschuldigung für meinen Aufbruch damals – meine Flucht –, soweit konnte ich mich auf der Fahrt mit mir selbst einigen. Aber nun weiß ich nicht, was ich sagen soll.

»Du siehst großartig aus«, fährt er fort, und sein Gesichtsausdruck untermalt, dass er das ernst meint, obwohl er mich deutlich schlanker in Erinnerung haben dürfte. Dad hätte die Konfektionsgröße vierzig vermutlich anders kommentiert.

Dass Tristan mir Komplimente macht, irritiert mich aber aus ganz anderen Gründen. Ich hatte eher mit Vorwürfen gerechnet, warum ich mich nie gemeldet habe. Oder wenigstens mit Fragen, auf die ich etwas hätte antworten können.

»Danke. Ich …«

»Hey, ich habe heute noch keine Mittagspause gemacht. Was hältst du davon, wenn wir zusammen ins *Bosco* gehen? Du hast sicher einiges zu erzählen.« Sein Lächeln ist offen und herzlich, und ich kann den Impuls, Nein sagen zu wollen, selbst nicht verstehen. Unsere Beziehung ist lange her, wir haben beide Abstand gewonnen, offenbar ist Tristan darüber hinweg. Ein Gespräch und eine kurze Erklärung, warum ich damals alles hinter mir lassen musste, wären ein fairer Abschluss. Ich habe mich damals nicht grundlos in ihn verliebt, obwohl er mit dem sehr kurzen blonden Haar und den hellgrünen Augen zwar gut aussieht, aber einfach nie meinem bevorzugten Typ entsprach. Ich hatte mich in seine Freundlichkeit verliebt und in seine Bereitschaft, alles zu geben für jene, die ihm wichtig sind. In seinen Beschützerinstinkt und die Sicherheit, die stets von ihm abstrahlte und mich einhüllte wie ein Mantel. Skurrilerweise habe ich genau das nicht lange ertragen. Geliebt habe ich es dennoch. Eine Weile.

»Ich habe nicht allzu viel Zeit«, erwidere ich unschlüssig, »eigentlich wollte ich bloß etwas abholen.«

»Die Mappe, ja. Dein Vater hat sie mir gegeben. Er lässt dich grüßen und bedauert, dass er es nicht einrichten konnte, dich zu sehen.«

Mein Mundwinkel zuckt, und ich verkneife mir das bittere Lächeln, das daraus werden will. Tristan weiß so gut wie ich, dass Winston Faulkner alles einrichten kann, was ihm wichtig ist.

»Eine halbe Stunde?« Tristan blinzelt und legt etwas Bittendes in seinen Blick. »Länger halte ich dich nicht auf, versprochen. Ich habe ohnehin den Tisch voller Arbeit.«

Was spricht schon dagegen? Ich schulde ihm diese Erklärung seit einem Jahr, verdammt. »Okay.«

Tristan lächelt, verschwindet kurz in seinem Büro, um sein Sakko sowie meine Mappe zu holen, und keine fünf Minuten darauf fahren wir im Aufzug nach unten. Ich ignoriere das Bedürfnis, die Zeugnisse und Berichte auf Vollständigkeit zu prüfen, solange Tristan dabei ist. Es ist meinem Vater durchaus zuzutrauen, dass er wichtige Unterlagen einzupacken versäumt, weil er mich damit dazu bringen kann, ihn erneut zu kontaktieren. Tristan weiß, dass ich Dad misstraue, aber er soll nicht wissen, wie sehr ich das immer noch tue.

»Erzähl doch mal«, beginnt er, als wir in der Empfangshalle angekommen sind und auf den Nebeneingang zuhalten, der zum Hof führt, wo das kleine italienische Restaurant liegt, das nahezu ausschließlich von den Mitarbeitern des Bürokomplexes besucht wird, da es für alle anderen zu versteckt liegt. »Wohin hat es dich verschlagen und was machst du so?«

»Edin…« Um ein Haar hätte ich gelogen. Und es gäbe keine Möglichkeit, mich damit zu rechtfertigen, dass es eine Notlüge gewesen wäre. Denn es wäre keine. Ich habe nichts zu befürchten, wenn ich Tristan erzähle, wo ich wohne, selbst wenn ich davon ausgehen muss, dass er es Dad erzählen wird.

»Ich wohne in Liverpool.« Und Liverpool ist groß. Dad würde mich nicht finden, sollte er das überhaupt versuchen, wonach es im Augenblick wirklich nicht aussieht. All meine Befürchtungen, er würde mich zu einer Rückkehr drängen, waren umsonst, und nun bin ich beinah gekränkt, weil er mich stattdessen mit seiner Abwesenheit straft.

Ich schüttle die Gedanken ab, sie führen zu nichts.

»Liverpool, toll. Sicher spannend dort.«

Ich lache ein bisschen. Müsste Tristan seine ehrliche Meinung zu Liverpool abgeben, wäre ›spannend‹ vermutlich das letzte Wort, das er wählen würde. »Ich bin selbst überrascht, wie sehr es mir dort gefällt. Bisher hab ich nur einen Aushilfsjob, aber wenn sich etwas Festes ergibt, dann bleibe ich womöglich dort.«

»Neben dem Studium?«

»Ich hab nicht wieder angefangen.«

»Oh.« Lange Pause. »Planst du nicht, weiterzumachen?«

»Nein«, sage ich, und dieses Nein ist sehr bewusst gewählt. Mit einem Nein ist es nämlich getan. Früher hätte ich ›vielleicht‹, ›im Moment nicht‹ oder ›wenn, dann wahrscheinlich etwas anderes als Jura‹ gesagt oder ihm meine Gründe aufgezählt. Ich rechtfertige und erkläre mich aber nicht mehr, ich sage bloß Nein. Ich werde nicht weitermachen.

Wir erreichen das *Bosco di Arance* und treten zwischen duftenden Oliven- und Orangenbäumchen auf die holzgetäfelte Terrasse, wo wir sogleich von einem der vielen übereifrigen Kellner begrüßt und an einen schattigen Platz unter Weinreben geführt werden, die im britischen Klima nie etwas anderes produzieren als kleine, saure und steinharte Trauben, aber dennoch sehr hübsch aussehen. Weitere Pflanzen grenzen die einzelnen Sitzgruppen voneinander ab, sodass wir vom Nachbartisch nur Stimmen hören. Ein Mann palavert lautstark über die Verfehlungen eines Mitarbeiters. Wenn noch andere am Tisch sitzen und er nicht in sein Telefon schimpft, schweigen sie.

Die Lage im Herzen des Bürokomplexes führt dazu, dass die Preise des Restaurants hoch und die Wartezeiten kurz sind. Es ist ein Refugium für Superreiche, Superbeschäftigte, immer Eilende. Unser Kellner verlässt uns bereits mit der Bestellung, da wir bis auf die Tageskarte alle anderen Gerichte auswendig kennen.

»Geht es dir denn gut?«, fragt Tristan, als wir wieder allein sind. Ein abgebrochenes Studium ist offenbar ein ernsthaftes Symptom für Probleme. Oder er erinnert sich schlicht daran, in welchem Zustand ich ihn verlassen habe, korrigiere ich meine Gedanken.

»Richtig gut, ja. Ich habe eine WG mit einer Freundin und …« Und Liebeskummer, weil ich nicht aufhören kann, an einen Mann zu denken, der sich für beziehungsunfähig hält, dabei ist er der empathischste Mensch, der mir seit Langem begegnet ist. Ach, Scheiße! Warum nur muss ich schon wieder an Cedric denken? Die Antwort ist recht simpel. Er fehlt mir. Dieser Ausflug in meine Vergangenheit würde mir viel leichter fallen, wenn ich heute Abend mit ihm darüber reden könnte.

»Und?«, hakt Tristan nach.

»Und liebe Kolleginnen auf meiner Arbeit«, antworte ich, dabei weiß ich bereits, dass ich Tristan damit nicht überzeugen werde.

Freundschaften und soziales Miteinander waren ihm zwar nie egal, aber sie besitzen vermutlich nicht den Stellenwert in seinem Leben, mit dem man einen Kellnerinnenjob ausgleichen könnte.

»Außerdem habe ich mich auf einen tollen Job beworben.«

»Ich drücke dir die Daumen. Was ist das für ein Job?«

Mein Zögern gerät lang. Alles, was ich Tristan sage, wird mein Vater vermutlich erfahren. »Ich habe noch keine Zusage. Bis dahin rede ich besser nicht weiter drüber. Du weißt, das bringt Unglück.«

Tristan verschränkt die Finger auf der Tischplatte. »Mit einem Aushilfsjob solltest du dich jedenfalls nicht zufriedengeben. Du bist klug, Billy, dein Kopf verkümmert ohne Anregung.«

Ob er verstehen würde, dass es in Wahrheit andersherum ist und ich mich seit meiner Flucht aus London von einigen Jahren des Verkümmerns erholen musste? Ich weiß nicht, wie ich es ihm erklären soll. Es fühlt sich an, als sprächen wir zwei Sprachen und ich würde von seiner zwar die grundlegenden Vokabeln kennen, aber längst nicht genug, um ihm zu erklären, was in mir vorgeht.

»Wie geht es dir denn *sonst so*?«

Sonst so. Früher hat es mich gestört, dass er die hässlichen Dinge nie aussprechen wollte. Nun aber bin ich fast dankbar dafür, denn all das, was sich hinter dem Ungefährlichen ›sonst so‹ verbirgt, ist zu weit entfernt und zu lange her, als dass ich es selbst noch beim Namen nennen will. Es ist vorbei. Gestorben und beerdigt, anonym und ohne einen Grabstein. Und genau so will ich es.

»Gut, Tristan.« Ich kann ihn ganz offen anlächeln. Es fühlt sich echt und ganz leicht an. »Es ist inzwischen alles in Ordnung. Und bei dir?«

Er lächelt auch, aber etwas Schweres liegt in diesem Lächeln. Als würde er mir gern glauben, es aber nicht zur Gänze schaffen.

Das Essen wird gebracht, Tristan hat ein Filetsteak an getrüffeltem Reis bestellt und ich Ravioli mit Spinat. Das Essen hier habe ich hin und wieder vermisst, es schmeckt göttlich, nur habe ich diese Bitterkeit im Mund, weil ich Tristan noch etwas schuldig bin.

»Es tut mir leid«, spucke ich dann endlich aus, und Tristan lässt die Gabel wieder sinken, die er gerade zum Mund geführt hat. »Dass ich damals wortlos abgehauen bin. Das war nicht in Ordnung.«

Er stößt die Luft aus. »Wir haben uns Sorgen gemacht, dein Dad und ich. Du warst …«

»Labil«, sage ich, weil es ihm schwerfallen muss, es ehrlich auszusprechen. Vielleicht sollte ich ihm ein Jahr Liverpool vorschlagen, denke ich. »Das war ich wirklich. Aber es war richtig zu gehen. Ich musste lernen, mich um mich selbst zu kümmern.« Und zwar ohne jemanden, der sich permanent um mich sorgte, mich nie aus den Augen ließ und am liebsten ständig meine Hand gehalten hätte, damit ich nicht hinfalle und mir ein Knie aufschlage. Ich muss ans Bouldern denken, womit ich damals begonnen habe. Womöglich ja genau deshalb: weil man Kraft entwickelt. Ungesichert klettert. Und unweigerlich das Fallen lernt, denn man fällt ständig. »Ich wünschte trotzdem, ich hätte mich dir gegenüber anständiger verhalten. Du hast das nicht verdient, Tris.«

Dad schon. Mein Vater hat meine Grenzen nicht verletzt, er hat einfach so getan, als besäße ich keine – als hätte ich nicht mal das Recht auf Grenzen, nur weil ich Fehler gemacht habe. Begriffen habe ich das erst in Edinburgh, wo ich ein paarmal bei einer Beratung war, um mein Leben in den Griff zu bekommen. Oder eher: mich.

Damals, das weiß ich nun, hatte ich falsche Erwartungen an Tristan. Ich wollte, dass er sich über meinen Vater hinwegsetzt, ihm entschieden Kontra gibt und mich … befreit. Aber Tristan konnte das nicht erfüllen. Das war meine Aufgabe.

Tristan schiebt seinen Teller zurück, dabei hat er kaum etwas gegessen. »Ich bin dir nicht böse. Das kann ich gar nicht. Aber es bedeutet mir trotzdem viel, dass du das sagst.« Sein Lächeln wirkt fast ein wenig nervös. Tristan war früher nie nervös. In seiner Nähe fühlte ich mich immer in den Schatten seiner Perfektion gestellt, aus dem mir nie auch nur ein einziger Schritt gelingen würde. Ständig brauchte ich die Gewissheit, dass er mich schön genug fand.

Seltsam, wie sehr sich alles verändert hat. Cedric ist äußerlich nicht weniger perfekt als Tristan, und ich bin es weit weniger als früher. Doch die Idee, etwas an mir könnte ihm nicht gefallen, war mir überhaupt nicht gekommen. Ich hab auf keinem Prüfstein gestanden, auf dem ich bestehen musste, sondern …

Ich seufze ungewollt auf, weil mir einfällt, dass ich mich an einem Ort wohlfühle, an dem ich nichts zu suchen habe. Weil es diesen Ort gar nicht gibt. Er war eine Illusion für eine Nacht.

»Du weißt, wo du mich findest, wann immer du jemanden brauchst«, sagt Tristan in diesem Moment. »Ich will gern für dich da sein, Billy. Und nur für den Fall, dass du vielleicht doch nach London zurückkommst … Meld dich, ja?«

BILLY

Die Nachricht kommt von einer unbekannten Nummer. Außerdem kommt sie um halb zwei in der Nacht. Etwas muss passiert sein, etwas Schlimmes. Oder … ich verbiete mir das Hoffen, bevor ich das Handy entsperrt und die Nachricht geöffnet habe. Doch da steht tatsächlich:

> Hey, Billy. Hier ist Cedric. Ich hoffe, ich wecke dich nicht. Aber falls du nicht zufällig wach bist, schläfst du ja und liest meine Nachricht erst morgen.

Überwältigend logisch. Mein Herz schlägt schneller, aber mein Hirn erinnert mich mit erbarmungslosem Realitätssinn daran, dass diese Nachricht drei Wochen zu spät kommt.

Neben mir im Bett gibt Livie im Schlaf ein leises Grummeln von sich, weil das Displaylicht ihr ins Gesicht leuchtet. Sie ist beim Netflixen eingeschlafen, ihr letztes Glas Rotwein steht noch halb voll auf dem Boden neben meiner niedrigen Schlafcouch. Im Lauf der Nacht wird es sicher umfallen, vielleicht räume ich es lieber weg. Meine Decke hat sie bis auf einen erbärmlich kleinen Zipfel an sich gerissen, was ein guter Vorwand ist, warum ich nicht einschlafen konnte.

Der wahre Grund ist zumindest auch noch wach.

Ich neige das Telefon, sodass das Licht Livie nicht stört, und lese weiter.

Ich will kein Arsch sein. Aber ich fürchte, beim Versuch, keiner zu sein, war ich doch einer. Entschuldige bitte.

Damit endet die Nachricht. Grußlos, was in meiner Welt bedeutet, dass noch nicht alles gesagt ist.

Du warst kein Arsch.

schreibe ich zurück. Meine Finger huschen so schnell über die Tastatur, dass ich überhaupt nicht darüber nachdenken kann und meine Worte plötzlich unter seinen stehen.

Ich bin noch wach.

setze ich darunter.

Zufällig.

Oh mein Gott. Schreib ihm doch gleich, dass du wachliegst, weil du an ihn denken musst. Schreib doch: Habe gerade an dich gedacht und dabei masturbiert.

War bis eben mit Olivia aus.

Fast wahr! Schreib: Habe masturbiert und dabei deinen Namen gerufen. War richtig gut.

Das klingt schön.

schreibt er zurück, und ich muss den gesamten Verlauf noch einmal überfliegen, um sicher zu sein, was ich wirklich geschrieben habe und was nur in meiner von der halben Flasche Wein angestachelten Fantasie. Olivia und ich waren nicht aus, sondern haben uns zu Hause gemeinsam gefeiert: Mich wegen meines dämlichen Kummers, weil ich Mr Mein-Zauber-hält-nur-eine-Nacht einfach nicht vergessen kann. Und Livie wegen ihrer Angst davor, ihrer neuen Flamme Desna zu gestehen, dass sie an mehr als einer platonischen Freundschaft interessiert ist.

Und doch, ich war einer. Ein Arsch. Ein großer.
Wenn nicht zu dir, dann doch zu mir selbst.

Ich starre auf die Buchstaben. Bin ich naiv, wenn ich in diese Worte hineininterpretiere, dass er bereut, mich nicht wiedergesehen oder zumindest angerufen zu haben?

Den Blick aufs Smartphone gerichtet – er schreibt immer noch! – greife ich nach Olivias Schulter und schüttle sie. »Aufwachen, Livie. Notfall!«

»Was'n?«, murmelt sie und linst unter ihrem nagelneuen selbstgeschnittenen Pony hervor. »Muss ich arbeiten? Is' schon Morgen?«

»Nein. Aber es brennt.«

»Ach so.« Mit einem Seufzen sinkt sie zurück ins Kissen und zieht sich den Rest der Decke über ihren Kopf.

Was machst du morgen?

erscheint im Display.

Arbeiten.

schreibe ich. Warum willst du das wissen?, denke ich.

Können wir uns treffen? Vielleicht nach deiner Arbeit?

Ich tippe: Ja. Lösche es und tippe: Nein! Lösche es und starre ratlos auf das Textfeld. Ich will ihn wiedersehen, würde ihn am liebsten sofort wiedersehen. Homer hat nach der Fahrt nach London nicht mehr viel Sprit im Tank, aber es reicht noch, um nach Dingle zu fahren, wo Cedric wohnt, und immerhin sind wir beide gerade wach und … Ich lösche jedes verdammte Wort, das meine Finger voreilig getippt haben: Warum – nicht – jetzt – sofort? Weil ich getrunken habe. Dass Rotwein mal mein Herz retten würde, hätte ich bis eben auch nicht gedacht. Dann schreibe ich:

Ich weiß es echt nicht.

und wecke Olivia, um ihr den Nachrichtenverlauf vorzulesen; zweimal sogar, weil sie beim ersten Mal noch fast schläft.

Sie stützt sich auf den Ellbogen und legt das Kinn in die Handfläche. »Weißt du noch, was ich dir gesagt habe, als du so frustrierst warst, weil er nicht angerufen hat?«

»Da hast du viel gesagt. Und ich eine Menge getrunken.«

»Ich sagte, dass du ihn vergessen solltest, weil er ein Trottel und es nicht wert ist.«

Daran erinnere ich mich gut. Vor allem an die Verzweiflung, denn hätte ich Olivia von Cedrics Gründen erzählt – seinen wahren Gründen –, wäre ihre Einschätzung sicher anders ausgefallen. Es kam mir bloß falsch vor, sein Innerstes vor ihr auszubreiten, auch wenn er es mir ausdrücklich erlaubt hat. Livie hätte Fragen gehabt, die ich nicht hätte beantworten können, und ich wollte nicht, dass sie alles falsch verstand. Mit dem Ergebnis, dass sie *alles* falsch verstand.

»Und ich sagte«, fährt sie fort, »dass es dir leichtfallen wird, ihn abzuhaken und zu vergessen, weil nach der kurzen Zeit noch keine Gefühle im Spiel sind.«

»Moment mal.« Ich setze mich aufrecht hin. »Du bist doch die, die an Liebe auf den ersten Blick glaubt.«

»Natürlich«, erwidert sie, als wäre das kein Widerspruch. »Aber die wird nicht durch Gefühle ausgelöst, sondern durch Hormone. Biochemische Prozesse legen deinen Verstand auf Eis und ergreifen die Macht über deinen Körper. Von Dopamin kann man so süchtig werden wie von Koks, und dazu kommen dann noch Adrenalin, Testosteron, Serotonin, Neurotrophin und noch ein paar andere. Würde man das alles in einen Drink mischen, wär der zutiefst illegal.«

Faszinierend, was sie nachts um Viertel vor zwei frisch aus dem Tiefschlaf geweckt so alles aus dem Ärmel schüttelt.

»Dein Katzenjammer war also kein Gefühlskummer, sondern eine Entzugserscheinung durch die fehlenden Hormone.«

»Sehr tröstlich«, erkläre ich ironisch. »Leider fühlen sich beide Zustände ausgesprochen gleich an.«

»Nicht ganz. Von der Hormonsucht ist man schnell wieder runter. Zyklusbedingt vermutlich früher oder später, spätestens nach dem nächsten Sex mit einer anderen Person.« Sie überlegt kurz. »Außer der Sex war mies, dann vermutlich nicht.«

»Gut zu wissen.«

Sie nimmt mir das Telefon aus der Hand, liest den Verlauf noch einmal durch und blinzelt mich dann an wie eine Eule. »Du hast es fast geschafft, den Fake-Liebeskummer zu überwinden. Halt jetzt durch.«

Ich verschränke die Arme, statt ihr zu antworten. Fast geschafft? Sie weiß selbst, dass ich eben noch den Tränen nahe war. Und – ich mag von der Biochemie weniger Ahnung haben als sie – es waren eher Fast-Tränen des Vermissens, nicht des Begehrens.

»Wenn du jetzt nachgibst, fängst du wieder bei null an.«

Nur dass ich nicht das Gefühl habe, bei null zu sein, sondern seit unserer gemeinsamen Nacht mit jedem Tag weiter in den Minusbereich zu sinken. Unter meinem *Ich weiß es echt nicht* steht eine neue Nachricht von Cedric.

> Ich verstehe. Ich verstehe, und es wäre dir gegenüber auch fair, alles dabei zu belassen. Ich will dir nicht wehtun. Hab ich aber. Ich weiß.
> Darf ich mich entschuldigen, auch wenn es nicht fair ist?

»Miese Geschichte«, knurrt Livie. »Diese Nachricht hätte er dir gleich schicken sollen, nachdem du gegangen bist.«

»Vielleicht hat er das Eisstäbchen mit meiner Nummer drauf nicht sofort gefunden.«

Sie starrt mich an. »Hilf mir mal, mein Gedächtnis ist so schlecht. Wo hast du es drapiert?« Sie wartet meine Antwort nicht ab, sondern gibt sie selbst. »Ach ja, auf der Kaffeemaschine. Aber vielleicht hat er einfach wochenlang keinen Kaffee …«

»Und er war auf See«, unterbreche ich sie, merke aber selbst, wie lahm das klingt.

»Stimmt, ja. Forschungsreise. In die Vergangenheit, wo es weder Telefone noch Internet gab. Tut mir leid, Billy, aber red dir jetzt nichts schön. Er hat dich drei Wochen warten lassen. Du weißt selbst, wie das klingt, oder?«

Natürlich weiß ich das. Es klingt, als hätte Cedric gerade nichts Besseres zu tun und sich spontan daran erinnert, dass ich wie eine übrig gebliebene Mahlzeit auf der Warmhalteplatte hocke.

Ich nehme Livie das Smartphone wieder ab und tippe:

Du hast mich verdammt lange warten lassen.

Den Zusatz »Wie viele Mädchen hattest du denn zwischenzeitlich?« lösche ich wieder.

Ich musste nachdenken.

Denkst du immer so langsam?

»Sehr gut«, kommentiert Livie. »Wir mögen keine Dummen. Schlimmer sind nur die, die sich dumm stellen.«

Wenn es wichtig ist …

»Aww«, schnurrt Olivia ironisch, während es in meinem Bauch dummerweise sehr unironisch flattert. Verdammt!

»Schreib ihm, du willst auch erst wichtig darüber nachdenken! Und zwar zwei Jahre oder so.«

»Mein Verstand gibt dir unumwunden recht, Livie.«

»Dass der noch arbeitet, ist ein gutes Zeichen.«

»Mein Körper allerdings …« Ich seufze. »Der weiß noch zu gut, wo dieser drei Wochen verschwundene Kerl seine Hände hatte. Und den Mund. Und … ach, verdammt.«

»Körper sind miese Verräter«, stellt Livie klar.

»Und das Herz«, beginne ich, und sie stöhnt auf.

»Nicht auch noch das Herz!«

»Das sagt: Lauf. Lauf, lauf, lauf!«

Meine Freundin tätschelt mir die Brust. »Kluges kleines Herzchen.«

Leider habe ich ihr verschwiegen, dass mein Herz nicht vor Cedric weglaufen will, sondern ihm entgegen. Dummes kleines Herzchen. So dumm.

Ich will immer noch nichts anderes schreiben als: »Weißt du was, Cedric? Komm einfach jetzt zu mir. Sag mir alles, was du willst, und dann küss mich so, dass ich alles wieder vergesse. Und danach fangen wir einfach von vorn zu reden an. Und zu küssen. Und dann …«

Allein der Gedanke daran kribbelt in meinem Unterleib. Und längst nicht nur da. Ich will überhaupt nicht nur küssen oder rummachen oder mehr – egal wie gut er all das kann. Ich will … alles. Ich genieße seine Nähe. Die Gespräche mit ihm sind so leicht, selbst wenn die Themen Tonnen wiegen. Alles scheint so … wenig unmöglich mit ihm. Ich fühle mich gut, wenn er bei mir ist. Zu gut.

Wie eine andere Billy beinah. Eine Billy, die nicht Hunderte von Fehlern gemacht hat. Eine Billy, die ich selbst aus tiefster Seele gern habe.

In meiner Brust liegt jedoch dieser harte, kantige Brocken, der mich daran erinnert, wie schnell Cedric Benedict vom sensiblen Gesprächspartner und gefühlvollen Lover auf seine kühlen Prinzipien umzuschalten vermag. Noch mal so enttäuscht zu werden, würde mich verdammt tief fallen lassen. Zu tief. Ich kann fallen, aber ich bin nicht unzerbrechlich.

Cedric schreibt:

Billy?

»Besser, ich lasse es«, sage ich zu Olivia, während ich langsam, Buchstabe für Buchstabe

Besser nicht, Cedric, tut mir leid.

tippe. Meine Finger sind eiskalt und gleichzeitig schweißfeucht. Nach dem Absenden geht es mir elender als je zuvor.

Olivia sieht mich mitfühlend an. »Das hast du gut gemacht. Du musst auf dich aufpassen.«

Stimmt. Damit steht und fällt alles. Mein gesamtes Leben.

Es ist nicht richtig, immer genau das zu wollen, was man nicht haben kann. Es dennoch zu nehmen, war stets ein Fehler. Sie waren kurz davor, mich in den Wahnsinn zu treiben, diese Fehler. Und ich bin recht sicher, dass auch Cedric Benedict ein solcher Fehler ist.

CEDRIC

Der Song, den ich seit dem Aufwachen im Kopf habe, läuft seit Jahren hin und wieder im Radio, und ebenso lange plane ich, herauszufinden, wie das Stück und die Sängerin heißen. Seltsam, wie vertraut sich manche Dinge anfühlen, obwohl man nicht das Geringste darüber weiß.

Carlina legt ein Stück Würfelzucker auf die Milchschaumkrone ihres Café Latte und versenkt ihn dann sehr langsam mit dem Löffel. Wir haben uns seit ihrer Hochzeit nicht gesehen, und mir sitzt in dem Café, in dem wir uns verabredet haben, das gleiche Unbehagen im Nacken, das ich zwischen ihren Gästen verspürt habe: die Sicherheit, fehl am Platz zu sein. Aber das, was unsere Nacht damals überstanden hat, kommt einer Freundschaft immer noch nah, und keiner von uns will das ganz aufgeben.

Außerdem brauche ich einen Rat, bestenfalls einen unbelasteten und ernst gemeinten (womit zuerst Sawyer und dann Isaac ausfallen). Carlina traue ich in der Hinsicht mehr als Emily, die meinte, ich solle mich mit einer Gitarre und einer Rose auf die Straße vor Billys Fenster stellen und irgendwas von Lewis Capaldi singen. Ich überlege seitdem ununterbrochen, ob sie das ernst meint oder ob sie einfach nur will, dass sich ihr großer Bruder bis auf die Knochen blamiert. Womöglich will sie mir damit eine Gemeinheit von früher heimzahlen; vielleicht, dass ich regelmäßig ihre Weingummivorräte geplündert und nur die gelben und orangefarbenen zurückgelassen habe?

Wie auch immer. Meine Hoffnungen ruhen auf Carlina. Wir haben uns bewusst im Shabby getroffen, das außerhalb des Campus liegt und winzig klein und wesentlich schicker ist, als der Name vermuten lässt. Hier dürften wir ungestört bleiben. Außer einer kleinen Gruppe laut lachender älterer Damen mit Spielkarten – vermutlich ein Bridge-Club – sind wir um die Mittagszeit die einzigen Gäste.

Carlina arbeitet noch immer sorgfältig den Zucker in die Milchschaumschicht ihres Kaffees ein, während mein Cappuccino bereits ausgetrunken ist. »Ich fasse mal zusammen. Billy ist etwas Besonderes für dich.«

Ich nicke, den Blick in der leeren Kaffeetasse, die Ohren voll mit Musik. Das Lied – wie immer es auch heißt – handelt von Gefühlen, die die Sängerin nicht auszudrücken vermag. Vielleicht ist Emilys Idee doch nicht so schlecht. Nur über Lewis Capaldi müssen wir verhandeln.

»Weiß sie das denn?«

Ich blicke auf. Carlina mustert mich aus klugen, lichtdurchfluteten Augen und lächelt dann wissend.

»Sie weiß es nicht.«

»Ich … Ich weiß nicht. Sie dürfte es durchaus gemerkt haben.«

»Verstehe.« Carlina leckt ihren Löffel ab. »Gesagt hast du es ihr aber nicht. Du bist davon ausgegangen, dass sie es an deinem Verhalten merkt.«

»Ich habe ihr immerhin eine ganze Menge erzählt, das man nicht jedem auf die Nase bindet.«

Carlina schlägt ein Bein über das andere und grillt mich mit ihrem freundlichen Spott. »Das hast du mir auch erzählt.«

»Ja.« Ich beginne, mich zu winden, denn ich will sie nicht vor den

Kopf stoßen. »Aber nicht so. Dir habe ich die Fakten genannt. Billy … Billy hat tiefer gesehen.«

»Cedric, Billy war nicht dabei, als du mir von deinen Depressionen erzählt hast. Sie kann unmöglich wissen, ob ihr Einblick tiefer war oder ob du das genauso allen Frauen erzählst, damit sie dich für so wahnsinnig arm, bemitleidenswert und gebrochen halten, dass sie dich zwingend wieder gesundvögeln müssen.«

»Autsch«, erwidere ich, und mein Mund wird trocken. »Denkst du das wirklich von mir?«

»Inzwischen nicht mehr.«

»Damals schon?« Das erschreckt mich mehr, als ich zugeben möchte. »Alles, was du wolltest, war …?«

»Nein, Ceddy, keine Sorge.« Sie lacht leise. »Ich habe eine hohe Meinung von meinen Qualitäten im Bett, aber ich weiß, dass man damit keine psychische Erkrankung heilt. Ich war allerdings lange nicht sicher, ob die ganze Geschichte nicht bloß eine Masche gewesen sein könnte.«

Ich stoße die Luft aus. Harter Tobak. Auf die Idee, jemand könnte sich als depressiv ausgeben, um Frauen ins Bett zu kriegen, wäre ich nicht gekommen. So sexy ist das nicht.

»Viele Frauen an der Uni behaupten, es sei eine Masche«, fährt Carlina fort. »Und womöglich hat sich das bis zu Billy rumgesprochen. Ich weiß, dass das nicht wahr ist, Ceddy. Aber woher soll *sie* es wissen? Woher soll sie wissen, dass das, was zwischen euch war, anders ist als das, womit du die letzten Jahre deine Zeit totgeschlagen hast? Sie kann dir nicht in den Kopf schauen.«

»Schreckliche Vorstellung, sie würde dieses fürchterliche Chaos sehen.« Doch hinter der flapsigen Bemerkung muss ich zugeben, dass Carlina recht hat. Mein Gefühl war genau das: dass Billy in meinen Kopf sieht und das Durcheinander besser durchschaut als ich.

Auch wenn ich gehofft habe, einen konkreten Rat von Carly zu bekommen, sinkt mir dieser mit jedem Atemzug schwerer in die Brust. »Du meinst also, ich sollte …«

»Hingehen und mit ihr reden, ja. Lass dich nicht abwimmeln, sag ihr, was du fühlst.«

Das wird nicht leicht. »Ich kann doch nicht um sie kämpfen, wenn ich nicht ausschließen kann, dass ich schlecht für sie bin.«

Carlina lächelt wieder bloß. Offenbar macht die Ehe sie weich und nachgiebig. Früher hat sie sich gern lautstark mit mir gestritten. »Das wissen wir doch alle nicht. Ceddy, wir werfen uns doch alle Hand in Hand mit jemandem, den wir gernhaben, in tiefes, schwarzes Wasser, ohne eine Ahnung, was am Grund wartet. Das ist für niemanden leicht.«

Diesmal irrt sie sich. Denn ich weiß, was in meinem Fall am Grund wartet.

Ich bestelle noch einen Kaffee, während Carlina auf ihrem Handy herumtippt. »Danke übrigens für den Kaktus«, sagt sie dann unvermittelt.

»Was für ein Kaktus?«

Sie rollt freundlich mit den Augen. »Tu doch nicht so. Ich weiß, dass die Idee mit dem Kaktus als Brautstrauß von dir war.«

Ich gebe mich ahnungslos. »Ich kann mich gar nicht erinnern.«

»Steven hat's mir erzählt. Wir sind jetzt verheiratet, Cedric, wir erzählen uns alles. Auch die peinlichen Dinge. Vor allem die!«

»Das klingt unwiderstehlich. Was erzählt Steven denn noch so Peinliches?«

»Als ob ich gerade dir das sagen würde. Der Punkt ist: Nichts davon wirkt peinlich auf *mich*. Und alles, was er für peinlich hält, berührt mich nur tiefer, weil ich daran sehe, dass er mir vertraut.«

»Dann bist du glücklich?« Ich habe immer meine Zweifel an Steven gehabt, hab ihn nie als gut genug für Carlina empfunden. Aber heute stelle ich diese Frage ohne einen misstrauischen Unterton, ohne die Erwartung, ein zögerliches ›Na ja‹ als Antwort zu bekommen.

Ich freue mich bloß mit ihr, als Carlina »Ja!« erwidert, nicht euphorisch strahlend, sondern eher … mollig warm leuchtend.

Denn egal, ob Carlina mit Steven für immer glücklich sein wird, *in diesem Moment* ist sie es.

Und solange sich weder die Vergangenheit ändern noch die Zukunft vorhersehen lässt, zählt vielleicht nur das.

BILLY

»Letzte Runde für heute«, sage ich mit einem Zwinkern und stelle Tee und Kaffee vor den beiden jungen Frauen am Tisch in der hintersten Ecke des Sweesy ab. Eigentlich hätte ich schon vor Minuten schließen und die Bestellung gar nicht mehr annehmen sollen, aber Jessica musste wegen einer Migräneattacke früher gehen, und allein bin ich bei den vielen Gästen heute ins Schwimmen geraten.

Die beiden sind nun aber die Letzten, und ich hoffe still, dass sie ihre angeregte Unterhaltung nach den Getränken einfach nach draußen verlagern, sodass ich nicht mehr allzu lange bleiben muss. Auf dem Weg zurück zur Theke wische ich über die leeren Tische und rücke die Stühle zurecht. Rasch werfe ich einen Blick zurück zu den Gästen. Sie sind ganz in ihre Unterhaltung versunken und stören sich sicher nicht daran, wenn ich schon mal den Werbeaufsteller von draußen reinhole. Bei der Gelegenheit drehe ich auch gleich das Schild in der Tür von »Hereinspaziert, Zuckerschnäuzchen und Käsemäuse!« auf »Leider geschlossen – kommt bald wieder!« um.

Auf der Straße vor dem Café atme ich durch. Es hat sich in den letzten Stunden ziemlich abgekühlt, und graue Regenwolken schieben sich über das dunkle Blau des Abendhimmels. Einen Moment genieße ich die prickelnd kalte Luft nach den vielen Stunden zwischen Kaffeemaschine, Pfännchen und dem Hitze abstrahlenden Ofen. Als ich das Aufstellschild zusammenklappe und mich umdrehe, um es hineinzutragen, steht plötzlich jemand an der Tür und drückt sie trotz des »Leider geschlossen!«-Schildes mit einer Hand auf.

»Ich mach gerade zu«, sage ich leise.

Cedrics Viertellächeln fährt mir äußerst unerlaubt in die Eingeweide, während er mir die Tür aufhält. »Hi, Billy.«

»Hi. Danke.« Ich verkneife mir weiteren Blickkontakt und wuchte das Schild an ihm vorbei.

»Darf ich reinkommen. Oder … hier warten?«

»Worauf denn?« Auf mich? Ist das jetzt sein Ernst? Ich drehe mich nicht um.

»Ich frag mich die ganze Zeit, ob du den Job bekommen hast«, sagt er. »Hast du nicht wenigstens fünf Minuten?«

Ach, verflucht, Cedric! Ich spüre seinen Blick in meinem Nacken. Er fühlt sich so an wie eine brennende Wunderkerze aussieht.

Es mag sicher nicht gerade vernünftig sein, noch mal mit ihm zu reden. Olivia hat mit ihrem Vortrag über Hormone schon ganz recht. Leider will ich es trotzdem. Reden.

Und noch andere Dinge.

»Ich hab dir was mitgebracht von der Expedition.«

Das macht mich dummerweise auch noch neugierig. »Dann komm halt kurz rein. Du kannst dich an die Theke setzen.«

Das tut er. Außerdem schiebt er einen ovalen Stein von der Größe einer Pfundmünze über den Tisch in meine Richtung. »War in einem unserer Netze vom Meeresboden-Hol. Ich weiß nicht, ob es dir gefällt, und vermutlich kannst du mit dem kleinen Ding nicht mal jemanden im Museum beeindrucken. Aber …«

Der Stein entpuppt sich als Fossil. »Ein Trilobit!« Es ist nichts Ungewöhnliches, was Cedric da gefunden hat, bloß ein versteinertes und hübsch gewelltes Außenskelett eines prähistorischen Gliederfüßlers. Aber zweifelsfrei ist es uralt. »Das ist toll. Diese kleinen Biester haben noch vor den Dinosauriern gelebt, viele im Perm oder Karbon, aber es könnte sogar noch älter sein und aus dem Kambrium stammen. Es gibt im Grunde keine älteren Fossilien als Trilobiten.«

»Wow. Ist es nachher noch wertvoll?«

Sehr. Für mich. Ich hatte eine ansehnliche Fossiliensammlung, doch sicher hat Vater all den staubigen Gesteinskram weggeworfen. Aber das muss Cedric nicht wissen. »Es ist nicht wirklich selten und leider nicht ganz vollständig, daher kann ich das Museum wohl nicht damit ködern, mich zu nehmen, wenn sie dafür den Trilobiten als Zugabe bekommen. Aber er ist sehr hübsch. Hast du gesehen, wie gut man die drei Glieder erkennen kann? Den Kopfschild, den Thorax und den Schwanzschild?«

»Es sieht ehrlich gesagt aus wie eine fette Kakerlake mit Riffelmuster.«

»Kakerlake?« Ich muss lachen. »Herr Meeresbiologe, dieses ehrwürdig ausgestorbene Geschöpf wäre enttäuscht von Ihnen. Es lebte am Meeresgrund. Und warum bin ich so sicher, dass du das alles sehr genau weißt?«

Er zieht eine Unschuldsmiene. »Versteinertes ist nicht mein Fachgebiet.«

»Ich danke dir sehr dafür. Es ist wunderschön.«

Wenn ich nicht aufpasse, halte ich ihm knochentrockene Vorträge über Fossilien, bis er selbst hier versteinert, und wir werden von Muriel erwischt. »Ich brauche noch ein bisschen, um aufzuräumen. Magst du etwas trinken? Die Kaffeemaschine hab ich allerdings schon sauber gemacht.«

»Hast du noch was übrig, das wegmuss?«

Ich mag seinen Pragmatismus. Skeptisch schaue ich in den Kühlschrank unter dem Tresen. Ananassaft und Sahne können wir ab morgen nicht mehr verwenden. »Einen Cocktail vielleicht? Eine halbe Coco Royal?«

»Eine halbe? Alkoholfrei?«

Oh my, dieses Viertellächeln gehört verboten! Ich kann mit zitternden Händen doch keinen Cocktail mixen.

»Alkohol dürfen wir hier gar nicht ausschenken. Eine Halbe bedeutet, dass ich die Hälfte an Zutaten nicht offen und keine Ahnung habe, wie trinkbar der Rest zusammen ist.«

»Wird schon gut gehen. Hauptsache, ich bekomme ein Schirmchen.«

»Schirmchen. Schon klar.« Ich klaube die Packungen aus dem Kühlschrank. »Der Job ist übrigens noch nicht vergeben. Aber ich bin eine Runde weiter. Nächste Woche ist ein zweites Vorstellungsgespräch, und rate, wer noch mal kommen darf.«

»Du musst dir sicher wieder hässliche Schuhe leihen. Aber das ist trotzdem toll.«

Nun ja, wie man es nimmt. Ich habe keine Ahnung, was die jetzt noch von mir wissen wollen könnten. Aber ich bin immerhin nach wie vor im Rennen. Mit grimmiger Zufriedenheit stelle ich fest, dass ich mit zitternden Händen sogar sehr gut Cocktails mixen kann. Eine halbe Coco Colada wird allerdings keinen Preis gewinnen. Doch in einer Schublade finde ich tatsächlich noch ein paar Papierschirmchen – vermutlich Überreste aus dem letzten Jahrtausend, leider zu verblasst, um sie als Vintage zu verkaufen. Cedric bekommt ein Schirmchen in Babyblau in seinen Cocktail.

»Cheers«, flöte ich und verschwinde mit dem Besen in die andere Ecke des Cafés, um mich davon abzuhalten, den Stiel drohend auf Cedric zu richten und zu verlangen, er solle mir sofort sagen, was er eigentlich diesmal will. Eine zweite unverbindliche Nacht wird es nicht geben, so viel steht fest. Dafür war die erste zu schön.

Während ich fege, kommt meinen letzten beiden Gästen offenbar die Erkenntnis, dass sie es nun sehr eilig haben. Ich rechne ab und laufe zurück zum Tresen, um den Kassensturz zu machen, bleibe dann aber verwundert stehen, denn Cedric sitzt nicht mehr auf seinem Barhocker, sondern steht hinter dem Spülbecken und poliert ein soeben frisch gespültes Glas.

»Was wird das?«, frage ich irritiert.

Er nimmt mir das Geschirr der letzten Gäste von Tablett und versenkt es im Seifenschaum. »Ich helf dir schnell.«

»Ah.« Auf sämtlichen Oberflächen hinter dem Tresen schimmert ein feuchter Glanz. »Das musst du nicht. Weißt du selbst. Aber … Danke.«

Es bimmelt, als die beiden jungen Frauen gehen, und mir fällt zum Glück gerade noch rechtzeitig auf, dass ich bewegungslos herumstehe, bevor es peinlich wird. Eilig öffne ich die Kasse und beginne abzurechnen.

Ist mir je zuvor aufgefallen, dass es irgendwie sexy ist, wenn Männer spülen? Er hat sein Hemd bis in die Ellenbeugen hochgeschoben, und ein wenig Schaum rinnt ihm den linken Unterarm herab.

Ich verzähle mich viermal, bis Cedric mit dem Spülen und Abtrocknen der letzten Gläser fertig ist. Er schnappt sich den Lappen und schlendert zu dem Tisch, der eben noch besetzt war, um ihn abzuwischen, und ich starre ihm nach und verpasse die Gelegenheit, das verdammte Geld zu zählen, solange mich seine Nähe nicht vollkommen durcheinanderbringt.

»Ich bringe das Geld in den Safe«, murmle ich, als er zurückkommt, schiebe mich an ihm vorbei und gehe ins Büro, wo ich sicherheitshalber alles noch einmal nachzähle, ehe ich es einschließe und den Safe zudrehe. Muriel kommt immer erst spät am Abend, um das Geld abzuholen und am Bankautomaten einzuzahlen. Bevor ich zurückkehre, werfe ich einen Blick in den Spiegel an der Garderobe und stöhne lautlos auf. Cedric hat sich den perfekten Tag für den Überraschungsangriff ausgesucht. Ich habe mich am Morgen nicht mal geschminkt und am Mittag beim Pancakes-Backen mit Teig bekleckert. Im weiteren Verlauf des Tages ist mein Erscheinungsbild nicht ansehnlicher geworden. Wenigstens kann ich die Schürze ausziehen und mir kurz mit den Fingern durch die Haare kämmen. Als würde das irgendetwas besser machen. Sie riechen nach Frittierfett, aber – oh nein, Cedric Benedict, ich bin nicht verzweifelt genug, um mir deinetwegen Deo in die Haare zu sprühen.

»So«, sage ich etwas atemlos, als ich zum Tresen zurückkomme, wo Cedric wieder wie kunstvoll hindrapiert auf seinem Barhocker sitzt und sparsam lächelt. »Ich wäre dann so weit.«

»Können wir den Song noch laufen lassen?«, fragt er. »Hab ihn ewig nicht gehört.«

Erst jetzt fällt mir ein, dass das Radio noch eingeschaltet ist. Es ist ein Billy-Talent-Song, der ihm offenbar so gut gefällt, und seine Bitte erinnert mich dummerweise daran, dass ich im Auto oft am Ziel noch sitzen bleibe, um ein schönes Lied weiterzuhören und manchmal auch noch um abzuwarten, welches wohl als Nächstes gespielt wird.

So warten wir also das Ende des Songs ab, Cedric am Tresen sitzend in einen Song versunken, ich danebenstehend.

Als das Lied endet, schalte ich das Radio aus und setze mich mit einem Hocker Abstand zwischen uns zu Cedric. »Okay.« Ich atme durch. »Was also machst du hier?«

»Um Entschuldigung bitten«, erwidert er ohne Zögern. »Weil ich ein Idiot war.«

»Ein Arsch.«

»Was?«

»Das hast du so geschrieben. Ein Arsch. Dir selbst gegenüber.«

»Billy.« Er lacht leise, was mich misstrauisch macht, weil es so souverän, so lässig und unbekümmert scheint. »Das war mitten in der Nacht, und ich war angetrunken.«

»Du trinkst doch nicht.«

»Nein, ich *sollte* nicht trinken.«

»Wegen der Medikamente, ich weiß. Sind das … selbstzerstörerische Tendenzen, wenn du es trotzdem tust?« Wäre ich letzte Nacht nicht so müde gewesen, könnte ich mich jetzt besser an das Gespräch mit Livie erinnern. Sie riet ins Blaue hinein, welches Problem Cedric haben könnte, und ihre Annahme kommt der Wahrheit vielleicht näher, als mir lieb ist. Sie sagte: ›Cedric ist womöglich einer dieser Menschen, die sich selbst hassen und verachten und diesen Hass unweigerlich auf alle Menschen ausweiten, die ihnen positive Gefühle entgegenbringen.‹ Und tatsächlich ähnelt das dem, was er selbst über sich gesagt hat.

Er zuckt mit den Schultern. »Ich glaube, es sind Tendenzen von menschlicher Schwäche. Aber bevor du dich sorgst, Billy: Es war nur ein Bier.«

Skeptisch sehe ich ihn an. »Ich sorge mich schon nicht. Aber wenn ein Bier schon reicht, um mir um zwei Uhr morgens rührselige Nachrichten zu schreiben, sollte ich das vielleicht.«

»Ein Bier und eine Cipralex«, korrigiert er. »Und vor allem …«

Und? Vor allem? UND VOR ALLLEM WAS?

Ich gebe mir große Mühe, ihn nichts von dem sehen zu lassen, was in meinem Kopf vorgeht. Vermutlich erinnert mein mühsam beherrschter Gesichtsausdruck an den beim Heimkommen nach meiner allerersten Party. Ich wusste, dass ich weder geraucht noch gekifft oder getrunken hatte. Aber mein Vater kam mir mit prüfendem Blick im Flur entgegen. Und der wusste das nicht.

»Und was?«, frage ich, heldinnenhafterweise ohne zu piepsen oder mich räuspern zu müssen.

Cedric sieht kurz auf seine Hände auf der Tischplatte, dann zurück zu mir. »Ich wollte dir eigentlich schon die ganze Zeit rührselige Nachrichten schicken.«

»Das wäre für mich leichter gewesen.«

Wieder der Blick auf seine Hände. »Ich …«

Ja? Jaaa?

»Ich möchte dich wirklich gern näher kennenlernen, Billy. Ich würd's gern versuchen.«

Mein Herz schlägt nicht schneller, aber überdeutlich in meiner Brust. Ich weiß nicht recht, was ich sagen soll, weil ich das gleichzeitig ebenso will – so sehr –, aber auch fürchte, was alles passieren könnte, wenn der Versuch misslingt.

»Weißt du«, sage ich in ein langes, unbehagliches Schweigen hinein. »Ich hab mir wirklich gewünscht, dass du das sagst. Aber gerade frage ich mich, ob du das morgen immer noch willst. Oder ob ich dann wieder nächtelang an die Decke starre und mich frage, ob du vielleicht Teetrinker bist und meine Nachricht an der Kaffeemaschine nie erhalten hast.«

Cedric sieht mich an, sieht mir direkt ins Gesicht und nickt bloß minimal. »Ich habe deine Nachricht eine Minute, nachdem du gegangen bist, bekommen. Ich war wach. Und ich frage mich seitdem dasselbe.«

Das hatte ich nicht hören wollen. Die Frustration sickert mir wie ein dumpfer Schmerz in den Bauch.

»Ich kann sehr wenig versprechen«, sagt er schlicht. Dem folgt kein Aber. Dem folgt nichts.

Ich habe recherchiert. Auf einem Blog einer betroffenen Künstlerin habe ich einen Comic gefunden, in dem sie zeigt, dass sie in den depressiven Phasen manchmal emotional zu erschöpft ist, um sich selbst wahrzunehmen. Gleichzeitig stehen massenweise Monster um sie herum, zerren an ihr, zerreißen sie regelrecht mit ihren Forderungen, sie solle jedes einzelne von ihnen sehen. Sieh mich – sieh mich – sieh mich! Ich habe die Beklemmung gefühlt. Doch das dritte Bild zeigte, wer diese Monster sind: keine Fremden, keine gierigen Leute mit dreist überzogenen Wünschen an sie. Sie beschreibt sie ein Bild später mit: Mum; Grandpa; meine allerliebste Arbeitskollegin; mein Loverboy, bester Freund und Ehemann; mein süßer kleiner Sohn …

»Fuck!« Nervös fährt Cedric sich durch die Haare. »Das läuft schief. Ich bin eigentlich hier, um Werbung für mich zu machen. Ich kann unwiderstehlich sein, weißt du?« Ein Lächeln für den Bruchteil einer Sekunde macht mich das sofort glauben, doch es verlischt gleich wieder. »Aber ich will dir nichts versprechen, was ich nicht halten kann. In den … Gewittern … bin ich niemand, den der gesunde Teil von mir leiden kann. Nicht ansatzweise.«

»Vielleicht kann *ich* diesen Typen in den Gewittern ja leiden«, überlege ich. »Du bist halt auch nicht das Maß aller Dinge.«

Er lacht. Leise, kaum hörbar, sodass ich gern näher an ihn heranrutschen möchte.

»Vielleicht versuchen wir es erst mal ohne große Erwartungen«, sagt er, als ich in Gedanken schon die Hand nach seiner ausgestreckt habe. Schnell lege ich die Hände ineinander. »Klassisches Kennenlernen. Was unternehmen. Freunde werden.«

»Freunde, ja?« Ich muss lächeln. »Ernsthaft? Du willst es wirklich mal mit Freundschaft versuchen?«

Er senkt den Kopf, versteckt seine Augen hinter den Haaren, die ihm ins Gesicht fallen, aber ich erkenne noch sein Grinsen. »Ich weiß, das ist riskant, und ich hab echt Schiss. Aber die Zeit ist reif für ein Risiko. Und du bist mutig für zwei. Und … du bist es wert.«

Hitze steigt mir in die Wangen. Seine Worte fühlen sich wie das süßeste Kompliment an, das ich seit Langem bekommen habe, und ich weiß jetzt schon, dass mir eine Freundschaft nicht lange reichen wird.

Ich halte ihm meine offene Hand hin, sodass er einschlagen kann. »Also dann. Freunde?«

»Freunde«, sagt er, klatscht seine Handfläche gegen meine und lässt sie nur einen Hauch zu lange dort verweilen. »Und dann schauen wir einfach mal, was du von dem Gewittertypen hältst. Ich an deiner Stelle würde mich fernhalten von dem.«

Es klingt absurd, einen Freund – oder mehr – hängen zu lassen, wenn es ihm schlecht geht. Aber meine Recherche hat ebenfalls ergeben, dass sämtliche Aufheiterungsversuche bei Depressionen meist kontraproduktiv sind, also widerspreche ich nur im Ansatz, indem ich sage: »Vielleicht überraschen wir dich ja, der Gewittertyp und ich.«

Irgendetwas an seinem Blick wird intensiver. Als hätte er gerade irgendetwas an mir zum ersten Mal gesehen und müsse es sich einprägen. »Erwarte nicht zu viel von ihm.« Er zögert, hält mir dann eine unserer Papierservietten eingerollt hin. »Das ist für dich. Ein Geschenk, das du brauchen wirst.«

»Was ist das?« Neugierig rolle ich das Papier auseinander. Mir rutscht das hellblaue Cocktailschirmchen entgegen, mit dem ich ihm eben seinen halben Cocktail dekoriert habe.

Irritiert schaue ich zur Glasfassade, hinter der es tatsächlich zu regnen begonnen hat. »Danke. Woher wusstest du, dass ich keinen Schirm dabeihabe?«

»Der Schirm«, sagt er leise und umfasst mit zwei Fingern direkt über meinen den zahnstocherkleinen Stiel, »kommt nicht bei Regen zum Einsatz.«

»Bei Gewitter?«, rate ich.

Cedric nickt. »Man sieht sie nicht. Ich würde dir einfach gern irgendwie signalisieren, dass du auf dich aufpassen musst, wenn es so weit ist.«

Du könntest es mir einfach sagen, denke ich.

»Ich könnte es dir einfach sagen«, sagt Cedric, »aber manchmal ist selbst das zu viel, und jedes Wort der Erklärung führt dazu, dass ich mich noch mieser fühle.«

Ich schlucke. »Ich verstehe.«

»Nein, tust du nicht.«

»Nein, tu ich vermutlich wirklich nicht. Aber ich werde mir Mühe geben zu verstehen.« Ich nehme ihm das fragile kleine Schirmchen vorsichtig aus den Fingern und klappe es erst auf und dann wieder zu. »Ich pass auf, dass ich nicht nass werde, wenn's regnet. Und ich versprech dir was: Wenn es der Gewittertyp mit Blitzen, Donnern und Sturm zu sehr übertreibt, hau ich ihm den Schirm über die Rübe.«

CEDRIC

»Aber jetzt«, sagt Billy und rutscht endlich einen Barhocker auf, sodass sie nun neben mir sitzt und wir uns nicht mehr über den zwischen uns stehenden Stuhl lehnen müssen, »erzähl mir von der Forschungsreise. Habt ihr viele Klieschen gezählt?«

»Tonnenweise!« Ich ziehe mein iPhone aus der Tasche und klicke mich zu den Fotos durch. Sie hat keine Ahnung, dass ich die allermeisten für sie gemacht habe. Wem sonst sollte ich Fische über Fische zeigen? Emily hat sich natürlich die Walbilder angesehen, war allerdings enttäuscht, weil Wale nicht besonders beeindruckend aussehen, wenn sie in zwanzig Metern Entfernung träge unter der Wasseroberfläche hergleiten. Einen sich elegant aus dem Wasser hebenden Orca bräuchte es schon, um meine kleine Schwester zu erfreuen. Das machen die leider selten auf Kommando.

Billy rückt näher und betrachtet die Fotos. Das Schiff im Hafen, zwei Hunde, die ständig auf den Docks herumlungern, die Mannschaft, Kapitänin Janneke, die von der Brücke aus noch Pokémons in ihrem Handy sammelt. Dr. Gerald in einem der wenigen Momente, wo sie mal was zu lachen gefunden hat. (Ich glaube, es war der Tag, an dem ich über die Reling gekotzt habe.) Dann die Fische. Große Fische, kleine Fische, muntere Fische, kranke Fische. Sogar ein paar tote Fische habe ich abgelichtet. Billy verharrt bei den Fotos, sieht genau hin, hört sich an, was ich ihr erzähle, und hakt nach. Sie fragt mir Löcher zwischen das Kribbeln in meinem Bauch. Alles will sie wissen. Wie man schläft in der kleinen Koje auf einem schwankenden Schiff, ob man eher das Meer riecht oder die Fische auf den Sortierbändern, ob man einige der Forschungsobjekte zum Abendessen in die Pfanne haut.

Ich muss lachen. »Das dürfen wir keinesfalls. Wir hatten Fischstäbchen in der Tiefkühltruhe, glaube aber nicht, dass die jemand gegessen hat. Irgendwann hast du die Fische über.«

Billy grinst, wischt ein Bild weiter, und mit ihren Augen weitet sich gleichzeitig etwas in meiner Brust. Sie ist bei den Rochen angelangt. Bei Jason Momoa – Aoife hat unseren ersten Glattrochen so genannt, weil sie ihn so schön und beeindruckend wie Aquaman fand. Selbst in dem kleinen Untersuchungsbecken sieht er majestätisch aus. Langsam wechselt Billy von Aufnahme zu Aufnahme, sieht uns über die Fotos zu, wie wir ihn vermessen, wiegen und untersuchen, und blickt ihm dann ins Gesicht, das er meiner Kamera gezeigt hat, direkt in seine überraschend ausdrucksstarken Augen.

»Uff«, sagt sie leise. »Ich wusste nicht, dass sie so klug aussehen. Unheimlich, aber fast weise. Wie Geister oder Dämonen – aber keine bösen.«

Die Dinge, die sie wahrnimmt, bewegen etwas in mir. Unweigerlich rücke ich ein wenig näher. »Auf dem Meer hat man das Gefühl, man wäre ahnungslos und klein. Ein Nichts. Aber diese Fische … die wissen alles über das Leben dort. Manchmal geben sie ein bisschen dieses Wissens an uns ab. Man fühlt sich wie ein Verbrecher, wenn man sie einsperrt. Wir mussten uns immer wieder daran erinnern, dass wir das tun, um sie und ihren Lebensraum besser schützen zu können.«

Die nächsten paar Bilder hat Aoife geschossen. Ich nehme auf ihnen vorsichtig Abstriche von Jason Momoas Haut, füttere ihn mit einer Scholle und reibe mit der Handfläche über seinen Rücken.

»Wie fühlt sich das an?«, erkundigt sich Billy fasziniert. Sie reibt die Fingerspitzen ihrer freien Hand aneinander, als wolle sie es selbst spüren.

»Glatt, aber weniger glitschig, als man denkt. Weich und fest zugleich – am ehesten wie ein lebendiger Pilz. Klingt das eklig? Sie sind nicht eklig! Man spürt die Muskeln unter der Haut, wenn sie die Flossen bewegen. Manche, wie dieser Kerl hier, mögen es total, angefasst zu werden. Sie positionieren sich, wie sie es gern hätten, und reiben sich an deiner Hand wie Katzen.«

Ich lehne mich noch ein wenig weiter zu ihr und wische auf dem Display zwei unspektakuläre Bilder von mir bei der Arbeit beiseite. Ihr Gesicht ist sehr nah, und ohne hinzusehen, spüre ich ihren Blick auf meinem Mund.

»Das musst du sehen.« Dass meine Stimme ein wenig belegt klingt, erklärt sich durch das bewegende Video, das ich nun starte (okay, und durch den Duft ihrer Haare). Ich vergrößere den Abstand zwischen uns wieder ein bisschen. Nur zur Sicherheit. Anderenfalls wird diese Freundschaft nämlich nicht sehr lange halten.

Billy konzentriert sich auf das Video, in dem zwei Mitglieder der Mannschaft Jason Momoa auf einer Nassdecke von seinem Becken in die Schleuse hieven, in der er nicht annähernd genug Platz hat, um seine flügelartigen Brustflossen auszubreiten. Leise sirrend schließt sie sich über seinem grau schimmernden Körper, im Hintergrund sagt Aoife leise: »Mach's gut, Jason. Vergiss uns schnell!«

Die Bildqualität leidet, als ich vortrete, weil ich durch das Bullauge filmen muss und der Wellengang das Wasser aufgetrieben hat. Trotzdem erkennt man, wie der Sechzig-Kilo-Glattrochen nach der langen Enge erleichtert seine Brustflossen zu ihrer ganzen Spannweite ausstreckt. Sekundenlang schwebt er so im Wasser. Man meint zu sehen, wie er als einzige Bewegung tief und erleichtert durchatmet, dankbar, dass er endlich wieder frei ist und sein Meer zurückhat. Dann schlägt er wellenartig mit den Flossen, und das Meer umschließt ihn mit der gleichen Dankbarkeit. Er fliegt regelrecht durchs Wasser, der hellen Oberfläche entgegen, wo er eins wird mit dem lichtdurchfluteten Blau.

»Wow«, sagt Billy leise. »Ich glaube, den Job, den ihr da gemacht habt, könnte ich gar nicht.«

»Warum das nicht? Es ist nicht weiter schwer, wenn man weiß, was man tun muss.«

»Weil das wirklich bewegend ist!« Sie blinzelt ein paarmal, ihre dunklen Augen glänzen. »Ich würde mich lächerlich machen, weil ich ständig heulen müsste.«

Ich lache zwar, aber es ist eher Wärme, die sich in mir ausbreitet, als Erheiterung. »Ich verrate dir ein Geheimnis: Auf einem Forschungsschiff spottet keiner über Tränen. Wer bei seinem ersten Rochen, Hai oder Wal nicht wenigstens ein bisschen heult, ist auf dem Meer falsch.«

»Was auch immer du vorher studiert hast«, sagt Billy, »es kann nur richtig gewesen sein, abzubrechen und stattdessen Meeresbiologie zu studieren. Das ist genau dein Ding, oder?«

Ich stutze. Normalerweise weiche ich dieser Frage aus oder relativiere. Sage: ›Es macht nicht immer Spaß‹, ›Zeitweise ist es zahlenlastig und trocken‹ oder ›Mal sehen, wie weit ich überhaupt mit dem Studium komme (wenn ich nie zu den Vorlesungen gehe).‹ Doch nun, da Billys Einschätzung mich trifft, bemerke ich, dass sich seit der Expedition etwas verändert hat. Ich zweifle nicht mehr. Seitdem ich die Tage mit der Arbeit und die Nächte mit mir allein zwischen Himmels- und Meerestiefen verbracht habe, weiß ich, was ich will.

»Ich möchte meine Abschlussarbeit über Rochen schreiben«, verrate ich Billy. Bisher war das nicht mehr als ein Gedankenspiel. »Vielleicht kombiniert mit einem Artenschutzprojekt.«

Sie lächelt, aber ihre Augen wirken von etwas überschattet. »Das klingt beneidenswert. Wie ein Ziel. Ein sinnvolles, das irgendwohin führt und das man auch erreichen kann.«

»Hey. Du hast auch ein Ziel, schon vergessen? Dein zweites Vorstellungsgespräch im Museum?«

Sie wirft noch einen letzten Blick auf das Standbild des Videos von Jason Momoas Freilassung und reicht mir dann mit gesenktem Kopf das Telefon zurück. »Ich habe so viele Absagen kassiert, dass es mir vorkommt, als würde ich ohnehin nur einem Hirngespinst nachjagen. Warum sollte es dieses Mal klappen?«

»Warum nicht? Und wenn es nicht klappt, dann eben beim nächsten oder übernächsten Mal. Vielleicht hat es ja einen guten Grund, dass es bisher immer schiefgegangen ist.« Meine Hand findet sich recht unvermittelt unter ihrem Kinn, um es behutsam etwas anzuheben. »Du wärst nicht hergekommen, wenn es in Dublin oder Edinburgh geklappt hätte. Das wäre schade.«

Sie hebt ebenfalls die Hand, schließt die Finger um mein Handgelenk. Zuerst denke ich, sie will mich wegschieben. Vielleicht bin ich ihr zu nahe. Zu viel Kontakt. Aber dann bewegt sie sich nicht, umfasst einfach nur mein Handgelenk, und ich frage mich, ob nicht das Gegenteil der Fall ist und der Kontakt zu wenig ist.

»Zweckoptimist, ja?«, spottet sie liebevoll.

»M-hm.«

Vorsichtig, Zentimeter für Zentimeter, neige ich mich zu ihr. Streife ihren Hals. An meinem Zeigefinger schlägt ihr Puls, und in meinen Atemwegen kribbelt ihr Geruch. »Vielleicht solltest du hier sein.«

Sie neigt den Kopf. Meine Fingerspitzen berühren ihre Ohrmuschel und gleiten zwischen ihre Haare. Ganz langsam schließt sie die Augen.

»Cedric. Ich fürchte … das mit dem Freundesein funktioniert so nicht.«

»Mist«, flüstere ich und höre ein unsichtbares Lächeln in meiner eigenen Stimme. »Mir fehlt die Übung. Ich konnte wohl nur scheitern.«

Ich weiß nicht, ob sie sich zu mir lehnt oder ich zu ihr. Meine Lippen berühren ihre Stirn, und ihre Nase streift meinen Hals. Ihr Atem kitzelt meine Kehle, als sie sagt: »Hat immerhin wie lange gehalten, unsere Freundschaft? Zehn Minuten?«

»Mindestens fünfzehn, wenn nicht sogar zwanzig. Gar nicht so schlecht für den ersten Versuch nach so langer Zeit, oder?«

Ihre Hand streicht über meine Brust. »Hoffe, *das hier*, was immer das auch wird, hält etwas länger.«

»Keine Angst«, erwidere ich. Und sie muss tatsächlich keine haben. Weil ich nämlich genug für uns beide habe. »Hab einfach keine Angst. Ich pass gut auf, auf … *das hier*. Was immer es auch ist.«

Sie hebt den Kopf, und ich senke meinen und – fuck – wie lange kann man sich ansehen, den Blick verwirrt zwischen den Augen und den Lippen? Die Lippen unschlüssig, ob sie sich zum Küssen oder Lächeln öffnen? Das Lächeln … irgendwie verloren zwischen Hochgefühl und nackter Panik? Und ja, das hier fühlt sich an wie eine heranrollende Panikattacke, ist aber vermutlich das Gegenteil, egal, wohin der Puls rast und wie hart das Herz schlägt.

Als ich schließlich meinen Mund auf ihren senke und nach einem kurzen Moment des Tastens, des Schmeckens, meine Zungenspitze ihre findet, leuchtet grell und hell und heiß eine Vorahnung in mir auf, was wohl passieren wird, wenn ich erst in ihr …

In diesem Moment wird mit hysterischem Gebimmel die Tür aufgestoßen und eine tiefe Frauenstimme dröhnt durchs Café.

»Was ist denn hier bitte los?!«

CEDRIC

Billy macht einen Satz zurück und landet wie durch ein Wunder auf den Füßen. »Oh, nein. Muriel, tut mir leid! Wir haben ... Ich meine, ich habe ... Es ist etwas später geworden, weil noch Gäste da waren, und ich ...«

Sie ist so erschrocken, dass ich mich am liebsten schützend vor sie stellen möchte. Skeptisch mustere ich diese Muriel – offenbar ihre Chefin, die mit hochgezogenen Brauen und einer in die Hüfte gestemmten Hand vor uns steht. Wüsste ich es nicht besser, ich würde denken, Amy Winehouse sei aus dem Jenseits zurückgekehrt. Wobei sie dort älter geworden ist und ihre Frisur und ihr Make-up bei der Amy-Himmelfahrt offenbar gelitten haben, denn der vormals hochtoupierte Zopf ist durch Wind und Regen in sich zusammengefallen, die Schminke leicht verlaufen. Immerhin liegt so was wie der Ansatz eines Grinsens in ihren Mundwinkeln verborgen, was Billy offenbar nicht bemerkt. Sie scheint wirklich Respekt vor ihrer Chefin zu haben.

»Das war meine Schuld«, erkläre ich schlicht. »Ich wollte Billy abholen, es begann zu regnen, ich hatte keinen Schirm bei mir, und dann müssen wir uns ... verquatscht haben. Sagen Sie«, ich kneife die Augen ein wenig zusammen, »sind Sie mit Amy Winehouse verwandt?

Sie sehen ihr unheimlich ähnlich. Bevor die Arme so abstürzte, natürlich.«

»Ja, *natürlich*«, wiederholt die Auferstandene. »Aber nicht, dass ich wüsste, nein. Und bevor du fragst, ich werde auch nicht singen!« Ihr unbeeindruckter Blick trifft Billy. »Ist denn wenigstens alles fertig hier?«

»Ja!«, ruft Billy mit zu hoher Stimme und greift nach ihrem Rucksack, der hinter der Theke liegt. »Alles ist sauber, abgerechnet und die neuen Bestellungen habe ich auch schon notiert. Das Geld ist im Safe. Wir haben uns wirklich nur … verquatscht.«

Die Chefin verdreht die Augen. »Na, dann nehmt euch mal ein Zimmer zum Weiterquatschen. Und ab morgen: Keine Gäste, Freunde oder sonstigen Besucher mehr nach Ladenschluss. *Niemand*, der nicht zahlt. Verstanden?«

»Sicher, Muriel. Tut mir leid.«

»Ja, ganz sicher tut es das. Schönen Abend euch beiden.«

Wir verlassen das Café, und die Chefin schließt ab, während wir uns unter der Markise vor dem Regen schützen.

»Sie muss dich mögen«, meint Billy, vergewissert sich, dass die Chefin nicht mehr hinter der Scheibe steht, und erlaubt sich dann ein Grinsen. »Normalerweise ist sie mega pissig, wenn man eine ihrer heiligen Regeln bricht. Das gerade war für ihre Verhältnisse richtig nett.«

»Taucht Elvis hier auch gelegentlich auf?«, erkundige ich mich. »Oder Avicii?«

Sie knufft mich in die Seite. »Was machen wir jetzt?«

»Was hättest du gemacht, wenn ich nicht aufgetaucht wäre?«

»Wer sagt, dass ich irgendwas gemacht hätte?«

Ich deute auf ihren Rucksack, dem man ein gewisses Gewicht anmerkt und in dessen Seitenfach eine randvolle Wasserflasche klemmt.

»Und dahin willst du wirklich mit?« Ihr Blick gleitet an mir herab, über das schwarze T-Shirt, das Hemd darüber und die halblange graue Hose.

»Underdressed?«, frage ich.

»Nein, nahezu perfekt. Aber ich warne dich vor. Du wirst schweißgebadet und voller Staub sein, wenn ich mit dir fertig bin.«

»Wow.«

»Und morgen früh spürst du deine Fingerspitzen nicht mehr.«

»Ah. Wir machen einen Schreibmaschinen-Extrem-Kurs im Dreck?«

Sie nimmt mich an der Hand und zieht mich in den Regen in Richtung ihres verbeulten Autos.

»Jetzt lachst du noch, Cedric. Gleich nicht mehr.«

BILLY

Cedric hat wirklich keine Ahnung, wohin wir fahren. Ich parke direkt vor dem langen, zweigeschossigen Flachbetongebäude, und er betrachtet interessiert den alten Wasserturm über dem Eingang – der letzte Hinweis darauf, dass hier vor hundert Jahren eine Fabrik stand. Heute strahlt goldenes Licht aus den Fensterfronten.

Wir gehen hinein, durchqueren die Eingangshalle mit ihren vielen Säulen und biegen in einen Flur ein, der zum Kassentresen führt, wo sich ein Bistro befindet, an dessen Tischen ein paar Leute sitzen. Cedric sieht sich neugierig um, aber von hier aus kann man noch nicht erkennen, was sich im Inneren der Halle befindet.

»Hi, Kieran«, begrüße ich den Mitarbeiter an der Kasse und scanne meine Mitgliedskarte. »Wir brauchen ein Ticket für Cedric. Und einmal Leihschuhe und Chalk, bitte.« Damit wende ich mich an Cedric, der nun eine leise Ahnung bekommen dürfte, worauf er sich eingelassen hat. »Wir treffen uns drinnen. Es ist vielleicht albern, vor dem Sport zu duschen, aber …«

»Aber?«

»Scones, Käse und Bacon«, erkläre ich vielsagend und verschwinde in der Damenumkleide, das »Lecker«, das er mir nachwirft, geflissentlich ignorierend.

Frisch geduscht und die feuchten Haare zu einem Knoten zusammengekordelt, laufe ich wenig später in die Halle. Wo mag Cedric sein? Kurz überkommt mich der Zweifel, ob es eine gute Idee war, mit ihm herzukommen. Wir sind immerhin keine Freunde mehr, sondern seit gut einer halben Stunde *etwas anderes*. Die Musik in der Boulderhalle ist heute Abend ziemlich laut – wie immer, wenn Kieran an der Anlage steht –, sodass man sich bei Unterhaltungen fast anschreien muss, und die Geruchsmischung aus Magnesium, Gummimatten und Schweiß singt nicht gerade von Romantik.

Aber schließlich entdecke ich Cedric: Er hängt auf zwei Metern Höhe in einer der anspruchsvolleren Anfängerwände und stellt sich gar nicht mal so schlecht an. Seine Technik ist nicht besonders gut, aber er gleicht dieses Defizit durch Kraft aus – in den einfachen Wänden geht das. Einen Moment hoffe ich, dass er mich nicht gleich entdeckt und ich noch ein wenig dabei zusehen kann, wie sich die Sehnen an seinen Unterarmen und die Rückenmuskeln unter dem schwarzen Shirt bewegen. Vielleicht beschränke ich mich heute aufs Zusehen.

»Sorry, Billy.« Jolie tritt neben mich. Sie gehört zum Inventar der Halle, es vergeht kaum ein Abend, an dem sie nicht hier ist. Dementsprechend drahtig sind ihre Muskeln definiert, ihre ein Meter sechzig sind pure, schlanke Kraft. Selbst ihre hellblonden Haare trägt sie passend zu ihrem liebsten Hobby praktisch kurz geschnitten, damit keine Strähne eine Chance hat, ihre gekonnt platzierten Griffe zu stören. »Aber den hab ich zuerst gesehen.«

Amüsiert sehe ich sie an. »Wer bist du denn, und warum siehst du aus wie meine Freundin Jolie?«

Seit einem halben Jahr versucht Jolie, einen Kerl für mich zu finden; jeden Neuen im halbwegs passenden Alter will sie mir schmackhaft machen, weil sie meint, ich sei nicht der Typ für ein Singleleben. Es fällt ihr nie schwer, Kontakt zu völlig Fremden herzustellen, und meist sind die Jungs, die sie mit mir zusammen an den Bistrotischen arrangiert, auch wirklich nett. Aber mehr eben auch nicht.

Sie grinst mich an. »Ich bin ursprünglich nur aus einem einzigen Grund hergekommen. Weil man hier sexy Typen kennenlernt. Seit Jahren warte ich auf ihn: Hübsch wie nichts Gutes – aber kein Poser.«

»Ja, leider«, seufze ich. »Wirklich sehr schade.« Die Poser klettern mit nacktem Oberkörper, auch heute sind eine Menge Männer offenbar nur zu dem Zweck gekommen, ihre Bizepse sowie Trapez- und Latissimus-Muskeln zu präsentieren.

»Und nicht besonders geübt. Also kein Mansplainer, der dir erklären will, wie du deinen Arsch die Wand hochbekommst.«

»Das machen die doch nie an ihrem eigenen Können fest, oder?«

»Auch wieder wahr.« Jolie leckt sich über die Lippen. »Aber dem kann frau noch was beibringen. Ich liebe es, wenn sie von mir lernen.«

»Du musst jetzt sehr tapfer sein«, sage ich. »Das ist Cedric. Und er ist mit mir hier.«

»Verdammt.« Ihr Grinsen färbt das Wort mit Freude. »Dein Freund?«

Meine Wangen werden warm. »So was in der Art, ja.«

»Seit wann das?«

»Seit nicht mal einer Stunde.«

Sie lacht laut auf.

»Vorher waren wir Freunde. Das hielt eine Viertelstunde.«

»Verstehe. Das muss eine harte Viertelstunde gewesen sein. Ich meine, schau dir diesen …«

In dem Moment springt Cedric nur halb freiwillig aus der Wand und landet einen Meter neben uns auf der Matte. Er lächelt mich an – sehr breit, sehr ehrlich –, und all meine Zweifel schmelzen. »Tolle Idee. Das hab ich seit Jahren nicht gemacht.«

»Das ist Jolie«, stelle ich meine Kletterfreundin vor. »Jolie – Cedric.

Und ich hatte ehrlich gesagt gehofft, du wärst noch *nie* gebouldert. Dann hätte ich etwas effektiver mit meinem Können angeben können.«

»Da musst du härtere Geschütze auffahren, schätze ich.« Jolie mustert Cedric mit schräg gelegtem Kopf. »Vielleicht Standardtanz oder so.«

»Kann ich«, erwidert Cedric ungerührt. »Tanzen hab ich zwar nicht zwingend freiwillig gelernt, aber schlecht bin ich deshalb nicht.«

Das hatte ich erwartet. Wer als Kind einer klassischen Sängerin aufwächst, muss wohl tanzen lernen.

»Skifahren?«, rät Jolie.

»Ich bevorzuge Snowboard, aber zur Not gehen auch Ski.«

»Dudelsackspielen«, werfe ich ein. Meine Erfahrung beschränkt sich auf einen Wochenend-Schnupperkurs, den ich mit Olivia belegt habe, aber immerhin bin ich ein Naturtalent, denn ich bekam am Ende des Kurses tatsächlich einen ersten Ton aus dem alten Sack – und zwar als Einzige.

Cedric hebt beinah entschuldigend die Hände. »Schottischer Großvater. Mein *Bonnie Gallowa'* ist ganz passabel.«

»Verdammt!« Jolie verschränkt die Arme. »Surfen kannst du auch, jede Wette. Fechten, Bogenschießen, Rugby …«

»Moment«, falle ich ihr lachend ins Wort. »Ich wollte ihn doch übertrumpfen und beeindrucken, aber das kann ich alles selbst nicht.«

»Ich hab's!«, ruft Jolie und hält mir eine Hand zum Einschlagen hoch. »Polo!«

Cedric gibt ein Knurren von sich. »Bei Pferden bin ich raus.«

Ich schlage bei Jolie ein. »Okay, das Angeber-Date steht fest. Wir gehen Polo spielen. Ich weiß noch nicht, wo ich Pferde herbekomme, aber daran soll es nicht scheitern. Ich werde dich beeindrucken, Cedric Benedict.«

»Vielleicht gehen wir dazu auch einfach mal an die Wand?«, schlägt Jolie vor.

Cedric tritt zur Seite, um uns den Weg frei zu machen, aber Jolie lächelt nur mitleidig. »Geh du mal da hoch, Frischling. Billy und ich geben uns nicht ab mit Kinderwänden.« Sie deutet zu den Bouldern, in denen die rar gesäten kleinen Griffe aussehen wie abgenutzt und nicht ersetzt und wo es Überhänge, Ecken und Kanten gibt. »Da hinten klettern die großen Mädchen. Du darfst zuschauen. Und lernen.«

Cedric hebt eine Braue. Und ich denke, dass ich ihn heute sehr wohl noch ein bisschen beeindrucken kann.

Eine gute Stunde später hängt Cedric noch in einer Wand und müht sich konzentriert damit ab, einer Farbroute zu folgen.

Jolie und ich setzen uns schwer atmend von unserem letzten Boulder auf den Rand einer Matte und beobachten ein paar Cracks, die aus jedem Move eine kleine Darstellung machen, indem sie sich wie in Zeitlupe bewegen oder ihre Füße unnötigerweise baumeln lassen. Mein Nacken ist schweißfeucht, und in meinem Rücken zieht es angenehm. Ich bin eine der anspruchsvollen Routen so gut geklettert wie lange nicht mehr und fühle mich trotz des drohenden Muskelkaters zutiefst zufrieden.

Jolie dehnt ihre Schultern. Dann rückt sie dicht neben mich, um die Stimme trotz der lauten elektronischen Musik nicht heben zu müssen. »Wie war eigentlich das Treffen mit deinem Vater?«

Neben Olivia ist Jolie die Einzige, mit der ich über das zerrüttete Verhältnis zu ihm gesprochen habe. Anfangs habe ich mich in meiner Wut und in meinem fehlgeleiteten Drang, etwas Dummes zu tun, nur beim Klettern abregen können. Wenn jeder Muskel in meinem Körper funktionieren musste und ich das Gefühl hatte, alles im Griff und unter Kontrolle zu haben, vergaß ich die Dinge, die so schwer zu kontrollieren sind. Einige Male hing ich in den Wänden, bis alles an mir zitterte, und einmal begann ich einfach zu weinen und konnte nicht mehr aufhören.

In diesen Momenten war Jolie für mich da.

Hat sich ohne ein Wort dicht neben mich gesetzt und mich von den Blicken der anderen abgeschirmt, bis mein Körper zu schluchzen aufhörte. Sie hatte mit mir geschwiegen, solange ich nicht reden konnte. Danach stellte sie ihre Fragen und hörte mir zu. Sie weiß beinah alles.

Wir haben uns bisher kein einziges Mal außerhalb der Kletterhalle getroffen, und doch ist sie gleich nach Olivia meine beste Freundin.

Ich sinke ein wenig in mich zusammen. »Es gab kein Treffen.«

»Bist du denn nicht …?«

»Doch. Ich bin nach London gefahren. In seine Kanzlei. Aber er … Na ja. Er war nicht da.«

»Ach, Billy. Tut mir leid.«

Ich zucke mit den Schultern, erinnere mich im Stillen daran, dass es besser so ist. »Hauptsache ist, dass ich meine Uni-Unterlagen jetzt habe. Mein Vater war so nett, meinen Ex zu bitten, sie mir zu geben. Den Ex, den ich habe sitzen lassen, du erinnerst dich.«

»Gott, wie sensibel«, höhnt Jolie. »Was für ein Arsch.«

Ich schnaube. »Ich hab es vermutlich nicht anders verdient. Immerhin bin ich unfassbar blöd und lerne einfach nicht dazu. Ich hab ihn danach nämlich noch angerufen, um mich zu bedanken, dass er mir die Unterlagen rausgesucht hat.«

»Oh. Und?«

»Er hat mich abgefertigt wie eine Klientin. Eine von denen, die kein Geld bringen und für die man keine Minute zu viel Zeit verschwendet. ›Keine Ursache, Sybil, so viel Aufwand war es nicht‹«, imitiere ich die Stimme meines Vaters und lasse sie bewusst noch etwas versnobter klingen. »›Ich muss mich jetzt meiner Arbeit widmen.‹ Was will der mir denn erzählen? Arbeit? Ich hab um halb zehn am Abend angerufen.«

»Vögelt er sie, diese Arbeit?«, fragt Jolie trocken.

»Nein, er wollte mich einfach abwimmeln.« Und ich ärgere mich so fürchterlich über mich selbst, weil mir das nach all dem, was zwischen uns passiert ist, immer noch wehtut. Ein Kloß bildet sich in meiner Kehle, und ich muss mehrmals schlucken. »Ich weiß einfach nicht mehr, was das Richtige ist. Die ganze Zeit dachte ich, der Kontaktabbruch sei es.«

Jolie umfasst meine Hand. Sie ist kein besonders körperlicher Typ, wenn sie Nähe sucht, muss sie es ernst meinen. »Das war es auch. Dass er immer noch so frostig zu dir ist, beweist das doch.«

Ich verschränke die Arme über den Knien und lege die Stirn darauf. »Ich hatte gehofft, dass es besser werden würde. Dass wir uns irgendwann aussprechen können und er akzeptiert, dass ich weg bin, ohne mich dafür zu hassen.«

»Er hasst dich sicher nicht.«

»Er bestraft mich. Immer noch.«

»Das liegt aber an ihm, nicht an dir«, sagt Jolie. »Du hast nichts falsch gemacht. Er ist stur und verbohrt, du darfst dein Glück nicht davon abhängig machen, ob er irgendwann mal vernünftig wird.«

Sie hat recht. Und doch habe ich diese gefühlte Schlinge um den Hals, die mich zwar überleben, aber nie völlig frei atmen lässt. Sie ist da, auch wenn niemand sie sieht.

»Tut mir leid, dass ich es angesprochen habe«, sagt Jolie zerknirscht. »Eben warst du so glücklich und jetzt … Ich hätte einfach nicht fragen sollen. Nicht heute.«

Ich sehe auf und zwinge mich zu lächeln. »Schon gut, das war nur ein kleiner Durchhänger. Ich freu mich, dass du daran gedacht hast.«

»Reden wir über was anderes. Über etwas Schönes! Wo ist denn dein Zuckerschnäuzchen?«

»Zucker-was-bitte?« Zu lachen fällt mir noch ein wenig schwer, aber das hört man kaum. »Sag das bloß nicht, wenn er es hört.«

Cedric hängt tatsächlich gar nicht mehr in seiner Wand. Als ich mich umsehe, entdecke ich ihn bei der Kasse, von wo er gerade mit drei Wasserflaschen zurückkommt. Jolie und ich nehmen ihm zwei ab und bedanken uns.

»Heute bekommst du den Drehverschluss noch auf«, erklärt Jolie wissend. »Versuch's mal morgen früh. Da hast du Muskelkater und Krämpfe bis in die Fingerspitzen. Du bist hoffentlich nicht zufällig Chirurg?«

Cedric lacht, lässt sich neben mir auf die Matte sinken, legt den Arm um mich und hakt die Finger in meinen Hosenbund. »Ich operiere nichts, was noch zuckt«, erklärt er. Dann zieht er mich etwas näher an sich, und kaum vernehmbar höre ich ein ganz leises: »Alles okay, Billy?«

Ich lehne mich an seine Seite, schmiege die Wange an seine Schulter und versuche, mir all dessen bewusst zu werden, was ich in diesem Moment fühle.

Sein Herzschlag, seine Wärme, der frische Schweiß in seinem T-Shirt und der Hauch von Orangen und dunkler Schokolade darunter, den seine Haut verströmt. Meine nach der Anstrengung erhitzten Muskeln. Das Ziehen in meinem Unterbauch, weil ich schon wieder mehr spüren will. Mehr von Cedric. Seine Nähe, die jetzt schon tiefer geht, als dass er mir nur körperlich nahekommt. Meine Traurigkeit und die Gewissheit, dass er sie spürt. Es fühlt sich so tröstlich an, dass da jemand ist, der sofort wahrnimmt, dass eben nicht alles okay ist. Ich hoffe, ich kann ihm dieses Gefühl zurückgeben, wenn er es braucht.

Ich fühle Sicherheit, jemanden gefunden zu haben, mit dem ich teilen kann, was uns auf der Seele liegt. Mein Glück, weil er da ist, und meine Sorge, er könnte es nicht immer sein.

Ich spüre Hoffnung. Hoffnung, er könnte der sein, dem ich alles erzähle. Nicht nur die Geschichte, warum ich aus London fortgegangen bin und mit meinem Vater gebrochen habe. Sondern auch die Hässlichkeiten, die erst dazu geführt haben. Meine Fehler, die alles zerstört haben: meine Familie, meine Vergangenheit, um ein Haar auch mich. Das, was ich überwunden und hinter mir gelassen, begraben und beinah vergessen habe. Cedric würde es vielleicht verstehen. Womöglich wage ich es irgendwann.

Es ist Hoffnung, die dieser Gedanke in mir wachruft. Warme Hoffnung. Keine heiß-kalte Angst mehr.

»Nein«, sage ich leise. »Nicht alles. Aber es ist gut so, wie es jetzt ist.

BILLY

Eine gute Stunde später treten Cedric und ich aus der Halle in den spätabendlichen Nieselregen. Ich lege den Kopf in den Nacken und genieße die nebelfeinen Tröpfchen im Gesicht. Die aus den Fenstern fallenden Lichter malen unsere Schatten lang und verwischt auf den nassen Asphalt wie zwei hochgewachsene Aquarellfiguren.

Wir waren nicht duschen, weil Cedric weder Handtuch noch Wechselsachen dabeihat, und ich frage mich, ob es wohl zu früh ist, dies gemeinsam bei einem von uns zu Hause zu tun.

»Danke, dass du mich mitgenommen hast«, murmelt Cedric mir ins Ohr. »Es hat Spaß gemacht und … war sehr schön.« Die letzten drei Worte haben einen verheißungsvollen Unterton. Seine Hand gleitet meinen Rücken hinab und über meinen Po.

Wie auf ein Zeichen dränge ich mich an seine Brust. Zwei Stunden dabei zuzusehen, wie seine Muskeln unter dem T-Shirt arbeiten und der Stoff langsam auf seiner Haut festklebt, bis sich auch die kleinste Regung darunter abzeichnet, war ein Geduldsspiel. Jetzt, da wir allein sind, erklärt meine Beherrschung ihren Arbeitstag für beendet und lässt mich allein mit diesem bildschönen Mann. Unsere Lippen finden sich sofort, und jede Sekunde, die wir uns küssen, bewirkt, dass ich die Vorstellung, damit aufzuhören, weniger ertragen kann. Der Kuss kribbelt in meinem Mund, er kitzelt in meinem Bauch und prickelt bis in meine Handflächen. Ich streiche über seine Brust, über seinen Bauch, kralle die Hände in sein T-Shirt und kann mich nur mit sehr viel Mühe – wir sind auf einem verdammten Parkplatz! – davon abhalten, es ihm einfach über den Kopf zu ziehen. Cedric vergräbt eine Hand in meinem Haar, die andere liegt an meiner Wange. Sacht dreht er mein Gesicht zur Seite, streicht mit den Daumen über meine Unterlippe und küsst sich über meinen Kiefer und meinen Hals bis zu meiner Schulter herab, wo seine Lippen auf den Träger des Tanktops stoßen.

Beherrschung. Ich brauche noch mehr davon. Das hier ist ein gottverdammter Parkplatz! Wären wir woanders, würde ich nun auch mir das Shirt vom Leib reißen.

Stattdessen schiebe ich meine Hände unter sein T-Shirt, küsse seine Handinnenseite, während er mich mit seinen Lippen, seiner Zunge, seinen Zähnen an meinem Hals verrückt macht.

»Den ganzen Abend«, wispere ich, »hab ich darauf gewartet.«

Er lacht lautlos, ich spüre es nur, ohne etwas zu hören. »Wenn du wüsstest, wie lange *ich* darauf gewartet hab.«

»Lass uns fahren«, flüsterte ich an seine Haut. »Wir können zu mir fahren.«

»Ein anderes Mal, ich würde wirklich gern erst duschen«, erwidert Cedric amüsiert.

Schade beinah. Ich mag den Hauch von Salz auf seiner Haut. Ich zupfe an seinem T-Shirt. »Wir haben keine Dusche, aber … ich könnte dir meine Badewanne vorstellen. Sie ist fast so nett wie mein Auto.«

Ein Schatten huscht über sein Gesicht, aber bevor ich den Eindruck zu fassen bekomme, lächelt er schon wieder. »Ein anderes Mal.«

Es dauert eine Ewigkeit, bis wir am Auto angelangt sind; eine Ewigkeit, die sehr schnell vergeht.

Meine Hand liegt in Cedrics, während ich nach Dingle fahre. Wir schalten gemeinsam und nutzen jede Rotphase zum Küssen, bis die Autos hinter uns hupen, weil die Ampel längst wieder grün ist.

»Ist es zu früh, um dich zu bitten, mit reinzukommen?«, fragt Cedric, als ich einparke, und ich muss so sehr lachen, dass Homers Felge knirschend den Bordstein erwischt.

»Ich war doch schon in deiner Wohnung. Sogar«, füge ich leise hinzu, »in deinem Bett.«

»Das war was anderes«, sagt er, zieht mich aber trotzdem hinter sich her durch den Hausflur, knarzende Stufen hoch in seine Altbauwohnung, wo sein großer Kater mich ansieht, als sei ich die Erfüllung seiner schlimmsten Ahnungen. »Da war das zwischen uns noch nicht … was anderes.«

Wir duschen einzeln. Als ich in ein flauschiges Riesenbadetuch gewickelt in den Flur trete, erwartet mich Cedric, um mir zwischen zwei Küssen mitzuteilen, dass er leider, leider – wie konnte das passieren? – keine saubere Kleidung für mich hat. Nackt lande ich in seinem Bett und nutze die Zeit, in der er uns eine Kanne Tee kocht, um das Nachttischchen nach Kondomen zu durchsuchen. Treffer! Ich kuschle mich in seine Decken, trotzdem wird mir abwechselnd heiß und kalt, als er ins Schlafzimmer kommt; eine lässige Sporthose tief auf den Hüften, den Oberkörper nackt und die Haare nass vom Duschen. Ich lüpfe die Decke, und kurz darauf liegen wir eng nebeneinander.

Trotzdem liegt da noch etwas zwischen uns.

Es ist unsichtbar, still und hat keinen Geruch. Doch ich spüre es, als meine Hand von Cedrics Brust tiefer rutscht, über seine Bauchmuskeln, die Haarlinie entlang, die zum Hosenbund führt.

Cedrics Finger zögern kurz auf meiner Haut. Sein Kuss wird verhaltener, ihm stockt der Atem.

»Was ist?«, frage ich an seinen Lippen. »Alles in Ordnung?«

Er atmet tief ein und wieder aus. »Ich will dich spüren«, sagt er dann sehr ernst, sehr leise und ein wenig rau. »Ganz und gar dich, so sehr man nur spüren kann.«

Unweigerlich lecke ich mir die Lippen. Er folgt der kleinen Bewegung mit dem Blick und seufzt lautlos auf.

»Aber das kann ich nicht. Noch nicht.«

»Was … meinst du?«

»Das …«, er kämpft sehr lange mit dem nächsten Wort und gewinnt schließlich doch. »Das Cipralex. Es dämpft die Niedergeschlagenheit, aber auch alles andere.«

Oh. Ich weiß nicht, was ich erwidern soll. Durch den dünnen Stoff der Hose spüre ich seine Erektion mehr als deutlich. Das kann schon mal nicht das Problem sein. Was dann?

»Ich kann Sex haben«, sagt Cedric. Wird er ein wenig rot? Ich will nicht, dass er sich schämt, und schmiege mich näher an seine Brust.

»Aber es ist nicht dasselbe. Das stört mich meist nicht besonders, irgendwann … na ja … werde ich schon fertig. Aber ich spüre bloß …« Er überlegt und lacht dann leise, »ein scheiß Tischfeuerwerk, keine Silvesternacht. Mit dir …« Mit dem Zeigefinger fährt er meine Lippen nach, bis sie kribbeln vor Lust nach mehr, »will ich alles spüren. Jede verdammte Farbe in diesem Feuerwerk. Und das, ohne mich verzweifelt dafür abrackern zu müssen.«

Seine Worte tun mir weh, aber ich beginne zu verstehen. »Hast du deshalb neulich nicht mit mir geschlafen? Ich dachte … Na ja, ich dachte, du willst eben doch nicht.«

Sein Lachen hat beinah etwas Verzweifeltes. »Billy!« Er zieht mich über sich, sodass ich rittlings auf ihm sitze, und ich spüre an den empfindlichsten Teilen meines Körpers, wie sehr er mich will. Sein Blick gleitet über meine Brüste, er kämmt mit den Fingern durch mein Haar und zieht mich dann zu sich herab, um mich zu küssen, Haut an Haut, Herzschlag an Herzschlag.

»Ich will dich. Unbedingt. Ohne einen Filter auf allem, was ich fühle. Gib mir zwei Wochen, und ich …«

»Alle Zeit, die du brauchst«, sage ich schnell. »Aber du kannst die Medikamente doch nicht einfach weglassen!« Oder? Ich habe leider sehr, sehr wenig Ahnung.

Er schüttelt den Kopf. »Solche Experimente hab ich hinter mir. Ich schleiche das Cipralex aus, unter ärztlicher Kontrolle. Ich hab letzte Woche damit begonnen, und bislang läuft es gut. Ich wäre sonst nicht zu dir gekommen.«

»Okay. Ich verstehe.«

Sein amüsierter Blick sagt: Nein, tust du nicht. »Es gab Zeiten, da hing mein Leben an diesen Pillen, Billy. Zeiten, in denen ich mich vielleicht nur deshalb nicht umgebracht habe, weil die Medikamente mir die Energie genommen haben, die es dazu gebraucht hätte. Zeiten, in denen ich so starke Tabletten in so hoher Dosierung nehmen musste, dass ich nicht einmal mehr gespürt habe, wie ich mir den Arm am Herd verbrannt habe.« Er spricht mit einer Offenheit, die mich tief berührt und mich gleichzeitig beeindruckt ob des Mutes, die solche Gespräche kosten. Ich weiß das selbst sehr genau und wünschte, ich wäre nur halb so mutig wie er.

»Solange ich Krücken zum Laufen brauche, laufe ich lieber an Krücken, statt liegen zu bleiben. Ich will es trotzdem ohne schaffen.«

»Ich kann warten«, sage ich schlicht und beuge mich zu einem Kuss hinab. Cedric schließt die Augen, als meine Hüfte über seine reibt und meine Haare über seine Brust fallen.

»Heldin«, seufzt er, dann stiehlt sich ein Funkeln in seinen Blick und er hebt die Hand, um mit der Außenseite seiner Finger meine Taille hochzustreichen bis zu meinen Brüsten. Es ist fast beängstigend, wie wenig es von ihm braucht, dass mein Atem schwerer und tiefer in meine Brust sinkt. »Ich hab damit allerdings gar nicht gemeint, dass *du* auf irgendetwas warten sollst.«

CEDRIC

Bisher war es immer ein schlechtes Zeichen, wenn ein Tag mit einem drängenden, lauten und andauernden Ohrwurm von Muse beginnt. Nicht, dass ich Muse nicht mag, und »Uprising« mag ich sogar sehr. Solche Tage gingen trotzdem immer schief, verliefen beschissen, als sei mein Musikgeschmack eine Strafe wert.

Es ist an der Zeit, dass sich sämtliche Omen ändern!

Dieser vermüllte Kopf voller Seltsamkeiten gehört in seine Schranken gewiesen.

Das Bett riecht nach Billy. *Ich* rieche nach Billy.

Mit einem gedanklichen Gruß an die Kommilitonen (ohne Entschuldigung) beschließe ich, mir das Duschen heute zu sparen. Ich brauche diesen Beweis, dass sie bei mir war. Sie ist nach einem Kaffee und einem langen Kuss gegangen, behaglich in meine Sweathose und einen meiner Hoodies gehüllt, und hat mir die Gewissheit hiergelassen, dass sie wiederkommen wird.

Während sie nach Hause fährt, um sich umzuziehen und dann zur Arbeit zu gehen, läuft mein zweiter Kaffee ins Glas. Ich schlucke die halbe Cipralex und komme mir mal wieder eigenartig dabei vor, Antidepressiva auf ein Hochgefühl zu schlucken.

Dr. Raghav hat darauf bestanden, dass wir langsam und genau

nach Plan ausschleichen. »Keine Kamikaze-Aktionen diesmal.« Seine Worte. Ich habe ihm recht gegeben.

Es ist nicht der erste Versuch, die Medikamente loszuwerden; aber seit Langem der erste, bei dem ich zuversichtlich bin.

Es ist an der Zeit, ein paar Dinge zu schaffen, sie wenigstens zu versuchen.

Der Fernsehjingle kündigt die Morgennachrichten an, ich stelle den Ton aus und wende mich vom Bildschirm ab. Nur nicht zu früh den Tag versauen lassen! Wenn ich wirklich ohne Medikamente klarkommen will, werde ich auch Nachrichten irgendwann in den Griff bekommen müssen. Auch wenn ich bis heute nicht verstehe, wie nicht die halbe Menschheit an den Lebensumständen der anderen Hälfte verzweifeln kann. Nicht zum ersten Mal wird eine Stimme in mir sehr laut, die sagt: Du willst dich an Kriege, Hunger, unsägliches Leid, Folter und Unterdrückung gewöhnen? Das alles ertragen? Und das hältst du dann für gesund? Wie krank bist du eigentlich?

Aber hey, das ist die Realität. Komm klar oder geh daran kaputt, viel Raum dazwischen gibt es nicht.

Für heute wende ich mich ab. Eine Headline, die ich aus dem Augenwinkel gesehen habe, spricht von einem Bootsunglück auf dem Mittelmeer.

Fuck, Cedric.

Spiel nicht den Helden.

Sieh einfach weg.

Sieh. Weg.

Ich konzentriere mich aufs Atmen. Konzentriere mich auf Muse. Drehe die Musik in meinem Kopf lauter und lauter und …

They will not force us

They will stop degrading us

Ablenken.

Kaffeemaschine.

Geht gleich wieder.

Auf der Anrichte steht noch Billys Latte-Macchiato-Glas, und in meiner Fantasie steht sie morgen früh erneut genau da, in Slip und einem zu weiten T-Shirt, die Haare zerzaust vom Schlaf und meinen Händen, die Haut warm und weich und duftend.

Der Gedanke an sie macht es besser.

Notfalls mache ich einen Schritt zurück. Notfalls dosieren wir wieder höher. Notfalls akzeptiert sie womöglich einen Typen, der auf Nachrichten mit Panikattacken reagiert und beim Sex nicht kommt. Wenn sie damit leben kann (und ich traue ihr zu, dass sie es kann), kann ich das auch. Ich werde ruhiger. Geht doch!

Auf meinem Handybildschirm sind zwei verpasste Anrufe meiner Mutter. Ich tippe auf ihre Nummer, schalte den Lautsprecher an und schaufle Katzenfutter in einen Napf. Charles Vane betrachtet erst mich und dann die Nassfutterbrocken mit dem gleichen Ausdruck von Ekel im Gesicht, aber vielleicht tue ich ihm damit unrecht. Er ist mit seiner leeren Augenhöhle und dem halben Schwanz nicht der hübscheste Kater Liverpools, vielleicht sogar der hässlichste, aber obgleich er ständig tödlich beleidigt wirkt, scheint ihm unser Zusammenleben zu gefallen, sonst würde er kaum freiwillig vom Freilauf zurückkehren.

»Oder, mein alter Freund, gibt dir einfach niemand da draußen so bestialisch gut stinkendes Futter?«

»Cedric?«

Ich muss lachen. Mum ist unbemerkt ans Telefon gegangen, vermutlich gerade in dem Moment, als meine Kaffeemaschine unter lautem Fauchen den letzten Schuss Milch ins Glas gepresst hat.

»Morgen, Mum. Geht's euch gut?«

»Ja, dir hoffentlich auch. Was stinkt bei dir?«

»Ich füttere den Kater«, erkläre ich und werfe einen vorsichtigen Blick zum Fernseher. Börsenkurse. Na endlich.

»Der Süße! Kraul ihm mal den Bauch von mir.«

»Bist du verrückt? Ich will all meine Finger behalten! Aber ich richte ihm deine Grüße aus, wenn er in passender Stimmung ist. Was macht Emily?«

Die kurze Pause, die folgt, bestätigt meine Vermutung, dass Mum wegen ihr angerufen hat. »Dasselbe wie immer. Sie liest Zeitung, sie liest Bücher, sie liest ihre Blogs. Wenn sie nicht liest, lernt sie für die Schule.«

Ich seufze. »Mum. Sie ist einfach eher Hermine Granger als Pippi Langstrumpf. Nicht alle Kids gehen auf die Straße, um Mülltonnen anzuzünden. Außerdem war dir das ja auch nicht recht!«

Ich höre ihr leises Lachen, aber es klingt, als läge ein Gewicht darauf, von dem sie sich nicht befreien kann. Ich kann sie ja verstehen. Ein depressives Kind zu haben, lässt einen Dämonen sehen, wo keine sind. Das ist die Essenz von Ängsten – das Gefürchtete schwebt über einem, lauert an jeder Ecke und nutzt Momente der Unachtsamkeit, um aus dem Nichts zuzuschlagen.

An Mums Paranoia, Emily könnte ebenfalls psychisch krank sein oder werden, trage auch ich Schuld, aber nicht halb so viel wie Luke. Unweigerlich ballt sich meine freie Hand zur Faust. Charles rammt mir den Kopf ans Schienbein und streift sein Fell an mir.

Danke fürs Erden, Kumpel.

»Zwischen nur zu Hause rumhängen und von der Polizei heimgebracht zu werden, gibt es durchaus noch Abstufungen«, sagt Mum mit einem liebevollen Tadel in der Stimme.

»War in unserer Familie denn je irgendwas Mittelmaß?«

Sie lacht. »Du Klugscheißer. Aber warum ich anrufe: Nächsten Monat findet wieder eine Demo gegen den Brexit statt. Ich weiß nicht so recht, was ich davon halten soll, aber …«

»Emily will noch mal hin?« Der Mut meiner scheuen kleinen Schwester macht mich gleichzeitig stolz und beklommen.

Sie war schon mal auf einer dieser Demonstrationen, hielt sich allerdings mit ihrer Freundin eher am Rand, abseits der großen Menschenmassen. Dort wurden die beiden dann von einer Gruppe Rechtsradikaler entdeckt, angepöbelt, beschimpft und auf ihrer Flucht sogar von ihnen bespuckt. Emily kam mit einem Schrecken davon, weigerte sich danach aber wochenlang, das Haus zu einem anderen Zweck außer zur Schule zu verlassen. Mum und ich machen uns bis heute Vorwürfe, sie nicht begleitet zu haben.

Mum seufzt. »Sie wird hingehen, hat sie gesagt, und ich darf nicht mitkommen, immerhin könnte mich ja jemand erkennen.«

Ich trage meinen Kaffee ins Wohnzimmer und lasse mich auf die Couch sinken. Dass meine Mutter in London bekannt genug ist, um ab und an auf der Straße angesprochen, fotografiert oder gar gefilmt zu werden, war auch für mich nicht immer ganz einfach. Aber für Emily, die vermutlich introvertierteste Person unseres Sonnensystems, ist jeder dieser Momente, als würde man sie für ein Verbrechen, das sie nicht begangen hat, an einen öffentlichen Pranger stellen und mit faulem Gemüse bewerfen. Dass sich wieder einmal eine Meute Reporter auf Mum stürzt, um sie medienwirksam für ihr politisches Engagement zu zerfetzen, wäre vermutlich das Schlimmste, was meiner kleinen Schwester passieren könnte. Danach – da muss ich Mums Sorgen zustimmen – hätte sie wirklich einen Knacks.

»Würde sie es zulassen, dass ich sie begleite?«, frage ich.

»Ich habe sie noch nicht gefragt, weil ich erst hören wollte, ob du überhaupt Zeit und Lust dazu hättest.«

»Also hör mal! Ich war ohnehin schon viel zu lange nicht mehr bei euch.« Mir kommt eine Idee, die vielleicht ein wenig voreilig ist, aber … warum nicht? »Kann ich eventuell jemanden mitbringen?«

Eine Pause zieht sich in die Länge, ich sehe Mums verdutztes Gesicht fast vor mir und kann es ihr nicht verdenken. Ich habe seit Luke nie wieder jemanden mit ins Haus meiner Mutter gebracht. Nie wieder. »Ähm … ja? Ja, natürlich! Wen denn?«

»Billy«, sage ich leise. »Billy, und ich … Ich glaube, das ist was Ernstes.«

»Billy.« Mum wiederholt den Namen wie eine Offenbarung. Ich bilde mir ein, ihr Herz heftig schlagen zu hören. Sie wartet vermutlich seit Jahren, dass es mir mit jemandem ernst wird. »Ich würde mich freuen, Billy kennenzulernen«, sagt sie dann leise, fast etwas atemlos. »Wie … ist er denn so?«

Ich muss lachen. »Mum? Billy ist großartig. Süß und witzig und schlau und wunderschön. Und … weiblich.«

»Ach so.« Sie lacht auch. »Hauptsache schlau, Cedric. Alles andere ist egal.«

»Ich feier dich. Hätte ich einen Grund für ein Outing – du wärst jetzt die beste Mum der Welt.«

»Und das bin ich jetzt weniger, weil du nicht schwul bist? Undankbarer Kerl! Nein, im Ernst, das klingt toll. Ich freu mich. Wag es nicht, hier ohne Billy aufzutauchen.«

»Ich hoffe, sie hat Lust.« Womöglich ist es auch noch zu früh für ein Meet-the-Mum, überlege ich.

»Frag sie und gib dir Mühe. Ich backe einen Kuchen. Und zwar nur, wenn sie kommt.«

»Wie gemein von dir.«

»Das ist mein Job als deine Mum, Liebling. Ich nehme das sehr ernst.«

Isaac runzelt die Stirn, als er mich vor dem Vorlesungssaal entdeckt. Mit skeptischem Blick tritt er näher. »Schönen guten Morgen, Sir. Entschuldigen Sie, aber befinden Sie sich in einem Verwandtschaftsverhältnis zu Mr Cedric Benedict? Der sieht Ihnen unglaublich ähnlich, würde aber nie zu einer so banalen Vorlesung wie ›Evolutionäre Morphologie mariner Wirbelloser‹ auftauchen.«

»Soll ich wieder gehen, Mann?«

»Nein. Ich freu mich immer, deine Visage zu sehen. Ich wundere mich bloß. Ist das nicht eines dieser Themen, für die wir hier eineinhalb Stunden verschwenden, obwohl man sich den gleichen Stoff auch in fünfzehn Minuten aus einem Buch ziehen kann?«

Woher kenne ich dieses Zitat? Ach ja. Es stammt von mir. »Definitiv. Okay, erwischt. Ich bin wegen dir hier.«

Isaac verneigt sich vor mir. »Danke, Mann, das wollte ich bloß hören. Soll ich noch mal deinen Kater füttern? Der letzte Kratzer blutet schon nicht mehr, ich wäre wieder einsatzbereit.« Er übertreibt maßlos.

Die ersten Kommilitonen pressen sich an uns vorbei in den Hörsaal, wir machen nicht den Fehler, uns lange gegen den Strom zu stemmen, sondern lassen uns mittreiben und halten Ausschau nach guten Plätzen.

»Ich wollte dich fragen, ob du heute Nachmittag schon was vorhast.«

Isaac lässt sich auf einen freien Platz am Rand fallen, platziert sein Tablet vor sich auf dem Tisch und blinzelt mich aus großen Augen an. Wir werden uns von hier aus die Hälse verdrehen, wenn wir erkennen wollen, was der Beamer auf die Leinwand projiziert, aber immerhin kann man sich unterhalten, ohne die anderen mehr als zwingend nötig zu stören.

»Was meinst du denn damit?«

Ich schnaube. »Einfache Frage, oder?«

Er schüttelt den Kopf.

Mann, mach es mir doch nicht noch extra schwer! »Hast du Lust, was mit mir zu machen?« Na also, geht doch.

»Was denn?« Inzwischen erinnert Isaacs Blick an den eines Rehs, das verstört in näher kommende Scheinwerfer glotzt. Und er hat sichtlich Spaß an der Show, die er abzieht.

Okay, ich geb ja zu, dass ich es verdient habe. In den ersten Semestern hat er über Wochen und Monate alles versucht, um sich mit mir anzufreunden. *Richtig* anzufreunden, was bedeutet, auch mal außerhalb der Uni was zu unternehmen. Er wollte mit mir was trinken gehen, ein Fußballspiel anschauen, selbst mit seiner X-Box hat er mich zu locken versucht. Ich kann es ihm nicht verdenken, wenn er mich jetzt abblitzen lässt.

»Es ist so«, erkläre ich und schaue von meinem Tisch kurz zu ihm rüber. Um uns herum schwatzen die Leute, verteilen Snacks untereinander und klappen ihre Laptops auf. »Gestern Abend hatte ich eine Freundschaft.«

»Mit einem menschlichen Wesen, meinst du? Also keinem Fisch.«

»Genau. Hat nur eine Viertelstunde gehalten, aber … ich habe gerade eine ganz gute Phase. Eine verdammt gute Phase. Und da dachte ich, ich versuch es noch mal.«

»Mit mir?« Er schaut mich an, als hätte ich gerade angekündigt, ihn zu sezieren.

»Du musst zugeben, du kommst einem Freund schon am nächsten. Daher dachte ich, wir könnten ja mal … Fußball gucken.« Dummerweise steht kein Spiel an. »Oder zocken.«

»Eine Frage hab ich vorher«, sagt Isaac. »Was ist dem Freund von gestern Abend zugestoßen? Liegt der jetzt in Folie gewickelt unter der Erde?«

»Es geht ihr gut, der Person. Es hat nur nicht geklappt mit unserer Freundschaft, weil wir uns …«

Zwischenzeitlich hat der Professor den Hörsaal betreten und sich lautstark ins Mikrofon geräuspert. Es wird still um uns.

»Weil wir uns dann geküsst haben.«

»Wow.« Isaacs Lächeln wird so breit, dass seine Zähne hell in seinem Gesicht aufleuchten.

»Aber dich küss ich nicht, das kannst du gleich vergessen.«

»Vielleicht nicht gleich nach fünfzehn Minuten.«

Ein weiteres lautstarkes Räuspern hallt durch den Hörsaal. »Ich liebe es, wenn meine Studenten begeistert vom Thema sind«, lässt sich der Professor mit einschläfernd monotoner Stimme vernehmen, während er Isaac und mich mit seinen Blicken festnagelt. »Schalten Sie doch Ihr Mikro ein, Herrschaften, und lassen Sie uns an Ihrer Euphorie über die Entwicklung der von uns allen so geliebten und bewunderten Gewebelosen teilhaben.«

»Schwämme«, flüstert jemand von schräg hinten. »Er redet von Schwämmen.«

Ich belasse es bei einem entschuldigenden Blick und klappe mein Laptop auf, wo ich den Messenger öffne und so schnell ich kann alles, was ich über die evolutionäre Entwicklung von Schwämmen weiß, ins Chatfenster hacke. Isaac atmet kurz durch, um Zeit zu schinden, aktiviert sein Mikro, lächelt den Prof mit fast unanständiger Begeisterung an und trägt meine Stichworte zu einem wirklich spannenden kurzen Vortrag zusammen. Im Improvisieren ist er ein Wunderkind.

Meine Güte. Ich wusste nicht, wie interessant Schwämme sind! Jetzt nur nicht die Nerven verlieren und loslachen.

Schließlich endet Isaac und erntet ein anerkennendes Kopfnicken des Professors sowie das Klopfen einzelner Studentinnen und Studenten.

Er tippt etwas auf seinem Tablet, und unter meinen Nachrichten erscheinen im Stakkato welche von ihm.

Ich hab Zeit, klar.

Ohne Küssen. Auch klar! (Alter!)

Woher weißt du den ganzen Scheiß über Schwämme?

Ich will sofort erfahren, was gestern mit deinem Leben passiert ist!

Du bist es aber wirklich, oder?

TEIL 3

Each of us ends under a stone
What sets us apart is the way there.
Souls that you care for, souls that you scare
The hearts that you touch
Was that too little or was it too much?
Till you're gone
To the stone

Each of us ends under a stone
What sets us apart is the way there
Out of the stage or hidden in the lair
Times full of loneliness
Times that you give away parsimoniously
Till you're gone
To the stone

There's a stone at the end.
But you're defined by the way there.
Till you're gone
All the night, to the stone
All the way, to the stone
All your life.
To your stone

Stone, Luce

BILLY

Ich muss mir das Lachen verkneifen, während ich Cedric die Augenbrauen mit den Fingerspitzen nachfahre, danach die Wimpern. Seine Lippen zucken, und manchmal grummelt er im Schlaf. Abends ist er meist noch lange nach mir munter, nachts wird er oft wach. Aber ab dem frühen Morgen schläft er fest, und man kann ihn eine ganze Weile lang necken, bevor sich daran etwas ändert.

Ich rücke näher an ihn, tupfe einen Kuss über die glatte, so spannend gemusterte Haut über seinem Herzen und murmle etwas von »Aufstehen, guten Morgen, ist schon gleich halb acht.«

Er schließt bloß seinen Arm schwer um meinen Rücken.

Ich kichere. »Du legst es darauf an, wachgekitzelt zu werden.«

Keine Reaktion.

Wir sind seit zehn Tagen zusammen, und – Livie meint dazu, wir würden echt übertreiben – seit Tag eins bin ich nicht mehr ohne ihn aufgewacht. Wie soll man auch nicht übertreiben, wenn sich dieses Übertreiben so verboten gut anfühlt? Ich will mich betrinken an diesem Glück, hemmungslos und jeden Tag und absolut maßlos.

Ich fahre über die empfindliche Haut zwischen seinem Ohr und dem Haaransatz dahinter, und selbst im Halbschlaf zieht er scharf die Luft ein. Er lässt die Augen geschlossen, aber sein Mund lächelt.

»Guten Morgen, Muffel. Was ist der Ohrwurm des Tages?«

Er knurrt und streckt sich. »Davon hätte ich dir besser nie erzählt.«

»Zu spät.« Es ist aber auch zu witzig. Jeder hat mal Musik im Kopf. Aber Cedrics Gehirn spielt dauerhaft Musik, Lieder über Lieder, aus allen Musikrichtungen, von Werbejingles über Popmusik bis zu anspruchsvollen instrumentalen Stücken. Ohne einen einzigen Moment der Stille. Er muss sogar von Musik träumen, denn sobald er auch nur halbwegs wach ist, klingt bereits der erste Song in seinen Ohren, er kann ihn stets nennen, bevor er in seinem morgendlichen Delirium weiß, wo wir sind oder welcher Tag gerade ist. »Also? Was hörst du heute?«

»Willst du nicht wissen.«

»Jetzt erst recht.«

»Ist total unromantisch.«

»Komm schon!«

Er zieht mich an seine Brust und drückt mir einen Kuss ins Haar. »Müssen wir aufstehen? Können wir nicht …?«

»Wir müssen – ich hab das zweite Vorstellungsgespräch im Museum. Aber ich lass mich trotzdem nicht ablenken. Verrat's mir!«

»Fuck«, murmelt er heiser. Dann seufzt er, und singt leise: »Three Lions on a shirt. Jules Rimet still gleaming. Thirty years of hurt, never stopped me dreaming.«

»Oh mein Gott, Cedric!«

»It's coming home, it's coming home, it's coming. Football's coming home.«

Ich lache über mein Staunen hinweg und will nun lieber doch nicht aufstehen. »Three Lions« wird normalerweise aus voller Kehle aus Liverpools Pubs in die Straßen und durch sämtliche Fußballstadien der Insel gegrölt. Es wird nicht mit leiser, leicht rauer, aber melodischer Stimme gesungen. So jedoch klingt es unglaublich schön. Cedric muss verdammt gut singen können, wenn er das im Halbschlaf schon vermag. Die Liebe zum Fußball ist es jedenfalls nicht, die ihn die Zeilen so gefühlvoll singen lässt, Cedric ist ein eher leidenschaftsloser Fußballfan – vermutlich wäre er gar keiner, aber das ist als Brite natürlich keine Option.

»Musik«, sage ich. Es fällt mir wie Schuppen von den Augen. Natürlich. Musik!

»Wohl eher so was Ähnliches wie Musik«, murmelt Cedric und zieht die Decke wieder über uns beide. »Oder zumindest sehr, sehr banale.«

»Ich meine dein abgebrochenes Studium.« Ich stemme mich auf den Ellbogen, um ihn anzusehen. »Das war Musik, oder?«

Zuerst verspannt sich der Zug um seine Augen. Als er sie öffnet, ist der kurze Eindruck wieder verschwunden. »Ja, du hast recht. Das war Musik.«

»Aber … warum hast du es abgebrochen?«

»Warum denn nicht? Du hast Jura auch abgebrochen.«

Ich setze mich auf und angle nach dem BH, der irgendwo auf der Lehne meiner ausgeklappten Schlafcouch hängt. »Ich hab Jura ja auch gehasst. Aber kein Mensch hasst Musik. Du am wenigsten.«

Andererseits … Kann ich da so sicher sein? Seine Mutter ist Musikerin, Sopranistin. Hat sie ihn womöglich ähnlich gedrängt wie mein Vater mich?

»Billy, ich kann vor dem ersten Kaffee singen, aber nicht denken. Um ehrlich zu sein, kann ich nur singen, weil ich noch nicht denken kann.«

Das glaube ich ihm sogar. Eine zutiefst ratlose Furche gräbt sich zwischen seine Augenbrauen.

»Aber zum Reden, Süße, brauche ich wirklich Kaffee.«

Wenig später gurgelt die Kaffeemaschine und füllt die Küche langsam mit einem angenehmen Duft. Cedric steht an der Arbeitsplatte und verrührt Eier, während ihm das Wasser aus den nassen Haaren aufs T-Shirt tropft.

Ich komme zum dritten Mal in den Raum und lecke mir zum dritten Mal über die Lippen. Der Kerl ist unverschämt sexy, wenn ihm Tropfen das Genick runterperlen.

Ich räuspere mich. »Und das hier? Komm schon, das geht, was anderes habe ich nicht.«

Sein kritischer Blick gleitet über meinen fast knielangen, dunkelblauen Polkadots-Rock, das cremefarbene Shirt und den zum Rock passenden, aber unifarbenen Blazer. »Viel zu brav.«

Ich schüttle lächelnd den Kopf. »Dann passt es so. Es ist ein Museum, Cedric. Da tragen alle brav.«

»Kein Wunder, dass keiner hingeht.«

»Es soll auch keiner kommen, der was anderes sehen will als die Exponate, du Fraggle!«

Ich möchte ihm für seine Frechheiten wirklich gern die Ohren langziehen, aber er gießt gerade die geschlagenen Eier in die heiße Pfanne, und ich will keinen noch so winzigen Fettspritzer auf meiner Kleidung riskieren. Vorsichtshalber ziehe ich den Blazer wieder aus, hänge ihn in sicherer Entfernung zu allem Essen über eine Stuhllehne und wickle mir ein Küchentuch wie ein Lätzchen um den Hals, bevor ich Kaffee und Milch auf zwei Tassen verteile und Cedric eine hinschiebe.

»So. Dein Kaffee. Die Schonfrist ist vorbei. Warum hast du Musik abgebrochen?«

Er nimmt einen Schluck, rührt dabei lässig mit der Linken in der Pfanne herum. »Ich war fast fertig und habe gemerkt: Da kommt nichts Neues mehr, ich verschwende meine Zeit.«

»Aber … wenn du fast fertig warst, warum hast du den Abschluss dann nicht einfach mitgenommen?«

Ich bin mir nicht sicher, ob ich in etwas bohre, worüber Cedric nicht reden will. Aber seine Gesichtszüge sind entspannt, und nichts deutet darauf hin, dass er sich ausgefragt oder gar in die Ecke gedrängt fühlt.

»Ich brauchte diesen Abschluss nicht länger«, sagt er, nimmt die Pfanne vom Herd und sieht sich nach Tellern um.

Rasch hole ich zwei aus dem Schrank.

»Hab ihn eigentlich nie gebraucht, weil ich die Musik immer schon eher behalten wollte, als sie zu teilen.«

Er will noch mehr sagen, doch in diesem Moment kommt Olivia durch den Flur geschlurft, und Cedric und ich merken sofort, dass etwas nicht stimmt.

Olivia ist still wie ein Schatten. Sie trägt überm Slip ihr graues Lieblingsshirt mit der Aufschrift »Es eskaliert eh!«, das sie normalerweise hegt und pflegt. Heute Morgen ist es verknittert, und dunkle Flecken sind darauf eingetrocknet. Sie muss darin geschlafen haben.

Der Blick in ihr Gesicht erschreckt mich. Sie trägt noch das Make-up von gestern – das tut sie nie –, es ist völlig verschmiert und ihre Augen sind gerötet und verquollen.

Als sie uns bemerkt, bleibt sie im Türrahmen stehen, grummelt etwas Unverständliches und will sich sofort wieder abwenden, aber das lasse ich nicht zu.

»Livie, was ist passiert?«

Cedric ist schneller als ich. Er fasst sie an der Schulter, dirigiert sie zum Tisch, wo sie sich widerstandslos auf einen Stuhl fallen lässt, und schiebt ihr ungerührt seine Kaffeetasse zwischen die Hände.

»Trink das.«

»Zucker«, murmelt sie tonlos.

Cedric kippt eine großzügige Menge direkt aus der Dose in die Tasse und rührt mit dem Stiel seines Pfannenwenders.

»Danke«, sagt Livie, trinkt einen Schluck und setzt die Tasse ab.

»Livie«, wiederhole ich und greife nach ihrer Hand. Ich spüre meine zittern, denn so habe ich sie nie erlebt. »Du machst mir Angst. Du hast nur einen Kater, oder?«

Sie schüttelt den Kopf.

»Was ist passiert, Livie?« In meinem Kopf dreht sich ein Karussell aus den schlimmsten Vorstellungen. »Hat dir jemand …« Mir bricht die Stimme weg.

»Nein. Ach, Quatsch. Ich hab nur ein bisschen geheult. Wegen Desna.«

»Ein bisschen?«

»Nur eine Nacht, krieg dich ein.«

Betreten schaue ich zu Cedric, der unbehaglich mit den Schultern zuckt. Sie hat ein Zimmer weiter die Nacht durchgeweint, und wir haben sie nicht gehört?

»Warum hast du nichts gesagt?« Cedric gießt ihr Kaffee nach.

»Wollte euch nicht stören.« Olivias Blick klebt in der Tasse fest, während Cedric noch mal Milch und Zucker nachkippt. »Danke. Als ich kam, hattet ihr … nun … gerade zu tun.«

Oh. Mir steigt das Blut in die Wangen. Dass sie uns – genauer gesagt mich – manchmal hört, bleibt nicht aus. Aber der Moment muss denkbar ungünstig gewesen sein. »Tut mir leid, Livie. Du kannst immer zu mir kommen, wenn was ist.«

»Ich wollte allein sein.«

Cedric stellt die Pfanne mit dem Rührei auf den Tisch und schiebt jeder von uns eine Gabel hin. »Soll ich schon mal gehen?«

Stumm schüttelt Livie mit dem Kopf. Die beiden konnten sich vom ersten Moment an gut leiden, und ich bin erleichtert, dass sie sich nicht nur auf die oberflächliche Art verstehen, wenn wir gemeinsam netflixen oder kochen, sondern auch in Momenten wie diesem, wenn es haarig wird.

»Ich hab's riskiert«, sagt sie schließlich, nimmt ihre Gabel und pickt damit am Rand der Pfanne ein Stück Ei auf, um es anzusehen, statt zu essen. »Es war so blöd von mir. Ich hätte ihr sagen müssen, dass ich auch auf Mädchen stehe. Von Anfang an. Dann hätten wir uns nie näher kennengelernt, und mein Herz wäre jetzt nicht«, sie schluchzt, »so wie die Pampe, die unten aus dem Müllzerkleinerer rauskommt.«

»Oh, nein«, sagt Cedric mitfühlend.

»Sie hätte mir auch einfach klassisch eine knallen können.« Livie schnieft. »Aber das wäre zu leicht gewesen. Stattdessen hat sie … Ich bilde mir das doch nicht ein! Sie hat mich zurückgeküsst.«

»Warte, langsam«, bitte ich Olivia, während Cedric die Küchenrolle von der Anrichte angelt, um ihr ein Blatt abzureißen.

»Der Reihe nach. Hast du ihr gesagt, dass sie mehr für dich ist als nur eine Freundin?«

Mit zusammengepressten Lippen schüttelt sie den Kopf. »Ich wollte ja. Aber ich wusste nicht wie. Sie hat all meine Anspielungen ignoriert, und zu sagen ›Ich mag übrigens Männer und Frauen, bitte sei wie ich, dann können wir uns endlich küssen‹ war mir zu blöd. Das hat sich doch bisher auch immer einfach ergeben.«

Ich zucke ratlos mit den Schultern. »Was genau ist also passiert?«

Livie schnäuzt sich, atmet dann durch. »Wir waren bei ihr, haben was getrunken und Wunderbeeren-Tabletten gelutscht. Schau mich nicht so an, Billy, das ist nichts Verbotenes. Das ist eine Beere, die bewirkt, dass deine Geschmacksnerven Saures als süß wahrnehmen. Zitronen sind damit echt lecker, aber das Bier schmeckt den ganzen Abend über scheiße. Das hätte man mir vorher sagen müssen. In jedem Fall haben wir damit rumexperimentiert. Zitronen, Oliven, Essig …«

»Nicht ernsthaft.«

»Wir haben gelacht, als wären das Happy-Pills, und irgendwann waren wir uns so nah, und da …«

»Hast du sie geküsst?«

Sie stöhnt frustriert auf. »Ich hab sie gefragt, ob sie so was schon mal probiert hätte. Und ja, ich hab sie geküsst. Aber sie«, Livie betont jedes Wort, »hat. Mich. Auch. Geküsst.«

Cedric hebt vorsichtig die Schultern. »Das klingt doch nicht so schlecht.«

»Ja, aber dann war der Kuss zu Ende. Und sie hat verlegen gelacht – total süß eigentlich – und gesagt, dass sie das nun auch von ihrer Löffelliste abhaken kann. Ein Mädchen zu küssen. Ich hab gefragt, ob sie das vielleicht wiederholen möchte. Da ist sie erst ganz still geworden und dann völlig ausgerastet.«

Oh nein. »Warum denn ausgerastet?«

Livie wirft so hektisch die Arme hoch, dass sie um ein Haar die Kaffeetasse umwirft. »Keine Ahnung. Aber es war … episch. Auf die grauenvolle Art. Sie meinte, das sei doch krank und freakig, und ich würde das ja wohl nicht ernst meinen!«

»Fuck«, flüstert Cedric. »Wo hast du diese Desna denn bitte ausgegraben, unter einem Stein?«

»Dann hat sie mir vorgeworfen, sie zu dem Kuss gedrängt zu haben. Als hätte ich sie belästigt!«

Das wird ja immer schlimmer. »Livie, das tut mir so leid. Egal wie durcheinander sie war – so was hätte sie nie sagen dürfen.«

»Hat sie aber.«

Blöde Kuh. Der würde ich gern ein paar Takte erzählen.

Verloren und in sich zusammengesunken sitzt Livie auf ihrem Stuhl und knibbelt sich etwas türkisfarbenen Nagellack vom Mittelfinger. »Danke, dass ich euch alles erzählen durfte. Ich glaube, ich geh noch mal ins Bett.«

»Mach das. Und heute Abend können wir uns ja einigeln. Nur du und ich …« Ich werfe Cedric einen Blick zu, und er nickt verständnisvoll. »Und eine Flasche Wein und drei Tafeln Schokolade.«

»Und Ben & Jerry's?«, fragt Olivia zaghaft.

»Literweise.«

BILLY

»Scheiße, scheiße, scheiße, meine Schuhe!«

Entsetzt starre ich auf die schwarzen Sneaker an meinen Füßen, die so ganz und gar nicht harmonisch zu dem auf matten Glanz polierten Steinboden der Eingangshalle passen wollen. Und auch nicht zum marineblauen Polkadots-Rock. Ich habe die zum Outfit und Anlass passenden Pumps in einem Beutel mitgenommen, weil sie nicht mehr in meine Handtasche passten, in die ich bereits die Mappe mit den Akten gesteckt habe. Angezogen habe ich bequeme und ausgesprochen abgeliebte Schuhe, weil wir mit der Bahn statt mit Homer gefahren sind. In der Bahn – in der verdammten Bahn – muss ich sie liegen gelassen haben. Wir haben über Livie gesprochen, ich war total abgelenkt.

Ich starre Cedric an, der außer seiner Laptoptasche, mit der er nachher weiter zur Uni laufen will, nichts bei sich trägt. Auch nicht meine Schuhe in ihrem Beutel.

»Ist nicht so schlimm«, versucht er mich zu beruhigen. »Keiner achtet auf deine Schuhe. Und wenn, dann beweisen sie nur, dass du vernünftig bist, weil keiner den ganzen Tag …« Er unterbricht sich, als eine mollige brünette Frau im adretten Kostümchen auf ihren hohen Pfennigabsätzen auf uns zugeklappert kommt und uns herzlich anlächelt.

»Sie müssen Sybil Faulkner sein, herzlich willkommen. Ich bin Ellen Gadlen.« Sie reicht mir die Hand. Ihre ist warm, mit einem Druck, der nicht grob ist, aber fest genug, um mich in Sekunden zu beruhigen. Sie lässt mich gar nicht mehr los, und ich wünsche mir, sie würde neben mir sitzen und meine Hand halten, wenn Vivian Blunt, der Drache, mich gleich ins Verhör nimmt. »Und ich muss mich bei Ihnen entschuldigen«, fährt sie fort. »Wir haben heute gleich drei krankheitsbedingte Ausfälle, daher sind wir gezwungen, Ihren Termin ein wenig zu verschieben.«

»Das ist gar kein Problem«, erwidere ich und fühle mich beinah vor meiner eigenen Blödheit gerettet. »Ich kann gern ein anderes Mal wiederkommen.«

»Ach, nein«, sagt Ms Gadlen. »Das ist nicht nötig. Wären es große Umstände für Sie, eine halbe Stunde zu warten?«

»Gar nicht, nein.« Auch wenn die Zeit nie reichen wird, meine Schuhe zu finden. Scheiße! Cedric mag das anders sehen, aber Vivian Blunt wird meine Sneaker bemerken und mir dafür die Haut in Streifen von den Fußsohlen ziehen.

»Wunderbar. Vielleicht möchten Sie so lange mit Ihrem Begleiter die Ausstellung ansehen? Ich finde Sie dann schon, wenn Ihr Termin beginnt.«

Cedric schenkt ihr sein charmantes ganzes Lächeln. Der trägt ja auch vernünftige Schuhe. »Ich habe noch etwas Zeit, das wäre toll.«

»Na dann.« Erst jetzt lässt Ellen Gadlen meine Hand los und klappert eilig zu dem Mitarbeiter am Einlass, um uns nach wenigen Worten an ihm vorbeizuwinken.

Wir bedanken uns, sie ist kurz darauf verschwunden, und ich sehe ihr mit einem Seufzen nach. Wie nett sie zu mir war! Unweigerlich stelle ich mir vor, sie würde meine Chefin werden, nicht der Drache Vivian Blunt.

Cedric beugt sich zu mir herab. »Zeigst du mir den Spinosaurus? Ich will seine Wirbel durchzählen. Sicher ist sicher.«

Er will mich nur durch Ablenkung beruhigen. Trotzdem läuft mir ein Schauer über den Rücken, den ich überspiele, so gut es geht. »Klar. Dann komm.«

Ich zeige Cedric meinen Lieblingssaurier und die anderen Theropoden. Um diese Uhrzeit ist noch nicht viel los, und in den meisten Bereichen sind wir ganz allein. Schließlich kommen wir zu den Herbivoren, wo eine Frau mit etwa fünf- oder sechsjährigen Zwillingsmädchen vor einem Glaskasten steht und eine sich zuspitzende Diskussion zwischen den Kindern zu schlichten versucht. Ich bekomme zufällig mit, dass die Mädchen darüber streiten, ob es sich bei dem ausgestellten Baby-Dinosaurier von der Größe eines Schäferhundes mit langem Hals um einen Diplodocus – »Du Hirni, sieht doch jeder!« – oder einen Brachiosaurus – »Und du bist total doof und hast gar keine Ahnung!« – handelt. Beide Kinder haben gute Argumente.

»Schluss jetzt mit dem Gezank!«, sagt die Frau energisch, wird aber ignoriert. Sie muss die Mutter der Mädchen sein, jedenfalls hat sie ebenso rotgoldenes Haar und genauso viele Sommersprossen. »Hier steht nicht, was das für ein Dino war. Keine Ahnung, warum die das nicht dranschreiben, aber ihr gebt jetzt gefälligst Ruhe, oder wir gehen!«

»Das liegt daran, dass die Paläontologen es nicht genau wissen«, mische ich mich ein und habe sofort die volle Aufmerksamkeit beider Nachwuchsexpertinnen.

»Warum denn nicht?«, schallt es mir zweistimmig entgegen, und die Frau seufzt und bedenkt mich mit einem mitleidigen ›Das baden Sie nun bitte selbst aus‹-Blick.

»Ja, warum denn nicht?«, wiederholt Cedric gespielt neugierig, und ich strecke ihm kurz die Zunge heraus, bevor ich mich den Mädchen zuwende. »Die Paläontologinnen und Paläontologen können die Babys leider nicht vergleichen und den Arten zuordnen. Es wurden bisher nämlich nur ganz wenige Fossilien von Sauropoden-Babys gefunden. Sauropoden sind …«

»Pflanzenfresser«, wirft das eine Mädchen ein und drückt erst die Nase und kurz darauf auch die Lippen an den Schaukasten.

»Langhalssaurier!«, ergänzt die Schwester unbeeindruckt.

»Alles richtig. Sauropoden waren große, sehr große oder sogar gigantische Herbivoren, die sich auf vier Füßen fortbewegt haben. Könnt ihr euch vorstellen, warum man nur so wenige ihrer Babys gefunden hat?«

»Weil die Babys als Erstes gefressen werden«, schlägt das eine Mädchen mit morbider Begeisterung vor.

Ihre Schwester klebt immer noch mit dem Mund an der Scheibe, sodass ich sie kaum verstehe. »Quatsch. Weilschie sisch verschteck ham.«

Sofort kreischt die Schwester auf. »Nein, weil sie …«

»Ihr habt schon wieder beide ein bisschen recht!«, unterbreche ich den Streit, ehe es zu Handgreiflichkeiten kommt. »Tatsächlich wurden viele junge Saurier gefressen, und weil ihre Knochen noch weich waren, blieb wenig von ihnen übrig, sodass die Wissenschaft es ganz schwer hat, unversehrte Knochenabdrücke zu finden. Geschweige denn ganze Skelette. Dieses hier«, ich deute auf den Inhalt des Schaukastens, »ist das besterhaltene Skelett von allen Baby-Sauropoden überhaupt. Ganz viele der Knochen, die ihr seht, sind echt, nur ein paar mussten nachgemacht werden, damit man erkennt, wie der ganze Saurier aussah.«

Ich werfe einen kurzen Blick zu Cedric, ob er sich langweilt. Sein Grinsen sieht nicht danach aus, daher erkläre ich weiter: »Damit Knochen zu Fossilien werden und viele Jahrtausende überdauern, braucht es ganz bestimmte Bedingungen. Die Knochen müssen bestenfalls in Sand oder Schlamm liegen und davon bedeckt werden, denn anderenfalls würden sie über die Jahre zerfallen oder von kleinen Tieren aufgefressen werden. In den Steppen, wo die ausgewachsenen Sauropoden lebten und die Blätter von den hohen Bäumen abfraßen, ist das oft passiert, weil es Erdrutsche gab, Schlammlawinen oder Stürme. Daher haben wir viele ihrer Skelette. Aber wo, denkt ihr, waren ihre Babys?«

Zwei Paar große, himmelblaue Kinderaugen blicken mich erwartungsvoll an. Eins der Mädchen lutscht vor Aufregung an zwei Fingern, das andere fragt zaghaft: »Bei der Oma?«

»Ganz genau wissen wir es bis heute nicht. Aber eine Paläontologin hat mir erzählt, sie vermutet, dass die Sauropoden ihre Eier in dichten Wäldern abgelegt haben. Ahnt ihr, warum?«

»Weil es da keine Sandstürme gab?«

»Und keine großen Fleischfresser?«

»Ja, genau. Es war sicherer im Schutz der dichten Pflanzen, und die Baby-Dinosaurier konnten sich verstecken. Vermutlich haben sie dort auch besser Nahrung gefunden, an die sie drankamen. Meine befreundete Paläontologin meint, die Sauropoden wären erst als ziemlich große Teenager aus den Urwäldern gekommen und hätten sich den Herden der Erwachsenen angeschlossen. In den Urwäldern fanden sich allerdings nur ganz selten mal Bedingungen, unter denen Skelette versteinern konnten. Da wurde zu viel gefressen oder ist aufgrund der hohen Feuchtigkeit verwest und zerfallen. Daher gibt es nur so wenige, und dieses hier«, ich weise auf das Jungtier, »ist etwas ganz Besonderes. Ganz egal, ob es nun ein Diplodocus oder Brachiosaurus oder ein anderer ist.«

»Wenn die Paläontologen das noch nicht wissen«, meint eines der Mädchen, »dann kann ja noch ganz viel erforscht werden.«

»Auf jeden Fall«, bestätige ich. »Und junge Wissenschaftlerinnen wie ihr werden ja auch händeringend gesucht!«

Die Geduld der Zwillinge ist damit erschöpft, sie huschen weiter zum nächsten Schaukasten, doch die Mutter der zwei lächelt mich an und flüstert mir ein Dankeschön zu.

Cedric, der schräg hinter ihr steht, räuspert sich verhalten. Als ich zu ihm blicke, erschrecke ich. Neben ihm steht Ellen Gadlen, und wenn ich seinen vielsagenden Blick in ihre Richtung nicht falsch interpretiere, steht sie dort schon eine ganze Weile.

»Ms Gadlen, entschuldigen Sie.« Schnell gehe ich zu ihr. »Ich wollte Sie nicht warten lassen.«

Sie lächelt mich warm an. »Um ehrlich zu sein, haben Sie das auch nicht. Wir hatten uns für unsere Bewerber für heute ein ganz kurzes Probearbeiten überlegt, um eine bessere Vorstellung davon zu bekommen, wie Sie mit den Gästen umgehen. Das hat sich ja nun von allein und ganz natürlich ergeben. Wenn Sie einverstanden sind, werte ich, was ich gerade gesehen habe.«

Ich schlucke. »Das … war jetzt nur aus dem Stehgreif. Und inhaltlich nicht verifizierbar. Ich habe keine Quellen genannt …«

Cedric bedeutet mir unauffällig, einfach mal den Schnabel zu halten.

Ellen Gadlen schüttelt nur lächelnd den Kopf. »Sie haben das toll gemacht. Die beiden Mädchen haben alles verstanden, hingen an Ihren Lippen und strahlen immer noch. Ich lehne mich vielleicht weit aus dem Fenster, da ich noch nicht alle Bewerberinnen gesehen habe. Aber ich würde sagen: Meine Stimme haben Sie, Sybil.«

Ich muss einmal tief ein- und wieder ausatmen. »Vielen Dank. Und … würden wenigstens Sie mich vielleicht Billy nennen, falls Sie mich nehmen?«

»Billy. Das fände ich schön, ja.«

CEDRIC

Es beginnt mit winzigen Tröpfchen. So vereinzelt, dass man sich sagt: Da war nichts. Hab ich mir nur eingebildet.

Die letzten drei Wochen mit Billy hab ich mich unverwundbar gefühlt. Das Hier und Jetzt war perfekt, und alles andere haben wir ignoriert. Keine Vergangenheit und nur ein paar wenige Klänge Zukunftsmusik in piano.

Doch dann werden diese Tröpfchen mehr und mehr, und plötzlich steht man klitschnass und durchgefroren da und spürt, wie man nichts mehr spürt. Nichts außer dem Regen, der alles fortwäscht, was eben noch da war: Freude, Zuversicht. Energie. Der Regen ist aus flüssigem Blei, macht alles schwer und träge, sodass selbst der Atem nicht mehr von allein fließt, sondern jeder Zug zum Kraftakt mutiert.

Das Wasser steigt einem bis zum Hals. Zieht die Wahrnehmung zusammen, bis man nichts mehr erkennen kann außer dem eigenen Gewirr aus Gedanken, die allesamt ins Leere führen. Emotionen, die kein Ziel mehr finden und wie abgetrennte Glieder im Staub liegen. Zuckend.

Man spürt kaum mehr, was eben noch so wichtig war. Nicht einmal den Herzschlag der Menschen, für die dieses Herz schlägt.

Trauer dröhnt in den Ohren. Eine krankhafte Trauer, für die niemand einen Grund erkennt. Alle sagen: Da ist nichts. Die Trauer lacht donnernd darüber. Die Pausen der Stille werden kleiner, und bald hört man kaum mehr etwas anderes als das ohrenbetäubende Gelächter.

Gleißend hell dann die Schlüsse, die ein kaputter Kopf daraus zieht: Hat alles keinen Sinn. Es wird nie aufhören. Mach dir nichts vor. Du taugst nicht.

Gedankentourette. Je mehr man versucht, es zu unterdrücken, desto häufiger knallen die Einschläge.

Du. Bist. Nichts.

Ich sollte unser Treffen absagen und tue es nur deshalb nicht, weil die Depression das als Versagen deklarieren und als Siegpunkt für sich werten würde. Weil das Gefühl zu versagen die Depression stärkt.

Immer wieder versuche ich, stärker zu sein. Klüger. Irgendwas aus den guten Ratschlägen zu ziehen, die man wie Werbeflyer ungefragt an jeder Ecke in die Hand gedrückt bekommt.

Komm in Brandys Pub!

Lass dich nicht hängen!

Profitiere von 30 % auf alles!

Der Bus rattert, klappert und vibriert, als führen wir mit zweihundert Meilen pro Sekunde direkt zur Hölle. In den Lärm mischt sich die Stimme meines Vaters, wie sie klang, als ich acht war. »Man muss das wollen, Cedric. Die ganze Therapie kann dir nicht helfen, du bist ja nicht krank. Es ist in deinem Kopf, du hast es ganz allein in der Hand.«

Ich erinnere mich an kein böses Wort von ihm, jedoch an Tausende dieser Ratschläge. Und an das unterdrückte Zischen, wenn er abends mit Mum stritt und sie dachten, ich würde schlafen. Weil ihm alles zu viel war. Zu viel Stress mit »dem Jungen und dem ständigen Gewese um ihn«. Zu viel Stress mit dem Baby, das ständig schrie. Zu viel Stress mit allem. Zu wenig Leben als Ausgleich für diese Kinder, die …

Irgendwann packte er seinen Kram und war weg.

Irgendwohin, wo es mehr Leben für ihn zu holen gab. Und vermutlich niemanden mit Depressionen. Der Umgang lief noch ein halbes Jahr mehr schlecht als recht und schlief dann ein.

»Nächster Halt: Navigation Wharf.«

Die elektronische Ansagestimme holt mich aus den Gedanken. Erleichtert reibe ich mir übers Gesicht und stemme mich hoch, um auszusteigen. Es sind ein paar Hundert Meter bis zum Stoertebeker's gleich am Kai, verdammte weite, lange Meter.

Gestern fand ich Billys Idee, mit ihr und Olivia zusammen hinzugehen, noch gut. Inzwischen bin ich ziemlich sicher, dass ich da nichts verloren habe.

Vorhin, beim Termin mit meinem Doc, ging es um offene Worte. Darum, anderen zu sagen, was man in diesem Moment braucht. Das Problem ist, dass die Depression in ihrer Dunkelheit verbirgt, was man braucht. Sie zeigt einem Dinge. Aber ob diese helfen oder auf hinterlistige Weise alles schlimmer machen, erfährt man bestenfalls im Nachhinein und meistens nie.

»Ich brauche wieder mehr Cipralex«, hab ich vorhin zu Dr. Raghav gesagt.

»Du hast eine depressive Episode, Cedric.« Er hat einen starken indischen Akzent, mit dem mein Name irgendwie fremd klingt, bis heute. »Hattest du unter der höheren Dosierung keine?«

»Doch, klar. Aber es war mir egal.« Ich lachte, und er lächelte auch. »War ein Witz. War es meistens nicht.«

»Lass während der Phasen die Scherze sein. Die sind so schlecht, dass ich davon auch depressiv werde.«

»Mach ich. Guter Rat, Doc.«

Ich bin bei ihm in Behandlung, seit wir damals nach Liverpool gegangen sind. Mum hatte nach der Trennung weniger arbeiten wollen und hier eine Stelle als Gesangslehrerin angenommen. Sie hatte nicht daran geglaubt, weiterhin als Sängerin erfolgreich sein zu können, weil sie nicht länger bereit war, sich für ihre Karriere ein Bein auszureißen. Aber da lag sie falsch. Sie wurde sogar noch erfolgreicher und bekam Anfragen von der Royal Opera, die sie mehrmals absagte, ehe sie dann irgendwann doch gemeinsam mit Emily zurück nach London ging.

Der Doc kennt mich, seit ich elf bin, wir wissen, wie wir miteinander umzugehen haben. Wenn er sagt, ich schaffe die Phase mit der niedrigsten Dosierung und kann danach absetzen, dann glaube ich ihm. Er weiß, wie wichtig mir der Versuch ist, von den Medikamenten loszukommen, und wenn es nur für eine Weile ist.

»Wir müssen das nicht schaffen, Doc«, hab ich beim letzten Termin zu ihm gesagt. »Aber ich will verdammt sein, wenn ich es nicht versuche.«

Billy und Olivia sitzen bereits mit Getränken auf der Holzterrasse vor dem Pub. Drinnen ist offenbar nicht viel los, denn Sawyer hat sich zu ihnen gesellt, blickt jedoch abwesend zu den Schiffen, die im Dock vertäut sind und sich wie zu leiser Musik hin- und herwiegen. Im frühen Abendlicht der untergehenden Sonne sieht es aus, als schwämmen sie in flüssigem Gold. Nun wirft er einen Blick auf das Smartphone in seiner Hand und ballt wortlos die freie Faust.

»Cedric!« Billy hat mich entdeckt, sie springt auf, um mich mit einem Kuss zu begrüßen, und ich ziehe sie einen Moment ganz eng an mich. Kurz lasse ich die Vorstellung zu, man könnte heilen durch den Herzschlag einer anderen Person. Durch den Duft ihrer Haut oder die Gewissheit, dass sie da ist.

Dann schiebe ich sie wieder ein wenig von mir. Ich bin dieser Illusion schon einmal aufgesessen.

Bei der Begrüßung der anderen fällt mir unter Sawyers heiß geliebtem und entsprechend abgewetztem Trilby-Hut der angespannte Zug um seine Lippen auf. Auf meine Nachfrage knurrt er bloß: »Wird nichts mit Livemusik. Sie hat abgesagt.«

»Die Sängerin?«, erkundigt sich Olivia und lässt die Schultern hängen. »Wie schade.«

Ja, dass ihr die Sängerin auf den Plakaten gefallen hat, war uns auch schon aufgefallen.

»Ablenkung, indem man sich in eine neue Schwärmerei stürzt, tut eh selten gut«, meint Billy pragmatisch. »Meist potenziert man nur den Katzenjammer.«

»Bist du jetzt Katzenjammerexpertin?« Olivia spielt mit hochgezogenen Brauen die Pikierte. »Ich brauche diese Ablenkung. Desna hat Annie angerufen.« Sie wirft erst Sawyer und dann mir einen knappen Blick zu. »Annie organisiert unsere Theatergruppe.«

Ich lasse mich auf den freien Platz zwischen Billy und Sawyer sinken.

»Wirklich?«, fragt Billy. »Und was wollte sie von ihr?«

»Es lief darauf hinaus, dass sie nicht mehr zu den Theaterproben kommt. Es sei denn …«

»Oh, oh.«

»Du sagst es. Es sei denn, ich höre auf. Muss man verstehen, oder? Du würdest sicher auch nicht im gleichen Ensemble spielen wie jemand, der dich sexuell belästigt hat.«

»Livie!«, ruft Billy. »Das hast du nicht.«

Olivia zuckt mit den Schultern. »Frag Desna.«

Billy schüttelt den Kopf. »Hat sie das wirklich so gesagt?«

»Nicht so richtig. Aber durch die Blume eben schon.«

»Ganz übel einen an der Klatsche«, diagnostiziert Sawyer treffsicher, obwohl er von der ganzen Geschichte nicht viel mitbekommen haben dürfte. Er hebt dabei nicht mal seinen Blick vom Handy, auf dem er hektisch herumtippt, sondern schiebt sich nur mit der freien Hand den Hut tiefer in die Stirn.

»Vielleicht ist es nur ein Vorurteil«, sagt Billy leise, »ich kenne Desna und ihre Familie ja nicht. Aber könnte es nicht sein, dass sie sehr konservativ erzogen wurde und das jetzt einfach ... mit ihrer persönlichen Entwicklung kollidiert?«

Sawyer murmelt eine Zustimmung. »Man sagt ja, Schwulenhasser sind meist verkappte Schwule.«

»Nein«, sagt Olivia überraschend ernst. »Nein, darüber möchte ich nicht weiter nachdenken.«

»Warum?« Sawyer sieht kurz von seinem Telefon auf.

Olivia verzieht schmerzgeplagt das Gesicht. »Ich kann damit leben, dass sie mich nicht so großartig findet wie ich sie. Ich komme damit klar, wenn sie mich hasst und mich krank und eklig findet.«

»Du bist nichts davon«, empört sich Billy. »Und wer das denkt, ist keinen einzigen deiner wunderbaren Gedanken wert.«

»Aber«, fährt Olivia fort, »würde sie nun dasselbe fühlen wie ich und es müsste daran scheitern, dass ihre Familie es nicht erlauben würde ... Wie schrecklich wäre das denn?«

Betretenes Schweigen breitet sich unter uns aus, bis Sawyer vernehmlich durchatmet. »Na dann: Auf einen beschissenen Abend allerseits. Die Vertretung hat auch abgesagt, und hier sinkt die Stimmung. Die eine hat Liebeskummer, die andere auch bald.«

Ich bin fast erleichtert über die depressive Phase. Mit mehr Emotionen hätte ich die unerwartete Spitze, die er auf mich abfeuert, nicht hingenommen. Mit *der anderen* meint er Billy. Er kann einfach nicht aufhören, mir einzureden, auch diese Beziehung würde scheitern; wieder an mir. Wir waren mal Freunde, weil Sawyer der ehrlichste

Mensch auf dieser Insel ist. Leider hat er die Angewohnheit, sich rein gar nichts aus einer Grenze zwischen Ehrlichkeit und unnötiger Härte zu machen.

Er mustert mich unter seinem Hut, aber ich gönne ihm keine Regung, kein Zeichen, dass ich seine Anspielung überhaupt bemerkt hätte. Sein Mundwinkel zuckt, eher Herablassung als ein Grinsen.

»Gehen wir rein«, sagt er. »Machen wir ein verdammtes Fass auf!«

BILLY

Langsam wird mir klar, warum Sawyer so unglaublich schlechte Laune hat. Natürlich versucht er, es sich nicht anmerken zu lassen, aber im Überspielen ist er nicht gut, und das bisschen schauspielerische Talent, das er hat, ist spätestens nach dem zweiten Whisky dahin.

Das Stoertebeker's ist eines der coolsten Pubs, die ich in Liverpool kenne. Die Lage hier an den Docks ist hübsch, aber kompliziert, da es abseits liegt, wo man nicht mehr erwartet, dass überhaupt noch etwas kommt. Niemand läuft auf seinem Weg in die Clubs zufällig vorbei, und diejenigen, die gezielt zur Marina kommen, wollen in den schicken Jachtclub oder in den Hafen.

Zwar trudeln im Laufe dieses frühen Abends immer mal wieder kleine Grüppchen von Gästen ein, aber fast alle reagieren enttäuscht, als sie erfahren, dass die Livemusik ausfällt, und nicht wenige gehen daraufhin wieder, ohne der abgefahrenen Einrichtung oder der Karte auch nur einen Blick zu widmen. Als die Küche dann gegen neun schließt und Simon, der Koch, sich verabschiedet, scheint der Abend gelaufen zu sein.

»Und wenn ihr Musik macht?«, schlage ich Sawyer und Cedric irgendwann vor. Das liegt doch nahe, sie haben das drauf. »Ich kann solange den Tresen übernehmen.«

»Nein«, sagt Cedric.

Sawyer versucht, sich ein Augenrollen zu verkneifen, was ihm nur zur Hälfte gelingt.

»Warum denn nicht? Wir können hier nicht den ganzen Abend dabei zusehen, wie …«

»Nein.« Cedric hat leiser gesprochen, das Wort regelrecht durch die Zähne gepresst. Trotzdem klingt es so scharf, als hätte er mich angeschrien. Er stößt die Luft aus. »Können wir kurz nach draußen gehen?«

Seine Worte sind so ernst, dass mein Puls beschleunigt. Ich sage rasch Olivia Bescheid, damit sie mich nicht sucht, und folge ihm dann durch den Eingang, über die Terrasse bis zum schmiedeeisernen Zaun, der den Kai abtrennt.

»Was ist denn los?« Ich habe ihn das vorhin schon einmal gefragt, er meinte, er sei nur ein wenig müde.

Ich hätte merken müssen, dass das nicht alles war, denn nun schiebt er mir das Papierschirmchen zwischen die Hände, von dem ich insgeheim gehofft hatte, es einfach nie wiederzusehen.

»Es geht mir nicht gut«, sagt er schlicht. »Und all das hier«, er deutet über das Pub, aus dem die Musik dringt, auf den nachtdunklen Abend, der über dem Wasser ruht, und vielleicht auch auf mich und meine vielen Fragen, »ist gerade verflucht viel.«

Ich drehe das Schirmchen in meinen Händen. »Verstehe. Hab ich dich gedrängt?«

Viertellächeln. »Nein. Hast du nicht.« Das Lächeln verlischt wieder. »Hast du definitiv nicht, ich weiß das. Aber in meinem Kopf …«

»Da fühlt es sich so an.«

»Fuck.«

»Ist okay. Du hast bloß Nein gesagt. Alles gut.«

»Die Musik«, sagt er nach einer Pause, »habe ich aufgegeben, weil ich sie für mich behalten will. Muss. Ich kann sie nicht teilen. Es macht mich kaputt, diese Songs zu komponieren, zu spielen, die … Fuck. Sie beginnen immer als etwas Großes. Als etwas mit Sinn und Bedeutung. Und am Ende werden sie in Geld bemessen, und es taugen nur noch die, die gut einspielen. Die anderen sind plötzlich wertlos.«

Vorsichtig schiebe ich mich näher an ihn heran. Lege die Arme um seine Taille, den Kopf an seine Brust. Lange bleibt er unbeweglich, ich spüre ihn nicht mal atmen. Dann sinkt sein Kopf auf meine Schulter. »Es ist nur eine Frage der Zeit, weißt du? Bis es dir wehtut. Bis ich dir wehtue.«

»Hey, Gewittertyp«, sage ich leise. »Versuch es doch. Ich kann das ab. Und verlass dich drauf, ich werde dich auch nicht nur mit Samthandschühchen anfassen.«

Er lacht, vermutlich freudlos, aber es ist trotzdem ein schönes Gefühl, wie sein Bauch an meiner Brust zuckt.

»Pass auf dich auf, ja? Ich gehe jetzt nach Hause.«

»Nach Hause?« Nicht mit zu mir? »Aber … Soll ich vielleicht mitkommen? Ich würde den Gewittertypen wirklich gern näher kennenlernen.«

Er schüttelt den Kopf. »Heute nicht. Der muss sich erst mal wieder an sich selbst gewöhnen.«

»Okay. Rufst du mich morgen an?«

»Versprochen. Grüß die anderen von mir, ja?« Er küsst mich zum Abschied zärtlich, aber zu kurz, und geht dann am Kai entlang Richtung Dingle.

Ich bleibe noch eine Weile am Dock stehen, schaue ins Wasser, das im Dunkeln endlos tief wirkt, und drehe mein kleines Papierschirmchen zwischen meinen Fingern.

»Ist Cedric gegangen?«, fragt Sawyer, als ich wenig später wieder ins Pub gehe. Die Musik legt einen seltsamen Schleier um mich, als könne man sich hier drin vor allem verstecken.

Ich nicke, dann fällt mir wieder ein, was für eine seltsame Stimmung heute zwischen den beiden hing. Ich habe das schon einmal gemerkt, als wir zum ersten Mal gemeinsam hier waren und Cedric Klavier gespielt hat. »Was ist da zwischen euch? Ihr seid Freunde, ist mir egal, wie Cedric das definiert, aber hin und wieder …«

Er unterbricht meine Worte mit einem sarkastischen Grinsen. »Freunde, ja? Ich fürchte, das ist lange vorbei.«

Das Wieso liegt mir auf der Zunge. Sawyer hat der Abend nicht gutgetan. Er hat mit allen Gästen angestoßen. Es waren nicht allzu viele, aber deutlich zu viele, um mit jedem zu trinken. Nun wirkt er zwar nicht betrunken, aber ich glaube, er hat einiges intus. Vermutlich ist es nicht fair, ihn in diesem Zustand auszufragen, aber das ist auch nicht nötig, denn er redet ganz von selbst.

Er kneift die Augen zusammen, um den Füllstand meiner Flasche abzuschätzen. »Willst du noch ein Hattie Brown's?«

Ich schüttle den Kopf, weil das Ale noch halb voll ist.

Sawyer deutet auf den Barhocker neben sich, ich klettere darauf und stelle die Füße auf den Streben seines Hockers ab, um bequem zu sitzen.

»Chris«, sagt Sawyer, als würde das alles erklären. Sein Blick geht ins Leere. »Bis zu der Sache mit Chris hätte ich Cedric als meinen Freund bezeichnet. Er hat das sicher anders gesehen, aber wer weiß schon, was in Cedrics Kopf passiert.«

Da ist etwas dran. »Wer ist Chris?«

»Chris ist das schönste Mädchen, das je herkam. Sie war oft stundenlang da, unterhielt sich mit allen und jedem und hat für gute Laune gesorgt.«

Das versonnene Lächeln auf seinem Gesicht gibt mir den entscheidenden Hinweis. »Du warst verliebt in sie.«

Er widerspricht nicht, spielt nur in Gedanken mit seinem Augenbrauenpiercing. »Wir hatten ein paar Dates – eher unverbindlicherer Natur, aber ich wollte das gern ändern. Doch dann ist sie über Cedric gestolpert. Und – bämm.«

»Bämm? Sawyer, kommt schon. Wirf mir keine Brocken hin.«

»Wie du willst. Luke und Cedric waren damals oft hier. Wir haben zu der Zeit noch zusammen rumgehangen, Musik gemacht und gefeiert. Um ehrlich zu sein, haben sie mich bloß mitgenommen. Kennst du diese Gestalt, die in jeder Band im Hintergrund am Bass zupft und die keiner wahrnimmt?« Er tippt sich an den Hut. »Darf ich vorstellen, der war ich. Luke und Cid dagegen waren hier schon die Superstars, wenn sie bloß am Tresen saßen und sich furchtbar wichtig gaben. Sie haben eine beschissene Show abgezogen, aber sie war gut, die Show.«

»Luke aus dem Musikstudium?«, hake ich nach. Cedric hat den Namen mal erwähnt.

»Jipp«, sagt Sawyer und schiebt mit dem Unterarm seinen Hut zurecht, ohne sein leeres Glas abzustellen. »Chris jedenfalls verliebte sich Hals über Kopf in Cedric. Und Cedric hat mitgenommen, was möglich war, ohne Rücksicht auf Verluste.«

Ich muss schlucken. Blöd von mir, dass ich überhaupt gefragt habe, denn eigentlich will ich diese Details nicht wissen. Oder doch? Unauffällig sehe ich mich nach Olivia um, aber die sitzt mit zwei jungen Frauen in einem der Boote und lacht gerade über irgendwas, das eine der beiden erzählt.

»Da war mir dann eigentlich schon klar, was ich von dieser Freundschaft zu halten hatte.«

»Wusste Cedric denn, dass du in Chris verliebt warst?«

Sawyer stöhnt auf. »Zuerst nicht. Hat er zumindest behauptet, auch wenn ich mir schwer vorstellen kann, wie er das übersehen konnte. Aber sie haben nie viel außer sich selbst gesehen, Cedric und Luke.«

Luke. Er schien Cedric zu der Zeit wichtig gewesen zu sein. Schade, dass sie keinen Kontakt mehr haben. Aber wer weiß, woran das liegt, immerhin hat Cedric sich ziemlich verändert. Luke womöglich nicht.

»Die Sache war, dass Chris Cedric wirklich geliebt hat. Oder besser: lieben *wollte.* Sie saß hier bei mir an der Bar, meist betrunken, und schüttete mir ihr Herz aus, das an ihm und seiner … Art nach und nach zerbrach. Sie veränderte sich. Wurde stiller, lachte nur noch aufgesetzt. Egal, was sie tat, in seinen Augen war alles falsch.«

Die Frage, die mir auf der Zunge liegt, ist heikel, weil ich nicht weiß, wie offen Cedric gegenüber Sawyer war. Oder ist. Aber es tut mir weh, wie schlecht er von ihm spricht. »Wusste Chris, dass Cedric Depressionen hat?«

Sawyer lacht bitter. Ich habe wohl einen Treffer gelandet. »Wie hätten wir das damals wissen sollen? Luke und Cedric haben ein Selbstbewusstsein bis zum Mond herumgetragen und jedem gezeigt, ob der es sehen wollte oder nicht. Geld, Erfolg, Spaß so viel man nur haben kann.« Erneut ein Lachen, abfällig fast. »Cedric wurde erst später diese grundehrliche Haut, die du jetzt zu kennen meinst. Damals hat er lieber mit aller Kraft geblendet, damit keiner seine Macken sah.«

»Wie lange ist das her?« Es muss fast eine Ewigkeit sein.

»Etwas mehr als zwei Jahre.«

Das ist weniger, als ich dachte. Andererseits … »Es kann sich viel ändern in zwei Jahren.«

Er nickt, will einen Schluck aus seinem Glas nehmen und merkt erst wieder, dass es leer ist, als er es bereits an den Lippen hat.

»Was ist damals mit Chris passiert?«, frage ich rasch, damit er nicht aufsteht, um die Whiskyflasche zu holen.

»Was soll schon passiert sein? Cedric merkte, dass sie sich verändert hatte. Gefiel ihm nicht, diese neue, leise Chris. Also hat er sie durch die nächste Maus ersetzt, die vor ihm auf dem Tisch getanzt hat. Und Chris brach das Herz. Sie kam danach zwei-, dreimal her, gab sämtlichen Stolz her, den sie noch hatte, weil sie glaubte, um ihn kämpfen zu können. Irgendwann gab sie auf. Hab sie nicht mehr gesehen.«

»Hast du versucht …«

»Sie zu trösten?« Unerwartete Wut macht seine Augen schmaler. »Ich hatte sie gewarnt. Und am Ende hatte ich wirklich keine Nerven mehr, der nette Typ an der Bar zu sein, der die Scherben auffegt, nur um dann dem nächsten Arschloch Platz zu machen. Das ist ein Scheißjob.«

»Glaub ich dir. Und daran ist damals alles kaputtgegangen«, vermute ich.

Sawyer haut das Glas mit einem Knall auf den Tresen, als hätte er plötzlich eine Stinkwut im Bauch. Ob er dieses Mädchen, Chris, bis heute im Kopf hat? Oder ist da noch etwas anderes?

Ich beobachte ihn, wie er Gedanken und Erinnerungen zu durchkämmen scheint, bin mir nicht sicher, was ich mit gutem Gewissen fragen kann und was mich einfach nichts angeht. Was mache ich hier überhaupt? Wenn ich mir vorstelle, Cedric würde so in meiner Vergangenheit herumwühlen und sich mit meinen alten Freunden unterhalten, wenn die gerade mehr als nur einen zu viel getrunken haben, wird mir fast übel. Hitze steigt mir in die Wangen. »Ist ja auch echt egal. Es ist lange her, oder?«

Sawyer sieht durch mich hindurch. Sein Blick ist ein wenig glasig, man merkt es nur, wenn man weiß, dass etwas nicht stimmt. »Ich kann nicht aufhören, ihm übel zu nehmen, dass er mich damals einfach hier sitzen gelassen hat. Dass er nicht mehr hergekommen ist – meinetwegen. Wäre ich auch nicht. Aber der Wichser hat meine Anrufe weggedrückt. Als gäbe es mich nicht mehr, nur weil … Fuck.«

Plötzlich ergibt einiges Sinn. Cedric hat zu mir gesagt, Freunde würden sich aufeinander verlassen können – und Sawyer sei nicht das Problem gewesen. *Er* war es. Er hat Sawyer damals dieses Mädchen abspenstig gemacht und danach den Kontakt eingestellt.

»Aber scheiß drauf«, sagt Sawyer und rutscht vom Barhocker. »Du hast recht. Es ist lange her, und Cedric ist ein anderer geworden.« Ein Pärchen, das bislang im hinteren Teil des Pubs gesessen hatte, bricht auf, und er schaltet wie auf Knopfdruck auf gute Laune um, um sich zu verabschieden. Dann räumt er ihren Tisch ab.

»Wir hatten das hinter uns gelassen«, sagt er, als er zurückkommt und die Gläser ins Spülwasser gleiten lässt. »Aber als er mit dir hier auftauchte …« Verlegen senkt er den Blick. »Du siehst nicht so aus wie Chris, kein Stück. Aber du erinnerst mich trotzdem an sie. Ich will nicht, dass es sich wiederholt. Dass er dich auch mit in seine Untiefen zieht. Da gehörst du nicht hin.«

Ich lehne mich über die Theke und stütze mich auf die Ellbogen. »Vielleicht kenne ich mich ja aus mit Untiefen.«

Er lacht darüber. Zwar sagt er nichts, aber ich höre die ungesagten Worte, die davon reden, ich hätte keine Ahnung.

Kurz kitzelt mich der Impuls, ihn zu korrigieren. Ihm drei Worte um die Ohren zu hauen, damit er versteht, dass ich weder naiv noch ahnungslos bin. Dass ich meine eigenen Untiefen besitze.

Ich bin …

Aber ich werde den Teufel tun, das dem angetrunkenen Sawyer auf die Nase zu binden, bevor Cedric es weiß. Er wird es erfahren, aber nicht erzwungen, sondern dann, wenn der Moment stimmt. Wenn ich in der Lage bin, es anzusprechen, ohne Angst, es könnte mich dann einholen. Wenn er es schlucken kann, ohne dass es ihn runterzieht.

Olivia erscheint neben mir. »Hey, jetzt wo die anderen Gäste alle weg sind, könnt ihr euch doch zu uns gesellen, oder?« Sie blickt von mir zu

Sawyer und deutet dann zu dem Boot rüber, wo sie mit ihren neuen Bekanntschaften gesessen hat. »Die beiden kommen aus Schweden und sind auf Rucksacktour durch Europa. Das ist megaspannend!«

»Gern, geh schon vor, ich komme gleich nach«, antworte ich, während Sawyer abwinkt und die Auffangschale seiner Zapfanlage herauszieht, um sie zu spülen. Beiläufig knallt er dabei den Unterarm mehrmals gegen einen Schalter, sodass das Licht zu flackern beginnt: das Zeichen, dass er in der nächsten Viertelstunde schließen will.

»Hast du Chris' Nummer eigentlich noch?«, frage ich ihn, als Livie wieder gegangen ist.

Er sieht nicht von seiner Arbeit an der Zapfanlage auf. »Wenn sie noch dieselbe hat, ja.«

»Warum rufst du nicht mal bei ihr an? Du hast selbst gesagt, es ist viel Zeit vergangen, und … wer weiß.« Was auch immer sie sagen wird, vielleicht kann er dann mit ihr abschließen. Das scheint er aus irgendeinem Grund verpasst zu haben.

»Ja, wer weiß.«

TEIL 4

BILLY

20. Mai

Cedric.

Diesen Brief schreibe ich nicht mit Tinte, sondern mit Nutzlosigkeit.

Du wirst ihn niemals zu lesen bekommen, aber er ist auch nicht für dich bestimmt.

Ich schreibe ihn, während du keine zwei Meter von mir entfernt bist. Und gleichzeitig seltsam unerreichbar fern.

Du glaubst, ich würde einen Brief an meine Nanna schreiben, wie ich es sonst immer tue, wenn ich mit dem Schreibbrett und dem Füller auf der Fensterbank sitze, deinen Kater zu meinen Füßen, die Wand in meinem Rücken, den Blick abwechselnd auf dem Papier und in den Baumkronen draußen im Park. Auch Nanna bekommt längst nicht alle Briefe, die ich ihr schreibe. Nur die hoffnungsvollen, in denen ich keine Angst in Worte fasse.

Zu Anfang hab ich nicht in Gänze verstanden, was es bedeutet, einem geliebten Menschen, der Hilfe braucht, nicht helfen zu können. Ich dachte, ich könnte das hinnehmen – die Hilflosigkeit. Sie tragen wie eine schwere, lästige Tasche, mit der ich auf unserem Weg schon irgendwie zurechtkommen würde.

Natürlich wusstest du besser, wie naiv ich war.

Wir sind nun fast auf den Tag vier Wochen zusammen. Ich weiß jetzt, wie du bist, wenn die Gewitter kommen. Und meine Tasche aus Hilflosigkeit ist so schwer, dass ich hier stehe und an ihr zerre, weil ich mich mit ihr beladen nicht mehr vom Fleck bewegen kann.

Diesen Brief schreibe ich nicht mit Tinte, sondern mit Hilflosigkeit.

Was es so schwierig macht, die Depression zu verstehen, ist, dass du dir kaum etwas anmerken lässt. Du lächelst, aber es ist nur eine Maske. Du lachst, aber es ist nur ein Geräusch. Du liebst. Aber das ist plötzlich nur noch ein Wort.

Ich habe Angst, dass ich verlerne, den Unterschied zu erkennen. Dass ich irgendwann Glück spüre, wenn es für dich nur eine Fassade ist.

Du strengst dich so sehr an, zu funktionieren, gehst zum Laufen, zur Uni und zu den Studien im Meeresinstitut. Gibst dir Mühe, lieb zu deiner Schwester und deiner Mutter zu sein, und gibst alle Energie, um noch mit Isaac zu quatschen oder einen Film anzusehen, auf ein paar Worte bei Sawyer reinzuschneien oder Olivia zu fragen, wie es ihr geht. Am Ende reibst du dich auf, damit selbst ich nicht sehe, wie müde du bist, wie erschöpft alle Gedanken, wie wund und aufgescheuert alle Emotionen. Du sagst mir, wie du dich fühlst, aber du tust alles, um es mich nicht spüren zu lassen.

Du hältst mir das Papierschirmchen hin wie eine Blume, damit ich mich nicht an deinen Kanten stoße, die du längst bis aufs rohe Fleisch abgeschliffen hast. Und lächelst, verdammt, du lächelst mich dabei an.

Diesen Brief schreibe ich nicht mit Tinte, sondern mit Angst.

Angst, dass es falsch ist, bei dir zu sein, wenn die Gewitter in deinem Kopf toben, weil es zu sehr in deiner Natur liegt, mich vor ihnen schützen zu wollen und dich selbst dabei zu vergessen.

Angst, dass es falsch ist, nach Hause zu fahren, ohne dich, weil es sich anfühlt, als würde ich dich alleinlassen.

Angst, dass es falsch ist, dich nicht allein zu lassen, damit du dich ausruhst und um niemanden außer dich selbst kümmern musst.

Angst, beim Versuch, dich zu berühren, dorthin zu fassen, wo alles wund und offen liegt, und die falschen Dinge zu sagen, die falschen Fragen zu stellen. Wo ist das Klavier von den alten Fotos? Warum hast du die Musik aufgegeben, wenn sie doch ständig in deinem Kopf ist?

Angst, dass ich dich schon verloren habe und du nur deshalb noch bei mir bist, weil du Angst hast, ich würde zusammenbrechen wie Chris.

Gibt es etwas, das man richtig machen kann? Manchmal fürchte ich, ich finde es nicht!

Diesen Brief schreibe ich nicht mit Tinte, sondern auch mit Mut.

Denn, hey, Cedric. Du hast mir gesagt, dass es schwer werden würde. Und ich habe mir geschworen, diese Tasche aus Hilflosigkeit zu tragen. Manchmal komme ich nicht weiter, mag ja sein. Und oft holt die Angst mich dann ein. Und die Wut dröhnt in meinen Ohren. Die Verzweiflung blendet mich. Regen, Donner und Blitz.

Du willst mich davor schützen, aber ich will bloß bei dir sein.

Ich habe ein Papierschirmchen gegen die Kälte, die von dir abstrahlt. Gegen deine Erschöpfung, die wie mit langen, dünnen Fingern nach mir greift. Gegen das Alleinsein, wenn du neben mir liegst, aber nicht da bist, sondern dich irgendwie tief in deinen Gewittern verlaufen hast.

Aber kriegt mich das unter? Ich denke gar nicht dran!

Ich warte, bis das Gewitter abzieht, und zerre meine Tasche weiter, auch wenn jeder meiner Fehler sie schwerer macht. Wie dicke Steine, die ich hineinpacke.

Ich zerre sie weiter. Irgendwann wird meine Tasche leichter, und dann finde ich dich wieder, du kommst nach Hause, nass und durchgefroren und auch ein wenig erschüttert. Aber du bist zurück. Und ob du es mir nun glaubst oder nicht – ein bisschen stärker als zuvor.

Dann tragen wir die Tasche ein Stück zusammen.

Cedric. Ich schreibe diesen Brief nicht mit Tinte, sondern mit Liebe. Vielleicht bewahre ich ihn auf, und wir lesen ihn eines Tages zusammen.

CEDRIC

»Und sie will wirklich kein Geschenk?«

Die mit Frischhaltefolie zugeklebte und darunter bis zum Rand mit Kartoffelsalat gefüllte Schale, die Isaac mit beiden Armen umklammert aus dem Kofferraum seines Wagens wuchtet, ist groß wie ein Eimer.

»Ich hab auch noch zwei Flaschen Wein und einen Gin im Rucksack, aber …«

»Alter!« Ich muss lachen. »Du sollst die Gäste nicht allein versorgen. Musst du so übertreiben?«

»Das ist doch bloß Kartoffelsalat!«, verteidigt er sich, und die Bewegungen seiner Finger deuten an, dass er gern gestikulieren würde, was am Gewicht der gigantischen Schüssel scheitert. »Man kann doch unmöglich nur mit Kartoffelsalat zu einem einundzwanzigsten Geburtstag gehen.«

Ich klopfe ihm auf die Schulter, lotse ihn mitsamt seiner Fracht zur Haustür und drücke auf die Klingel. »Es wird hart, aber du wirst das schaffen. Billy hat sich ausdrücklich keine Geschenke gewünscht, sondern nur etwas fürs kalte Büffet. Allerdings kommen nur an die fünfzehn Leute, kein ganzes Bataillon.«

Innerlich stelle ich mich bereits darauf ein, dass wir uns zwei Wochen nur von den Kartoffelsalatresten ernähren werden. Billy hasst es, Lebensmittel wegzuwerfen.

Die Tür summt, ich drücke sie auf, und wir steigen die mit Teppichen ausgelegten Treppen nach oben zur WG.

»Was bekommt sie denn von dir?«, fragt Isaac. Der Arme atmet schwer von seinen schätzungsweise zwanzig Pfund purem Cholesterin. »Senf und Ketchup?«

»Berge«, werfe ich über meine Schulter.

»Berge von Senf und Ketchup?«

»Trottel! Wir fahren ein Wochenende nach Schottland an den Loch Torridon.«

»Oh. Campen und Wandern im Highland-Regen. Wie ... originell.«

»Sie bouldert«, erwidere ich schlicht. »Da gibt es perfekte Sandsteinblöcke zum Klettern. Und oft findet man dort Fossilien.«

»Im Regen«, sagt Isaac, aber darauf antworte ich ihm nicht, denn zum einen hat Billy sich heute früh riesig gefreut, und zum anderen haben wir den dritten Stock erreicht, ich schiebe die Tür auf, und der Song, der mir entgegenklingt (»Books from Boxes« von Maxïmo Park) stellt sich als mein neuer Begleiter vor: Den hab jetzt ich definitiv zwei Tage lang im Kopf. Es könnte schlimmer sein.

Billy und Olivia haben nicht viel Platz, weshalb ein Tapeziertisch im Korridor steht, auf dem das Büffet und ein paar Getränke sowie Teller und Gläser aufgebaut sind. Ich stabilisiere den Tisch unauffällig mit einem Griff, als Isaac seinen Kartoffelsalat dazuwuchtet, die Tischplatte schwankt dennoch ein wenig. Im Schatten der Königin aller Salate werden die Schälchen mit weiteren Salaten, Antipasti, Brot und Aufstrichen, gebratenen Pilze, Mixed Pickles und Würstchen fast unsichtbar. Wenn ich Isaacs versonnenes Grinsen korrekt deute, erfüllt ihn das mit Stolz.

Die bunt gestrichenen Zimmertüren stehen allesamt offen, und dahinter tummeln sich die Gäste in kleinen Grüppchen und unterhalten sich. Die Musik kommt aus Olivias Zimmer. Eine zierliche Frau mit blonder Kurzhaarfrisur und einem Lager in der Hand hat bereits allein zu tanzen begonnen. Ich erkenne einen Typen und zwei junge Frauen, die im Sweesy arbeiten, aber die meisten Leute hier habe ich nie zuvor gesehen. Isaac stellt sich bereits irgendwo vor, und ich schaue auf der Suche nach Billy in der Küche vorbei.

Sie steht mit dem Rücken zu mir am offenen Kühlschrank und sortiert Getränkeflaschen so, dass möglichst viele hineinpassen. Ich beobachte sie einen Moment aus dem Türrahmen. Sie sieht so schön aus in dem cremefarbenen kurzen Kleid, das sich von ihrer dunklen Haut abzeichnet. Es würde elegant wirken, hätte sie dazu nicht flauschige, dicke Wollsocken an den Füßen. Die Haare trägt sie zum Teil in einem lockeren Knoten, die restlichen Wellen kringeln sich um ihre Schultern. Sie sieht aus, als hätte sie sich nicht entscheiden können, ob sie zu ihrer eigenen Party geht oder lieber den Abend auf der Couch verbringen will, und ich muss gestehen, dass beides seinen Reiz hat.

»Hey«, sage ich leise, sie dreht sich zu mir um und strahlt mich an.

»Da bist du ja endlich, hi!« Sie tritt vor mich, schmiegt sich an mich und gibt mir einen Kuss. »Ich dachte schon, du kommst auch nicht.«

»Wer wagt es, nicht zu deiner Geburtstagsfeier zu erscheinen?«

»Sawyer. Er hat gerade angerufen. Ich soll dich grüßen, er schafft es nicht.«

»Armer Knecht«, erwidere ich mitleidig. Mit einem eigenen Laden hat man nie frei. »Er sollte sich echt mal um eine zuverlässige Aushilfe kümmern, statt Lizzy, die nur kommt, wenn sie gerade Lust hat, aus Mitleid immer wieder neue Chancen zu geben.«

Sie schüttelt den Kopf. »Lizzy ist gekommen. Es war irgendwas mit seiner Schwester, aber nichts Schlimmes, sagt er.«

»Okay. Schade.« Ob das ein Vorwand war? Ich habe Sawyer gestern gefragt, ob wir mal reden können – in Ruhe, ohne dass er nebenbei Getränke ausschenken muss. Möglich, dass er keine Lust darauf hat. Andererseits ist Billys Party vielleicht auch nicht ganz der richtige Anlass dafür.

»Ja, wirklich. Aber jetzt stelle ich dich erst mal den anderen vor, ja? Also – da kommt gerade Patrick um die Ecke. Wir kennen uns vom Bouldern. Auch ein Cider, Paddy? Das ist Cedric, mein Freund.«

»Der Arsch«, sagt Patrick mit einem breiten Grinsen, und ich beschließe, ihn zu mögen.

»Billy!« Olivia taucht im Türrahmen auf. Sie ist vermutlich der einzige Mensch auf der Welt, der flüsternd schreien kann. »Wer ist der hübsche Fremde in meinem Schlafzimmer? Der Kleine.« Ihre Geste sieht aus, als wäre der Gemeinte nicht größer als ein Grundschulkind.

Ich muss lachen. »Ich nehme an, du meinst Isaac, der ist mit mir hier.« Und mindestens eins siebzig. »Wenn du dich mit ihm unterhalten willst: Lob seinen Kartoffelsalat.«

»Oh. Ich hasse Kartoffelsalat. Der riecht fies und …«

»Wenn du ihm das sagst«, unterbreche ich Olivia, »wird er dich verachten. Für immer.«

Sie mustert mich einen Moment, als wollte sie prüfen, ob ich es auch ernst meine, dann zuckt sie mit den Schultern. »Okay. Kartoffelsalat. Schaff ich!« Schon ist sie wieder weg.

Billy sieht ihr ratlos nach. »Olivia und Isaac. Würde das gut gehen?«

»Es wird etwas Platonisches. Sie quatschen beide ohne Punkt und Komma. Küssen dürfte so schwierig werden.«

»Vielleicht neutralisieren sie sich auch gegenseitig.«

In den folgenden Minuten schleift Billy mich von einem Raum in den nächsten. Sie zeigt mir die überdimensionale Topfpalme, die Olivia ihr geschenkt hat, stellt mich und Isaac zunächst ihrer Klettertruppe vor, die sich größtenteils angeregt über die Touren in Torridon austauschen (natürlich waren alle schon da), und danach ihren Arbeitskolleginnen, die ich vom Sehen kenne. Die Musik wechselt zwischen aktuellen Pophits (Kygo dominiert; ich vermute, Olivia hat hier den größten Einfluss auf die Musikanlage), ein paar älteren Stücken und Achtzigersongs.

Wir holen uns was zu essen, staunen erst über den reißenden Absatz von Isaacs Kartoffelsalat und im Anschluss noch darüber, dass er das Rezept auswendig herunterbeten kann und jedem diktiert, der auch nur ein »Lecker« von sich gibt. Weitere Gäste kommen dazu, die auch Billy nur flüchtig kennt: Olivias Freunde.

»Sie hat mir ihre geliehen«, erklärt Billy, als wir zurück in die Küche gehen, um eine Ladung Geschirr in die Spülmaschine zu räumen. »Ich hab ja nicht so viele.«

»Was für ein Glück.« Ich beuge mich über ihre Schulter, umfasse ihre Taille und ziehe sie eng an mich. »Sonst wären da noch mehr Leute, um die du dich heute kümmern musst. Und was würde ich dann machen?«

Sie schließt die Augen, und ein sichtbarer Schauder läuft ihr den Rücken hinab. Ich streifte ihr Ohr mit der Unterlippe, und sie drückt ihren Po gegen meine Hüften.

Es ist immer wieder fast beängstigend, wie sehr unsere Körper aufeinander reagieren. Eine winzige Berührung kann eine Kettenreaktion auslösen, an deren Ende wir nackt in einem Bett liegen. Mir droht die Jeans eng zu werden, und in meinem Kopf sind meine Hände schon unter ihrem Kleid. Meine Finger unter ihrem Slip. Vorsichtig nehme ich ihr Ohrläppchen zwischen die Zähne und spiele ihr mit der Zunge vor, was ich später an anderer Stelle zu tun gedenke.

»Ich verrate dir was«, flüstere ich.

»Hm?«

»Keine Pillen seit fast einer Woche.«

Ihr Atem wird schneller. Durch den dünnen Stoff ihres Kleides glaube ich zu spüren, wie sich ihre Haut erhitzt. »Warum hast du nichts gesagt?«

»Wollte warten …«

Sie lacht. »Bis ich das Haus voller Leute hab? Super Idee.«

»Bis ich einen Unterschied spüre.«

»Und? Spürst du einen?«

»Gott, wenn du wüsstest.« Ich war vom ersten Tag an verrückt nach ihr. Aber jetzt, ohne die Antidepressiva, rauscht mir das Verlangen durch den gesamten Körper.

Ich fühle mich betrunken, und alle Erinnerungen, wie ich mich verzweifelt um einen Höhepunkt bemühe, sind farblos, blass und unscharf geworden, während die Vorstellung, wie ich endlich ganz in ihr bin, meinen gesamten Verstand dominiert.

»Sag's mir.« Zwei kleine Worte, die mich noch ein wenig mehr anpeitschen.

»Ich …« Meine Stimme klingt heiser, und Billy lacht in sich hinein. Sie liebt das, hat sie gesagt. »Ich rieche, dass du …«

Ein kaum hörbares Stöhnen untermalt ihr Ausatmen. »Dass ich …?«

»Ups, ich wollte nicht stören!« Wir zucken zusammen, als eine der Frauen – Rebecca, glaube ich – mit einem Grinsen an uns vorbei zum Kühlschrank huscht. »Einfach weitermachen, tut so, als wäre ich nicht da. Ich such nur Ketchup.«

Wir müssen alle drei lachen, und Billy überlegt laut: »Soll ich die Tür abschließen oder besser gleich alle nach Hause schicken?«

Ich schüttle über mich selbst den Kopf. Gott, Benedict! Musst du ihre Geburtstagsfeier crashen? »Ich verspreche dir, ich bin der Letzte, der geht. Und vorher …«

Sie löst sich mit einem »Huuu, ist das plötzlich warm hier drin!«

von mir, und geht zum Kühlschrank. »Stoßen wir wenigstens darauf an? Auf die letzte Pille und den Letzten, der heute Abend geht?«

»Ich nehme zwar an, dass ich nicht mehr gehen werde, aber: Klar.«

»Dann organisier uns schon mal zwei Gläser Sekt, okay? Ich komme sofort nach.«

Sie beugt sich in den Kühlschrank, um den Ketchup für Rebecca zu suchen, und ich trete in den Flur, innerlich noch damit beschäftigt, meine Fantasie unter Kontrolle zu bekommen. Am Büffettisch unterhalten sich zwei Mädchen mit Tellern in der einen und Gabeln in der anderen Hand. Ich muss mich an ihnen vorbeischieben, um die Sektflasche zu erreichen, die in einem mit Eiswürfeln gefüllten Kübel steht. In dem Moment, als ich nach ihr greife, erreichen mich ein paar Klänge der neu beginnenden Musik aus Olivias Zimmer, und mein Atem verkantet in meiner Kehle.

Dieser Song … Ich kenne ihn. Zu gut.

Mir wird eiskalt. Gleichzeitig bricht Schweiß aus jeder meiner Poren, als die Stimme einsetzt.

Leise. Viel zu leise für den wütenden Anfang des Liedes.

You still dare finding yourself in this lyrics.

What you deny, bugger, really is clearest.

Ich kann das nicht. Nicht das.

Darauf bin ich nicht vorbereitet. Die anderen Songs, okay, kein Problem, ich muss damit rechnen, immer. Aber der?

Die Zeit verlangsamt sich. Bleibt fast stehen.

Ich drücke den Atem mit Gewalt aus meiner Lunge. Die Flasche kippt, ein Schwall Sekt ergießt sich schäumend über den Tisch.

Fuck, reiß dich zusammen, Benedict. Reiß dich …

Ich kann verhindern, dass die Flasche vollends umfällt. Schmeiße dabei ein Glas um. Scherben und Nässe auf der Tischdecke aus Papier. Ich schiebe sie hastig zusammen.

Die Stimmen der Mädchen neben mir klingen überdeutlich durch das Rauschen in meinen Ohren. Es ist, als würden sie mich anschreien.

»Oh, das Lied mag ich irgendwie.«

»Dein Ernst? Das ist so depressiv. ›Warning‹ von ihm mag ich, aber das da? Das macht krank!«

»Ich mag halt den Sänger. Leider kommt von dem nichts mehr.«

»Wundert mich nicht. Den haben seine eigenen Songs fertiggemacht, jede Wette, der hat … Oh Mist! Hey! Alles in Ordnung? Vorsicht, du hast dich geschnitten. Warte, ich hol einen Handfeger!«

Ich zwinge mich zum Einatmen. Alles dröhnt. Das Mädchen zieht meine Hand von den Scherben weg. Blut tropft auf den Tisch. Ich spüre nichts. Das Rauschen wird lauter.

So wally, raise a glass for me, my song is over now.

Have felt every emotion, have been through any pain.

If it ends tonight, okay, it's alright.

Slainte. Slainte!

Zusammenreißen.

»Kannst du …« Ich bin sicher, dass ich spreche, aber ich höre mich nicht.

Zu leise – zu laut. Ich weiß nicht.

»Kannst du … die Musik ausmachen?«

Die Frau sieht mich an, ihr Gesicht verschwimmt vor meinen Augen. »Bist du okay? Hey! Alles in Ordnung?«

»Geht schon.«

»Hey!« Sie schreit. »Mach mal jemand die Scheiße aus.«

Die andere taucht wie ein heller Klecks in meinem Sichtfeld auf. »Willst du dich setzen? Du bist ganz blass. Kannst du kein Blut sehen? Das geht mir auch so, komm, setz dich vielleicht …« Sie bewegt den Mund, aber ihre Stimme verschwindet im Rauschen. Ich höre mein Herz rasen.

Der Song. Läuft der noch immer? Noch immer?

»Ich muss … muss raus hier.«

Mit den Händen taste ich mich an den beiden vorbei, schwanke bis zur Tür und reiße sie auf.

BILLY

Etwas stimmt nicht. Leigh brüllt, jemand solle die Scheiße ausmachen. Was ist denn da los? Ich laufe in den Korridor und stehe ihr und ihrer Freundin gegenüber. Ratlos blicken sie auf den Tapeziertisch, auf dem Scherben liegen. Blutstropfen verwischen auf der durchnässten Papiertischdecke zu einem seltsamen Aquarell. »Was ist?«

Leigh zuckt mit den Schultern. »Dieser Typ. Keine Ahnung, was der hatte. Hat sich wohl geschnitten.«

»Ich glaub, dem ist schlecht geworden«, ergänzt ihre Freundin. »Nicht, dass der den Hausflur mit dem Klo verwechselt.«

»Welcher Typ?«, frage ich alarmiert, dabei ahne ich es längst. Irgendetwas sagt mir mehr, als ich wissen kann. Es ist Cedric, aber … Im Türrahmen zu Olivias Zimmer tauchen neugierige und besorgte Gesichter auf.

»Dunkle Haare«, sagt Leigh.

Ich fluche, weil meine Schuhe nicht wie sonst vor der Wohnungstür herumliegen, und renne in mein Zimmer, um sie zu suchen.

»Was ist los?«, fragt Livie.

Ich zucke mit den Schultern, während ich meine Füße in den dicken Socken in die Sneaker presse. »Weiß nicht. Irgendwas ist mit Cedric. Könntest du hier …?«

»Klar.«

Ich laufe an ihr vorbei zur Wohnungstür. Irgendjemand bezeichnet den Song von Livies Playlist, der gerade läuft, als zum Kotzen und meint, meinem Freund wäre nur das letzte Bier hochgekommen. Er hatte kein Bier, aber dieser Song … Ich verharre kurz und lausche.

If it ends tonight, okay, it's alright

Slainte. Slainte!

Es kommt mir vage bekannt vor, vor allem erkenne ich in der Musik etwas anderes: Sie ist es, die mir irgendetwas sagt, die mich an etwas erinnert.

»Was ist das für ein Lied?«, rufe ich über meine Schulter in Livies Richtung.

»Was? Das ist Luce. Ein Stück vom Album.«

Luce … Luce … Ich komm nicht drauf. Eilig ziehe ich meine Tasche von der Garderobe, kontrolliere kurz, ob die Autoschlüssel drin sind, und wähle auf dem Handy mit der freien Hand Cedrics Nummer an. Nichts. Es klingelt, aber niemand nimmt ab. Hat er sein Handy überhaupt bei sich?

»Kommst du zurück?«, ruft Livie mir in den Hausflur nach.

»Mal sehen!« Kümmerst du dich hier um …«

»Billy! Natürlich.«

Luce! Ja, doch, jetzt erinnere ich mich. Singer-Songwriter, scheuer Typ ohne Auftritte. Er hatte einen Riesenhit vor etwa drei Jahren – »Warning«. Ich komm nur nicht darauf, was daran mich aufhorchen lässt.

Ich renne die Stufen hinab und laufe in Richtung der Bushaltestelle. Kein Cedric. Verdammt, nein, natürlich nicht! Wenn es ihm plötzlich, aus welchem Grund auch immer, so schlecht geht, dass er von meiner Party flüchtet, wird er sich kaum im Bus zwischen die Leute setzen.

Ob er zu Fuß nach Hause läuft? Fünf Meilen? Warum frage ich mich das überhaupt? Ich muss ihn einholen.

Als ich Homer erreicht habe, hinter dem Steuer sitze und gerade den Motor gestartet habe, beginnt mein Telefon zu surren. In der Hoffnung, dass es Cedric ist, zerre ich es aus den Tiefen meiner Tasche, aber im Display erscheint Sawyers Name. Und obgleich er nur wissen will, ob es sich noch lohnt, verspätet zu kommen – »Nein, eher nicht, tut mir leid« –, fällt mir das Lied wieder ein, das er vor einigen Wochen mit Cedric gespielt hat. Ich hatte es nie zuvor gehört und trotzdem den Stil erkannt. War ich nicht der Meinung gewesen, es müsse von einer Band oder einem Sänger sein, den ich kenne?

»Sawyer?«, rufe ich atemlos ins Telefon. »Was war das für ein Song neulich?«

Eine Pause zieht sich. »Was? Warum fragst du das? Geht's dir gut, Billy? Was ist das für ein Geräusch? Bist du im Auto?«

»Sawyer! War das Luce?« Ich brülle fast, während ich, ohne zu blinken, um eine Kurve biege. Denn mir fällt ein weiteres Detail ein, ein weiteres Rädchen, das in die anderen greift. Sawyer hatte von Luke gesprochen. Luke … Luke und Cedric … LuCe.

»Ja, war es. Es tut mir leid, Billy. Ich war echt ein Riesenarsch, weil ich ihn gedrängt hab, das zu spielen. Was ist da los bei euch?«

»Später, es ist alles okay! Glaube ich.« Das Handy fliegt auf den Beifahrersitz und rutscht beim Bremsen in den Fußraum. Ich hab keine Ahnung, warum Sawyer deswegen ein Arsch sein soll, aber ich habe Cedric gefunden. Er geht eilig an den vielen bunten, eng aufgereihten Häusern der Church Road entlang.

Ich kurble das Fenster hinab und fahre langsam dicht neben ihm. »Cedric?«

Ein paar Meter geht er einfach weiter. Dann ruft er mir zu: »Fahr nach Hause, Billy.«

Einen Scheiß werde ich! »Komm mit. Bitte. Warte!« Er ignoriert jedes meiner Worte. »Cedric, bitte, rede mit mir. Was ist passiert?«

Ein bitterer Ausdruck fliegt über sein Gesicht. »Ich bin durchgedreht. Nichts weiter. Gewöhn dich dran. Oder …«

»Komm schon. Lauf nicht weg.« Nicht vor mir. Nicht vor mir.

»Bitte geh«, sagt er leise. »Du musst gehen, lass uns morgen …«

Mir steigen Tränen in die Augen, so verzweifelt fühlt es sich an, unbedingt etwas tun zu wollen und so an ihm abzugleiten. Ich kann nur hilflos neben ihm herrollen.

Ein Taxi blendet hinter mir auf, überholt mich und fährt dann langsam vor uns her. Vermutlich sehe ich aus wie ein irrer Stalker, wie ich hier neben Cedric herschleiche, der mich ignoriert. Die Rücklichter des Taxis tauchen sein Gesicht in ihr rotes Licht; es sieht weich und so jung aus. Schließlich erkennt der Fahrer vermutlich, dass ich eine Frau bin und demnach wohl keine Gefahr für einen jungen Mann mit durchtrainierten Armen und einer Größe von eins achtzig. Das Taxi fährt davon.

»Sag mir bitte, was passiert ist.« Ich bettle fast, aber er schweigt, und mir wird klar, dass er nicht antwortet, weil er es nicht kann. Wo immer er gerade auch sein mag – ich erreiche ihn dort nicht. »Weglaufen ist doch …« Ich halte inne, als mir mein Fehler bewusst wird.

Und dann weiß ich, was wir tun werden. *Weglaufen.*

Ich gebe Gas, fahre ein kleines Stück die Straße hoch und halte dann an. Cedric läuft ungerührt einfach weiter, Schritt für Schritt, während ich aussteige und mich in seinen Weg stelle. Aus dem nahe gelegenen Haus dringen die flackernden Lichter eines Fernsehers. Cedric macht den Anschein, als würde er einfach durch mich hindurchlaufen wollen, aber als ich ihm die Hände auf die Brust lege und mich gegen ihn stemme, gelingt es mir doch, ihn aufzuhalten.

»Bitte, Billy.« Er flüstert fast. »Ich kann jetzt nicht.«

»Ich weiß.« Ich will ihn zum Wagen schieben, aber eher könnte ich mein Auto zu ihm tragen. Die Muskeln in seinen Unterarmen zittern, und sein Blick ist einen Moment lang so eisig, dass ich fest damit rechne, gleich auf dem Asphalt zu landen, weil er mich heftig wegstoßen wird. Stattdessen stöhnt er einen leisen Fluch, als ihm mein Gesichtsausdruck auffällt, und ich nutze den kurzen Moment, in dem er zu erschrocken von sich selbst ist, um Gegenwehr zu leisten.

»Ich weiß. Und du musst nichts tun.« Ich bugsiere ihn zur Beifahrertür, und er lässt sich frustriert auf den Sitz fallen. Jede Sehne an seinen Armen und seinen Händen steht heraus, er ist verkrampft bis in die letzte Faser. Meine Hände schmerzen fast vor Sehnsucht, ihn zu berühren und die Anspannung aus seinen Muskeln zu massieren, aber ich halte mich zurück.

»Du musst nicht reden«, sage ich und steige wieder ein. »Bleib bloß sitzen. Ich hab mich geirrt. Weglaufen *ist* eine Lösung.«

Er versenkt das Gesicht in den Händen, und mir zerreißt es das Herz, ihn so zu sehen, den Rücken gebeugt, den Atem so angestrengt, als sei er zwei Stunden lang gerannt. Seine Hand blutet, er muss sich vorhin an den Scherben geschnitten haben. Ich reiche ihm bloß ein Taschentuch und spare mir jede Frage, bevor ich losfahre. Mit aller Kraft konzentriere ich mich auf die Straße, biege links in die Walton Lane und dann noch mal links in den Queens Drive ab.

Cedric hebt den Kopf und wirft mir einen ersten irritierten Blick zu, als wir an meinem Viertel vorbeifahren. Vom Taschentuch schaut nur ein Zipfel aus seiner Faust.

»Weglaufen ist eine Lösung«, wiederhole ich. »Ich weiß das. Vertrau mir.«

Er schüttelt den Kopf. »Du hast Gäste.« Seine Stimme klingt rau und leise. Kraftlos, als hätte er geschrien. Dabei war er ganz still. Was immer ihm so zugesetzt hat, er hat nicht mal geweint.

»Die werden weder verhungern noch die WG ausräumen.«

»Wo willst du hin?«

»Keine Ahnung. Ist egal. Nach Torridon vielleicht.«

»Das sind über vierhundert Meilen.«

»Und?«

»Bis wir da sind, ist es Morgen.«

»Ich hab eine Decke und einen Hoodie im Kofferraum. Wir halten an einer Tankstelle und kaufen zwei Zahnbürsten.«

»Du kannst doch nicht …«

»Ich kann«, unterbreche ich ihn. »Weißt du, was ich im letzten Jahr gelernt habe? Was ich lernen *musste?* Dass man nicht alles haben kann, sich das, was man wirklich braucht, aber unbedingt nehmen muss, auch wenn es einem keiner gibt. Wenn wir jetzt vierhundert Meilen brauchen, dann nehmen wir sie uns. Und dass Weglaufen manchmal zum Ziel führt. Das hab ich auch gelernt.«

Er schüttelt erschöpft den Kopf und lehnt ihn dann ans Seitenfenster.

Ich schweige und lenke den Wagen auf die M58, wo Homers überforderter Motor mit seinem angestrengten Röhren die Stille verjagt.

Vorbeiziehende Lichter anderer Autos sind die einzigen Hinweise auf Menschen. Dunkelheit liegt über den Feldern und Wäldern zu beiden Seiten der Autobahn. Die Meilen scheinen langsam zu wirken, wenn ich im Augenwinkel zu Cedric rübersehe, bestätigt sich mein Gefühl, dass er ruhiger atmet. Seine Lippen sind nicht mehr so schmal und zusammengepresst, und seine Hände sind zwar noch zu Fäusten geballt, jedoch nicht mehr so hart, als müsse er sich mit Gewalt daran hindern, die Seitenscheibe einzuschlagen.

Nach dem Autobahnkreuz, das auf die M6 führt, erwidert er meinen kurzen Blick. »Das war eine Panikattacke.«

Ich nicke. »Dachte ich mir. Hast du das häufiger?«

»Schon eine Weile nicht mehr. Vielleicht geht es doch nicht ohne das Cipralex.«

»Dann eben nicht. Irgendwann geht es, es muss nicht jetzt sein.«

Soweit ich weiß, kommt eine Panikattacke nicht aus dem Nichts, sondern entsteht durch einen Triggerreiz. Der Song. Ich wage es noch nicht, ihn danach zu fragen. Aber ich sollte Olivia Bescheid geben, damit sie sich keine Sorgen macht. Ich kann nur nicht anhalten, aus Sorge, was dann passiert.

Nach einer knappen Stunde Fahrt breche ich das Schweigen. »Kennst du dich hier aus? Gibt es einen Ort, an den wir fahren können? Wo wir eine Weile bleiben können?«

CEDRIC

Ob es Zufall war oder Billy genau weiß, was sie tut: Mich den Weg navigieren zu lassen, war eine gute Idee. Ich bin Jahre nicht mehr in Morecambe gewesen, und im Dunkeln den Weg zur Bucht zu finden, ist nicht leicht, denn die Häuserreihen sehen alle gleich aus. Doch Abzweigung für Abzweigung, Straße für Straße, fühlt sich mein Kopf wieder normaler an. Es ist, als käme das Leben zurück in meine Gehirnwindungen, als würde alles Schreckensstarre nun wieder beweglich werden.

»Es tut mir leid«, sage ich, während Billy den Wagen auf einen Parkplatz zwischen dem Strand und Bäumen rollen lässt, wo um die Zeit niemand mehr ist. Als sie den Motor abstellt, wird es totenstill. »Ich hab deine Party ruiniert.«

»Die kommen ohne mich klar. Ich will gerade genau hier sein.« Sie zögert. »Ich muss trotzdem ganz kurz telefonieren, okay?«

Ich nicke und steige aus dem Wagen, raus aus dem Schweigen, das lähmend und behaglich zugleich ist, in eine kühle Ungewissheit.

Salzige Windböen fahren mir durchs Gesicht. Man hört von hier aus weder die Wellen noch die Bars und Biergärten, deren Lichter man erahnen kann, wenn man die Straße hinabsieht. In der anderen Richtung liegt der Golfplatz in gespenstische Stille getaucht. Ich versuche auszublenden, dass Billy soeben ihrer Freundin von meinem Zusammenbruch erzählen muss. Weil das falsche verdammte Lied lief, fuck! Benedict, du jämmerliches Stück Dreck.

Ich will gar nicht hören, was sie sagt, also überquere ich die Straße und trete an die niedrige Quadersteinmauer, hinter der es runter zum Strand geht, und blicke über den Sand zum Meer. Ebbe hat das Wasser gerade erst zurückgezogen. Fast erwarte ich, dass das Herzrasen und das Rauschen in den Ohren wieder einsetzen. Aber ich höre nur das in der Bucht so sachte An- und Abrollen der Wellen und den Wind, der die Fahnen an den Masten am Parkplatz flattern lässt. Das Wasser spiegelt das Licht des Mondes und der Straßenbeleuchtung in unserem Rücken wider, es ist erstaunlich hell für beinah zehn. Der Strand ist fast leer, nur ganz weit entfernt erkenne ich die Silhouetten von zwei Menschen mit einem großen Hund.

Ungezählte Zeit verrinnt, dann nähern sich mir Schritte.

»Es bedeutet dir viel, oder?«, beginnt Billy leise. »Das Meer?«

»Ich weiß nicht. Ich habe immer zu große Erwartungen am Meer.«

»Welche?«, fragt sie, ein Lächeln macht ihre Stimme warm.

»Dass es mir etwas sagt. Was ich brauche, zum Beispiel. Jemand hat das mal behauptet. ›Die See macht uns bewusst, was wir wirklich brauchen. Die Menschen wissen, was sie wollen, aber nicht, was sie *brauchen.*‹ Und das Meer ist wohl irgendwie klüger.«

»Schöne Worte. Klingen nach einem Großvater.«

Wenn ich Janneke sage, sie würde wie ein alter, weiser Mann klingen, nimmt sie mich nie wieder auf eine Expedition mit. »Janneke ist die Kapitänin des Forschungsschiffes.«

»Oh«, sagt Billy erstaunt, dann schweigt sie eine ganze Weile und versucht vielleicht ebenfalls, darauf zu lauschen, was die Wellen so flüstern.

»Kannst du mir erzählen«, fährt sie irgendwann fort, »was passiert ist?«

Wie soll ich es erklären? Wo ist in der ganzen verwirrten Geschichte ein Anfang, den ich greifen kann? Den ich halten kann, ohne erneut … Fuck.

»Hier«, flüstert Billy und schiebt mir etwas Kleines in die Handfläche. Das himmelblaue Cocktailschirmchen. Ich habe es irgendwann bei ihr vergessen; wusste gar nicht, dass sie es im Auto oder in ihrer Handtasche mit sich herumträgt.

»Du kannst es aufspannen, wenn es dir zu viel wird. Oder wenn meine Fragen eine Grenze überschreiten.«

Ich will etwas erwidern, aber sie schüttelt den Kopf.

»Ich will Fragen stellen. Und ich brauche die Gewissheit, dass ich nicht zu tief bohre. Nimm das blöde Ding. Bitte.«

Also nehme ich es und schließe die Finger darum. Dumme Idee, vermutlich löst sich das Papier gleich auf, meine Hände schwitzen jetzt schon, und ich hab noch nicht mal angefangen.

»Vorhin lief ein Lied«, versuche ich es, während ich das Schirmchen in die hintere Hosentasche schiebe und einfach irgendwo mitten in das Knäuel greife, das meinen Kopf verknotet. »Ein Lied, das mir mal wichtig war.«

Sie macht einen Schritt neben mich, sodass ihr Oberarm an meinem liegt. »Hat Luke es geschrieben?«, fragt sie, und ich höre, dass sie immer noch Angst hat. Angst, die falschen Fragen zu stellen. Die falschen Namen zu nennen. Oder die richtigen.

Gott, ich hasse das alles. Sie sollte keine Angst haben, weder vor den Fragen, die sie an mich richtet, noch vor den Antworten.

»Ich hab es geschrieben. Luce – das war nie nur ein Sänger, das waren …«

»Luke und Cedric.« Sie lächelt. »So viel weiß ich inzwischen auch. Was ich nicht weiß: Wer ist Luke?«

»Luke ist …« Ich muss durchatmen, den aufkommenden Schwindel kontrollieren, bevor ich weitersprechen kann. »Luke war mein Freund aus Kinderzeiten. Mein bester Freund. Der, der mich durch die Gewitter getrieben hat, wenn ich dachte, es ginge nicht mehr weiter. Der Grund, aus dem ich nie aufgegeben habe. Der, der das nicht zugelassen hat.«

Billy hakt sich bei mir unter und legt ihre Hand in meine. »Wollen wir runtergehen? Dann kannst du mir von ihm erzählen.«

Wir klettern über die Quadermauer hinweg und balancieren Hand in Hand über die Gesteinsbrocken, die zum Strand führen, wo wir bis zu der Stelle gehen, an der die anbrandenden Wellen den Sand fest und dunkel machen, eine Schaumspur hinterlassend wie eine Signatur.

Janneke hat recht. Ich habe mich nicht zufällig entschieden hierherzukommen. Es redet sich leicht am Meer, wo die Wellen und der Wind die Stimme kleiner machen und irgendwie unbedeutender. Das nimmt Druck. Zumindest einen Teil.

»Fang von vorn an«, bittet Billy. »Wo habt ihr euch kennengelernt?«

»In der Tagesklinik für psychisch kranke Kinder. Stell dir das als eine Art Schule vor, wo man in erster Linie lernt, mit seinem Knacks zu leben. Meine Mum brachte mich hin, gleich nachdem sie mit uns nach Liverpool zog. Luke kam ein paar Tage nach mir. Am ersten Tag hat er versucht, mich zu verprügeln. Er hat mir einen Cut am Auge verpasst, und ich habe ihm die Nase gebrochen. Am zweiten Tag haben wir beide eine Strafe bekommen und uns am dritten gegen die Ärztin und ihre Heilpädagogin verbrüdert. Wir waren im selben Alter, mochten Konsolenspiele, Musik und Fußball. Wir hatten beide Depressionen, wenn auch auf sehr unterschiedliche Arten. Diese Diagnose wird selten in so jungem Alter gestellt. Wenn du zehn bist und depressiv – dann bist du so allein wie der Mann im Mond. Aber plötzlich war da jemand, der verstand, warum ich still wurde. Luke fand in mir jemanden, der die Gründe für seine Aggression kannte. Der es nicht nur anhand einer Diagnose erklärt bekommen hatte, sondern nachempfinden konnte, weil er dasselbe fühlte. Wir waren plötzlich normal in den Augen des anderen; zum ersten Mal zwei normale Jungs. Wir wurden Freunde, die allerbesten. Mehr noch, wir waren wie Brüder.«

»Das klingt schön.«

»Es war idiotisch. Und zwar nicht nur, weil wir so viel Mist gebaut haben. Natürlich ist es toll, jemanden zu finden, der kennt, was du keinem erklären kannst. Die trübe Leere, den Frust, die Aussichtslosigkeit. Aber das hat einen Preis. Man kann sich keinen Halt geben, wenn man selbst auf wackligen Beinen steht, verstehst du? Lukes Aggressionen haben mich fertiggemacht, und meine schlechten Phasen haben Luke noch wütender gemacht.«

»Ist es denn nicht wahr, dass eine schlimme Zeit gemeinsam leichter zu überstehen ist?«

»Nein. Man fällt einfach nur gemeinsam. Das ändert nichts am Fallen und nichts am Aufschlag, bis auf die Tatsache, dass man nicht allein ist. Gleichzeitig weiß man, dass man jemanden mitzieht. Vielleicht ist man zu zweit schwerer – fällt schneller, schlägt härter auf. Wer weiß. Wir waren eine Katastrophe füreinander. Unsere Familien waren dementsprechend nicht begeistert von unserer Freundschaft.«

»Lass mich raten«, sagt sie. »Das hat euch nur enger aneinandergeschweißt.«

»Natürlich. Wir haben alle Warnungen in den Wind geschlagen und gemacht, was wir glaubten zu wollen. In den schlimmsten Jahren, so mit fünfzehn, sechzehn, war ich der festen Überzeugung, dass ich mich ohne Luke ein Dutzend Mal umgebracht hätte. Dass ich es ebenso oft nur wegen ihm fast getan hätte, konnte ich nicht sehen.«

Billy lässt langsam die Luft durch die geöffneten Lippen strömen und ich überlege, ihr das Schirmchen zurückzugeben, für den Fall, dass sie es braucht. Ich tue es nur deshalb nicht, weil es jetzt zu spät für Schirmchen aus Papier ist.

»Wir schrieben uns an der gleichen Uni ein, studierten Musik und gründeten eine WG, als meine Mum zurück nach London zog. Damals dachten wir, wir hätten Wege gefunden, um klarzukommen. Luke zog mich immer mit, weißt du? Er war immer der Stärkere. Der, der trotzig, laut und wütend wurde, wenn die Gewitter kamen, und sich nie unterkriegen ließ. Er trieb uns beide durch jede schlechte Phase, durch meine und durch seine. Ohne ihn …« Ich muss bitter lächeln bei der Erinnerung, wie er mich fast gewaltsam ans Klavier schob oder mir einen Stift in die verkrampften Hände zwang. »Luke hat die Depression als Kehrseite der Kreativität betrachtet«, fahre ich fort und kann rückblickend nicht glauben, was für Idioten wir waren. »Als Antrieb, der uns dazu bringt, so hart zu arbeiten. Als Preis, den wir zahlen müssen für die Musik. Ich schrieb Lieder am Klavier, die Luke auf der Gitarre spielte und sang. Eines Nachts sagte Luke, wir hätten in einem Stadium ohne Erinnerungsvermögen unsere Seelen für den Erfolg in der Musik an den Teufel verkauft. Daher seien wir kaputt. Er hat nie an Gott oder eine Hölle geglaubt, aber das klang damals nicht wie ein Scherz. Ich denke, er glaubte das wirklich. Und …« Ich zögere, weil es so verrückt klingt. Depressionen, Panikattacken und knietiefes Selbstmitleid sind schon genug, was sie verkraften muss. Sie soll mich nicht auch noch für verrückt halten. Andererseits spielt es vielleicht keine Rolle mehr. »Ich wollte daran glauben. Es gab dem ganzen wenigstens einen Sinn, verstehst du?«

»Schon. Du fühltest dich dadurch vermutlich weniger ausgeliefert, sondern mehr, als sei es eine Entscheidung gewesen. Selbstbestimmter. Euer größter Hit handelt von diesem Pakt und seinen Folgen, nicht wahr?«

»›Warning‹. Ja. Mit dem fing alles an. Wir luden unsere Songs damals im Internet hoch, auf Songportalen, YouTube, Instagram. Und plötzlich kam diese Mail einer Management-Agentur, die nach einem Singer-Songwriter für eine Filmmusik suchte, und versprach uns Großes. Sie haben ›Warning‹ vom Fleck weg gekauft und uns unter Vertrag genommen.« Es versetzt mir bis heute einen Stich, was damals mit Sawyer passierte, und einen noch schmerzhafteren, wie egal uns das zu dieser Zeit war.

»Wie alt wart ihr da?«

»Luke neunzehn und ich achtzehn. Kinder, aber alt genug, um zu wissen, dass wir zu viel Öffentlichkeit nicht überleben würden. Daher schuf das Management Luce – eine Mischung aus uns beiden. Meine Songs, Lukes Stimme. Gesichtslos und unsichtbar.«

»Das klingt enorm vernünftig für Jungs in dem Alter.«

»Wir hielten uns auch für sehr schlau.« Eine Mole aus Steinbrocken kreuzt unseren Weg, wir steigen darüber hinweg und halten uns dabei gegenseitig fest. »Was es wirklich heißt, sein Innerstes hervorzuholen und der Welt zum Fraß vorzuwerfen, wussten wir trotzdem nicht.«

»Erfolg schafft Neider«, sagt Billy.

Aber das trifft es nicht ansatzweise. »Erfolg bedeutet, dass jeder dich herabwürdigen darf, dass jeder über das, was du tust, behaupten darf, was immer er will. Ich hab nach dem ersten Album gemerkt, dass ich damit nicht klarkomme. Die Songs, die ich danach schrieb, verloren an Seele, weil ich nicht ertrug, dass Leute das zerreißen, was ich fühle. Dass sie darüber spotten, weil sie es nicht nachempfinden können. Niemand hat das gemerkt, denn ich lieferte weiterhin gute Arbeit ab. Niemand …«

»… außer Luke.«

»Ja. Und er war …« Ich muss lachen. »Er war stinkwütend. Er hasste die Halbherzigkeit, mit der ich schrieb. Er wollte immer alles, weißt du? Ohne Rücksicht auf Verluste, keine halben Sachen. Das hat er auch von sich verlangt, und von mir wollte er nicht weniger als Songs wie ›Warning‹ oder ›Slainte‹.«

»Das war der Song von Livies Playlist.«

Ich nicke. »Ich bin es gewohnt, Lukes Stimme im Radio zu hören. ›Slainte‹ war etwas anderes, weil der Song so unbekannt ist. Darauf war ich nicht vorbereitet.«

»Habt ihr euch wegen der Musik zerstritten?«

»Ja«, sage ich und ändere leicht unsere Richtung zum weichen, trockenen Sand hin. »Wollen wir uns hier hinsetzen?«

Es ist kühl geworden, und trotz des Hoodies fröstelt Billy in dem dünnen Kleid. Mich hindert der frische Wind unterm T-Shirt daran, in Schweiß ausbrechen. Doch sie nickt und lässt sich mit untergeschlagenen Beinen ungerührt in den Sand sinken. Ich setze mich neben sie, und sie lehnt den Kopf an meine Schulter.

Ich genieße den Blick auf die nächtliche See und diese Nähe zu ihr, verdränge das Schuldgefühl und die Sorge, sie könne sehr, sehr bald entsetzt Distanz zu mir schaffen.

Das Meer zeigt uns, was wir brauchen.

Ich brauche jemanden an meiner Seite und allen Mut der Welt, um genau das zuzulassen.

BILLY

»Wir haben uns mächtig gestritten«, erzählt Cedric weiter. »Es ging vor allem um den Song, den du kennst, weil Sawyer ihn gesungen hat. Sawyer hat Bass für uns gespielt, manchmal Schlagzeug. Wir waren oft zusammen unterwegs, und er hat uns immer zusammengehalten, wenn Luke und ich uns an die Gurgel gegangen sind. Und das kam häufig vor. Hat Sawyer dir erzählt, wie der Song heißt?«

Ich schüttle den Kopf. »Sawyer hat mir sehr wenig erzählt.«

»Er heißt ›Chris‹.«

Das verstehe ich nicht. Ich erinnere mich, dass es ein sehr wütender, anklagender Text war, die Melodie jedoch war traurig. Ein Song über einen Menschen, den man zu erreichen versucht, aber man scheitert immer wieder.

The story doesn't end up well for the prince of the survivors and his loneliness princess.

»Chris war meine Ex-Freundin und der Song meine Entschuldigung an sie. Ich habe den Text aus ihrer Perspektive geschrieben, um ihr zu sagen, dass nichts von dem, was damals war, ihre Schuld war. Ich habe mir gewünscht, sie würde das sehen.«

Ich erinnere mich. *The problem is you, it's not me anyway.* Das hatte sie erkennen sollen.

»Alles zerbrach.« Cedric spricht fast, als hätte er meine Anwesenheit vergessen. Seine Stimme klingt, als rede er nur mit sich selbst und als trüge der Wind, der an unseren Haaren und Kleidern zerrt, sie gleich weg.

»Erst meine Freundschaft zu Sawyer. Er hat sie geliebt, und ich hab's nicht gesehen. Ich hab nur mich gesehen. Und dann dieser Song. Luke fand ihn großartig, er meinte, das wäre endlich mal wieder ein echter Luce-Song und wir müssten ihn unbedingt rausbringen. Mich hat die Vorstellung, die ganze Welt würde ihn hören, in Panik versetzt.«

Ich nehme eine Handvoll Sand und lasse ihn mir durch die Finger rieseln. Langsam wird mir klar, warum er das Musikstudium kurz vor dem Ende abgebrochen hat. Die Vorstellung, das Innerste meiner Seele herauszukratzen – die schönen Seiten, aber auch die hässlichen und schambesetzten – und das alles in Töne gehüllt zu verkaufen, lässt mich schaudern.

»Aber ich konnte es Luke einfach nicht begreiflich machen. Er fand, ich würde mich anstellen und reinsteigern und unseren Erfolg gefährden – der doch alles war, was wir hatten. Wir stritten uns nicht nur, wir brüllten uns an und warfen uns an die Köpfe, was wir hatten. Man kann einander schwer verletzen, wenn man die Schwachstellen des anderen so gut kennt wie seine eigenen. Und wir kannten uns bis auf den Bodensatz unserer Seelen und haben den stinkenden Dreck von da unten hochgeholt. Ich packte dann ein paar Sachen zusammen und buchte mir ein Bahnticket, um ein paar Tage nach London zu fahren.«

Etwas verändert sich. Ich spüre es ganz deutlich und kann es doch nicht benennen. Mir ist, als würde der Wind an Schärfe gewinnen. Als würden die Temperaturen sinken, als käme das Meer näher. Als würde Cedric *verschwinden*, obgleich er genau neben mir sitzt.

Geh nicht weg, denke ich und lege meine Arme um seine Mitte, verschränke meine Finger in seiner Taille ineinander, als könnte ich ihn so festhalten.

»Als ich in der Tür stand, sagte Luke noch: ›Weglaufen, Cedric? Wie erwachsen von dir.‹« Er macht ein kleines, dunkles Geräusch, das vielleicht mal ein mühsam ausgestoßenes Lachen werden wollte. »Ich erwiderte, er solle sich ficken, und bin gegangen. Hab den Bus zur Lime Street genommen und mich dort in den Zug nach London gesetzt. Der Zug fuhr gerade los, da kam eine Nachricht von Luke. Ob ich jetzt losgefahren sei. Ich schrieb: ›Bin ich.‹ Und er: ›Okay.‹ Das hat mich erschreckt, weißt du? Luke war der Emotionale von uns. Der Laute. Der, der nie ›Okay‹ sagte. Ich hab gedacht, er sei ein Idiot, und wollte weiterfahren. Hab nach der Zeitung gegriffen, die jemand auf dem Sitz hatte liegen lassen, und da fiel mir die Bestsellerliste ins Auge. Ganz oben: ›Der Junge, der Maulwurf, der Fuchs und das Pferd‹ von Charlie Mackesy. Und ich dachte, Verdammt!, denn das Buch hatte ich für Emily gekauft und zu Hause liegen lassen. Also bin ich in Warrington wieder ausgestiegen und zurückgefahren. Das Ticket hat mehr gekostet, als das verdammte Buch einfach noch mal zu kaufen, aber aus irgendeinem bescheuerten Grund habe ich es trotzdem getan.«

Ich spüre, wie ich zu zittern beginne, und kann mir zunächst nicht erklären, warum. So kalt ist es noch nicht, und Cedrics Körper müsste Wärme abgeben. Er tut es aber nicht. Seine Stimme klingt merkwürdig. Alles Melodische ist daraus verschwunden, er spricht irgendwie kalt … fast unversöhnlich. So kenne ich ihn nicht, nicht mal während der depressiven Phase.

Nach und nach tropft mir die Gewissheit ins Bewusstsein, dass wir heute Nacht nicht über das Ende einer Freundschaft sprechen. Nicht so, wie ich zunächst dachte.

»Was ist zu Hause passiert?«

»Mein Telefon klingelte, als ich gerade vor der Haustür stand, und Sawyer redete auf mich ein, was los sei, wo verdammt noch mal ich wäre und was der Scheiß mit der Polizei solle. Ich hab's nicht verstanden, Sawyer hat rumgeschrien. Er war völlig außer sich. Hat geheult, mich angebrüllt, und dann … ich weiß nicht mehr. Luke hatte Sawyer eine Mail geschrieben, er solle die Polizei in die WG schicken.«

Oh Gott. Meine Lippen bewegen sich, aber ich verkneife mir die Laute. »Ich hör dir zu«, flüstere ich bloß, während etwas in meinem Inneren schreit: Hör bitte auf! Hör auf! Mach, dass er aufhört!

»Ich ging rein, und zuerst dachte ich: Okay, er ist gar nicht mehr da. Es war *niemand* da. Du kennst dieses Gefühl, wenn die Wohnung völlig leer ist, oder? Menschenleer. Aber … seine Schuhe standen im Flur, und sein Schlüssel hing am Brett und … der Kater kam, maulte mich an und lief zur Badezimmertür. Er kann normalerweise Türen öffnen. Er springt an die Klinke, und … die Tür war abgeschlossen.«

Scheiße. Scheiße. Ich vergrabe das Gesicht an seiner Brust und versuche, mich zu beherrschen, um nicht laut zu schluchzen. Er soll erzählen, nicht mich trösten, weil ich weine. »Was hast du gemacht?«

»Die Tür eingetreten.«

»Und dann?«

»Dann war … alles falsch. Es war ein falscher Film, mir schossen die absurdesten Dinge durch den Kopf. Dass es nicht viel Blut war, das Wasser war nur leicht verfärbt. Dass er sicher gerade erst untergegangen war und ich ihn bloß rausziehen musste. Dass die Rasierklinge bestimmt nicht echt war – wir benutzten doch beide ganz andere Rasierer. Dass ich einen Albtraum hatte, denn Luke war doch nie der, der nicht mehr konnte. *Das war doch ich.* Luke war immer der, der darauf bestand, dass wir weitermachten. Luke war der, der nie zugelassen hatte, dass ich … scht, Billy. Scht.«

Ich kann nicht mehr. Ich klammere mich an ihm fest, und die Tränen schütteln mich. Wie kann das sein? Wie kann jemand so viel Kummer anziehen? »Erzähl weiter«, presse ich hervor.

Cedric schließt die Arme um mich, als müsse er mich trösten. »Ich hab zuerst den Wasserhahn abgedreht. Es lief immer noch, und das Wasser war eiskalt. Dann hab ich Luke rausgezogen, er starrte durch mich hindurch und war blau und weiß zugleich. Irgendwie … marmoriert, als würde seine aufgequollene Haut gleich zerbrechen. In meinem Kopf war der Song. ›Slainte‹. Den hatte ich geschrieben, irgendwann mal, für einen Tag, an dem ich womöglich beschließen würde … Er war für mich, nicht für Luke.«

Nun ist er in meinem Kopf, dieser Song.

If it ends tonight, okay, it's alright.

Slainte. Slainte!

Er hatte ein Vermächtnis geschrieben, für den Fall, dass er scheiterte. Und damit den Tod seines besten Freundes in Worte und Töne eingefangen.

»Ich dachte noch«, fährt Cedric fort, mit einer Stimme, als würde er sich selbst über seine damaligen Gedanken wundern, »es blutet nicht so stark, wie kann so ein tiefer Schnitt so wenig bluten, aber er …«

»Er war schon tot.«

»Inzwischen weiß ich das. Damals hab ich alles versucht, Billy, weil ich der festen Überzeugung war, ich würde ihn halten können. Ich hab ihn beatmet und eine Herzmassage gemacht. Kennst du den Tipp aus dem Erste-Hilfe-Kurs? Innerlich ›Stayin' Alive‹ zu singen, um den Rhythmus zu finden? Ich weiß nicht, wie lange mein Hirn nichts anderes abgespielt hat, außer *Stayin' alive, stayin' alive.* Tage oder Wochen, es hörte nicht mehr auf.«

»Oh, Cedric.« Wie, verdammt? Wie kann ich dir nur ein kleines bisschen helfen? Ich möchte das so sehr, würde alles geben für eine winzige Idee, was ich tun könnte.

Aber da ist nichts.

»Es hat angeblich nicht lange gedauert, bis die Polizei kam und einen Moment darauf auch gleich der Rettungsdienst. Es fühlte sich aber sehr lange an. Und dann ging alles viel zu schnell. Eine Polizistin kam zu mir und redete. Ich hörte sie, als wäre mein Kopf da unten in dieser Badewanne voller hellrötlichem Wasser, und gleichzeitig war sie unerträglich laut. ›Wir können nichts mehr tun. Er ist tot.‹«

BILLY

Die Nacht schiebt Kälte vom Meer landeinwärts. Wir gehen zum Auto zurück, weil ich zittere, Cedrics Arm liegt um meine Schultern, und jeder, der uns sehen würde, müsste denken, dass er mich hält und tröstet und nicht selbst gerade vom schlimmsten Moment seines Lebens erzählt hat.

»Die Wochen danach waren unerträglich. Ich bekam seinen Anblick nicht aus dem Kopf. Wann immer ich die Augen schloss, sah ich ihn da im Wasser liegen. Ich musste umziehen, in eine Wohnung, in der es keine Badewanne gibt, sondern nur eine Dusche. Ich konnte nicht mehr schwimmen gehen, bis heute nicht. Und meine erste Forschungsreise mit dem Schiff ...« Er räuspert sich. »Dr. Raghav hat mir das Maximum an Medikamenten verschrieben, aber es half nicht. Man hört immer Geräusche auf so einer Reise. Die Wellen klopfen an die Schiffswände, und ich sah Lukes Leichnam im Wasser treiben, ihn von außen dagegen stoßen, wenn ich nur blinzelte.«

»Das tut mir so leid. Wie hast du es geschafft, besser klarzukommen?«

Eine nachdenkliche Furche bildet sich zwischen seinen Augenbrauen, und er blickt ins dunkle Blau über unseren Köpfen. »Mit jeder Menge Therapiestunden. Ich musste mir darüber klar werden, dass neben der normalen Trauer und der Wut vor allem Angst im Spiel war.«

»Du hattest Angst, dass du es auch nicht schaffen kannst, wenn Luke schon aufgibt, oder?« Ich bin selbst ein wenig verwundert, wie gut ich das verstehen kann.

Cedric nickt. »Es hat lange gedauert, bis ich begriffen habe, dass Lukes Stärke immer nur Show war. Lüge.«

»Wie viel hast du geweint?«, fragte ich Cedric, als wir die Autotüren öffnen und er die Wolldecke vom Rücksitz holt und um meine Schultern legt, »dass du es jetzt nicht mehr tust?«

Er lächelt dieses reflexartige Viertellächeln. »Gar nicht. Nie. Ich kann das nicht. Nicht mehr. Zuerst stand ich unter Schock, dann kamen die Schuldgefühle ...«

»Nichts davon war deine Schuld«, presse ich an einem dicken Kloß in meiner Kehle sowie meiner verstopften Nase vorbei. »Du weißt das, oder?«

Die Depression weiß es nicht. Wird es nie akzeptieren.

Verdammt, Cedric!

»Damals ...« Er zuckt mit den Schultern, lehnt sich dann mit beiden Unterarmen gegen das Autodach. »Es ist zwei Jahre her. Nach den Schuldgefühlen kam die Wut. Ich hab ihn gehasst, weißt du? Abgrundtief. Weil er mir immer was von Durchhalten vorgelogen hat. Er hat behauptet, er würde nicht zulassen, dass ich aufgebe. ›Eher, Cedric‹, hat er gesagt, ›hau ich dir deine Nase zu Brei, bevor ich dich aufgeben lasse!‹ Und dann lässt er sein verfluchtes Blut in die scheiß Badewanne laufen und zeigt mir, dass all dieser Mut und die Kraft, es den verfickten Depressionen zu zeigen, nichts als leere Worte waren? Dann gibt er einfach auf und geht? Scheiß drauf, Cedric – komm halt allein klar?«

»Wie lange warst du so wütend?« Die Decke hilft nichts, die Kälte kriecht mir unter die Kleider, und ich will weg hier. Was eben noch so tröstlich war – das Wellenrauschen, der dunkle Himmel und die weite Sicht ins Nichts –, bewirkt nun nur noch, dass ich mich klein, unbedeutend und machtlos fühle. Trotzdem stehe ich in der Tür des Autos und kann nicht einsteigen, solange er es nicht auf seiner Seite tut.

Cedric sieht mich über das Autodach hinweg an, als verstünde er die Frage nicht auf Anhieb. »Ich weiß nicht, ob ich je damit aufhören kann.«

»Das verstehe ich. Es ist nicht fair. Es war ein Fehler von Luke. Aber er wollte dir sicher nicht so wehtun.«

»Natürlich nicht. Es hatte nichts mit mir zu tun, und er hat alles getan, damit nicht ich es bin, der ihn findet. Er konnte einfach nicht mehr. Aber warum sollte ich ihm verzeihen, dass er mich angelogen hat?«

»Für dich selbst vielleicht? Gab es keinen Moment, in dem du deinen Frieden mit ihm schließen wolltest, Fehler hin oder her? An seinem Grab vielleicht? Auf der Beerdigung?«

Sehr plötzlich verliert sich diese Leere in Cedrics Gesicht. Eben hatte er von Wut gesprochen, nun sehe ich sie. Einen Moment nur, dann reibt er sich über die Augen, und sein Blick wird müde. »Ich war da nicht erwünscht.«

»Was?« Fassungslosigkeit macht meine Kehle eng, und mein Herz schlägt härter. »Aber du warst sein bester Freund.«

»Ohne jeden Zweifel«, sagt er. »Aber ich war auch ein Grund von vielen, warum er nicht überlebt hat. Luce war definitiv einer dieser Gründe, und ich war ein Teil von Luce und damit …«

»Nein!«

»Seine Familie war sich sicher. Ich wurde nicht eingeladen, und das Management bekam einen Brief, der sehr deutlich machte, dass man mich dort nicht sehen wollte.«

»Das ist …« Ich kann nicht glauben, wie kaltherzig Menschen sein können. »Mir fehlen die Worte. Das ist einfach nur grausam.«

Ein weiteres Mal erfolgt keine Reaktion außer einem Schulterzucken. »Warum hätte ich auch hingehen und ihnen mit meiner Anwesenheit Schmerzen zufügen sollen? Sie waren genauso wütend auf ihn, wie ich es war. Sie haben alle gewusst, dass Luce nicht gut für uns war. Dass wir beide nicht gut füreinander waren. Wir haben ihnen nicht geglaubt.«

»Ihr wart Freunde.«

»Freunde und die größte Katastrophe füreinander. Wir hätten einander einfach niemals brauchen dürfen.« Wie kalt er das sagt. Wie abfällig gegenüber Luke, sich selbst und dieser Freundschaft gegenüber.

»Steig ein, Billy, es ist kalt.«

Ich tue, was er sagt, viele tonnenschwere Gedanken in meinem Kopf und etwas im Herzen, das noch nur kratzt und unangenehm kribbelt, allerdings schon andeutet, dass es zu etwas Großem anschwellen wird. Zu etwas … Untragbarem womöglich.

»Können wir irgendwo hinfahren und über Nacht bleiben? Ich bin völlig fertig.« Dass Cedric heute Nacht fährt, möchte ich nicht.

Er macht diesen Vorschlag auch nicht, sondern sieht auf die Uhr im Armaturenbrett und überlegt kurz. »Im Stadtzentrum, etwa fünf Minuten die Küste entlang, gibt es ein Hotel, das hat sicher eine 24-Stunden-Rezeption.«

»Okay.« Ich starte den Motor und drehe die Heizung an, fahre aber noch nicht los, sondern greife nach Cedrics Hand. »Danke. Dass du es mir erzählt hast. Ich hab gerade keine Ahnung, wie es dir geht – ich nehme an, schrecklich. Aber … trotzdem danke.«

Sein Lächeln wirkt kein bisschen mehr kühl, sondern von einem auf den anderen Augenblick zugleich völlig erschöpft und liebevoll.

»Danke, dass du gefragt hast. Es geht mir nicht schrecklich, nur … merkwürdig. Ich hab das noch nie jemandem so ausführlich erzählt. Jedenfalls niemandem, der nicht dafür bezahlt wird, weil er mein Arzt ist.«

Warum wundert mich das nicht?

»Luke ist also der Grund, warum du keine Beziehungen eingehen wolltest. Weil du Angst hattest, es könnte erneut etwas so Schlimmes passieren.«

»Luke,«, sagt er leise. »Und Sawyer auch. Mir ist das Telefon aus der Hand gefallen, als ich Luke fand. Sawyer war die ganze Zeit dabei, aber ich hab nicht an ihn gedacht. Er hat alles gehört. Er kam zu unserer Wohnung, aber da war die Polizei schon drin, und sie ließen ihn nicht rein.«

Mein Gott. Der Arme.

»Ich hab ihn im Stich gelassen. Ich konnte ihm danach nicht unter die Augen treten. Weil ich zu spät gekommen war, und weil ich noch da war und …« Er wischt sich mit dem Handrücken über die Stirn. »Ich hab ihn hängen lassen. Seine Anrufe weggedrückt. Die Tür nicht aufgemacht.«

»Du standest unter Schock.«

»Er doch auch.«

Ich will nicht, dass er sich weiterhin Selbstvorwürfe macht, will ihm widersprechen, aber er schüttelt den Kopf.

»Sawyer kannte mich zu gut. Er kannte den Scheißtypen in mir, den ich nur noch verachtet habe.«

Ich muss an Livies Worte denken. *Jemand, der sich hasst und diesen Hass auf alle ausweitet, die ihn gernhaben.* »Aber ihr habt das hinbekommen.«

»Wir haben erst seit Anfang des Jahres wieder Kontakt.« Was kein Nein ist, allerdings auch kein richtiges Ja. »Er hat mir das verziehen.

Sagt er. Aber er lässt es mich wissen, wann immer ihm etwas gegen den Strich geht.«

»Oh, und er ist dabei wahrlich nicht zimperlich«, stoße ich hervor. Jetzt, da ich die ganze Geschichte kenne, begreife ich erst, wie massiv Sawyer Cedric herausgefordert hat, als er »Chris« mit ihm gespielt hat. Und ich hab ihn noch unterstützt, weil mir nicht klar war, worum es ging. Scheiße.

Cedric lacht leise. »Das ist er nie. Er hat behauptet, irgendwann würde er mich packen und meinen Kopf in seinem dreckigen Hafenbecken unter Wasser drücken, nur um mir zu beweisen, dass ich es überlebe. Und ich schwöre dir, er macht das irgendwann.«

Ich schaudere. Aber ich verstehe es auch. Sawyer schafft es, diese Dinge zu akzeptieren, aber er gibt ihnen keine Macht, indem er still und leise um sie herumschleicht. Er streitet mit Cedric, provoziert seine Schwachpunkte – und beweist ihm damit, dass er sie aushält.

»Er spielt ziemliches Risiko mit dir«, sage ich leise, während etwas in meinem Kopf sagt: Er entzaubert deine Gewitter. »Ich hoffe, er weiß, was er tut, und geht nicht zu weit. Aber ich bin froh, dass er dein Freund ist.«

Cedric beugt sich zu mir rüber, schmiegt seine Hand in meinen Nacken und sieht mir in die Augen. »Ich bin verdammt weit gekommen in den letzten paar Jahren, Billy. Ich war sicher. Und dann kamst du und hast mir gezeigt, dass ich trotzdem falschlag. Beziehungen sind nicht das Problem. Auch die Freundschaft zwischen Luke und mir war es nicht. Das unlösbare Problem war …«

Plötzlich weiß ich genau, was er nun sagen will. Und das läuft vollkommen falsch!

Ich möchte ihn unterbrechen. Ich *muss* ihn unterbrechen. Weil ich nicht hören will, was er gleich sagen wird. Weil es zu viel für uns beide bedeuten würde.

Mein Mund ist allerdings zu trocken. Meine Kehle zu eng.

Und Cedric sagt, was er nicht hätte sagen dürfen. Was niemand je sagen dürfte. Weil es nicht wahr sein darf.

»… dass wir beide zu kaputt füreinander waren. Das kann niemals gut gehen.«

»Ich bin auch nicht perfekt.« Meine Stimme ist dünn und klein und voller Knoten.

Cedric lächelt nur. »Doch, das bist du. Du hast keine Vorstellung davon, wie perfekt du für mich bist.«

Er küsst mich weich, und meine Gedanken rasen gegen all die vielen Wände in meinem Kopf.

Sag's ihm. Jetzt! Zerstör das Bild, das er von dir hat, bevor er es in Farben ausmalt.

Sei still, ganz still. Es ist vorbei. Überwunden und begraben. Er muss es nicht wissen.

Aber du vertraust ihm doch! Du darfst ihm so etwas Bedeutsames nicht verschweigen.

Es ist nicht bedeutsam. Nicht mehr.

Lass ihn doch erst mal zu Atem kommen.

Und wenn er es irgendwann erfährt? Von jemand anderem?

Ja, irgendwann muss er es erfahren.

Nicht heute, nicht morgen, nicht so bald. Es ist unwichtig. Er hat dir nicht sofort von Luke erzählt.

Erzähl es ihm. Später. Sehr viel später.

CEDRIC

Das Hotel, ein schneeweißes Art-déco-Gebäude mit vielen Glasfassaden, kostet ein Vermögen, und ich beteuere, Billy gleich morgen alles zurückzuzahlen, immerhin sind wir nur meinetwegen hier. Sie ist schweigsam geworden, aber das ist wohl kein Wunder, bei dem, was ich gerade vor ihr abgeladen habe.

Das Zimmer ist luxuriös eingerichtet mit flauschigen Teppichen, buttrigweicher Beleuchtung, einem riesigen Bett voller Kissen und einer Fensterfront mit Blick aufs Meer und den kleinen Leuchtturm auf seinem weit in die Bucht ragenden Pier.

In einen weißen Bademantel und einen Handtuchturban gehüllt, kommt Billy aus der Dusche, tritt neben mich ans Fenster und bringt mich mit ihrem Duft nach Billy und Seife dazu, tiefer zu atmen.

Verdammt, ich bin ein seltsam kaputter Typ. Oder womöglich doch nicht so verkorkst, wie ich dachte. Denn nach all dem, was im Laufe des Abends passiert ist, muss ich mir eingestehen, dass ich mich erleichtert fühle. Als wäre eine schwelende Wunde in meinem Inneren mit einer lindernden Salbe bestrichen worden.

Ich schließe meine Arme um sie und ziehe ihren Rücken an meine Brust. Eine Weile schauen wir gemeinsam in diese seltsame, unwirkliche, unbegreifliche Nacht hinaus, in der so viel passiert ist.

Ihre Schultern zucken, zuerst denke ich, dass sie weint, aber sie lacht bloß leise. »Ich hatte *doch* recht, siehst du? Weglaufen kann sehr wohl eine Lösung sein.«

»Wenn man die Möglichkeit zur Rückkehr offenlässt, dann ja.«

»Von Möglichkeit kann kaum die Rede sein. Wir müssen. Wenn wir hierbleiben, sind wir übermorgen beide ruiniert.«

Es ist schön, mit ihr zu lachen, vor allem, weil es vorhin noch so unmöglich schien. Das Mögliche hat seine Grenzen neu definiert, denke ich und beschließe, mir den Satz für einen Song zu merken. Einen Song nur für mich und Billy, den niemand sonst je hören wird.

»In meiner unendlichen Weisheit erkläre ich etwas Weiteres.« Billy schält sich aus dem Bademantel, sodass ich plötzlich nur noch den flauschigen Frotteestoff in den Armen halte, während sie sich nackt an mir vorbeischiebt und im Bett unter einer Decke verschwindet. »Komm ins Bett, Cedric.«

Ich lasse sie nicht warten, und sie schmiegt sich unter der seidigen Decke bäuchlings an meine Seite, wo sie reglos liegen bleibt, während ich ihr den Rücken streichle. Mein Kopf spielt mir Tonfolgen ab, die ich nicht zuordnen kann, vielleicht ein ungeschriebenes Lied. Vielleicht ein neues.

»Habe ich eigentlich noch Geburtstag?«, fragt sie.

»Seit ungefähr einer Stunde nicht mehr.«

Sie rollt halb herum und schmiegt ihren Rücken an meine Brust, ihren Po an meine Hüften. »Hab ich trotzdem noch einen Wunsch frei?«

»Jeden.«

Sie greift hinter sich, fährt mit den Fingern durch meine Haare, streift über meine Kopfhaut bis in meinen Nacken, und heiß-kalte Schauer rinnen mir den Rücken hinab. Die Bewegung ihres Armes platziert meine Hand fast zufällig auf ihrer Brust. Ihre Hüfte bewegt sich weich und fordernd zugleich gegen meine anschwellende Härte und verrät ihren Wunsch sehr deutlich, bevor sie flüstert: »Schlaf heute Nacht mit mir.«

Nichts, absolut nichts auf der Welt würde ich lieber tun. Allerdings … »Ich glaube nicht, dass …«

Sie dreht sich in meiner Umarmung zu mir um. »Cedric, es ist mir egal. Sei in mir und beweg dich nicht. Wir müssen gar nichts anderes tun. Ich will nur spüren, dass du da bist. Mehr als sonst.«

»Ich glaube nicht«, beginne ich meinen Satz erneut, »dass hier irgendwo Kondome sind.«

Sie stößt ein atemloses, erleichtertes Lachen aus und streckt die Hand nach dem Nachttisch, auf dem ihre Handtasche steht. »Ich gehe schon ziemlich lange nicht mehr ohne aus dem Haus.«

Allein diese paar Worte und ihre Bedeutung machen mich an. »Warum?«, raune ich dunkel.

»Weil ich darauf warte. Die ganze Zeit. Jeden Tag.«

Wir bewegen uns langsam. Fast andächtig schieben wir die Decken beiseite, um uns anzusehen. Uns zu berühren. Billy schält mich aus den Boxershorts, und mir ist absolut unbegreiflich, wie ich die letzten Wochen mit ihr verbringen konnte – sie küssen, sie streicheln, zu spüren, wie sie unter meinen Händen kommt, und jede Nacht neben ihr zu schlafen –, ohne diesem überwältigenden Verlangen nachzugeben, das sich jetzt in mir zusammenbraut, während wir uns berühren, wie wir es immer tun. Und doch anders. Noch bewusster vielleicht. Langsamer und ungeduldiger zu gleichen Teilen.

Ich spüre nur noch sie. Ihre weichen Haare auf meiner Brust, ihre Lippen an meinem Bauch, ihre Zunge an meiner Haut.

Ihre Brustwarzen werden hart unter meinen Lippen, und ihre Mitte wird feucht von meinen Fingern. Ihre Hüfte drängt gegen mich. Ich weiß nicht, wie ich es so lange aushalten konnte, nicht in ihr zu sein. Jetzt macht es mich schon fertig, ihr dabei zusehen zu müssen, wie sie mit ungeduldigen Fingern die Schachtel aufreißt, sodass die dünne Pappe einreißt. Noch mehr, wie sie die Folie öffnet und dabei atmet, als wäre es eine Kraftanstrengung.

Als sie mir das Kondom überstreift, befeuchtet sie ihre Lippen mit der Zunge, und ich muss beide Fäuste in die Laken stemmen, um nicht sofort hier und jetzt … Gott.

Ihr Duft benebelt meinen Kopf, setzt meinen Körper unter Strom. Wie anders ihre Lust ihre Küsse schmecken lässt. Wie selbstsicher sie sich bewegt, wie hemmungslos sie zittert, weil sie mich will, wie ich sie will.

Ich schiebe mich über sie, meinen ungeschrieben Song im Ohr, und küsse ihren Hals, ihr Gesicht, ihren Mund. Sie stöhnt leise, als ich mich an ihr reibe, genau dort, wo sie feucht für mich ist. Und ich keuche auf, weil mich allein dieses kleine Geräusch vollkommen verrückt macht. Ihre Hände drängen mich, sie zieht mich näher, und zwischen den Küssen flüstert sie meinen Namen und dass ich zu ihr kommen soll.

Wir atmen gemeinsam, als ich in sie eindringe, ganz langsam zunächst; wir spüren jeden Zentimeter Haut, nehmen jeden Herzschlag wahr.

»Weißt du, warum du gewartet hast?«, flüstere ich ihr ins Ohr. Sie legt den Kopf in den Nacken, ihre Antwort ist bloß ein winziger Laut.

»Weil ich jetzt jeden Millimeter deiner Haut kenne. Weil ich genau weiß, wie dein Körper reagiert.« Ich bewege die Hüfte, reibe mich an ihr und beiße ihr sanft in die Schulter. Sie lacht, es ist ein atemloses Lachen.

»Weil ich weiß, was dich anmacht.«

Sie greift mir in die Haare, sucht meinen Blick, ihre Augen sind glasig, während sie mich herausfordernd anlächelt. »Das sind große Versprechen, Cedric, du solltest vor …«

Ich stoße in sie, reize ihre empfindsamsten Stellen, und sie wimmert vor Lust, statt zu sprechen. Und ich liebe es.

Bringe sie noch mal dazu, diese Laute von sich zu geben. Und dann noch mal, bis sie die Lippen zusammenpresst, um nicht zu schreien.

Billy ist keine Frau, sie sich nehmen lässt. Sie nimmt mir den Rhythmus. Bewegt sich in ihrem eigenen. Nimmt sich, was sie will, nimmt mich und gibt sich wieder hin. Ich liebe sie.

»Und weil ich weiß, was du liebst.«

Sie keucht auf, während wir uns schneller bewegen. Erst miteinander, dann gegeneinander.

»Weißt du auch«, flüstert sie, »dass *du* das bist?«

Vor allem bewegen wir uns füreinander.

»Ja.« Ich weiß es. »Ja.«

BILLY

Ich bin unglaublich nervös.

Auf der Rückfahrt von Morecambe habe ich Cedric gefragt, ob er mit mir zusammen etwas Riskantes wagen würde. Ich hoffe, er ahnt, dass damit nicht nur gemeint ist, dass wir womöglich in Gefängniszellen übernachten werden. Womöglich rüttelt das, was ich in den letzten paar Tagen zu einem Plan manifestiert habe, an der Stabilität, in der er sich seit der Nacht am Strand befindet.

Doch Cedric hat Ja gesagt, ohne ein Zögern, und es später wiederholt, und … Nun ja, spätestens nachdem ich wenige Tage später Sawyer von meiner Idee erzählt habe und er bloß sagte: »Wer, wenn nicht du, sollte das bringen?«, kann ich nicht mehr zurück.

Cedrics Handy klingelt, als ich gerade auf die Autobahn abbiege. Im Augenwinkel erkenne ich das Foto seiner Schwester Emily auf dem Display. Zufällig ruft sie zur perfekten Zeit an, um ihn davon abzulenken, mich mit Fragen zu löchern. Den Korb auf der Rückbank hat er gesehen, allerdings bisher unkommentiert gelassen.

Ab dem Ortseingang von Prescot werde ich ihm nichts mehr vormachen können.

»Hi, Emily«, meldet er sich, und mir wird gleich ein wenig wärmer. »Warum rufst du so spät an?«

Warum wohl? denke ich amüsiert. Vermutlich, weil sein Handy wieder den ganzen Tag mit leergerödeltem Akku irgendwo herumlag. Was immer noch der Fall wäre, hätte ich mich nicht vorhin erbarmt, das arme Ding an eine Stromquelle zu hängen.

An seinem verwunderten »Wirklich, achtzehn Mal?« erkenne ich, dass ich richtig geraten habe.

»Der Akku war leer. Tut mir echt leid, Emmy.«

Der liebevolle Ton, den Cedric immer anschlägt, wenn er mit seiner Schwester spricht, weckt meine Neugierde auf Emily. Nächstes Wochenende fahren wir gemeinsam zu ihr nach London.

»Ja«, sagt Cedric gedehnt, »Billy wird mitkommen, unter der Bedingung, dass wir ihre kleine Dreckschleuder nehmen statt der Bahn. – Sie hat Reiseübelkeit im Zug. – Ich sag's ihr.« Er wendet sich mir zu. »Emily freut sich, dich kennenzulernen.«

»Ich freu mich auch.«

»Und sie will dir ein paar Tipps gegen die Reiseübelkeit geben.« Seine verzerrte Miene macht klar, dass er einige dieser Ratschläge bereits ausprobiert hat – vielleicht auf den Schiffsexpeditionen – und von den Ergebnissen nicht besonders überzeugt ist.

»Ja, das macht sie ganz bestimmt«, sagt Cedric nun wieder ins Telefon. »Gute Idee. – Nein, nein, Mum und ich können uns dann ja mal eine Stunde absetzen. – Ja, Emmy. – Klar, Emmy. – Echt jetzt, da warst du noch nie? Noch nie? – Ja, bestimmt! – Nein, kein Ding, ich trage jedes Schild, das du malst. – Dafür komm ich doch mit.« Amüsiert verdreht er die Augen. Er hat mir schon erzählt, dass Emily zwar zunächst schüchtern und zurückhaltend ist, nach einer Weile aber auftaut und zur Quasselstrippe mutiert.

Wir haben Prescot bereits erreicht, und er scheint es noch immer nicht gemerkt zu haben, als das Gespräch dem Ende zugeht. »Wir sehen uns Freitagabend, Schwesterchen. Mach's gut.«

Mit einem erleichterten Stoßseufzer legt er auf. »Großer Gott. Ich vergesse immer, wie viel sie blubbert, wenn sie erst mal damit anfängt. Mach dich auf was gefasst, sie will mit dir shoppen gehen.«

»Was?« Von einem auf den anderen Moment ist meine Vorfreude dahin. »Sie will was?«

Cedric grinst. »Ich weiß auch nicht, wie sie plötzlich darauf kommt. Normalerweise finanziert sie nur den Fortbestand von Buchhandlungen. Aber mit dir möchte sie gern in der Londoner City herumstreunen. Sie war noch nie im Harrods.«

Ach, du Scheiße.

Ich schalte in den falschen Gang, Homer röhrt entsetzt auf, und mir steigt das Blut in den Kopf. »Tut mir leid, Kleiner.«

»Kein Ding«, sagt Cedric, als hätte ich ihn gemeint. »Vielleicht will sie dich bloß ohne Mum und mich ausfragen. Mum meint, sie hätte sich vielleicht verliebt und braucht weibliche Beratung beim Klamottenkaufen. Aber ohne den Mum-Filter. Oder …«

»Ah. Okay«, sage ich, weil ich das wohl sagen muss. Wie sähe es denn aus, würde ich Cedrics kleiner Schwester einen so einfachen Wunsch anschlagen? Und was ist schon dabei? Ich war in Liverpool hundertmal Olivias Shoppingbegleitung. Tausendmal. Mindestens. »Natürlich, klar.«

»Billy, du schaust wie ein Tibetfuchs.«

»Was soll denn das sein? Einer deiner Fische?«

Ein erneutes Lachen, es bringt mich zum Grinsen. »Nein, das ist wirklich bloß ein Fuchs. Aus Tibet.«

»Ach.«

»Er hat einen Gesichtsausdruck, als müsse er sich täglich denselben totlangweiligen Witz anhören. Sawyer antwortet mir ständig mit Bildern von Tibetfüchsen, wenn ich ihm was Witziges schicke. Warte.« Schon wischt er auf seinem Handy herum und hält es mir an der nächsten roten Ampel unter die Nase. »Darf ich vorstellen? Der Tibetfuchs.«

Ich pruste los. »Du verarschst mich doch. Das ist eine Fotomontage! Kein Fuchs guckt so bekifft aus dem Fell.«

Doch Cedric wischt nur mit einer unbeeindruckten ›Hab ich's dir nicht gesagt‹-Miene von Bild zu Bild, und ich muss mich wohl geschlagen geben. Die Viecher sehen tatsächlich so aus!

Tibetfüchse, so was. Die muss ich dringend Livie zeigen – das wird glatt ihr Trendtier des Jahres.

»Shoppen mit Emily«, sage ich schließlich und lächle, wenn auch etwas bemüht. »Ich freu mich.«

»Verlier sie einfach irgendwo, wenn sie zu anstrengend wird. Und nun sag mir mal, wohin wir fahren. Sag wenigstens, dass wir nicht Lukes Eltern besuchen.«

Er gibt sich größte Mühe, den lässigen Plauderton beizubehalten, ich spüre den Unterschied nur unterschwellig in seiner Stimme.

»Mit einem Picknickkorb im Dunkeln? Eher nicht, nein.«

Er schluckt. »Okay.«

Wenig später dürfte er wissen, wo unser Ziel liegt, wenn er es nicht ohnehin schon lange geahnt hat, denn wir passieren das erste Schild, das auf den Friedhof von Prescot hinweist.

Ich lenke Homer in die Manchesterroad, eine hübsche Allee aus jungen Buchen und Ahornbäumen. Auf der linken Seite befinden sich schmucke Einfamilienhäuser mit liebevoll gepflegten Gärten und teuren Autos vor den Garagen. Sie schüchtern mich ein wenig ein. Weder wird man eine Schrottkarre wie Homer in so einer gediegenen Gegend übersehen noch ignorieren, was ich vorhabe. Wir dürfen uns keinesfalls erwischen lassen.

Cedrics Blick gleitet über die Backsteinmauer mit dem schmiedeeisernen Zaunaufbau, die den Friedhof einfasst.

»Schöne Idee von dir«, sagt er leise, als wir das geschlossene Tor passieren. »Leider sind wir zu spät. Das Tor ist schon zu.«

»Es ist nie zu spät. Für nichts.«

Der Friedhof endet, und wir fahren an einem kleinen Park entlang, der gleich angrenzt. Hinter der nächsten Abzweigung liegt eine winzige Straße beinah komplett im Dunkeln. In den beiden Häusern brennt kein Licht, womöglich schlafen hier alle schon. Ich parke Homer am Straßenrand und lege vor dem Aussteigen einen Finger an meine Lippen.

»Nimmst du den Korb?«, flüstere ich Cedric zu, und er zögert zwar einen winzigen Moment, klappt dann aber den Sitz nach vorn und greift nach dem Henkel.

Dicht nebeneinander, nur den Korb zwischen uns, gehen wir zum Park, steigen über eine niedrige Mauer hinweg und werden zwischen Bäumen und Büschen unsichtbar für die Blicke interessierter Anwohner.

»Okay, Billy. Was wollen wir hier?«

Ich trete nah an die Backsteinmauer heran, hinter der der Friedhof beginnt. Sie reicht mir bis zur Brust. Auf ihrem Sims vergrößert ein Eisenzaun die Gesamthöhe auf ungefähr drei Meter. Vorsichtig rüttle ich an einigen Streben, um ihre Stabilität zu testen. Ich will da schließlich nur rüber, aber keinesfalls etwas zerstören.

»Wir gehen zu einer Beerdigung.«

»Bist du verrückt?«

Meine Zehen finden problemlos Platz zwischen den Backsteinen, und schnell stehe ich auf der Mauer. »Bisschen. Gib mir den Korb.«

Cedric reicht ihn mir und stemmt sich mühelos ebenfalls hoch. »Brechen wir gerade in einen Friedhof ein?«

»Ich glaube nicht, wir stehlen ja nichts.«

»Was ist das dann? Hoffriedensbruch? Störung der Totenruhe?«

»Die sind begraben, unter der Erde ist es dunkel. Denen ist egal, wie viel Uhr es ist. Komm schon, wir lassen uns nicht erwischen. Wenn doch, rennen wir.«

Beim Überwinden der Eisenstangen benötige ich durchaus einige Kletterkünste, denn sie sind an der Oberseite mit Spitzen versehen, an denen ich mir fast den Pullover aufreiße. Im Korb klirrt das Glas aneinander, als Cedric ihn mir rüberreicht. Doch schließlich haben wir es beide geschafft und springen auf der Innenseite von der Mauer.

»Bist du so weit?«, frage ich Cedric und hoffe plötzlich fast, dass er Nein sagt. Womöglich mache ich einen Fehler, mache es schlimmer statt besser. Aber irgendetwas muss ich tun.

Im Dunkeln wirkt das Blau seiner Augen farblos, ruhig und endlos tief. »Wofür?«

»Für Lukes Beerdigung.«

»Die war vor zwei Jahren.«

»Kennst du Schrödingers Katze?«, frage ich mit belegter Stimme. »Man nimmt dabei an, eine Katze befände sich zusammen mit einem instabilen Atomkern in einem geschlossenen Kasten. Zerfällt der Atomkern, stirbt die Katze durch ein giftiges Gas. Aber solange niemand den Kasten öffnet und das Ergebnis überprüft, ist die Katze gleichermaßen tot und lebendig.«

»Und Lukes Beerdigung ist Schrödingers Katze?«

»Ja, heute schon. Solange du nicht da warst, ist sie sowohl vorbei als auch nicht vorbei.«

Im Dunkeln sehe ich nur an einem leichten Schimmer seiner Augen, dass er blinzelt. »Billy … Schrödinger wollte eigentlich ein Problem der physikalischen Realität in einer damals populären Interpretation der Quantenmechanik aufzeigen. Es ging nicht wirklich um …«

»Verfluchte Wissenschaftler!«, entfährt es mir nervös. »Kannst du nicht wenigstens das schöne Bild würdigen und einfach mitspielen?«

Er schweigt betreten. Schließlich kommen Worte, denen man anhört, dass sie ihm wehtun, während er sie sagt. »Sie wollen mich nicht hier haben. Lukes Eltern.«

Ich muss schwer schlucken. Tränen brennen mir in den Augen, die Grausamkeit dieser Leute frisst mir Löcher ins Herz. Wie muss es Cedric dann erst gehen?

»Wenn man etwas wirklich braucht, dann muss man es sich nehmen. Du kannst nicht warten, bis sie dir zugestehen, was sie dir nicht vorenthalten dürfen.«

»Wurde denn nicht genug Leuten wehgetan?«

»Zu vielen. Aber das war nicht deine Schuld. Bitte glaub mir jetzt einfach. Manchmal ist Weglaufen eine Lösung – mich hat es zu dir geführt. Und manchmal muss man sich nehmen, was man braucht. Weil sonst niemand kommt und sich darum kümmert, dass man es bekommt.«

Er überlegt lange. Nickt schließlich, räuspert sich und sagt: »Dann bin wohl ich Schrödingers Katze. Wenn sie nie erfahren, dass ich hier war, war ich gleichermaßen hier und war es nicht.«

Meine Hände zittern ein wenig, als ich das Smartphone und meine Wegbeschreibung aus der Tasche ziehe. Sawyer hat mir aufgezeichnet, wo Lukes Grab liegt, aber seine Zeichenkünste sind überschaubar und bilden diesen östlichen Teil des Friedhofs gar nicht ab. Über uns vereinen sich die dichten Baumkronen zu einem Dach, das die Dunkelheit unter sich gefangen hält, kein Mondschein dringt hindurch. Dünne Nebenschwaden hängen zwischen verwitterten, moosbewachsenen Steinen oder kriechen über verrückte und teils zerbrochene Grabplatten hinweg, auf denen die Jahre alle Buchstaben ausgewaschen haben. Ich will die Taschenlampe einschalten, aber Cedric legt eine Hand über meine.

»Lass uns so gehen«, bittet er mich leise.

Ich habe mich auf Friedhöfen nie gefürchtet. Nicht mal als Kind, wenn ich mir heimlich Gruselfilme angeschaut habe. Aber ich war auch noch nie bei Nacht auf einem Friedhof, geschweige denn in seinem historischen Bereich. Kleine Tiere rascheln im Gebüsch, der Wind flüstert in den Zweigen, und von ganz weit fern hört man die Sirene eines Rettungswagens, was mich zwar mit dem Jetzt verbindet, aber auch beunruhigt.

»Angst?«, fragt Cedric leise und legt mir einen Arm um die Schultern.

»Bisschen.«

»Ich auch«, gibt er zu, und obwohl er etwas ganz anderes meint als ich, macht mir sein Geständnis Mut.

»Wir sind ja nicht allein.« Du beschützt mich vor Gespenstern, setze ich in Gedanken hinterher. Und ich dich auch.

Wenig später haben sich meine Augen an die Dunkelheit gewöhnt. Wir erreichen die Kapelle, und von hier aus kann ich mich orientieren. Blumen säumen die geharkten Wege, in der Finsternis wirken sie grau und irgendwie … vergessen.

»Hier ist es.« Lukes Grab ist das letzte in einer langen Reihe, dahinter beginnt eine Wiese voller Klee und Gänseblümchen. Eine knorrige alte Eiche breitet ihre Krone über uns aus, leise murmelnd beschweren sich Vögel in ihren Nestern über den nächtlichen Menschenbesuch. Ich stelle den Korb auf der Wiese ab und beobachte Cedric, der reglos und mit undurchschaubarer Miene direkt vor dem Grab steht. Der Stein dominiert es, er liegt mittig, ein unregelmäßig halbrunder Naturstein, dessen Inschrift ich nicht erkennen kann. Die Bepflanzung ist zurückhaltend. Heidekraut und Immergrün mit kleinen Blüten. Dazwischen eine Distel, die ich im ersten Moment für ein dominant hervorstechendes Unkraut halte. Dann aber erinnere ich mich, wie Cedric Luke beschrieben hat, und revidiere meinen Eindruck. Diese Distel ist schon ganz richtig.

Cedric steht lange dort. Schließlich sieht er kurz zu mir, und ich nehme ein vorbereitetes Beutelchen aus dem Korb und trete damit an seine Seite.

»Luke Jeremia Reyes« steht auf dem Stein. Darunter sein Geburtsdatum, sein Todestag und ein paar Zeilen, schwer zu entziffern im Dunkeln.

Er hätte bald Geburtstag gehabt, wäre fünfundzwanzig geworden. Fünfundzwanzig erst.

»Du hattest irgendwie recht«, sagt Cedric, und er spricht sehr leise, aber ohne zu flüstern. »Es ist ein wenig wie Schrödingers Katze. Mir war immer klar, dass er weg ist. Vom ersten Moment an, als ich sein Gesicht gesehen habe, gab es eigentlich keinen Zweifel. Er war so tot, wie ein Mensch nur sein kann. Und doch habe ich es irgendwie nicht ganz wahrhaben wollen. Hab mir in einem Winkel meines Hirns die Vorstellung gelassen, dass er einfach woanders ist. Aber jetzt …«

Ich atme tief durch. »Jetzt beerdigen wir ihn.« In meinem kleinen Beutel befinden sich ein Feuerzeug sowie eine dunkelrote Kerze. Ich entzünde sie und stelle sie auf dem Grab ab. Dann hole ich zwei ebenso dunkelrote Rosen hervor und gebe Cedric eine in die Hand.

»Ich war nur auf einer Beerdigung«, erkläre ich Cedric, der mir still bei allem zusieht. »Auf der meines Opas, das war in Brasilien. Dunkles Rot, sagen sie dort, ist eine gute Farbe zum Abschiednehmen. Ein Pfarrer würde nun sprechen, aber …«

»Luke war nicht religiös.«

»Ich habe auch keinen Pfarrer entführt. Möchtest du vielleicht ein paar Worte sagen?«

»Nein.«

Das hatte ich befürchtet. Ich hole Luft. »Darf ich?«

Er nickt.

»Luke Reyes«, sage ich dann, und das ist so viel schwerer, als ich dachte. »Ich kannte dich nicht, und das tut mir leid. Es gibt viele Dinge, die ich dir gern gesagt hätte. Ein paar davon sind weniger nett. Vor allem und in erster Linie würde ich dir aber danken wollen. Für dein Leben und deine Stärke und die Zuversicht, die du mit Cedric geteilt hast. Vielleicht hat es am Ende nicht gereicht, aber … wann reicht es schon? Ich bin sicher, du hast dein Bestes gegeben und …«

Im Licht der flackernden Kerze kann ich nun die Inschrift auf dem Stein erkennen und staune, wie gut sie zu dem passt, was ich soeben versucht habe, in kantige, schwer über die Lippen zu bringende Worte zu zwängen.

»There's a stone at the end. But you're defined by the way there.«

Ein winziges Geräusch neben mir lässt mich den Kopf drehen.

Cedrics Gesicht ist tränennass. Ich weiß nicht, wie lange er schon weint, aber die Tränen sind ihm in den Halssaum seines T-Shirts gesickert und haben den Stoff verdunkelt. Trotzdem räuspert er sich leise, als hätte er es sich anders überlegt.

»Das werden keine letzten Worte«, flüstert er. »Es werden erste. Seit ziemlich langer Zeit.«

»Sag sie ihm.«

»Luke«, sagt er mit überraschend fester Stimme. »Als ich diesen Text geschrieben habe, der Weg würde zählen, am Ende lägen wir eh alle unter diesem Stein, da hielt ich diesen Weg für verdammt lang und sah uns an seinem Ende, zwei steinalte Männer mit Bauch, müden Füßen und dritten Zähnen. Es war ein Lied gegen die Angst. Kein Freifahrtschein. Du hast nicht zugehört, und dafür wollte ich dich mein Leben lang hassen.«

Erst jetzt erkenne ich die Worte auf dem Grabstein wieder.

Natürlich. In dem Moment, als mir bewusst wird, woher die beiden Sätze stammen, bricht mir das Herz an ihnen.

Es ist die Bridge aus einem Song. Einem Luce-Song. Cedric muss sie geschrieben haben.

Mein Puls geht schneller. Ich habe gehofft, dieses Ritual würde Cedric bei der Versöhnung helfen, aber nun …?

Trotz der Tränen, die über seine Wangen rollen, wirkt er so hart. So unversöhnlich. Ich möchte ihn berühren, aber kaum, dass ich vorsichtig meine Hand ausstrecke, ballt er seine zu Fäusten.

»Ich hab mich geirrt, Luke. Ich habe dich nicht gehasst.« Seine Stimme wird leiser, seine Schultern hängen herab. »Und es war auch gelogen, dass ich deine Entscheidung nicht verstanden habe. Wir haben uns immer verstanden, und das hat mit deinem Tod nicht aufgehört. Ich weiß, dass du nicht mehr konntest. Dass es einfach nicht mehr anders ging. Ich habe es so gut verstanden, dass ich selbst Angst bekommen habe, Luke, so eine scheiß Angst.«

Er zittert, und der letzte Rest seiner kalten Härte fließt mit weiteren Tränen aus ihm heraus. Er wischt keine davon weg, ich bin nicht sicher, ob er sie überhaupt bemerkt.

Vor dem Grab seines Freundes sackt er auf die Knie. Im ersten Moment denke ich, er würde zusammenbrechen, aber er lässt sich nur auf den Boden sinken, und ich hocke mich an seine Seite, weil ich nicht stehen will, wenn Cedric es nicht mehr kann.

»Mein Leben lang hab ich an einer Sache festgehalten: Solange du es schaffst, schaffe ich es auch. Und plötzlich stand ich da und hatte nichts mehr zum dran Festhalten, gar nichts mehr. Es gab keinen Grund mehr zu überleben, kein Argument auf meiner Seite. Immer nur die Frage: Wie soll ich das schaffen, wenn nicht mal du so stark warst? Das war es, was ich gehasst habe, Luke. Diesen Teil von mir. Nicht dich.«

Cedric greift vor sich in die Erde, zerreibt sie zwischen den Fingern.

»Die Wahrheit ist: Du fehlst mir, du Mistkerl, und ich hasse es, dass du fort bist. Aber dein Leben war mehr als nur dein Tod, und egal wie falsch der war – du warst es nicht. Du warst nie falsch. Du warst der, der Millionen Menschen berührt hat; der Millionen mit seiner Stimme aufwühlen und wieder trösten konnte; der, der das immer tun wird, solange Menschen sich einen Song auswählen, um sich bewusst zu machen, was sie eigentlich fühlen in dem Chaos in ihrer Brust. Deine Stimme ist noch da, wenn Leute sich verlieben, Paare sich zum ersten Mal küssen, und Luke, neulich kam eine Mail von einer Frau, die deine Stimme gehört hat, während sie ein Kind geboren hat. Das alles warst du und wirst es immer sein.«

Er atmet durch, und ich streiche über seinen Rücken, aber er ist noch nicht fertig, sammelt nur Mut für weitere Worte.

»Jetzt bist du also weg und machst in meinem Kopf Musik mit Amy und Tim. Vielleicht mit … mit Chester. Und ich, ich bin nicht weg, und mir fehlt die Stimme. Der Tag, an dem ich beim Aufwachen nicht denke, dass alles nur ein kranker Traum war und du noch da bist, wird nicht so bald kommen. Die besonderen Momente, in denen mir durch den Kopf schießt, dass ich dir unbedingt davon erzählen muss … Sie werden weniger, aber hören nicht auf. Aber schau her. Schau hier hoch oder von deiner finsteren Gewitterwolke da oben runter – was weiß ich, wohin es dich verschlagen hat. Ich bin immer noch hier. Vielleicht sehen wir uns wieder, wo auch immer du bist. Bis dahin halte ich mich dran fest, dich zu vermissen. Für immer. Weil das tragbar ist für mich. Und du es wert bist, in Erinnerung zu bleiben.«

Ich zucke fast zusammen, so schnell stemmt er sich wieder auf die Beine. Er hilft mir auf, dann werfen wir unsere Rosen aufs Grab.

»Luke«, sagt Cedric. »Ich wäre ohne jedes Zögern wieder dein Freund.«

CEDRIC

Nie in meinem Leben habe ich so geweint.

Nun sind meine Augen wund, als hätte ich Sand darin. Billy anzuschauen fühlt sich an wie Linderung. »Danke.« Ich hab so viel geheult, dass mein Mund fast zu trocken für das kleine Wort ist. »Du hattest recht.«

»Es ist noch nicht zu Ende«, erklärt sie und lächelt leicht. »Bei einer brasilianischen Beerdigung wird nun gemeinsam auf Erinnerungen getrunken. Du spendierst die Erinnerungen, ich die Drinks.«

Ich stoße die Luft aus. Das wird hart. »Warum nicht?«

Sie hat an alles gedacht. In ihrem Korb liegt eine Decke, die sie wie für ein Picknick auf dem Gras neben Lukes Grabstätte ausbreitet. Nachdem wir uns niedergelassen haben, zieht sie drei schwere Whisky-Gläser aus dem Korb, außerdem eine dickwandige, bis oben hin mit goldener Flüssigkeit gefüllte Flasche. Sie gießt großzügig ein. Auch in das dritte Glas. Als würden wir mit Luke zusammen feiern, als könne er jederzeit die zwei Schritte rüberkommen und sich zu uns setzen.

»Erzähl mir von Luke«, bittet sie und reicht mir ein Glas.

Ich muss überlegen. Noch immer schieben sich die Bilder, wie er tot in der Wanne liegt, vor mein inneres Auge. Sie lassen sich nicht verdrängen. Ich kann allerdings nach weiteren Bildern suchen, meinen Fokus verschieben und die schrecklichen am Rand belassen. Es ist geschehen. Aber es war nicht alles. Lukes Leben war mehr als sein Tod.

»Luke«, beginne ich, »hasste das Mittelmaß. Es machte ihn schon in der Schule verrückt, ein C zu kassieren. Er wollte ein A oder hören, dass er total verkackt hatte. Alles andere war nicht echt für ihn.« Ich muss fast ein wenig lachen. »Mit Luce wurde es immer schlimmer. Wenn wir auf Musikportalen eine mittelmäßige Bewertung bekamen, kochte er – und zwar nichts Essbares.«

Billy schmunzelt. »Drei Sterne.«

»Nett«, erwidere ich amüsiert. »Aber Luke flippte aus.«

»Auf ein Jenseits ohne Mittelmaß. Slainte.« Billy hebt ihr Glas, wir stoßen an, und ich mache mich auf den ersten puren Whisky meines Lebens ohne Antidepressiva gefasst. Und stocke, als mir die kalte Flüssigkeit über die Zunge läuft. Um ein Haar verschlucke ich mich daran. »Billy. Zur Hölle. Was ist das denn?«

Sie lächelt. »Das passt schon so. Ich muss fahren. Du eventuell ein Antidepressivum einnehmen. Ich konnte nicht einschätzen, wie es laufen würde. Aber Betrinken findet im Kopf statt – und das machen wir jetzt.«

»Hast du ernsthaft Eistee in die Whiskyflasche gekippt?«

»Aber nein«, erwidert sie harmlos. »Ich habe bei Sawyer das beste Gebräu bestellt, das er hat. Schmeckt seltsam, ja. Aber der Mann weiß, was er tut, der ist Profi. Erzähl mir mehr über Luke.«

Ich muss erschreckend lange nachdenken, bis mir mehr einfällt, außer: Er ist tot. Aber dann erinnere ich mich. »Mit ihm eine Serie anzusehen, war der Horror. Ihn sprangen immer sämtliche Logikfehler und unrealistische Szenen an, und manchmal hat er Dinge, die ihm komisch vorkamen, aufwendig recherchiert. Nicht, um sich über Fehler aufzuregen – er wollte das dann einfach nur wissen. Kennst du jemanden, der die Badewannenszene aus *Breaking Bad* mit einem Chemiker durchkaut?«

Sie lacht auf. »Oh mein Gott, nein. Das ist ja furchtbar! Auf die Badewannenszene!«

»Slainte.«

»Was noch?« Sie lehnt sich vor, und wie ihr Blick von mir weg kurz über die leere Stelle auf der Decke gleitet, ist es einen Moment lang so, als säße Luke wirklich bei uns. Wie seltsam, dass ich das all die vielen Monate nicht einmal gefühlt habe. Wohl aber jetzt, wo ich ihn endlich hab gehen lassen.

»Luke mochte keine Süßigkeiten – schon als Kind nicht.«

»Welches Kind mag denn keine Süßigkeiten?«

»Ich weiß, völlig verrückt. Seine Mutter hat ihm zu jeder Gelegenheit Kuchen gebacken, weil er es nie über sich gebracht hat, ihr zu sagen, dass er den nicht isst.«

Sie kichert. »Lass mich raten, wer ihn gegessen hat!«

»Wir mussten ihn decken. Wofür …« Die Stimme bricht mir plötzlich weg, und ich kann nur leiser fortfahren. Muss neue Tränen fortwischen. »Wofür hat man Freunde? Slainte.«

Billys Lächeln ist traurig und verletzlich und gleichzeitig beständig und liebevoll. »Du weißt, dass seine Familie dich nicht ausschließt, oder? Sie standen sicher unter Schock damals, als sie dich nicht hier haben wollten. Aber sie wissen, dass du einen wichtigen Platz in seinem Leben hattest. Dass er einen wichtigen Platz in deinem Leben hat und immer haben wird. Und dass dir ein Platz hier zusteht. Nicht nur als Schrödingers Katze. Und Slainte.«

»Woher weißt du das?« Ob sie recht hat und sich Betrinken allein im Kopf abspielt? Ich fühle mich tatsächlich so. Körperlich schwer und seelisch viel leichter. Müde. Auf eine Art, die tiefen, ruhigen Schlaf verspricht.

Und unendlich traurig. Auf die echte, die wahre Art, nicht die leere.

Billy zieht mich an sich, und ich vergrabe einen Moment lang das Gesicht in ihrem Haar. Sie streicht mir mit den Fingerspitzen über die Wangen, nicht so, als wolle sie die Tränen fortwischen, sondern als wolle sie sie berühren; spüren, dass sie echt sind. Dann sieht sie zum Grab rüber, und ich folge ihrem Blick.

»Schau doch hin. Warum sonst sollten sie Zeilen in seinen Stein schlagen lassen, die von dir kommen. Der letzte Gruß, den Lukes Familie ihm mitgegeben hat, sind deine Worte.«

BILLY

»Du musst dich beruhigen«, mahnt Olivia. Seit ein paar Tagen trägt sie ihren Bob blond mit pinken Strähnchen, was unpassend brav an ihr aussieht, solange nicht die Zugluft an einem Bahnsteig hindurchwirbelt und ihr das optische Erscheinungsbild eines roséfarbenen Staubwedels verleiht. »Wenn du so aufgeregt bist, schlägt dir das auf den Magen, und du verbringst das Wochenende auf dem Klo.«

»Die Vorstellung ist mir gerade irgendwie lieber«, jammere ich. »Wie konnte ich nur so blöd sein? Allein schon Cedrics Mutter kennenzulernen, macht mich total hibbelig. Was, wenn sie mich hasst?«

»Niemand«, sagt meine Freundin akzentuiert, »hasst dich.«

»Niemand außer meinem Dad«, erwidere ich. »Wie bin ich nur auf die dumme Idee gekommen, ihn um ein Treffen zu bitten? Wie viele dumme Ideen kann ein einzelner Mensch denn haben?«

Livie umarmt mich fest. »Es ist überfällig. Und im Gegensatz zu ihm verstehst du das halt. Wann triffst du ihn denn?«

»Morgen Mittag. Nach dem Frühstück gehe ich mit Emily shoppen.« Ich hoffe, wenigstens das gelingt mir ohne Schweißausbrüche. »Emily trifft dann die Freundin, die uns zur Anti-Brexit-Demo am Nachmittag begleitet. Und ich meinen Vater. Er hat das Café ausgesucht, ich glaube fast, das bedeutet, dass er wirklich kommen will.«

»Selbst der sturste Ochse begreift irgendwann, dass er einen Fehler gemacht hat.«

Ich lächle bemüht, aber ich befürchte, so einfach wird es nicht. Womöglich endet unsere Aussprache erneut damit, dass er mir Vorwürfe macht und alles, was ich tue, genieße oder liebe, schlechtredet.

»Billy.« Livies Zug rollt lautstark ein, und wir treten ein paar Schritte zurück. Sie fährt am Wochenende zu einem Kurztrip nach Edinburgh, wo sie ihre Bekannten treffen will, die sie bei Sawyer kennengelernt hat. »Wenn es blöd wird, gehst du. Das musst du dir nicht bieten lassen. Denk daran, was du alles erreicht hast. Denk an deine Zusage!«

Ich nicke. Gut, dass sie mich daran erinnert. Es fühlt sich immer noch unwirklich an – seifenblasenartig –, als könnte eine falsche Bewegung alles zum Platzen bringen. Aber ich habe es schwarz auf weiß, auf wunderschönem, hochwertigem Briefpapier. Am ersten August bin ich Assistentin der Kuration im Mary Annings Museum. Sie haben mich tatsächlich genommen!

»Du kannst in London passende Schuhe für den Job kaufen. Und wenn dein Vater arschig ist, haust du sie ihm um die Ohren. Oder geh zu Cedric, damit er das tut.« Sie wirft einen raschen Blick auf die über uns hängende Uhr. »Wie geht's ihm eigentlich? Haben Lukes Eltern ihn zurückgerufen?«

Erleichtert nicke ich. Lukes Mutter hatte aufgelegt, als er vor drei Tagen zum ersten Mal anrief, aber er verzweifelte nicht daran, sondern wartete ab. Und gestern kam der Rückruf.

»Sie haben lange telefoniert. Viel von ihrer Ablehnung war ein Missverständnis. Sie wollten damals öffentlich machen, dass Luke ein Teil von Lucc war und gestorben ist. Sie hatten sich eine wirklich schöne Kampagne überlegt, um junge Menschen mit psychischen Problemen zu unterstützen. Das Management hat allerdings in Cedrics Namen abgesagt. Cedric wusste aber gar nichts davon. Damals hat er alles, was mit Luce zu tun hatte, komplett ignoriert, er hat nicht mal die Mails gelesen. Für Lukes Eltern sah sein Schweigen aus, als wolle er allein mit Luce weitermachen.«

Olivia zieht die Stirn kraus. »Aber das wollte Cedric doch nie, oder?«

»Im Gegenteil. Er wollte schon vor Lukes Tod aufhören. Aber er mag die Idee der Kampagne. Ich gehe davon aus, dass sie sich einig werden.«

Olivia will etwas antworten, aber der Schaffner pfeift durchdringend in unsere Richtung, und ich helfe Livie rasch, ihren gigantischen Rucksack zu schultern. Er bringt sie fast aus dem Gleichgewicht. Wie lange bleibt sie, drei Wochen?

»Mach's gut, Livie. Hab viel Spaß und trink niemals mit Schotten, okay?«

»Kann ich dir nicht versprechen, sorry. Grüß mir London und Cedric und verhindere diesen Brexit. Bye!«

Eine hastige letzte Umarmung, dann wuchtet sie sich und den Rucksack in ihren Waggon. Hinter ihr schließen sich die Türen, und der Zug setzt sich in Bewegung, als hätte der Lokführer allein auf Livie gewartet. Ich winke noch, bis der Zug aus dem Bahnhof hinaus ist, und begebe mich dann zum unterirdischen Bahnsteig der Merseyrail, um nach Hause zu fahren und meine letzten Sachen zusammenzupacken. In gut einer Stunde wollen Cedric und ich uns in Homer auf den Weg nach London machen.

Etwas später ziele ich mit einem Sockenknäuel quer durch mein WG-Zimmer auf die offene Reisetasche, die auf dem Bett liegt, als sich mein Handy summend bemerkbar macht.

Tristans Name leuchtet im Display. Warum wundert mich das nicht? Dad und er müssen immer noch echte Busenfreunde sein, wenn er schon wieder über unser geplantes Treffen Bescheid weiß.

»Tristan, hey. Wie geht es dir?«

»Danke, bestens, und selbst? Bist du schon auf dem Weg nach London?«

»Treffer, versenkt«, murmle ich amüsiert.

»Was hast du gesagt?«

»Gar nichts«, erwidere ich grinsend. »Ich fahre gleich los, bin am Packen.« Ob er weiß, dass ich mit Cedric nach London komme? Nein, das kann er nicht. Ich habe Dad noch nichts von Cedric erzählt, das wollte ich lieber persönlich machen. »Danach hole ich meinen Freund ab. Wir sind das Wochenende bei seiner Familie eingeladen.« Besser, ich schaffe gleich klare Verhältnisse.

»Schön.« Er klingt, als meine er es ehrlich. »Was habt ihr denn vor?«

Oh, böse Falle. Wenn ich ihm erzähle, dass ich auf eine Demo gegen den EU-Ausstieg gehe, könnte ich meinem Vater auch gleich ein großes Protestschild vor die Nase halten und damit jegliche Chance auf eine normale Konversation vergessen. Es ist mir unbegreiflich, wie Dad als Schwarzer, als Einwanderer, den Populismus eines Boris Johnson feiern kann – aber er feiert ihn. Er feiert ihn *hart.*

Nanna hat vielleicht recht, wenn sie sagt, all das Geld und die Gesetze hätten seine Seele verdorben. Schade eigentlich, dass sie sich das erst zu sagen traut, seit sie dement ist.

Ich habe eine andere Theorie: Dad kam als junger Mann in den Neunzigern nach England, zuvor lebte er in den Staaten. Damals muss es noch härter gewesen sein, als Schwarzer Karriere als Anwalt zu machen. Er hat alles geben müssen, um sich anzupassen, um sich zugehörig zu fühlen. Vielleicht hat er irgendwann geglaubt, eine Zugehörigkeit aufgeben zu müssen, um die andere zu erreichen.

»Shoppen«, sage ich eilig und merke selbst, wie blöd das klingt. Nervosität steigt in mir auf, aber ich will mir nicht anmerken lassen, dass dieses Treffen mit Dad mich ganz kirre macht. »Cedrics kleine

Schwester will mit mir shoppen gehen. Sie wohnt seit Jahren in London und war noch nie im Harrods, kannst du dir das vorstellen?« Ich lache, hoffentlich merkt er nicht, dass es aufgesetzt und ein bisschen nervös klingt.

Oh my, jetzt reiß dich mal zusammen, Billy.

Tristan sagt zunächst nichts dazu, aber bevor ich sein Schweigen unterbrechen kann, weil es mir unangenehm wird, räuspert er sich. »Ich wollte dich eigentlich bloß fragen, ob du nicht Lust hast, abends ein paar alte Freunde zu treffen. Wir könnten was trinken gehen.«

Alte … Freunde. Unser gemeinsamer Bekanntenkreis bestand aus Tristans Freundinnen und Freunden, die wiederum in meinen Augen nicht viel mehr Bedeutung für ihn hatten, als dass sie zufällig miteinander studiert haben. Aber womöglich hat sich auch sein Leben geändert. Warum sollte ich der einzige Mensch sein, der sich weiterentwickelt? Ich würde mich freuen, wenn er inzwischen auch wahre Freundschaften geschlossen hat.

»Du könntest deinen Freund ja mitbringen«, schlägt Tristan in mein Schweigen hinein vor, und allein der Gedanke trocknet mir schlagartig den Mund aus.

»Ich weiß nicht. Er sieht seine Familie so selten und …«

»Verstehe ich. Und du, hast du Lust?«

Nein. Und ja. Irgendwie … Ein paar von den Leuten mochte ich sehr, und ich wüsste wirklich gern, wie es ihnen heute geht. Und tatsächlich ist da auch dieser kleine Wunsch, dort aufzutauchen, verändert, wie ich nun bin, sie offen anzulächeln, statt unsicher zu grinsen wie damals. Doch eine Verbindung zu erlauben zwischen der Sybil von damals und Billy … mir …

Es wäre ein Risiko.

»Ich … Tristan, das kommt etwas kurzfristig. Ich weiß noch gar nicht, was Cedric und seine Mutter geplant haben. Lass es uns doch so machen: Ihr trefft euch ohne mich, und wenn ich Zeit habe, melde ich mich bei dir und stoße dazu. Okay?«

»Ich würde mich echt freuen. Dein Vater hat mir übrigens erzählt, dass du einen neuen Job hast, in einem Museum.«

»Das hat er erzählt?«

»Billy, er ist ein trockener, alter Knochen und würde nie einen Fehler zugeben …«

»Machen«, korrigiere ich ironisch. »Er würde nie einen Fehler *machen.*«

»Wie recht du hast. Aber du solltest eins wissen: Er ist stolz auf dich. Er zeigt es vielleicht nicht, aber …«

»Danke, Tristan.« Mein Bauch kribbelt ein wenig. Ist das Wärme? »Wenn du das sagst, dann kann ich es sogar glauben.«

»Du kannst mir alles glauben«, erwidert er leise. »Und ich hoffe wirklich, dass du es einrichten kannst zu kommen. Wir müssen unbedingt auf deinen neuen Job anstoßen.«

»Das ist ein Argument. Ich schau, was sich machen lässt. Aber jetzt muss ich los. Mach's gut.«

»Du auch. Bis bald.«

»Vielleicht.«

»Sag doch lieber ›Bestimmt‹, Billy.«

Ich muss lachen: »Bestimmt, Tristan.«

CEDRIC

Mit der Dunkelheit hat Regen eingesetzt, der den Namen nicht verdient. Die Scheibenwischer kommentieren die paar störenden Tröpfchen auf der Windschutzscheibe bei jeder Bewegung mit einem Quietschen.

»Soll ich mal ein Stück fahren?«, schlage ich Billy vor. »Du siehst müde aus.«

Eine Augenbraue skeptisch in die Höhe gezogen, linst sie zu mir herüber. »Ich soll dir Homer anvertrauen? Meinen Augapfel? Was willst du noch von mir – vielleicht mein erstgeborenes Kind?«

»Vielleicht nicht zwingend heute oder morgen. Aber generell … Warum nicht?«

Amüsiert schüttelt sie den Kopf, und mir kommt eine Idee. Ich weise auf ein Parkplatzschild am Rande der Autobahn. »Fahr hier mal raus, bitte.«

Billy wirft einen Blick aufs Navi. »Wir sind in zwanzig Minuten in London, kannst du nicht noch so lange warten?«

»Unmöglich.«

»Du kriegst mein Auto nicht. Und mein Erstgeborenes zumindest nicht jetzt!«

Ich schweige, und Billy lenkt den Wagen auf den Parkplatz und hält im Schutz einiger Bäume, wo sie den Motor mitsamt der sklavisch schuftenden Scheibenwischer abstellt.

»Ich bin wirklich nicht müde. Nur in Gedanken.«

Ich rücke mich im Sitz bequemer zurecht. »Woran denkst du denn?«

»Na ja. An deine Mum. Was, wenn sie mich nicht mag?«

»Was soll dann sein?« Ich gebe mich gänzlich unbeeindruckt. »Dann fahren wir nach Hause und lachen sie aus. Es gibt bei YouTube ein Video von ihr, in dem sie einen hohen Ton völlig verkackt.«

Sie lacht gequält. »So reizend von dir. Vergiss das mit meinem Erstgeborenen gleich wieder.«

Ich lehne mich zu ihr rüber und nehme ihr Gesicht zwischen meine Hände. »Billy. Glaub mir einfach, wenn ich sage, dass sie dich lieben wird. Ich kenne sie schon eine Weile, und ich kenne dich. Da kann nichts schiefgehen. Pass nur bitte auf, dass sie dich nicht adoptiert – sie hat da ein Faible für, und ich hätte ein Problem damit, meine Adoptivschwester zu ...«

»Okay!«, unterbricht sie mich gedehnt. »Hab ich verstanden. Musste ich dafür abfahren?«

»Nein.« Ich küsse ihre Stirn, ihre Nase, ihren Mundwinkel und ihre Lippen, während ich unauffällig in meine Tasche greife. »*Dafür* musstest du abfahren. Und außerdem«, ich nehme ihre Hand und lasse einen Schlüssel hineingleiten, »dafür.«

»Was ist das denn?« Sie betrachtet ihn, als hätte sie in ihrem Leben noch keinen Haustürschlüssel gesehen.

»Komisch. Hätte schwören können, du kennst so was. Man benutzt es, um ...«

»Spinner.« Ich fange mir einen Schnipser vor die Nase ein. (Verdient.) »Ich meine, ist das ...?«

»Mein Haustürschlüssel? Ja. Haustürschlüssel – Billy. Billy – Haustürschlüssel. Jetzt kennt ihr euch, habt Spaß miteinander.«

»Und der ist … für mich?«

Ich nicke. »Damit du nicht wieder vor der Tür stehst und völlig durchfrierst, wenn ich mal nicht da bin.«

»Hab ich einen Blackout, oder warum kann ich mich nicht erinnern, dass das jemals passiert ist?«

»Ist es zu früh?«, frage ich sie ernst. »Ich hab das noch nie gemacht, wenn du das übereilt findest und ihn nicht willst …«

»Doch, will ich!« Sie zieht den Schlüssel aus dem Zündschloss, stößt die Tür auf und springt aus dem Wagen. »Steig aus!«

Ich tue, was sie will, und wir treffen vor dem Auto aufeinander, wo sie mir um den Hals fällt und mich stürmisch küsst, lange, so lange, bis der feine Sprühregen einen gleichmäßigen Film auf unsere Haut gelegt hat und ihr ein Tropfen Wasser aus dem Haar perlt. Sie leckt sich über die Unterlippe, als hätte sie einen Plan.

Verdammt, sie ist so sexy, dass der Gedanke, heute Nacht nur ein kleines Zimmer direkt neben dem meiner Schwester zu haben, wirklich, wirklich an meiner Beherrschung kratzt.

Plötzlich schiebt sie mir etwas in die Handfläche. Verwundert schaue ich hinab. »Ist das …?«

»Du weißt, was das ist«, sagt Billy schmunzelnd, geht zur Beifahrertür und lässt sich in den Sitz fallen. »Na komm schon, fahr los. Oder ist *dir* das zu früh?«

BILLY

»Oh my! Das Haus hat sicher einen Namen, oder?«

Staunend steige ich aus dem Wagen. Laternen an den Außenwänden und am Gartenzaun ermöglichen trotz der Dunkelheit den Blick auf einen hübschen Fachwerkbau mit einem leuchtend rot gedeckten Dach. Aus den Fenstern dringt heimeliges Licht. Ein üppiger, fast verwildert anmutender Garten schmiegt sich von links und rechts an die Mauern, und vor der Tür steht ein Traum von einem Auto: ein uralter, aber top gepflegter Mini Cooper in British Racing Green.

»Jedes englische Haus, das was auf sich hält, hat einen Namen«, sagt Cedric und lässt für einen kurzen Moment seinen alten Oxford-Akzent durchklingen. »Bei diesem hier einigte man sich vor einigen Jahren nach zähem Ringen auf *Raspberry Garden,* aus naheliegenden Gründen. Der Gegenvorschlag war übrigens *Castle of Snails,* und die Gründe dafür waren nicht weniger naheliegend.«

Ich hatte es mir so viel ordentlicher vorgestellt. Strenger. Und größer. »Das ist ja richtig niedlich!«, entfährt es mir.

Cedric legt den Kopf schief. »Das ist doch bloß das Gesindehaus, Billy.«

»Was? Oh. Ach du … Wirklich?«

Er beginnt zu lachen und kann froh sein, dass ich so viel in meine

Tasche gepackt habe. Wäre sie etwas leichter, hätte ich sie ihm jetzt an den Kopf geworfen.

In dem Moment wird die Haustür geöffnet, und Cedrics Mum tritt uns die drei Stufen herab entgegen. »Schön, dass ihr endlich da seid! Kommt schnell rein, bevor es wieder zu regnen anfängt.«

Im Gegensatz zu allen Fotos, die man von Ms Benedict findet, hat sie in der Realität ein breites, offenes Lächeln. Ich habe sie bisher nur kurz in eleganter Abendgarderobe gesehen. Heute trägt sie eine luftige Yoga-Hose zu nackten Füßen und einen grobmaschigen Cardigan. Sie umarmt Cedric, flüstert ihm was ins Ohr und kommt dann zu mir.

»Danke für die Einladung, Ms Benedict«, sage ich und fühle mich überfordert von der unerwarteten Herzlichkeit, in die sie mich hüllt. »Freut mich sehr, Sie kennenzulernen. Ich bin Billy.«

»Und ich schmeiß dich wieder raus, Billy, wenn du mich nicht Laura nennst. Komm bitte herein und stell die Tasche einfach ab. Möchtet ihr erst mal Tee? Ich habe einen Shepherd's Pie mit Lamm im Ofen, aber Emily meinte, du wärst ja möglicherweise Vegetarierin, also habe ich noch ein Gemüsecurry, gebackene Kartoffeln und Mushy Peas gemacht. Ich hoffe … Ich glaube, ich bin ein bisschen nervös, lass uns erst mal einen Tee trinken, ja?«

Perplex folge ich ihr durch eine schmale Diele ins Wohn- und Esszimmer, wo sich nicht nur eine breite Couchlandschaft und ein lackschwarzer Flügel befinden, sondern sich auch Korbsessel mit gestreiften Polstern drauf um einen großen Tisch mit einer passenden Baumwolltischdecke tummeln.

Laura Benedict ist nervös. Wegen mir?

Nur mit etwas Verzögerung begreife ich, dass nicht ich – Billy Faulkner – es bin, die sie nervös macht. Sondern die Tatsache, dass ihr Sohn ihr nach einer langen, einsamen Zeit zum ersten Mal wieder jemanden vorstellt, der ihm wichtig ist. Ich kann mich nicht erinnern, jemals für einen anderen Menschen so schnell so viel Zuneigung und Verständnis verspürt zu haben.

Vom Essbereich führt eine Tür in die Küche, aus der nun Emily mit einem Pfannenwender in der Hand kommt. Sie erkenne ich von den Fotos sofort wieder, auch wenn sie dort meist verhalten lächelt, während sie nun Cedric angrinst, ihn nach einer spielerischen Backpfeife an sich drückt und mir dann schüchtern die Hand reicht.

»Ich freue mich auf morgen«, sagt sie so leise, als wäre es ein Geheimnis. Ihr Kichern lässt ihre Rastazöpfe auf ihren Schultern hüpfen. Sie kommt mir in ihren Jeans und dem Stranger-Things-T-Shirt viel jünger als sechzehn vor. Vielleicht, weil ich mit sechzehn schon eine Weile nicht mehr so kichern konnte.

Wir sitzen beisammen, bis das Essen fertig ist, das köstlich schmeckt und offenbar für ein Regiment gekocht wurde, denn wir sind kurz vorm Platzen, ohne dass die Pie-Form oder die Curry-Pfanne merklich leerer geworden sind.

Danach unterhalten wir uns bei Saft und Rotwein weiter. Cedric erzählt aus der Uni und zeigt Fotos seiner Forschungsreise, Emily kurbelt den Buchhandel an, indem sie uns den Mund wässrig auf ein Dutzend neuer Bücher macht, die wir *unbedingt* lesen müssen, und ich erzähle von meinem Bewerbungskrimi und meiner Vorfreude auf den Job im Museum. Laura sitzt die meiste Zeit schweigend da, lässt den Wein im Glas kreiseln, ohne nennenswert davon zu trinken, und verbreitet ein Gefühl von Zufriedenheit.

Als Cedric sich heldenhaft freiwillig zum Spülen verpflichtet und Emily sich ihm anschließt, bietet Laura mir eine Führung durch das Haus an.

Das Erdgeschoss habe ich ja bereits gesehen. In der ersten Etage befinden sich zwei Bäder, außerdem Emilys Zimmer, das einer kleinen Bibliothek gleicht, sowie ein Gästezimmer, in dem Vorhänge und Bettbezüge aus dunkelblau kariertem Leinen eine klassische, fast nordische Gemütlichkeit verströmen.

Hier werden wir also schlafen.

»Als ich es vor sechs Jahren eingerichtet habe«, erzählt Laura, »dachte ich, Cedric käme bald nach. Nicht nur zu Besuch, meine ich. Er war ja gerade mal achtzehn geworden. Ich konnte mir gar nicht vorstellen, dass er in Liverpool bleiben würde, aber genau so war es. Er ist einfach dortgeblieben, was auch geschah.« Ich kann nicht ausmachen, ob das, was sich auf ihrem Gesicht abzeichnet, Stolz oder Wehmut ist. Vielleicht beides, und etwas unverhohlener Schmerz mischt sich auch darunter.

Im Dachgeschoss befindet sich ein Atelier mit großer Fensterfront und genug Musikinstrumenten für ein kleines Ensemble. Das Bett sieht fast etwas deplatziert aus, als gehöre es allein der Katze, die sich wohlig auf den Rücken rollt und ein flauschiges Bäuchlein zum Kraulen anbietet, kaum dass wir nähertreten.

»Das Haus ist ein Traum«, sage ich, als wir wenig später von der Katze begleitet wieder nach unten gehen. Es ist ohne jeden Prunk und Protz eingerichtet, und auch Deko-Elemente gibt es kaum. Bloß Balken aus Holz, auf denen die Alltagsdinge hübsch angeordnet sind, viele Pflanzen und Möbel, die kuschelige Behaglichkeit verströmen.

»Ein kleiner, aber du hast wohl recht«, sagt Laura vergnügt.

Gemeinsam treten wir durch die Hintertür auf eine Terrasse aus Natursteinen, von der aus eine halbrunde Treppe in den Garten führt, in dem es zirpt und im hohen Gras raschelt. »Den Garten zeige ich dir morgen«, sagt Laura. »Im Dunkeln stolpert man nur über Wurzeln, Igel oder Maulwurfshügel. Und nicht, dass ich die Schnecken vergesse. Hat Cedric dir erzählt, dass er dieses Haus damals unbedingt *Castle of Snails* nennen wollte? Emilys und meine Stimmen wogen natürlich schwerer, immerhin wohnen wir hier, aber nachgeben wollte er trotzdem nicht.«

Warum wundert es mich nicht, dass der Vorschlag von ihm kam? »Er hat so was erwähnt.«

»Ich will dich nicht überrumpeln«, sagt Laura leise, den Blick in Richtung der Bäume gerichtet, die sich am Ende des Gartens im leichten Wind neigen, »aber darf ich dich fragen, wie du zurechtkommst? In den … schlechten Phasen?«

»In den Gewittern?« Ich spreche sehr leise, damit sie weiß, dass ich keinen albernen Spruch reiße, sondern es ernst meine. »Ich habe so etwas wie einen Schirm von Cedric bekommen, um mich zu schützen. Und wir geben uns Mühe. Wir beide.«

»Manchmal ist es trotzdem schwer. Und ich wünschte, ich könnte dir sagen, dass man sich daran gewöhnt, aber das ist nicht so. Wenn du mal jemanden zum Reden brauchst … Ich will mich dir nicht aufdrängen, du kennst mich ja kaum. Aber für den Fall, dass du niemanden hast, der das Gefühl kennt …«

»Du drängst dich nicht auf. Vielen Dank, das ist lieb.« Ihre Worte rühren mich, und auch wenn ich Menschen zum Reden habe – jemand mit entsprechender Erfahrung ist nicht dabei. »Ich bin ein bisschen überrascht, wie offen du bist. Das hatte ich mir anders vorgestellt.«

Sie schmunzelt. »Was hat Cedric Garstiges über mich erzählt?«

»Nichts.« Ich lache. »Aber er hält bis auf Ausnahmen eher unter Verschluss, dass er Depressionen hat. Und er hat als Grund mal seine Familie erwähnt, daher dachte ich … ein bisschen voreilig vermutlich …«

»Ah.« Laura nickt wissend. »Da steckt eine Geschichte hinter. Vor einigen Jahren – Cedric war gerade vierzehn, Emily sechs und wir haben zu der Zeit noch in Liverpool gelebt – war ich in einer Talkshow mit dem Thema psychische Erkrankungen bei Kindern. Ich wollte dazu anregen, das Thema ernster zu nehmen. Depressionen werden bei Kindern bis heute sehr selten untersucht. Natürlich wollte ich auch anderen betroffenen Familien Mut machen. Allerdings war in der Runde auch eine Therapeutin, die … sagen wir: sehr traditionelle Thesen vertrat. Sie hat das Thema immer wieder abgewürgt und stattdessen meiner Berufstätigkeit die Schuld an allem gegeben. Sie nannte mich egoistisch, mit zwei Kindern meine Karriere als Sopranistin wiederaufzunehmen. Ich hätte souverän bleiben müssen, aber … Nun ja. Ich war nicht ganz freiwillig alleinerziehend. Ihre Vorwürfe kamen für mich vollkommen unerwartet und trafen einen sensiblen Punkt. Ich habe die Nerven verloren und bin vor laufenden Kameras in Tränen ausgebrochen.«

»Und das wurde gesendet?« Wie mies!

»Es war eine Livesendung. Und es blieb nicht bei dieser Sendung, die Presse hat sich ziemlich auf die Geschichte gestürzt und mich als hysterische Karriere-Mum dastehen lassen. Dann haben diese Aasgeier noch herausgefunden, dass nicht nur Emily, sondern auch Cedric adoptiert ist, und ich wurde zur hysterischen Karriere-Mum, die sich lieber Babys kauft, statt ihre Figur durch eine Schwangerschaft zu gefährden.«

»Scheiße«, entfährt es mir ungewollt.

»Kann man wohl sagen.« Laura wirkt nicht verbittert, nur noch ein wenig enttäuscht. »Es ist nicht so, dass ich mich selbst nie gefragt hätte, ob Cedrics Krankheit mit der Adoption zusammenhängt. Menschen brauchen Wurzeln, und wenn ein Baby anonym weggegeben wird, dann sind diese unwiederbringlich gekappt. Ich habe mir lächerlicherweise sogar Vorwürfe gemacht, ihn adoptiert zu haben, auch wenn das natürlich Unsinn ist, es hatte mit der Entscheidung seiner biologischen Mutter ja nichts zu tun.«

»Es ist nicht fair, Menschen zu verurteilen, die doch das Beste für andere wollen«, sage ich leise.

Laura lächelt. »Wollen wir das nicht alle? Das Beste? Jeder von uns auf seine Art?« Sie dreht sich um und lehnt sich gegen die Veranda. »Für Cedric war das eine schwierige Zeit, und Emily verstand das zwar alles nicht in Gänze, litt aber furchtbar darunter, dass ihre Lehrerinnen und die Eltern ihrer Freundinnen über mich tuschelten. Es tat mir in der Seele weh, meinen Bekanntheitsgrad nicht länger dafür einzusetzen, dass mehr Menschen aufgeklärt werden und besser hinsehen, aber ich kam zu dem Entschluss, nicht mehr öffentlich darüber zu sprechen, um meine Kinder zu schützen. Daher möchte ich nicht, dass Cedric allzu offen damit umgeht. Früher oder später steht wieder die Presse vor der Tür.«

»Das klingt vernünftig.« Für Emily wäre das vermutlich ein Albtraum. Nun verstehe ich auch noch besser, warum Luke und Cedric mit Luce unbedingt inkognito bleiben wollten. »Die Presse kann sicher der Horror sein.«

Laura stößt einen Laut der Zustimmung aus. »Sie feiern und lieben dich. Oder sie treten dich in den Dreck. Dazwischen gibt es absolut gar nichts.«

BILLY

Den Samstagmorgen fluten viele dünne Sonnenstrahlen, die sich durch einen diesigen Himmel zwängen und die Wolken verdrängen.

Beim Frühstück habe ich kaum etwas runterbekommen, aber jetzt, wo Emily und ich im Bus nach West End fahren, entspanne ich mich langsam. Emily ist ein ruhiges und kluges Mädchen. Nachdem wir zu zweit aufgebrochen sind, hat es eine Weile gedauert, ihr unsicheres Schweigen zu durchdringen, aber inzwischen erzählt sie mir von sich, ihrem Alltag und ihren Zukunftsplänen.

»Wie lange seid ihr eigentlich zusammen, Cedric und du?«, erkundigt sie sich plötzlich, und ihr unterdrücktes Grinsen gibt mir eine Ahnung, warum sie so gern etwas mit mir allein unternehmen wollte.

»Knapp zwei Monate. Fühlt sich aber nicht so an. Eher wie zwei Tage. Und dann wieder wie … schon immer?« Ich muss lachen, und Emily fällt ein.

»Und woher wusstest du, dass er der Richtige ist?«

Ich stoße die Luft aus. »Das weiß man einfach. Und man weiß es gleichzeitig nie. Schwer zu sagen. Man muss sich einfach wohl beieinander fühlen. Wenn jedes Gespräch ganz leichtfällt und sich gleichzeitig unglaublich wichtig anfühlt … Entschuldige, Emily, ich fürchte, ich bin nicht hilfreich.«

»Schon.« Das kleine Wort klingt vielsagend, und ich kann meine Neugierde nur sehr mühsam zügeln. Oder besser gesagt: Gar nicht.

»Du fragst nur für eine Freundin, oder?«

Sie prustet los. »Genau. Und diese Freundin und der Junge aus ihrem … Schachklub …«

»Schachklub ist super!« Ich nehme ja eher an, es ist ein Debattierklub, aber wer will schon kleinlich sein.

»… die beiden fragen sich manchmal, ob es irgendwie komisch ist, wenn einer schwarz ist und der andere weiß.«

Ich muss einen Moment überlegen, und die Albernheit fällt von uns beiden ab. »Um ehrlich zu sein, gab es zwischen Cedric und mir zu Anfang einige Probleme. Das war nicht ganz einfach, aber es hat dazu geführt, dass ich mir darum überhaupt keine Gedanken mehr machen konnte.«

Emily zuckt mit den Schultern. »Richtig so. Fang einfach gar nicht erst damit an.«

Für einen Moment bedauere ich, dass die flapsige Stimmung so schnell dahin ist. Aber vermutlich ist es ohnehin nicht das, was Emily gerade braucht. Ich muss an das Gespräch mit Laura vom Vorabend denken. »In der Familie ist es vermutlich nicht so leicht, wenn man optisch heraussticht, oder?«

Sie seufzt. »Es macht eigentlich keinen Unterschied. Ich hab meine leibliche Mutter mal kennengelernt – aber um ehrlich zu sein: Ich kann nicht viel mit ihr anfangen. Sie ist laut und steht auf Fußball und Boxen und Formel eins. Ich bin schon dort, wo ich sein sollte, bei Mum und Ceddy. Das Einzige, was mich stört, ist, dass jeder sofort weiß, dass ich adoptiert bin. Sie sehen meine Familie an und denken sofort: Die da, die gehört nicht dazu.«

»Weil sie keine Ahnung haben.«

»Ich weiß. Aber ich will nicht mal, dass sie es denken. Weißt du, wie oft ich nach den Umständen meiner Adoption gefragt werde? Ich kann es nicht mehr zählen. Cedric wird das nie gefragt.«

»Kann ich mir vorstellen. Ich bin schon immer genervt, wenn Leute dreimal nachhaken, woher ich *wirklich* komme.«

Emily nickt heftig, sie trifft das vermutlich noch viel häufiger als mich. »Sie geben keine Ruhe! Reicht es nicht, wenn ich sage: aus London?«

Gespielt schüttle ich den Kopf. »Aber woher kommst du wirklich?«

»Wirklich aus London.«

Ich verstelle meine Stimme. »Aber deine Eltern! Woher kommen die denn?«

»Auch aus London.«

»Und die Großeltern?«

»Verdammt. Du hast mich.« Resigniert hebt Emily die Hände. »Mein Opa kam nicht aus London.«

»Da haben wir es doch. Wo also kommt deine Familie wirklich her?«

Sie seufzt theatralisch. »Okay, okay, du hast gewonnen. Mein Großvater stammt aus …«

»Ja? Ja? Nun sag's schon!«

»Aus Schottland!«

Wir lachen über die Vorstellung, wie die Leute wohl nach dieser Antwort aus der Wäsche schauen.

»Du kennst das also auch«, seufzt Emily, und ich kann nur nicken.

»Ja, und es wird nicht besser, wenn ich gleich erzähle, dass mein Vater aus den Staaten stammt und meine Mum Brasilianerin ist. Dann wollen sie nämlich, dass ich ihnen etwas über«, ich male Anführungszeichen in die Luft, »die Musik und die Tänze aus meiner Kultur erzähle. Oh, bitte. Ich war nur mal im Urlaub in Brasilien. Ich vertrag nicht mal das Essen.«

Emily verdreht die Augen. »Die Leute erwarten dann Bongo-Trommeln von mir, und ich würde am liebsten antworten: Hast du Spotify? Shawn Mendes und Alicia Keys laufen doch rauf und runter.«

Ich grinse. »Das solltest du unbedingt sagen.«

Emily spielt an einem ihrer Zöpfe. »Aber dann …«

»Dann?«, frage ich. »Was kann schlimmstenfalls passieren?«

»Dass die Leute gucken?«

Okay, ich verstehe. »Ist das so schlimm? Hey, Sie da in der blauen Jacke«, rufe ich einer Frau zu, die schräg vor uns sitzt. »Gucken Sie doch mal!«

Irritiert blickt sie sich zu uns um.

»Ich wollte Ihnen bloß einen schönen Tag wünschen.«

Die Frau ist einen Moment erstaunt, lacht dann in sich hinein und erwidert: »Euch auch, Mädels.«

»Siehst du«, sage ich zu Emily, deren Wangen dunkler geworden sind. »Sie hat geguckt. Ist aber nichts passiert, außer dass sie uns für ein bisschen gaga hält. Aber soll ich dir was sagen?«

»Lass mich raten: Wen stört's?«

»Genau. Es kommt keiner zu dir und bringt dir die Dinge, von denen du heimlich träumst. Du musst hingehen und sie dir holen. Du als Mädchen, und als Schwarze ganz besonders.«

Danach ist das Eis zwischen uns endgültig gebrochen, und als wir wenig später schwatzend aus dem Bus steigen und uns unter die wenigen Londoner und die Scharen von Touristen mischen, fühlt es sich an, als würde ich Emily schon seit Langem kennen und hätte sie nicht gestern Abend zum ersten Mal gesehen. Sie hält mir ein Foto von ihrem Schwarm Ethan aus dem Debattierklub unter die Nase, der trotz eines kleinen Akne-Problems unglaublich hübsch und liebenswürdig aussieht, und ich vergesse fast, mir Sorgen zu machen. Beinah würde ich das, was ich fühle, während wir die Auslagen kleiner Geschäfte bewundern, die Liverpooler Leichtigkeit nennen.

Emily meint es ernst damit, etwas kaufen zu wollen, immerhin steht ein Date an – Ethan und sie wollen ins Kino gehen. Nach einigem Zögern probiert sie die ersten Teile an, und wir werden von Laden zu Laden ausgelassener. Emily testet Sonnenbrillen, und wir setzen uns vor den Spiegeln gegenseitig riesige Hüte auf, als wollten wir zum Grand-National-Pferderennen.

Emily ersteht einen karierten Schal, einen Cordrock und eine Tasche, ich kaufe ein Tanktop mit einem unglaublich kitschigen Bild von einem der knallroten Doppeldeckerbusse und danach sündhaft teure, aber butterweiche und bequeme, schlichte Pumps für die Arbeit, die meinen Kontostand in den wirklich traurigen Bereich treiben.

Wenn schon London, denn schon London. Bei Louis Vuitton und Gucci schauen wir allerdings nur durch die Schaufenster.

Das Glücksgefühl, das die Menschenmengen auf den Straßen und die engen, vollgestellten Läden mir bereiten, ist so stark, dass ich wahrscheinlich ein wenig Angst bekommen sollte. Aber sie bleibt aus, die Angst, und das macht mich euphorisch.

Zwischen einer Secondhandboutique und einer massiv überteuerten Eisdiele meldet sich mein Handy.

Tristan. Verdammt, ich hab total vergessen, ihn zurückzurufen.

»Hey, Tris, entschuldige bitte, dass ich dich hab warten lassen. Heute Abend klappt es leider nicht. Cedrics Mum wollte uns gern in ein Restaurant einladen, und sie hat schon reserviert.«

»Ach, schade. Alle hätten sich gefreut, Billy.«

»Beim nächsten Mal.« Ich grinse Emily an. »Ich bin jetzt möglicherweise häufiger in London.«

»Toll. Es ist so laut bei dir im Hintergrund, wo bist du?«

»An der Kingsbridge Station. Hier ist echt die Hölle los, ganz London ist unterwegs.«

»Ist ja auch endlich mal schönes Wetter nach all dem Regen«, sagt

Tristan mit einem Lächeln in der Stimme. Dann wird er unvermittelt ernst. »Pass auf dich auf, Billy. Forder es nicht heraus, okay?«

»Okay.« Von einem auf den anderen Moment habe ich das Gefühl, meine Stimmung würde kippen. Als würde das, was ich vergraben und vergessen habe, aus der Erde brechen, um nach mir zu greifen. Ich schüttle das Gefühl mit aller Kraft ab.

»Mir geht's gut, wirklich.«

»Das hoffe ich. Vor allem, weil ich bezweifle, dass dein Neuer genauso gut auf dich aufpasst wie ich damals.«

Wie bitte? Das geht echt einen Schritt zu weit, egal wie viel Tristan bei mir guthat. »Das ist auch nicht nötig, Tris«, antworte ich.

Kurz überkommt mich das Bedürfnis, ihm zu sagen, dass unsere Beziehung zum Teil auch daran gescheitert ist. An der ständigen Aufpasserei, an der Verantwortung, die er mir stets abnahm, um sie selbst zu tragen. Tristan ist so ein starker, überfürsorglicher Mensch, dass man in seinem Beisein fast unweigerlich schwach wird. Ich habe immer zu ihm aufgesehen. Eine Beziehung auf Augenhöhe war das nicht. Früher ist mir das allerdings nie aufgefallen. Ich hab es als normal empfunden.

»Hast du ihm eigentlich davon erzählt?«, fragt er.

Er hätte so vieles sagen können. Beinah alles. Aber das trifft mich jetzt, vielleicht, weil ich gerade eben erkannt habe, dass ich es Cedric sagen *muss*. Der Augenhöhe wegen. Ich kann das nicht länger vor mir herschieben. Weder aus Angst, er könne mich für zu kaputt halten, noch aus der Sorge heraus, es würde ihn unter Druck setzen, dass ich dieses Problem mit einem Wandel meiner Kontakte und ein paar Beratungsstunden in den Griff bekommen habe. Was für ihn keine Option ist, egal, wie viele Menschen das von ihm fordern.

Alles Bullshit. Ich kann ihm erzählen, was passiert ist. Und das werde ich.

»Weißt du was, Tris? Das geht dich echt nichts an.«

Er lacht leise. »Kein Grund, sich aufzuregen. War nur eine Frage.«

»Die echt unnötig war. Ich muss jetzt aufhören. Bis dann mal.« Damit lege ich auf und nehme Emily bei der Hand.

Ich lasse mir das hier nicht verderben. Ich weiß, dass die Vergangenheit mir nichts mehr anhaben kann. Ich hab sie überwunden, und es ist an der Zeit, auch daran zu glauben. An *mich* zu glauben. Und den Beweis zu erbringen, dass ich es geschafft habe.

»Cedric hat gesagt, du wärst noch nie im Harrods gewesen.«

Sie gluckst. »Wirklich noch nie. Ist das nicht seltsam?«

»Das ist absolut großartig. Das erste Mal ist unvergesslich. Lass uns gehen!«

BILLY

Das Harrods noch einmal zum allerersten Mal sehen.

Ich gäbe viel, um Emilys Staunen mitempfinden zu können. Die bogenförmigen Schaufenster, dominiert von den edelsten Modelabels. Die creme- und terrakottafarbene Fassade, die an eine herrliche Burg oder ein Schloss erinnert. Das Gedränge im Inneren, das uns durch die Gänge schiebt, die ständigen Bemühungen, nicht an die bis zur Decke gestapelten Waren zu stoßen. Hundert Sprachen vermischen sich mit tausend Gerüchen, überall Schachteln und Tüten und begeisterte Menschen, alles in vollendeter Perfektion ausgeleuchtet.

In der Spielwarenabteilung sehen wir den Animateurinnen zu, wie mühelos sie den Touristen überteuerte Teddybären aufschwatzen, und flüchten lachend, als sie Kurs auf uns nehmen.

Zwischen dem Angebot an Pflanzen und Blumen wird mir schwindelig von all den verrückten Farben und Düften.

In der Patisserie stellen wir lange Listen auf, was wir alles probieren möchten, um dann festzustellen, dass die Schlangen an den Verkaufstresen lang sind – länger, als wir Geduld haben.

Es ist voll, und es ist laut. Und schwer zu ertragen. Aber man muss es einmal gesehen haben. Und ebenso muss man einmal einen Menschen gesehen haben, der es zum ersten Mal sieht.

Wir sind bereits wieder im Untergeschoss, schlendern an Accessoires und glitzerndem Modeschmuck vorbei und überlegen, Laura eine gute Flasche Wein mitzubringen, als Emily die Buchhandlung entdeckt.

»Ooh, es geht ja noch besser!«, ruft sie und eilt los, als hätte sie zwischen den Büchern gerade ihre Lieblingsautorin persönlich entdeckt.

»Sekunde bitte, junge Miss.« Ein Mann spricht sie an. Etwa Ende zwanzig, gepflegter Dreitagebart und ein ernster Zug um die Augen. Ich bin augenblicklich alarmiert.

Emily dreht sich verwundert zu ihm um, er neigt sich vor und sagt etwas, das ich nicht verstehen kann. Emilys Augen weiten sich erschrocken. Sie schüttelt den Kopf und blickt sich Hilfe suchend zu mir um.

Aber ich kann ihr nicht helfen.

Ich bin starr. Starr wie Stein. Und auch so kalt.

Ich halte an dieser Starre fest, so gut ich kann.

Ich darf jetzt nicht weglaufen!

»Das ist ein Missverständnis!«, höre ich Emily sagen. Ein seltsames Rauschen und Dröhnen untermalt ihre Worte.

Es ist kein Missverständnis. Es ist genau wie damals. Genau wie damals.

»Dann sollten wir es klären. Es ist Ihre Entscheidung. Sie können mit mir kommen, ohne Aufsehen zu erregen. Oder ich werde die Polizei rufen und bin gezwungen, Sie bis zu ihrem Eintreffen festzuhalten.«

Ich darf nicht weglaufen!

Egal, wie groß der Drang sein mag.

Emily gibt einen hellen, atemlosen Laut von sich. »Aber ich hab doch gar nichts …«

»Dann möchten Sie, dass die Polizei das für Sie klärt?«

Meine Gedanken rasen und scheinen mir doch unglaublich schwer und träge. Zu langsam.

Ich weiß nicht, was ich tun soll. Nur, dass ich dem fast körperlich schmerzhaften Drang wegzurennen – schnell und weit und weg – nicht nachgeben darf. Ich darf Emily nicht alleinlassen.

Sie sieht sich mit hektischen Blicken um. Die ersten Leute beginnen zu tuscheln.

Meine Füße sind kalt und schwer, als ich einen Schritt mache und an ihre Seite trete. »Was wollen Sie von ihr?«

Mein Atem bebt. Ich muss mich unbedingt in den Griff bekommen.

»Ich fürchte«, sagt der Mann mit gelangweiltem Gesichtsausdruck, »die junge Dame hat etwas in ihre Tasche gesteckt, das ihr nicht gehört. Ich bin Warenhausdetektiv. Möchten Sie, dass ich mich ausweise?«

Nein. Nicht Emily. Das kann nicht sein.

»Ich hab aber nichts geklaut!«, bestätigt Emily halb entrüstet, halb verstört.

Nicht Emily. Und nicht … mein Puls jagt dahin, laut und schnell.

Der Mann zupft seufzend eine laminierte Karte unter seinem Hemdkragen hervor. Ich starre darauf und kann doch nichts erkennen.

Das ist ein Albtraum. Es muss einer sein. Weil es nicht wahr sein kann, dass sich alles wiederholt! Es darf einfach nicht. Ich zittere am ganzen Körper.

»Muss ich die Polizei rufen?«, fragt der Mann, es klingt fast mitfühlend, als würde er einen Hauch dessen, was in mir vorgeht, verstehen. Doch natürlich kann er das nicht – und er schaut ja auch Emily an, in deren Gesicht sich Irritation, Angst und Empörung abwechseln. Sie setzt an, etwas zu sagen, und ich bekomme Panik, sie könnte Ja sagen, sodass er wirklich die Polizei ruft.

»Nein!«, entfährt es mir hastig. »Keine Polizei. Wir gehen mit Ihnen.«

Die Bilder kommen über mich wie eine Flut.

Ich habe Tristan damals im Gedränge im Harrods verloren, war genervt, weil es zu voll war. Die Gelegenheit kam plötzlich und war günstig. Es war eine Kurzschlussreaktion; ich hatte keinen Moment überlegt.

Und einen entscheidenden Fehler gemacht.

Der Mann damals war älter. Größer. Ich hab nicht viel mehr von ihm wahrgenommen als sein hämisches Grinsen und mich noch gewundert, wie furchtbar unprofessionell das war. Wenig später fand ich mich nicht in einem Büro wieder, sondern im Hinterhof, gleich neben einer Rampe für die Wareneingänge. »Wenn du keine Polizei willst, Schätzchen«, hat er gesagt, seine eine Pranke wie einen Schraubstock um mein Handgelenk geschlossen, die zweite plötzlich an meinem Gesicht, die Finger an meinem Mund, sodass ich den Geruch seiner schwitzigen Hand wahrnahm, »solltest du vielleicht einfach nur ein bisschen nett zu mir sein.«

Ich dränge die Bilder weg. Es war ganz anders damals. Alles war anders.

Emily blickt hilflos zu mir rüber, während der Ladendetektiv uns durch die Menschenmenge leitet. »Ich hab nichts genommen«, flüstert sie. »Wirklich nicht.«

»Weiß ich«, versichere ich ihr. »Das weiß ich doch.« Ich weiß nur nicht, ob …

Wir treten durch eine Tür mit der Aufschrift »Nur Personal« in einen Korridor. Es wird sofort ruhiger, als die Tür hinter uns ins Schloss fällt und die vielen Hundert Kunden und die Musik aus den Boxen verstummen. Aus einer offenen Tür dringt das leise Gurgeln einer Kaffeemaschine. Weitere Türen sind geschlossen, wir passieren Umkleideräume und Personaltoiletten.

Emily hat nichts gestohlen.

Doch die Wahrheit lautet: Ich weiß nicht, ob *ich* etwas gestohlen habe.

Die Psychologin, bei der ich vor Jahren war, hatte angedeutet, dass so etwas passieren könnte. Dass das Unterdrücken der Zwangshandlung zu einer dissoziativen Störung führen könnte, sodass ich hinterher nicht mehr weiß, ob ich es getan habe, weil mein Bewusstsein sich kurze Momente von der verbotenen Tat abspaltet.

Ich habe ihr nicht geglaubt. Sie für eine Schwarzmalerin gehalten. Ich war sogar wütend auf sie, weil sie ständig von Ursachen sprach, an denen ich nun mal nichts ändern konnte.

Nun wünschte ich, ich hätte ihr besser zugehört, für den Fall, dass genau das passiert ist: dass ich vollends verrückt geworden bin. Noch mehr als zuvor.

»Billy? Nicht weinen.« Erst nach Emilys leiser Bitte bemerke ich die Träne auf meiner Wange. Ich atme tief durch. Keine Panik jetzt, zusammenreißen!

Der Detektiv führt uns in einen Raum, in dem ein Tisch und wenige Stühle stehen. An den Wänden stapeln sich Kartons mit Harrods-Tüten sowie eine Palette mit Kassenbonpapier in zahllosen Röllchen. Er schließt die Tür, ich bekomme augenblicklich das Gefühl, etwas Schweres läge auf meiner Brust.

»Wir haben jetzt zwei Möglichkeiten«, erklärt er ruhig. »Ich durchsuche Ihre Taschen und vergewissere mich, dass nichts drin ist, was Ihnen nicht gehört. Sie sind allerdings nicht verpflichtet, dem zuzustimmen. In dem Fall rufe ich die Polizei dazu.«

Ich zittere wie verrückt, alle können es sehen. Bitte, bitte keine Polizei. Das würde nicht gut ausgehen.

Emily stellt ohne ein Zögern ihre Handtasche auf den Tisch, und ich mache es ihr nach. »Wir haben nichts geklaut«, sagt sie fest.

Der Detektiv krempelt seine Ärmel hoch und zeigt uns seine leeren

Hände, als Absicherung, dass er uns nichts unterjubelt. Dann beginnt er, die Taschen zu durchsuchen; erst meine, dann Emilys.

Mein Blut gefriert, als er mit leerer Miene etwas aus der Tasche zieht: ein silbernes Armband mit glitzernden Anhängern aus saphirblauen und durchsichtigen Steinen dran. Das Preisschild baumelt herab.

»Ich hab das nicht genommen!«, ruft Emily und weicht einen Schritt zurück. »Ich würde nie …«

Sie tut mir so unglaublich leid. Es sollte ein großartiger Tag für sie werden, sie sollte Spaß haben. Und jetzt?

Es ist meine Schuld. Es kann nur meine Schuld sein.

»Lassen Sie sie gehen«, bitte ich im Flüsterton und wiederhole dann mit festerer Stimme: »Lassen Sie sie gehen. Sie war es nicht.«

»Wer war es dann?«, fragt der Detektiv ruhig. Er weiß es längst. Vermutlich wusste er es die ganze Zeit, er muss es ja gesehen haben.

»Ich war es. Lassen Sie das Mädchen jetzt gehen!«

Emily stößt ein fassungsloses »Was?« aus, der Detektiv verschränkt seine Arme und blickt mich an. Leer und dennoch durchdringend. Er macht mir Angst, aber vielleicht bilde ich mir den seltsam wissenden Zug um seine Augen nur ein.

»Billy. Du hast mir doch nichts untergejubelt – Billy!«

»Vielleicht doch. Geh jetzt bitte, geh nach Hause. Ich … ich klär das hier.«

»Sie sind nicht zum ersten Mal hier, oder?«, sagt der Detektiv. »Sie wissen, wie das läuft.«

Wie das hier … Ein schrecklicher Verdacht befällt mich. Ist es eine Masche, überführte Diebinnen zu bedrängen und zu belästigen? Sie zu zwingen …? Mir steigt Säure im Hals hoch, als die Bilder des letzten Jahres erneut auf mich einprasseln.

Die Hand dieses ekelhaften Typen auf meiner Brust, sein Knie grob zwischen meinen Beinen.

Ich hab es allein Tristan zu verdanken, dass nichts Schlimmeres passiert ist. Ihm und seinem Bedürfnis, immer alles im Griff zu haben. Das Bedürfnis, an dem unsere Beziehung zerbrochen ist. Er hatte Wochen zuvor eine App auf meinem Handy installiert, mit der er es orten konnte, falls ich es mal wieder verlegt hatte. Durch diese App hat er mich rechtzeitig im Innenhof gefunden. Er hat den Mistkerl von mir weggeschleudert, ihm eine runtergehauen, mich in die Arme geschlossen und nach Hause gebracht.

Damals war es auch so ein Ding. Ein glitzerndes, kleines Ding, wie schon so oft. Ein lackschwarzer Füller mit hellen Swarovski-Kristallen.

Ich war zuvor nie erwischt worden, aber das Problem war nicht neu. Mit dreizehn oder vierzehn hatte ich zum ersten Mal etwas eingesteckt. Es war eine Mutprobe, zwei Mädchen aus meiner Klasse haben das Gleiche getan. Aber ihnen hatte es Unbehagen bereitet. Mir, neben jeder Menge Scham, auch etwas anderes. Ein gutes Gefühl – unmöglich näher zu benennen. Es hatte etwas von Freiheit. Ich begehrte, also nahm ich. Ich tat, was ich wollte. Und niemand konnte das bewerten oder verurteilen, denn ich ließ nicht zu, dass jemand davon erfuhr.

Ein, zwei Jahre später warf ich meinem Vater ein Dutzend dieser kleinen Dinge vor die Füße und bat ihn um Hilfe, weil ich gemerkt hatte, dass ich nicht mehr aufhören konnte.

Dad machte einen Termin bei einer Psychologin, um das Problem »schnellstmöglich aus der Welt zu schaffen«. Die Psychologin erklärte, was ich selbst zuvor hundertmal in Büchern gelesen hatte. »Du willst diese Dinge eigentlich nicht haben, Sybil. Du brauchst eigentlich etwas anderes. Aber das erscheint dir immer so weit weg, nicht wahr? So unerreichbar, dass du begonnen hast, die kleinen Dinge an dich zu nehmen, die du eigentlich nicht haben darfst. Aber in Wahrheit geht es dabei um etwas völlig anderes als diesen Schmuck und Klimbim.«

Wir redeten über meine Mutter und die Tatsache, dass ich sie vermisste. Für Dad war die Sache klar: Sie war gegangen, alles, was geschehen war, musste demnach allein ihre Schuld sein. Ich kann mich nicht erinnern, dass er danach noch ein einziges gutes Wort an ihr ließ. Kein Telefonat zwischen ihr und mir, das er nicht abfällig kommentierte. Kein Besuch, den er mir nicht auszureden versuchte – nicht selten erfolgreich. Er war sehr stolz auf meine Fortschritte und die guten Noten – was wollte ich mehr? Ja, was? Darüber wollte die Psychologin dann allerdings nicht mehr mit mir sprechen, und mir wurde klar, dass ihre Ursachenforschung für meine psychische Erkrankung womöglich nicht ganz objektiv ausfiel. Immerhin bezahlte mein Vater sie.

Von dem Tag an änderten sich drei Dinge:

Die Therapie wurde nutzlos, denn ich wusste nun, was man von mir hören wollte; was ich sagen musste, damit man mir das Urteil »wieder gesund« verlieh und mich in Ruhe ließ.

Ich klaute nur noch selten und ließ mich nicht mehr erwischen. Jeden Tag übte ich für den Ernstfall kleine Tricks und wurde so vorsichtig und geschickt, dass ich der Queen ihre Ringe vom Finger hätte klauen können, ohne dass sie es gemerkt hätte.

Und ich sagte kein Wort mehr. Kein einziges. Bis ich mit Tristan zusammenkam und irgendwann das Gefühl hatte, es nicht länger verschweigen zu können.

Tristan, der sich kümmerte. Der aufpasste, dass es nicht wieder geschah. Der die Kontrolle übernahm.

Es war ein entlastendes Gefühl – und gleichzeitig vollkommen falsch. Weil er mir mit jedem Stück Verantwortung ein Stück von mir selbst aus den Händen nahm, bis nur noch eine ausgehöhlte Sybil Faulkner übrig blieb.

Bestnoten. Gemachte Nägel. Vergiss nicht zu lächeln. Immer alles Hashtag-InstaPretty.

Rückblickend erstaunlich, wie das fast zwei Jahre lang gut gehen konnte. Bis ich begann, daran zu zweifeln, ob ich das wollte. Das alles. Tristans Fürsorglichkeit. Dieses Leben unter dem ständigen Erwartungsdruck meines Vaters. Jura, weil es doch naheliegend wäre, in die Kanzlei einzusteigen, an deren Tür ohnehin mein Name stand.

Dieses perfekte Leben, in dem man nicht fallen konnte. Weil man an Fäden hing. Oder an Ketten.

Mir war klar, dass ich sie würde kappen müssen.

Aber dann verlor ich Tristan im Gedränge bei Harrods, und kaum war ich einen Moment unbeobachtet, begann alles von vorn.

So wie jetzt. Als wäre das Jahr dazwischen nie passiert.

»Ich will, dass du jetzt gehst, Emily«, sage ich fest. »Ich muss das hier regeln. Es ist meine Schuld, allein meine. Ich habe das Armband genommen, und es tut mir furchtbar leid.«

Sie schluckt schwer. »Aber warum?«

Ich habe mich immer davor gescheut, es auszusprechen. Als könnte ich es leichter kontrollieren, wenn ich den Namen nicht nenne. Aber offenbar war das ein großer, dummer Irrtum. Und nun ist es ohnehin egal.

»Ich bin Kleptomanin.«

BILLY

Emily geht nicht. Stattdessen greift sie still nach meiner Hand. Ich kann unmöglich benennen, was ich alles fühle. Scham, Angst, Verzweiflung, weil Cedric nun von allem erfahren wird, wobei am schwersten wiegt, dass ich ihm vorgemacht habe, ich sei ganz in Ordnung. Stabil. Jemand, der ihm Halt gibt, statt ihn runterzuziehen.

Aber in meiner Brust kribbelt auch ein klitzekleines bisschen eines guten Gefühls: dem, nicht alleingelassen, sondern getröstet zu werden.

»Vermutlich kennen Sie das Prozedere ja dann schon«, sagt der Detektiv ungerührt. »Ich werde Ihre Personalien aufschreiben, Sie erhalten ein Jahr lang Hausverbot. Außerdem wird eine Bearbeitungsgebühr in Höhe von hundert Pfund fällig. In diesem Fall sind wir bereit, darauf zu verzichten, die Polizei zu verständigen und Sie in Handschellen aus dem Haus führen zu lassen.«

Ich zwinge mich zum Atmen. Falls ich nun angezeigt und verurteilt werde, war es das mit dem neuen Job, dem neuen Leben … der Billy, die es geschafft hat.

»Kann ich mit Kreditkarte zahlen? Ich habe das Geld nicht in bar bei mir.«

»Sieht es so aus, als hätte ich hier unten ein Kassensystem?«, fragt er lakonisch zurück. »Nur bar, und zwar jetzt.«

»Kann ich schnell zum Bankautomaten laufen?«

»Ja, sicher.« Die Ironie trieft aus jeder Silbe. »Sie können jemanden anrufen.«

»Okay.« Ich kann das Handy kaum halten, vertippe mich bei der PIN. Wen zum Teufel soll ich anrufen? Meine Finger huschen übers Display, das Handy wählt Cedrics Nummer schneller, als ich darüber nachdenken kann, wie ich es ihm erklären soll. *Ich hab dich angelogen, bin eine verdammte, kranke Diebin und jetzt musst du kommen, um mir zu helfen?*

Das Freizeichen ertönt etliche Male. Die Mailbox geht ran. »Cedric, bitte ruf mich zurück.« Und verzeih mir das, wenn du kannst!

»Ich versuch es bei Mum«, sagt Emily, doch dann lässt sie frustriert ihr iPhone sinken. »Mist. Mum und Ceddy wollten zu unseren Großeltern auf den Friedhof. Mum erlaubt da keine Handys.«

»Scheiße«, flüstere ich. Wen sollte ich sonst anrufen? Ich kenne hier kaum mehr jemanden.

Tristan? Das kann ich unmöglich bringen.

»Dann … werde ich wohl mal telefonieren«, sagt der Detektiv.

»Nein, warten Sie.« Es kostet mich die schlimmste Überwindung meines Lebens, aber ich tippe die Nummer meines Vaters ein. Zu meiner Verwunderung geht er sofort ran.

»Sybil. Was ist denn los, wollten wir uns nicht nachher sehen?«

»Ich habe ein Problem, Dad. Tut mir furchtbar leid.« Bis jetzt habe ich mich zusammenreißen können, aber nun laufen mir die Tränen übers Gesicht, und ein Schluchzen schüttelt mich.

»Ist es wieder passiert?« Er klingt kalt. Als hätte er nichts anderes erwartet.

»Tut mir so leid.«

»Ach, komm mir nicht mit deinem Gejammer. Es tut dir nicht leid, sonst würdest du es ja Herrgott noch mal einfach lassen! Wo bist du? Bei der Polizei?«

»Harrods.«

»Harrods! Sybil, du …« Er schnaubt. »Sag nie wieder, es täte dir leid. Tu, was immer du willst, aber bescham mich nicht mit diesem fürchterlichen Gejammer und den Lügen.«

»Sie verzichten auf eine Anzeige, aber ich soll hundert Pfund zahlen. Ich zahle es dir sofort zurück! Kannst du vielleicht … herkommen?«

Er seufzt schwer. »Ich sehe, was sich machen lässt.«

»Danke, Dad. Danke.«

»Halt einfach den Mund, Sybil.«

Eine Stunde vergeht. Wir sitzen auf zwei Plastikstühlen und reden im Beisein des Detektivs kaum ein Wort. Eisiger Schweiß klebt mir das Shirt an den Körper, und ich muss aufs Klo, aber sage nichts. Der Detektiv, der die meiste Zeit auf seinem Handy spielt, stellt jeder von uns wortlos einen Becher Leitungswasser hin, und ich bin ihm irgendwie dankbar. Er könnte es alles viel schlimmer machen, und Mitleid braucht man nicht zu erwarten, wenn man zu klauen versucht. Das Armband hat er weggeräumt, doch noch immer sehe ich es fast bildlich vor mir liegen und im Licht glitzern, und mir stellt sich die Frage: Warum? Es war hübsch, ja, aber nicht auf die unwiderstehliche Art wie die Dinge, die ich früher eingesteckt habe.

Ich begreife es einfach nicht. Begreife *mich* nicht.

Irgendwann leuchtet mein Handy lautlos in meiner Tasche auf. Cedric. Ich ringe den Impuls nieder, den Anruf anzunehmen und ihm vorzuheulen, wie leid es mir tut. Aber was soll ich sonst tun? Es gibt keine Worte, die ich sagen kann. Sie sind alle falsch.

Irgendwann hört der Anruf auf, er versucht es ein zweites Mal und gibt dann auf.

Allerdings klingelt es dann bei Emily. Und ich höre unbeweglich und kalt vor Entsetzen zu, wie sie ihm erzählt, was passiert ist. Dass wir wegen Diebstahls im Büro sitzen und eine Strafe zahlen müssen. Dass wir es nicht waren, dass wir unschuldig sind.

Ach, Emily. Es hat keinen Sinn, für mich zu lügen, aber ich habe keine Kraft, ihr zu widersprechen.

»Er möchte mit dir reden«, sagt Emily schließlich.

Ich möchte ihn auch sprechen. So, so dringend. Allein die Vorstellung, seine Stimme zu hören, legt sich wie Balsam über alle Stellen, die sich wundgescheuert und aufgerieben anfühlen. Aber wie soll ich ihm erklären, was hier passiert ist? Ich bin nicht nur eine Kleptomanin und eine Lügnerin. Ich habe im Beisein seiner kleinen Schwester gestohlen! Es ihr untergeschoben! Sie kann und wird und darf nicht für mich lügen. Ich werde ihm die Wahrheit sagen müssen.

Doch ich kann nicht. Nicht hier, nicht am Telefon.

Also schüttle ich den Kopf.

»Sie möchte nicht«, sagt Emily. »Ich weiß auch nicht. Ich glaube, sie hat einen Schock.«

Er will herkommen, so viel höre ich aus ihrem Gespräch heraus. Ich hoffe, mein Vater kommt schnell. Rechtzeitig, sodass ich verschwinden kann.

Ich habe ihn fast bildlich vor Augen, den Moment in der Zukunft, in dem Cedric erkennt, wie kaputt ich bin. Und dass er mich abstoßen muss, schnell und hart, bevor ich ihn auch kaputt mache. Wie Luke ihn kaputt gemacht hat. Und Cedric Luke.

Ich erinnere mich genau an seine Worte, sie klingen mir in den Ohren. Die schrecklichen Worte in dieser wunderschönen Stimme, die mir sagen: »Das unlösbare Problem war, dass wir beide zu kaputt füreinander waren. Das kann niemals gut gehen.«

Schließlich klopft es an der Tür, und ich bin zu einem Teil entsetzt, zu einem erleichtert und irgendwie auch noch enttäuscht. Denn es ist nicht mein Vater. Er hat Tristan geschickt, der mir ein beruhigendes

Lächeln zuwirft und sich dann vor dem Detektiv aufbaut und ihn herablassend mustert.

»Ich will eine Quittung«, sagt er dunkel und wirft zwei Fünfzigpfundscheine auf den Tisch.

Emily atmet erleichtert durch. »Es ist vorbei«, wispert sie mir zu.

Für sie ist es das vermutlich. Für mich beginnt es gerade erst. Ich wünschte, ich könnte mich auflösen, im Boden versinken oder einfach aufhören zu existieren. Ich wünschte, ich könnte vor der Scham davonrennen. Doch ich weiß, dass sie mich finden wird. Sie wird mich immer wieder einholen.

Tristan sagt kein weiteres Wort, bis wir schließlich von dem Detektiv durch die Flure zurück in den Verkaufsbereich und dann auf dem kürzesten Weg zum Ausgang begleitet werden. Ich atme durch, und Emily schließt die Augen und wendet das Gesicht der Sonne zu, als wären wir Wochen ohne natürliches Licht gewesen und nicht knappe zwei Stunden.

»Mein Auto steht gleich um die Ecke«, sagt Tristan zu mir. »Ich bringe dich zu deinem Vater.«

Augenblicklich widersetzt sich jeder Muskel meines Körpers und ich bleibe stehen. »Tris? Ich bin dir wirklich sehr dankbar, dass du so schnell gekommen bist. Und Vater auch, weil er das Geld vorgestreckt hat. Aber …«

»Willst du dir das Armband doch noch holen, oder was?«

»Ich kann jetzt nicht …« Hastig sucht mein Hirn nach einem Ausweg. »Ich muss Emily nach Hause begleiten.«

»Emily«, sagt er akzentuiert, »wird schon klarkommen. Was man von dir nicht behaupten kann.«

Ich versuche mich an einem Lächeln, aber es wird nur eine verkrampfte Grimasse. »Ich gehe nicht ins nächste Geschäft, falls du das befürchtest.«

Das Harrods ragt über uns auf wie ein Geisterschloss, die vielen Menschen, die Kunden, die Touristen wirken wie unheimliche Gestalten in einem Horrorfilm. Sie scheinen mich allesamt im Blick zu haben, als wüssten sie genau, was ich getan habe. Als wüssten sie, dass ich … verrückt werde.

Aber ich – die mehr oder weniger frische Luft auf meiner von getrocknetem Schweiß klebrigen Haut hilft mir dabei, wieder klarere Gedanken zu fassen – werde nicht verrückt. Das ergibt doch alles überhaupt keinen Sinn. Warum sollte ich denn ausgerechnet dann zu dissoziieren beginnen, wenn ich mich gerade wohlfühle? Wenn ich nach all der langen Zeit des Suchens und des Kämpfens gerade Sicherheit gefunden habe und mit beiden Beinen im Leben stehe?

»Können wir nach Hause gehen?«, fragt Emily und tritt nervös von einem Fuß auf den anderen. »Vergiss die Demo. Ich will jetzt wirklich nur noch nach Hause.«

Das geht mir ähnlich.

»Du wirst jetzt nicht verschwinden.« Tristans Finger schließen sich um mein Handgelenk. »Dein Vater will dich sehen, Billy.«

Um mich zu verurteilen, ich weiß. Als würde ich *das* nicht selbst schaffen. Ich will einen Schritt zurücktun, Tristans Hand abschütteln, aber sein Griff wird fest. »Lass mich bitte los.«

»Du haust nicht ab.« Es klingt wie ein Befehl.

»Lass los, du tust mir weh.« Ich zerre an meinem Arm. Tristan lässt mich los, umfasst dann aber sofort meine Schultern.

»Merkst du das denn nicht, Billy?«, sagt er leiser, mitfühlend. »Du schaffst das nicht allein. Du brauchst Hilfe.«

»Ich hol mir Hilfe«, erwidere ich schwach, aber ich weiß selbst, wie lächerlich das klingt. Ich habe ihm das schon einmal versprochen, und danach bin ich weggelaufen, habe alle Verbindungen durchtrennt und mich dem Glauben hingegeben, ich würde es allein schaffen. Wir sehen ja, wohin es mich geführt hat. Ich kann ihm kaum verdenken, dass er mir kein Wort glaubt. Ich glaube mir ja selbst nicht mehr. Weiß nicht, *was* ich glauben soll.

»Hör mir doch mal zu.« Seine Stimme wird sanft, er senkt den Kopf, als wolle er seine Stirn an meine legen, hält aber inne. »Wir wollen dir nur helfen. Ich weiß, dass du Angst hast. Hätte ich auch. Aber wir bringen das alles in Ordnung, okay?«

Emily zupft an meinem Ärmel. »Billy, ich will nach Hause. Können wir das alles später klären und erst mal …« Sie wirft Tristan nur einen winzigen Blick zu, aus dem Misstrauen spricht. Sie vertraut niemandem so schnell. Oder ist sie nervös, weil sie … nein!

Ich kann mir einfach nicht vorstellen, dass sie das Armband eingesteckt haben könnte. Einerseits würde es alles erklären. Anderseits passt das doch gar nicht zu ihr. Sie ist so zurückhaltend, so scheu, so unsicher.

Allein der Gedanke ist furchtbar.

Sie ist, wie du damals warst, flüstert etwas in meinem Kopf. *Allein, sogar im Kreis ihrer Familie. Was ihr fehlt, was ihr wirklich fehlt – ihre Wurzeln – kann ihr keiner geben.*

»Warte«, sage ich zu Tristan und wende mich Emily zu. »Kann es sein, dass du … hast du … Emily, wenn du das Armband genommen hast, dann …«

»Was?« Ihr Gesicht schreit, aber ihre Stimme ist sehr leise. »Ich? Hast du den Verstand verloren?« Sie weicht zwei Schritte zurück, läuft fast in zwei alte Damen, die ihr empört murmelnd ausweichen.

»Das ist nicht dein Ernst, Billy. Du schiebst das jetzt nicht mir in die Schuhe, oder?«

»Nein, ich … Ich verstehe bloß nicht, was passiert ist.«

»Sie schiebt dir gar nichts in die Schuhe«, sagt Tristan energisch, seine Geduld scheint zu bröckeln. »Sie ist krank. Sie kann nichts dafür.«

»Ich habe es aber nicht genommen!«, entfährt es mir ungewollt heftig, und Tristan stößt einen unwirschen Laut aus.

»Herrgott, Billy. Wie oft denn noch? Wie oft diese Diskussion, diese Beschämung und dieser Schmerz, bis du endlich zulässt, dass dir jemand hilft, verdammt?«

Emily scheint mit sich selbst zu kämpfen. Sie krallt die Hände ineinander, ringt nach Worten. Schließlich sagt sie: »Ich fahre nach Hause. Ich kann nicht mehr.«

Sie läuft ein paar Meter die Straße entlang, bleibt dort stehen und wischt unruhig auf ihrem Handy herum, hält es sich dann ans Ohr. Die misstrauischen Blicke, die sie in meine Richtung wirft, fahren mir wie tiefe Stiche ins Herz. Ich habe sie furchtbar verletzt. Ihr seltenes Vertrauen missbraucht.

Was bin ich eigentlich für ein Mensch?

»Lass uns gehen«, sagt Tristan. »Dein Vater wartet. Er macht sich doch Sorgen um dich.«

Ich atme durch. »Ich bin dir dankbar«, wiederhole ich. »Und ich verspreche, dass ich mich sehr bald bei Dad melden werde. Ich weiß, dass ich mir Hilfe holen muss, aber ich kann Emily jetzt nicht allein lassen, und …«

Ist sein Griff um meine Oberarme eben schon so fest gewesen? Es tut fast weh. Und gleichzeitig schafft er es, fast sanft mit dem Daumen über meine Schulter zu streichen, über das Stück nackte Haut, das das T-Shirt freilässt. »Kein Aber, Billy. Du brauchst mich jetzt, und ich lasse nicht zu, dass du aus Angst wieder alles wegwirfst.«

Ich will einen Schritt zurückmachen, aber er hält mich fest, fast an sich gedrückt, es fehlen nur wenige Zentimeter bis zu seiner breiten Brust. In mir steigt ein seltsames Gefühl von Panik auf. Für einen kurzen Moment wirkt Tristan bedrohlich auf mich.

Ich lege die Hände auf seine Brust, versuche, ihn wegzuschieben.

»Hey«, sagt er leise und schließt den Arm um meine Schultern. »Hey, hey, Billy. Beruhige dich. Du hast viel durchgemacht, du bist außer dir.«

»Bin ich nicht.« Ich bin völlig bei mir. Der Schock ist abgeebbt, und mit einem Mal ist mein Kopf klar wie die Luft nach einem Sommergewitter. Als hätte meine plötzliche Wut auf Tristan einen Schleier in meinem Kopf gehoben. Ich weiß, dass ich das Armband nicht genommen habe, und ich weiß mit absoluter Sicherheit, dass ich darüber mit einem Psychologen sprechen muss. Denn vermutlich habe ich es *doch* genommen. Das ist nicht gut, das ist sogar verdammt übel, aber ich kann das angehen. Ich weiß nun, wie dringend ich das muss.

Und ich weiß noch etwas so sicher man nur etwas wissen kann: Mein Vater ist gerade nicht der Mensch, den ich um mich brauche. Ebenso wenig wie Tristan. Der einzige Mensch, den ich jetzt brauche, will mich mit absoluter Sicherheit so schnell nicht sehen. Ich muss das mit mir allein ausmachen, brauche etwas Zeit.

»Ich bitte dich ein allerletztes Mal, Tris. Lass mich los.« Mein Blick sagt, was in Worten zu lächerlich klänge, um es auszusprechen: Ich werde um Hilfe schreien, wenn du nicht loslässt.

Zwei junge Typen schieben sich auf ihren Longboards an uns vorbei und verlangsamen noch mehr, als sie es im dichten Menschengewusel müssten, um mir fragende Blicke zuzuwerfen. Ich lächle sie knapp an: Alles okay, mir geht's gut.

Tristan ist der letzte Mensch, vor dem man sich fürchten muss. Er ist einfach in Sorge. Vielleicht etwas zu sehr, dafür, dass wir seit gut einem Jahr getrennt sind. Aber so ist er nun mal, und wer kann schon aus seiner Haut?

»Du gehst nicht zurück nach Liverpool«, sagt Tristan, und damit hatte ich nun wirklich nicht gerechnet.

Einen Moment bin ich sprachlos, dann dringt ein verblüfftes »Was?« durch meine Konfusion. Ich habe mich doch verhört!

»Billy, sieh dich doch an. Du schaffst das nicht allein. Aber weder Winston noch ich können dir helfen, wenn du …«

Winston? Er nennt meinen Vater beim Vornamen? Lieber Gott! Wann ist das denn passiert? *Was* ist da passiert? Ich spüre den Impuls zu lachen, dränge ihn aber zurück, sodass ich nur schief grinse. Niemand außerhalb meiner Familie nennt meinen Vater beim Vornamen, er *ist* Mr Faulkner.

»… uns nicht lässt, sondern vor uns davonrennst.«

»Lieb von euch, aber ich brauche diese Hilfe nicht. Nicht mehr.«

Tristan verzieht das Gesicht zu einem Lächeln aus Herablassung und Mitleid zu gleichen Teilen. »Man sieht's.«

Danke, das hat gesessen. Ich versuche, mir nicht anmerken zu lassen, wie sehr. »Ich verstehe ja deine Sorge. Aber mein Leben ist jetzt in Liverpool. Und ich werde das um keinen Preis der Welt aufgeben.«

»Es wird dir wegbrechen.« Endlich lässt er mich los, tritt einen Schritt zurück und hakt die Daumen in seinen Gürtel. »Denkst du, nach der Nummer hättest du noch einen Freund?«

Ich muss schlucken, aber mein Mund ist zu trocken. »Ich …« Ich weiß es nicht. Cedric ist warmherzig und verständnisvoll, und er ist mühelos in der Lage, Schlüsse zu ziehen, deren Existenz andere nicht einmal erahnen.

Kleptomanie ist eine psychische Krankheit, und Cedric kann das anerkennen und wird mir nicht die gesamte Schuld an dem Vorfall gerade geben.

Doch ich habe ihn belogen. Seine kleine Schwester in eine furchtbare Lage gebracht. Und dann auch noch angedeutet, sie selbst …

Ich blinzle hektisch. Nichts davon hat mit der Kleptomanie zu tun. Sondern nur mit einem furchtbar schlechten Charakter.

»Mein Leben dort«, sage ich rau, »besteht nicht allein daraus, Cedrics Freundin zu sein.« Er ist mir unglaublich wichtig, das stimmt, aber da ist noch mehr, was mich ausmacht. Ich habe Freunde dort, ich fühle mich wohl. »Dort bin ich zu Hause.«

Eine Winzigkeit ändert sich in seinem Blick, ganz kurz nur, vermutlich reflexartig, als hätte er es gar nicht bemerkt. Aber diese Winzigkeit erzählt von Abscheu, und dieses Gefühl wundert mich nicht. Liverpool ist so viel einfacher, bodenständiger, lauter und dreckiger als London. Tristan wird nie verstehen, wie man dort leben wollen kann.

»Ich hab einen Job«, sage ich, denn ich weiß, dass er dieses Argument wird gelten lassen.

»Du willst den wirklich annehmen, ja?« Seine Stimme wird ganz leise, und es liegt etwas irritierend Verletztes darin. »Nun, dann solltest du jetzt sehr genau überlegen, was du tust, Billy. Ich will das nicht, aber du lässt mir ja keine Wahl.«

Mein Herz bollert wie eine Faust gegen meinen Brustkorb. Wovon redet er?

»Ich bitte dich jetzt ein letztes Mal mitzukommen, in mein Auto zu steigen und mit mir zusammen zu deinem Vater zu fahren.«

»Was … willst du mir sagen? Tris?«

»Wenn du es nicht tust, bekommt dein Liverpooler Naturkundemuseum eine E-Mail von mir.«

Der Boden beginnt unter meinen Füßen zu schwanken, als mir klar wird, was hier gerade passiert. Dass Tristan, den ich geliebt habe, dem ich vertraut habe, der mich so lange vor der Welt und vor allem vor mir selbst beschützt hat … mich erpresst.

»Es wäre doch nicht in Ordnung, das Museum in dem Glauben zu lassen, sie könnten dir ihre Exponate anvertrauen. All diese wunderschönen alten Dinge, die du so magst, die du so begehrst. Diese kleinen Schätze, die in die Handfläche passen, die so mühelos in deine

Tasche gleiten … Billy, mal im Ernst: Wir müssen das Museum vor dir warnen.«

»Hör auf.« Ich will ihn anschreien, aber mir gelingt nur ein Flüstern. Die glauben ihm das nicht, geht mir durch den Kopf, dicht gefolgt von: Es ist aber wahr.

»Ist dir bewusst, was du da sagst? Weißt du eigentlich, wie hart ich dafür gekämpft habe?«

Meine Augen brennen, aber mein Entsetzen und die Angst, er könnte die Drohung wahr machen, sind so groß, dass keine Tränen kommen. »Du kannst wegen eines Fehlers nicht mein Leben zerstören.«

Er lächelt mich an, mitfühlend würde man meinen, wenn ich es nicht besser wüsste. »Dann fahren wir jetzt wohl besser.«

CEDRIC

»Emily – ich bin in der Willowplace. Wo verdammt noch mal bist du?«

Meine Schwester atmet am anderen Ende der Leitung so schwer, als sei sie gerannt. »Siehst du den Italiener auf der rechten Seite?« Die Worte klingen gehetzt. »Dahinter geht es auf einen Parkplatz. Sie steigen schon ein, Cedric, beeil dich!«

Beim Losrennen schiebe ich das Handy in die Jackentasche. Ich habe keine Ahnung, was vor sich geht, aus dem meisten, was Emily hastig ins Telefon gestammelt hat, bin ich nicht schlau geworden. Aber es klingt, als würde jemand Billy verschleppen. Am helllichten Tag. Mitten in London.

Endlich sehe ich Emily, doch sie erlaubt mir kaum, bei ihr stehen zu bleiben und mich zu erkundigen, was zum Teufel hier vor sich geht. Stattdessen deutet sie auf die schmale Hofeinfahrt zwischen den mehrstöckigen Altbauten. »Sie sitzen in dem dunkelgrünen SUV. Cedric, Billy wollte nicht mit diesem Typen mitgehen, aber er hat sie irgendwie gezwungen.«

Ich begreife überhaupt nichts mehr, aber das ist auch nicht nötig. Eilig laufe ich auf den Wagen zu, der rückwärts aus seiner Lücke setzt und verdammt schnell für den engen Parkplatz wendet. Ich stelle mich kurzerhand davor, klopfe mit beiden Händen auf die Motorhaube, und im nächsten Moment verpuffen all meine Zweifel an Emilys Version.

Billy sitzt auf dem Beifahrersitz, und ihr Anblick schnürt mir die Luft ab. Aus riesigen, rot geweinten Augen starrt sie mich an, ihr Gesicht ist fast grau, so panisch wirkt sie.

Der Fahrer des Wagens, ein blonder Typ im Jackett, der nur wenig älter als ich sein kann, wenn überhaupt, lässt das Fenster runter. »Hoffentlich machst du dich bald von meinem Wagen weg, du Idiot.« Dann scheint er zu bemerken, dass es Billy ist, auf der mein Blick haftet. Was hat sie denn nur? Warum steigt sie nicht aus?

Der Typ sagt etwas zu ihr, grinst dabei, es wirkt seltsam abgeklärt, als wäre hier alles normal, als wäre es eine Selbstverständlichkeit, dass sie verheult neben ihm sitzt, das Entsetzen im Gesicht. Ohne dass Billy sich rührt, gleitet auch ihre Scheibe hinab. Sie bewegt die Lippen, spricht aber zu leise, als dass ich sie verstehen könnte.

»Steig aus, bitte«, sage ich zu ihr. Wenn ich von der Motorhaube wegtrete, um zu ihr zu gehen und ihre Tür zu öffnen, wird der Typ losfahren, so viel ist sicher. Ich werfe einen kurzen Blick über meine Schulter. Emily steht dort und blockiert die schmale Ausfahrt, aber ich lege es nicht darauf an, dass er rechtzeitig bremst.

Billy fährt sich mit beiden Händen übers Gesicht, dann holt sie Luft. »Geh zur Seite, Cedric.« Sie lächelt knapp, es brennt mir in der Brust, dieses Lächeln, weil es so falsch ist. »Ich erkläre dir das später. Wir müssen jetzt schnell …«

»Langsam«, sage ich. »Steig bitte aus, Billy, und sag mir, was passiert ist.«

Mein Puls jagt noch schneller, als sie dem Kerl neben sich einen eigenartigen Blick zuwirft. Fast Hilfe suchend und gleichzeitig furchtsam. Emily hatte recht, hier stimmt absolut gar nichts.

»Komm schon, Billy.«

Der Kerl lässt den Motor aufröhren, und der Wagen macht einen plötzlichen Satz nach vorn. Ich stoße mich mit den Händen ab, springe ein Stück zurück. Adrenalin schießt mir durch die Adern.

Emily gibt einen Schreckenslaut von sich.

Billy schreit: »Tristan!«

Das ist Tristan. Das. Ist. Tristan? Ihr Ex-Freund?

»Cedric, geh da weg, der ist total irre!«, ruft Emily.

Tristan grinst mich nur an. »Scher dich von meinem Auto, du Spinner, bevor ich Angst kriege und mein Fuß abrutscht!«

»Billy. Steig aus. Der Typ ist wahnsinnig.« Und du weißt das, verdammt. Wenn das Jura-Tristan sein soll, der brave Wunschschwiegersohn ihres Vaters, dann stimmt mit dem Typen irgendwas ganz gewaltig nicht. Was ist denn los mit Billy, dass sie das nicht sieht?

Erneut lässt Tristan den Motor kommen, steht aber auf der Bremse. Der Wagen bewegt sich über den stillstehenden Reifen. Ich bleibe, wo ich bin, balle beide Fäuste und knalle sie ihm mit aller Kraft auf die Motorhaube. Ein bisschen Krach dürfte Zeugen auf den Plan rufen.

»Ich film das!«, ruft Emily, die die gleiche Idee gehabt haben muss. »Überleg dir, was du tust, du Freak, ich hab dich drauf!«

Billy wendet sich zur Tür. Licht spiegelt sich in der Scheibe und nimmt mir die Sicht, aber ich bin sicher, dass sie an den Türgriff fasst. Tristan allerdings sagt etwas, und sie zuckt zurück und wird plötzlich ganz klein.

Ich habe keine Ahnung, was da los ist, aber es macht mir eine Scheißangst. Dieser Typ ist dermaßen abgebrüht und ruhig in einer so grundfalschen Situation – dem ist alles zuzutrauen.

»Emily?«, rufe ich, ohne meinen Blick abzuwenden. »Ruf die Polizei.«

»Cedric!«, schreit Billy, und zum ersten Mal klingt sie wie die Frau, die ich kenne. »Nein! Hör auf damit. Lass den Mist bitte sein. Du … Du wirst das verstehen.«

»Steig aus und erklär es mir«, erwidere ich leise. *Zeig mir, dass du das wirklich willst, und ich halte dich nicht fest.* Irgendetwas in mir zittert bei der Vorstellung, sie könnte genau das tun, aus welchem verqueren Grund auch immer.

Daraufhin ändert Tristan seine Taktik. Er würgt den Motor ab, stößt die Tür auf und kommt auf mich zu. »Was denkst du, wer du bist, he? Ein Spinner bist du! Warum belästigst du uns?«

Ich verstehe. An einem der Fenster, die zum Parkplatz rausgehen, stehen zwei ältere Frauen und blicken unschlüssig auf die Szene, die sich in ihrem Hof abspielt.

»Sie will nicht mit dir gehen, kapierst du das nicht?«, brüllt Tristan, jedes Wort so betont, dass man es bis in den dritten Stock gut verstehen kann. »Frag sie doch noch mal, und dann lass sie in Ruhe!«

Billy bleibt sitzen, die Fäuste geballt und gegen die gesenkte Stirn gepresst.

»Verschwinde von meinem Wagen!« Tristans Stimme ist scharf und leise geworden. »Oder lern mich kennen. Kapier's einfach. Das mit euch ist vorbei. Sie ist jetzt wieder mein Mädchen.«

»Wenn die Frau, die da verängstigt in deinem Auto hockt, dein Mädchen ist«, sage ich, »würde ich an deiner Stelle wissen wollen, was für ein Arschloch ich bin.«

»Das Arschloch verpasst dir gleich eine, also hau ab.«

Provokant drehe ich mich um, lehne mich mit dem Rücken gegen den Kühlergrill und stelle einen Fuß auf der Stoßstange ab. »Ich hab Zeit, weißt du. Wir können hier warten, bis …«

Tristan verliert wie erwartet die Geduld. Mit überraschender Geschwindigkeit dreht er mir die Schulter entgegen, rammt mich vom

Wagen weg und boxt mir in den Magen. Prompt steigt mir Säure den Hals hoch. Ich lasse mich allerdings nicht von diesem Wagen wegstoßen und den Scheißkerl losfahren, sondern packe ihn am Arm und reiße ihn mit mir. Ineinander verkeilt prallen wir gegen einen überfüllten Papiercontainer. Darin aufgestapelte Zeitungen fallen auf uns herab. Mein Fuß rutscht auf dem Papier weg.

Tristan holt aus, zielt mit der Faust auf mein Gesicht, doch ich kann dem Schlag zur Seite ausweichen, und er streift mich bloß an der Schläfe. Irgendwo schreit jemand. Emily vermutlich. Fuck.

Ich bin einen Moment lang abgelenkt. Tristan nutzt das aus, plötzlich habe ich seine Hand am Hals. Seine Finger bohren sich in meine Kehle, seine Nägel zerkratzen mir die Haut. Ich drücke ihn von mir weg, aber selbst das nutzt der Schweinehund und kickt mir mit dem Knie zwischen die Beine.

Hinter unserem Tumult klappt eine Autotür zu.

Ich schlage blindlings zu, treffe zweimal, dreimal nicht richtig und sehe dann die Gelegenheit kommen. Tristan hebt den Kopf, um sich einen Überblick zu verschaffen, meine Faust hat freie Bahn und landet krachend an seinem Kiefer. Sein Kopf wird herumgeschleudert, sein Griff wird schwächer, und ich reiße seine Hand von meinem Hals, hebele den Typen an seinem Arm herum und drehe ihm die Hand auf den Rücken.

Er lacht. Der Scheißkerl lacht mich aus.

»Jetzt hab ich dich an den Eiern«, keucht er. »Du hast einen dummen Fehler gemacht, mein Freund. Ich bin Anwalt.«

»Du bist jetzt mal still«, erwidere ich leise und versetze ihm einen heftigen Stoß, sodass er frontal gegen den Container prallt und daran zu Boden rutscht.

»Das … Das hat ein Nachspiel«, japst er. »Ich rufe die Polizei. Du bist fällig.«

Verächtlich schnaubend wende ich mich ab. Billy steht vor dem Wagen, Emily an ihrer Seite. Beide starren mich aus großen Augen an, Emily fängt sich als Erste.

»Musste das sein? Wie alt bist du, dich hier zu prügeln?«

Na, danke, Schwesterchen. Ich hab nicht damit angefangen.

»Bist du verletzt?«

Billy beißt sich auf die Lippe, tritt näher und hebt die Hand. Ihre Finger schweben irgendwo neben meiner Schläfe in der Luft. Langsam setzt dort das heiße Pochen ein. Das gibt ein Veilchen.

Sie schaut auf meinen Hals und schüttelt den Kopf. »Du blutest ja.«

»Nur Kratzer.« Die jetzt schon jucken und brennen. Über die Schulter werfe ich Tristan einen warnenden Blick zu. Doch er hat sich zwar aufgerappelt, wagt sich nun aber nicht mehr näher.

»Alles okay?«, fragt Billy leise, und ich kann kaum den Blick von ihr abwenden, um mich zu vergewissern, dass sie wieder die Billy ist, die ich kenne. Es ist, als läge eine durchsichtige Maske über ihrem Gesicht, die sie wie eine andere wirken lässt. Ich berühre ihre Wange, bin nicht sicher, ob ich dieses Fremde, Verletzte von ihr abstreifen kann. Oder es mitnehmen muss, mit mir nach Hause, wo ich es beschützen und versorgen kann, bis es heilt.

Sie nimmt meine Hand, dreht sie ein wenig, um meine Fingerknöchel anzusehen, die aufgescheuert sind und anschwellen.

»Was hast du dir dabei gedacht?«, wispert sie.

»Hey. Es ist nichts passiert.«

»Nichts passiert?« Sie stößt ein verzweifelt freudloses Lachen aus. »Du hast keine Ahnung, was passiert ist. Du hast keine Ahnung, was du getan hast.«

Ich verstehe gar nichts mehr. Nicht, dass ich hier für einen Moment etwas verstanden hätte. Was soll ich getan haben?

Vor wenigen Stunden hat sie sich noch nackt und warm und süßeste

Dinge flüsternd an mich geschmiegt. Und nun verhält sie sich wie eine andere. Als wäre ich ihr völlig fremd, als hätte es all unsere Zeit, die Nähe und das Vertrauen nie gegeben.

»Billy«, ruft Tristan in meinem Rücken. Die provokant vorgespielte Freundlichkeit in seiner Stimme jagt mir einen eisigen Schauder über Nacken, Schultern und Oberarme.

»Willst du nicht wieder einsteigen, Baby?«

Ich würde mich umwenden und ihm gleich noch mal die Fresse polieren, bis er sie nicht mehr aufbekommt. Doch Billy hält noch immer meine Hand, wenn auch nur hauchfein mit ihren Fingerspitzen. Etwas flattert, ich merke erst zeitverzögert, was es ist. Dass es ihre Sicherheit ist. Sie spielt tatsächlich mit dem Gedanken, zu dem Typen ins Auto zu steigen.

»Was ist los?«, frage ich leise und löse meine Hand aus ihrer. »Was geht hier vor sich?«

»Es tut mir leid. Alles. Ich habe einen Fehler …«

Mein Körper handelt ohne mein bewusstes Zutun, ich ziehe sie einfach in meine Arme, drücke sie an mich. Einen schrecklichen Moment lang, der mir wie ein Stromstoß durch die Brust jagt, versteift sie sich. Ich bin sicher, dass sie mich wegstoßen wird. Dann klammert sie sich plötzlich an mich und flüstert, ich soll sie hier wegbringen, ich soll keine Fragen stellen, noch nicht, sie könnte es später erklären.

Ich wechsle einen Blick mit Emily, die den Augenkontakt nicht halten kann. Sie weiß irgendetwas, wenn auch nicht alles.

»Wenn du gehst, Billy«, ruft der Großkotz von seinen billigen Rängen, »dann war es das!«

Mir entkommt ein trockenes Lachen. »Was für ein Verlust«, werfe ich ihm hin. Weitere Worte ist er mir nicht wert.

»Wir gehen«, sage ich leise und schiebe Billy in meinem Arm in Richtung Hofausfahrt. Sie lässt sich bewegen, als hätte sie keinen eigenen Willen mehr. Als wäre es ihr gerade völlig egal. »Ich parke fünf Minuten von hier, schaffst du das?«

»Ja«, sagt sie tonlos, und mein ungutes Gefühl wird zu einer beißenden Gewissheit.

Sie geht nicht freiwillig mit mir.

BILLY

Cedric öffnet mir die Beifahrertür des alten Minis seiner Mutter, der am Straßenrand im Parkverbot steht. Emily quetscht sich auf den Rücksitz.

Ich glaube, ihre Blicke im Nacken zu spüren. Sie kann von mir erwarten, dass ich alles erkläre. Aber für den Moment bin ich zu durcheinander. Die Verzweiflung wiegt zu schwer, sie drückt mir die Luft ab.

Zu all dem, was ich getan habe, kommt die Gewissheit, was Tristan nun tun wird. Tristan macht keine leeren Versprechungen, das hat er noch nie getan. In diesem Moment ruft er vermutlich meinen Vater an. Gleich darauf wird er die E-Mail ans Museum schreiben, und mein Traum wird platzen, ohne dass ich den Knall vernehme. Mir fällt ein, dass ich die Tüte mit den neuen Schuhen in Tristans SUV vergessen habe. Aber ich werde ohnehin keine Schuhe fürs Museum brauchen.

Cedric lässt sich in den Fahrersitz fallen und legt kurz und ohne jede Erwartung seine Hand auf meine Finger, die ich im Schoß ineinanderkralle.

»Beruhig dich erst mal, okay? Ich bring dich nach Hause.«

Ein warmes Gefühl hüllt mich ein wie in eine Decke. Allein dieses kleine Wort … Und in diesem Moment wird mir klar, dass es ein blöder, schockgetriebener Fehler war, Tristans Drohung nachzugeben. Ich hätte das nie tun dürfen, ganz egal, was er mir androht.

Auch wenn dieser Moment aus Sicherheit und Wärme nur kurz sein mag – allein diese paar Minuten im Wagen sind jeden Preis wert.

Ich sollte mich bedanken.

Bei Emily, dass sie Cedric angerufen und hinter mir hergelotst hat. Sie war gar nicht wütend auf mich. Sie hat gespürt, dass etwas nicht stimmte, und sich abgesetzt, um Hilfe zu holen. Ich muss ihr sagen, wie klug sie ist, wie beeindruckend ihre Menschenkenntnis. Was ich in einer jahrelangen Beziehung nicht gemerkt habe – dass Tristan keine Grenzen akzeptiert und über Leichen gehen würde. Sie hat es sofort gespürt.

Wie blind ich damals war, erschüttert mich nicht mal, ich weiß selbst am besten, dass ich schwach war, bevor ich entschied, zu gehen und neu anzufangen. Als Billy, nicht als Sybil. Was mich umhaut, ist die Tatsache, wie schnell ich mich in diese alten Muster zurückkatapultiert habe.

Ich drehe mich zu Emily um, und sie lächelt behutsam. »Danke«, flüstere ich, und Emily sagt: »Alles okay«, als sei das wahr. Sie macht eine kleine Geste mit ihrem Finger vor dem Mund – das Zeichen versiegelter Lippen.

Sie will mir sagen, dass sie für mich schweigen wird. Dass ich nichts von dieser scheußlichen, demütigenden Geschichte verraten muss. Als gäbe es weder glitzernde Dinge noch Lügen oder Kleptomanie. Als wäre ich heil.

Aber das wäre falsch, denn ich bin es eindeutig nicht, und je verlockender der Gedanke ist, mich in eine Lüge zu verkriechen, desto drängender macht sich die Gewissheit in mir breit, dass ich nun alles auspacken und offenlegen muss. Anderenfalls könnte ich mir nie wieder im Spiegel in die Augen sehen.

Auch Cedric schulde ich einen Dank, dass er gekommen ist und mich nicht aufgegeben hat. Mein Magen zieht sich zusammen bei dem Gedanken an seine aufgeschürften Fingerknöchel, die Kratzer an seinem Hals und die Schwellung an der rechten Schläfe.

Ich hätte das Tristan nie zugetraut. Hat er sich so sehr verändert? Oder war er immer schon so? Hat er schon damals kein Nein akzeptiert und mich wie sein verdammtes Eigentum behandelt? Habe ich mich selbst dazu gemacht?

Endlich weiß ich, wovor ich damals geflüchtet bin. Nicht vor Dads Druck, seinen Vorwürfen oder Tristans Beschützerinstinkt. Ich bin vor *mir* weggelaufen.

Die Wut steigt langsam in mir hoch. Ich balle die Fäuste und halte mich an dieser Wut fest. Wut ist besser als Verzweiflung. Sie ist heiß und schmilzt die frostige Starre aus meinen Gliedern und Gedanken.

Cedric fährt ruhig und schweigend. Aus dem Augenwinkel sehe ich ihn immer wieder zu mir rüberblicken, aber noch fällt es mir zu schwer, seinen Blick zu erwidern. Die Verzweiflung ist noch da, und sie würde mich hemmungslos heulen lassen. Diesen Zusammenbruch möchte ich wenigstens Emily gern ersparen. Außerdem soll Cedric sich aufs Fahren konzentrieren und nicht auf meine Tränen.

An einer roten Ampel hält er es offenbar nicht mehr aus. »Billy?«

Ich sehe ihn an, sehe diese Sorge, seine vielen Fragen und gleichzeitig so viel tröstende Zuneigung, dass ich den Blick abwenden muss, um nicht zu weinen. Er legt mir eine Hand auf den Rücken, so vorsichtig tastend, als könne ich zerbrechen. Dann beugt er sich vorsichtig zu mir rüber, immer auf der Hut, als müsse er schnell zurückweichen können. Als er ganz nah ist, gebe ich nach und lehne mit geschlossenen Augen meine Stirn an seine.

»Hat er …?« Er zittert und spricht so leise, dass ich die Worte eher spüre, als dass ich sie höre. »Wenn er dir wehgetan hat, dann …«

Rasch schüttle ich den Kopf. »Hat er nicht.« Würde er nicht, will ich beinah sagen, aber ich bin nicht mehr sicher. »Er will bloß, dass ich hierbleibe. In London.«

»Bei ihm.« Es ist keine Frage, ich nicke trotzdem.

»Er wird mir den Museumsjob wegnehmen. Damit hat er mich unter Druck gesetzt. Ich war so panisch, dass ich …« Ich breche ab.

Cedric wartet, bis ich ausgesprochen habe. Dann lächelt er kühl. »Das schafft er nicht.«

Doch er irrt sich. Er hat keine Vorstellung, was Tristan gegen mich in der Hand hat. »Er kann das, er muss ihnen einfach nur …«

Mein Handy summt, und ich zucke zusammen. ›Winston Faulkner‹ steht auf dem Display, wo in einer besseren Welt ›Dad‹ stehen würde. »Sekunde, bitte. Ich muss da rangehen.«

Cedric nickt, legt den Gang ein und fährt wieder an, während ich Mut sammle und auf den grünen Hörer tippe.

»Dad?«

»Was ist in dich gefahren?«

Seine Stimme ist so laut, dass Cedric zu mir rüberschaut, die Augen dunkel vor plötzlichem Ärger.

»Dad, ich erklär dir das.«

»Du kommst sofort her! Sybil. Das hört jetzt auf! Du kommst augenblicklich in die Kanzlei und …«

»Nein.« Das Wort fühlt sich klein an. Winzig regelrecht. Und doch irgendwie, als sei es stark. Mir schwirrt die Frage durch den Kopf, wann ich das zuletzt getan habe – meinem Vater widersprochen. Ihm gegenüber ein Nein geäußert, egal wie mickrig es sein mochte.

Ich kann mich nicht erinnern.

»Du wirst nicht wieder wegrennen!«, fährt er mich an, und mein zweites Nein gerät etwas größer.

»Nein. Ich laufe schon nicht weg.« Nicht, bevor wir geredet haben.

Das schulde ich ihm, und das schaffe ich. »Aber ich brauche ein bisschen Zeit. Ich komme später zu dir.«

»Und das soll ich dir glauben?«

»Ja.« Ich drücke den Anruf weg, bevor ich in Tränen ausbreche.

»Billy. Hey, hey, Billy.« Cedric ist zerrissen zwischen der Notwendigkeit, auf die Straße zu achten, und dem Wunsch, mich zu trösten. Er tastet nach meiner Hand, drückt sie kurz.

»Du gehst da nicht allein hin, oder?«

Ich schluchze statt einer Antwort auf. Emily reibt mir von hinten die Schultern.

»Wir können mit dir kommen«, sagt sie.

Die Vorstellung, sie würden mich ins Büro meines Vaters begleiten und dabei links und rechts meine Hände halten, ist so absurd, dass ich fast lache.

»Willst du da wirklich hingehen?« Die Sachlichkeit in Cedrics Frage reißt an meinen Nerven.

»Ich muss. Ich kann nicht so tun, als sei nichts geschehen. Ich kann nicht schon wieder …« Weglaufen. Mein Vater weiß jetzt, wo er mich findet. Alle wissen es jetzt. Sie werden mir keine Ruhe lassen, und ich weiß sehr genau, wo sich meine Grenzen befinden. Einem emotionalen Dauerbeschuss von Dad oder Tristan halte ich nicht stand.

»Er kann zu uns kommen«, sagt Cedric und lächelt dieses Viertellächeln mit einer Spur Kampfgeist im Augenwinkel versteckt. »Du bist sicher bei uns. Ihr könnt reden, du kannst ihm sagen, was du loswerden musst, und alles klären. Und wenn er dich anbrüllt – wenn er nur die Stimme hebt –, schmeißen wir ihn raus. Gebrüllt wird nicht im *Castle of Snails.*«

»Unser Haus, unsere Regeln«, sagt Emily mit einem Selbstbewusstsein, das ich ihr nicht zugetraut hätte. »Und es heißt *Raspberry Garden*, hör nicht auf den Spinner.«

Mein erster Impuls ist, entschieden Nein zu sagen. Meinen Vater, der jeden Raum, den er betritt, sofort mit seiner übermenschlichen Präsenz füllt, in das gemütliche Heim von Laura und Emily einzulassen, ihn gar dorthin zu bitten … Das kann ich nicht.

»Wir lassen euch in Ruhe«, sagt Cedric zu mir. »Du kannst ganz allein mit ihm sprechen. Wir sind nur da, für den Fall, dass du jemanden brauchst.«

»Nur«, erwidere ich und lasse den Gedanken an einen geschützen Raum für dieses Gespräch ansatzweise zu, »wenn Laura zustimmt.«

In der nächsten Sekunde zuckt Emilys Blick zu ihrem Handy, sie tippt eine Nachricht, wartet kurz auf Antwort und spielt dann die Sprachnachricht laut ab, die Laura zurückschickt.

»Egal, worum es geht, natürlich können Billy und ihr Dad hier reden. Ist alles okay bei euch? Warum kommt ihr denn jetzt zurück, wolltet ihr nicht zu der Demo?«

Während Emily erneut zu tippen beginnt, bremst Cedric den Wagen am Straßenrand ab. »Wenn du magst, ruf ich ihn an und sag es ihm.«

»Das musst du nicht. Er …« Er schreit dich genauso ungerührt an, wie er es bei mir tut, will ich sagen, doch Cedric unterbricht mich.

»Weiß ich. Würde ich aber gern. Darf ich? Ich möchte *irgendwas* tun.«

Du tust so viel. Ich lasse das Telefon in seine Hand rutschen. Seien wir doch mal ehrlich: Mein Vater käme ohnehin nicht, würde ich es ihm vorschlagen.

Cedric tippt die Nummer an und hält sich das Gerät ans Ohr.

»Hey«, sagt er, kurz nachdem mein Vater ihm ein deutlich hörbares »Sybil!« ins Ohr gemotzt hat.

Ich glaube nicht, dass Winston Faulkner je zuvor von irgendwem mit einem lakonischen ›Hey‹ begrüßt wurde. Der Scouse hängt in diesen drei Buchstaben. Vermutlich erklärt das seine darauffolgende

Sprachlosigkeit, die Cedric so selbstverständlich nutzt, als hätte er sie bewusst verursacht.

»Billy wird nicht zu Ihnen kommen.« In seiner Stimme liegt eine Gelassenheit, in die ich mich einrollen möchte. Er hört kurz zu, sagt dann: »Sie können gern weiterschimpfen, aber dann leg ich auf und ruf Sie später noch mal an. Oder Sie lassen mich einen Vorschlag machen.« Er hört zu. Ruhig. Mit Viertellächeln. »Kommen Sie in einer Stunde zur Joseph Lane 18. Sie können dort mit Billy reden. Und zwar ganz in *Ruhe.* – Ja. – Nein. – Sagen Sie, klinge ich wie Ihr Psychologe? Erzählen Sie dem das. – Nein. – Dann lassen Sie es. Überlegen Sie es sich. Bye.«

Er drückt das Gespräch weg, schaltet das Telefon aus und reicht es mir zurück. »Er wird kommen, denke ich.«

Ich atme ein und stoße sehr langsam die Luft aus. Mein Herz hämmert.

»Du musst keine Angst haben«, sagt Cedric. »Alles wird gut.«

Aber da irrt er sich. Gewaltig.

Denn bevor ich mich mit meinem Vater auseinandersetze, muss ich etwas viel Schwierigeres schaffen.

BILLY

Wir fahren an Homer vorbei, der schmutzig, treu und braun am Straßenrand steht, wie er es immer tut. Cedric lässt den Mini in die Einfahrt rollen, und noch bevor die Reifen stehen, wackelt Emily am Rücksitz, damit Cedric sie schnell aussteigen lässt. »Ich hol dir mal Eis für die Beule«, sagt sie zu Cedric, und er murmelt ihr zu: »Versuch bitte, dass Mum nicht gleich rauskommt, okay?«

Sie nickt verschwörerisch, wartet, bis er wieder auf dem Fahrersitz Platz genommen hat, und klappt die Autotür zu. Dann läuft sie, ihre Tasche nach dem Schlüssel durchsuchend, die Stufen zum Eingang hoch.

Wir sind allein in diesem winzigen Auto, und ich weiß nicht mehr, was ich empfinde, weil nichts zusammenpasst, was in mir vorgeht. Cedric ist zu nah und zu weit weg. Es ist, als sei mir eisig kalt und heiß. Als blendete mich tiefste Dunkelheit. Als wäre alles voller Mut – so viel Löwenmut, dass ich Angst davor bekomme.

Dieser Wageninnenraum ist wie eine schützende Kapsel, die uns von der Welt abschirmt. Ich kann gar nicht anders, als mich in Cedrics Nähe sicher zu fühlen. Und trotzdem habe ich mich noch nie so sehr gefürchtet. Noch nie. In meinem ganzen Leben nicht.

»Ich stehle«, sage ich. Zwei unerwartet klar klingende Worte von mir in das stille, neblige, wattige Gefühl all seiner ungestellten Fragen. Die Worte sollten darin einsinken, verschwimmen und verschwinden, aber sie tun es nicht. Sie sind scharf wie Schnitte.

»Ich stehle Dinge. Kleine, glitzernde Dinge. Die ich nicht brauche. Die ich meist nicht mal will und dann irgendwie doch. Ich will ständig das, was ich nicht haben kann.«

Einen Dad, der mich liebt. Einen Job im Museum. Cedric.

Immer sind es die Dinge, die ich nicht haben kann.

»Ich …«

Verdammt. Eben war es leichter. Da stand weniger auf dem Spiel. »Ich bin Kleptomanin.«

»Okay«, sagt Cedric, es klingt wie eine Frage. »Das ist … Billy, fuck. Ich hatte keine Ahnung.«

Sein Blick lässt mich vermuten, was in seinem Kopf vorgeht. Vielleicht erinnert er sich an meinen Scherz, ich hätte einen Knochen geklaut. Womöglich an mein Geständnis, ich wolle immer das, was ich nicht haben kann. Oder an die Geschicklichkeit, mit der ich ihn mit dem Eisstäbchen getäuscht habe.

»Warum …?«, beginnt er rau, »warum weiß ich das nicht?«

Weil du jemanden brauchst, der nicht kaputt ist, denke ich. Und ich so furchtbar gern die gewesen wäre, die du brauchst.

»Du hättest es mir sagen können. Du kannst mir alles sagen.«

Und genau das sagen alle. Aber wenn man diese Worte ernst nimmt, erfährt man oft zu schnell, dass die Worte leere Hülsen sind. Psychische Störungen sind definitiv nicht mehr das große Tabu, das sie für unsere Eltern waren. Aber Kleptomanie ist etwas anderes. Kleptomanische Menschen schaden anderen. Sie nehmen, was ihnen nicht gehört.

Sie sind und bleiben räudige, miese Diebe, die sich hinter einer Diagnose verstecken.

»Billy, sag irgendwas.«

»Ich wollte es dir sagen. Aber ich dachte …« Es spielt doch keine Rolle, dass ich dachte, es überwunden zu haben. Hinter mir gelassen. Ich habe mich geirrt. Es war weder tot noch begraben, es ist mir auf den Fersen gewesen, immer dicht hinter mir, ganz nah dran.

»Ich wollte …« Den richtigen Moment abwarten, möchte ich sagen. Eine Phase, in der Cedric stabil ist und keine Sorgen hat. Aber wie kann ich ihm das sagen, ohne dass es klingt, als wolle ich alle Schuld auf ihn abwälzen? Außerdem – was mache ich mir vor?

Ich konnte es dir nicht sagen, weil du Armer ja so schwer an deinen Depressionen trägst.

Wie erbärmlich.

»Ich hab geglaubt …« Dass der Moment irgendwann kommen würde?

Ich könnte kotzen, schnaube stattdessen frustriert.

»Ich schäme mich«, sage ich dann. »Und vermutlich hätte ich es dir nie gesagt.«

Und damit ist eigentlich alles gesagt.

Cedric nimmt meine Hand. Eine Weile sieht er sie an, und ich starre ins Leere. Er streichelt mit dem Daumen einen Kreis auf meine Finger.

»Jetzt weiß ich es ja.«

Ich schüttle ungläubig den Kopf. Das meint er nicht wirklich so. »Nichts weißt du.«

»Das kriegt man hin, Billy. Okay, ich bin gerade nicht glücklich darüber. Darüber, dass du dich nicht getraut hast, es mir zu sagen. Ich frage mich, warum. Ob ich was hätte merken oder anders machen müssen. Ob ich ein ichbezogener Blindfisch bin, der …«

Ich ziehe seine Hand an meine Lippen, ohne sie zu küssen, nur um sie zu spüren. »Nein. Nein, bist du nicht. Ich war nur gut darin, mir vorzuspielen, es sei vorbei.«

»Das kriegen wir hin«, sagt er schlicht.

»Du kannst dir leider nicht vorstellen, wie schlimm es ist.«

Er grinst schief, und ich bemerke selbst, dass er mir vor einigen Wochen, als ich ihn sehnlichst darum bat, uns eine Chance zu geben, nahezu die gleichen Worte gesagt hat.

Aber das hier ist was anderes.

»Es wird schlimmer. Viel schlimmer. Ich fürchte … ich dissoziiere.«

Er kennt das Wort, weiß um seine Bedeutung. Dennoch sieht er mich an, als würde er es nicht verstehen. »Du erinnerst dich nicht daran? An das, was heute geschehen ist, im Harrods?«

Ich nicke. Und noch mehr, Cedric, noch Schlimmeres, aber …

»Wir kriegen das hin«, wiederholt er bloß, und er bricht mir das Herz damit. »Denkst du, es könnte häufiger passiert sein?«

Ich schüttle den Kopf. Sicher nicht. Selbst wenn ich mich nicht erinnere, müssten die Dinge ja irgendwo aufgetaucht sein. Oder? Verflucht, ich habe früher schon Dinge geklaut und dann irgendwo hingelegt, wo sie irgendjemand anders finden konnte, der sie vielleicht brauchte. »Ich weiß nicht.«

»Dissoziation erfolgt auf Triggerreize«, sagt Cedric, und ich frage mich, warum er sich auch damit auskennt. Er bemerkt meinen erschrockenen Blick.

»Luke«, sagt er dann. »Hin und wieder kam das bei ihm vor. Sekunden nur – man kann lernen, es zu kontrollieren.«

Verdammt, nein. Nicht Luke – ich will nicht werden wie Luke. Was tu ich Cedric hier bloß an?

Doch er scheint so tief in seinen Gedanken versunken zu sein, dass er vergessen hat, welche Schlüsse er aus Lukes Tod gezogen hat. Er grübelt, immer noch meine Hand haltend, die er betrachtet, als stünde auf der Außenseite meiner Finger eine Lösung. »Was könnte dich getriggert haben, Billy? Ist irgendwas passiert heute früh?«

»Das Harrods.« Ich sollte nicht sprechen. Ich sage zu viel. Und zu wenig. »Ich wurde dort schon einmal erwischt. Vor gut einem Jahr.«

»Hast du da auch dissoziiert?«

»Nein.« Es wäre leicht, es dabei zu belassen. Erwischt zu werden reicht aus für ein Trauma. Aber aus irgendeinem Grund drücken all diese Worte nun auf meine Brust. Ich bekomme kaum noch Luft, wenn ich sie nicht ausspucke. »Der Kaufhausdetektiv von damals war ein Arsch. Ich meine, was soll ich sagen, man muss sicher keine Freundlichkeit erwarten, wenn man klaut. Aber er … Er …«

Cedric sieht mich starr an, wie eingefroren. Er scheint nicht mal zu atmen.

»Ich hätte da nie wieder hingehen sollen, es war meine Schuld. Ich war so blöd. Weil ich dachte …«

»Was hat der Typ gemacht, Billy?«

Die Worte hängen mir wie eine Gräte quer im Hals, ich erschaudere, schalte all mein Denken aus und sage: »Er hat mich betatscht.«

Cedric lehnt sich über die Mittelkonsole zu mir rüber. Er legt mir eine Hand auf den Hinterkopf und schiebt seine Finger in meine Haare. Ganz leicht nur, ich spüre die Berührung kaum. Und trotzdem strengt sie ihn so an, dass sich jede Sehne seines Unterarms deutlich unter der Haut abzeichnet und seine Brust sich hebt und senkt, als sei er aus dem Stadtzentrum hergerannt.

»Komm her«, flüstert er, ohne mich an sich zu ziehen. Ich lehne das Gesicht an seine Brust, und er senkt den Mund auf meinen Scheitel und legt behutsam einen Arm um mich.

»Du solltest mich nicht festhalten«, entkommt es mir ungewollt. Es war meine Schuld. Das verdient keinen Trost.

Widerwillig löst er den Arm wieder von mir, ansonsten regt er sich nicht. »Kannst du«, presst er durch zusammengebissene Zähne, »dann vielleicht mich festhalten?«

Ach, Cedric. Ich lege meine Arme kraftlos um ihn, ein lächerlicher Versuch, ihm das zu geben, was er braucht.

»Danke. Und nun erzähl. Was hat der Wichser dir angetan?«

Die Worte gleiten aus mir heraus wie Perlen an einer langen Kette. Fast höre ich mir selbst dabei zu und sehe alles noch einmal wie einen Film vor mir ablaufen.

Den Mann, der mich gegen den Container drängt. Mir seine Hand gegen die Brust drückt und das Knie zwischen meine Beine schiebt. Sein Grinsen, mit dem er sich über mich beugt, als wolle er mich küssen. Ich spüre sogar den Brechreiz, als wäre ich dort, sowie den brennend bitteren Geschmack im Hals, das Gewicht an meinem Körper.

Aber gleichzeitig rieche ich Cedric. Schweiß von der Anstrengung und das Orangig-Schokoladige darunter. Ich höre seine Stimme, wenn er leise Worte murmelt – keine Bewertung der Situation, nur schlichte Worte wie »Okay«, »Verstehe« und »Ich hör dich«, als wolle er mich bloß erinnern, dass er noch da ist. Dass ich hier bin – nicht dort.

Ich erzähle einfach weiter. Von Tristan, der rechtzeitig kam und den ich danach trotzdem aus irgendeinem Grund nicht mehr in meiner Nähe ertrug. Von der wütenden Verzweiflung meines Vaters, der dem Harrods eine riesige Szene machte. Aber sie stritten alles ab, behaupteten, der Mann hätte mich lediglich an der Flucht gehindert. Und er glaubte ihnen. Nicht mir. Von seinen Vorwürfen, ich wolle mit diesen unglaublichen Anschuldigungen nur von meinen Fehlern ablenken. Von dem Gefühl der absoluten Machtlosigkeit, als er mir androhte, sämtliche Türen abzuschließen, um mich davon abzuhalten, mein Leben endgültig zu zerstören. Die eine Nacht, in der er mich aus purer Verzweiflung wirklich einsperrte und ich dachte, ich werde wahnsinnig.

Cedrics Brust hebt und senkt sich wie von einer Maschine gesteuert. »Wir kriegen das hin«, wiederholt er ein drittes Mal. »Wir haben zu Hause in Liverpool den besten Psychiater, den ich kenne.«

Zu Hause. Allein diese Worte schneiden mir wie eine lange, dicke Nadel in die Brust.

Zu Hause. Noch eins dieser glitzernden Dinge, die ich …

»Und ich kenne eine Menge dieser Typen, Billy, wirklich eine Menge. Wenn du erlaubst, dann …«

Er verstummt, als gleich hinter uns ein Wagen vorbeirauscht, scharf abbremst und ein Stück zurücksetzt. Ungeduldig blickt er auf die Uhr im Armaturenbrett – mein Vater kommt viel zu früh.

Natürlich tut er das. Er braucht die Gewissheit, dass er allein entscheidet, was hier passiert, und es ist ihm egal, dass er damit alle anderen völlig durcheinanderbringt. Ich war hier noch nicht fertig!

Doch Cedric steigt bereits aus dem Mini und geht auf meinen Vater zu, der ihm – wenigstens ist er allein gekommen – mit finsterer Miene entgegentritt.

»Gehe ich recht in der Annahme, dass Sie es waren, der einen meiner Anwälte genötigt, angegriffen und verletzt hat? Ich hoffe wirklich für Sie, dass Sie einen guten Verteidiger haben. Aber«, er setzt eine Pause, »ich nehme an, mein Mitarbeiter nimmt Sie auch mit dem besten Kollegen vor Gericht auseinander. Und die Sache *geht* vor Gericht, darauf können Sie sich verlassen.«

Cedric steht mit dem Rücken zu mir, sodass ich sein Gesicht nicht sehen kann. Ich höre nur, wie er sagt: »Klingt, als sehen wir uns jetzt häufiger, Sir. Dann verraten Sie mir doch schon mal, ob Sie Kaffee oder Tee möchten?«

Dad setzt zu einer empörten Antwort an, doch in diesem Moment wird die Tür geöffnet und Laura lächelt so souverän in die Runde, als hätte sie uns alle eingeladen. Sie bittet ins Haus, und ich kann mich einer gewissen Faszination nicht erwehren, als das passiert, womit ich am wenigsten gerechnet habe: Mein Vater erkennt Laura Benedict. Und das bringt ihn vollkommen aus dem Konzept. Als er ihr an der

Tür die Hand reicht, ist seine Stimme beinah kleinlaut. Trotzdem vernehme ich deutlich, wie er sich für die Umstände entschuldigt. »Meine Tochter … Es war immer schwierig mit ihr.«

Lauras Freundlichkeit bekommt nicht einmal einen Sprung, auch wenn sie wesentlich distanzierter wirkt als gestern. »Ich kenne das. Mein eigener Vater könnte Ihnen Lieder davon singen.«

Dad räuspert sich und geht ins Haus.

Lauras Blick fällt auf Cedric und die Kampfspuren in seinem Gesicht. Nun wackelt ihre Souveränität doch.

»Musste das sein?«

Cedric sagt ohne zu zögern Ja.

CEDRIC

»Wir lassen Sie beide dann mal allein«, sagt Mum und erhebt sich vom Stuhl, nachdem sie Mr Faulkner Tee eingeschenkt hat.

Billy beschäftigt ihre Hände damit, in ihrem zu rühren, obwohl sie weder Milch noch Zucker hineingegeben hat.

»Nein, nein«, sagt Faulkner, der offenbar sein Organ wiederentdeckt hat. Er spricht, als müsse das ganze Haus hören, was er sagt, bis hin zu Emily, die mir einen Eisbeutel in die Hand gedrückt hat und dann mit einem grüblerischen Zug ums Kinn in ihr Zimmer gegangen ist.

»Vielleicht bleiben Sie hier und hören sich das an. Offenbar hat sich meine Tochter ja bei Ihnen einquartiert. Sie sollten wissen, was Sie sich da ins Haus geholt haben.«

Okay, das war's. Er will Billy bloßstellen und demütigen, und damit hat sich mein Plan, dieses Zimmer zu verlassen, während sie reden, gerade zerschlagen. Ich will ihre Hand nehmen, will ihr irgendwie beistehen, aber sie blickt so ungerührt in ihre Tasse, ein stummes ›Das war zu erwarten‹ im Gesicht, dass ich mich frage, wie oft sie sich so was schon hat anhören müssen.

Mum lächelt sichtlich angestrengt. »Billy ist unser Gast, und ich wünsche mir, dass Sie dementsprechend respektvoll mit ihr umgehen. Anderenfalls hat dieses Gespräch hier keinen Sinn.«

»Das hat es ohnehin nicht«, erwidert Faulkner. »Weil sich nichts ändert. Egal, was ich auch mache, welche Konsequenzen erfolgen oder ob ich mich für sie auf den Kopf stelle. Und Tristan und ich standen permanent auf dem Kopf für sie. Sie dankt es uns nicht und macht es erneut!«

Mum setzt sich wieder. »Die Idee war, dass Sie mit ihr reden, nicht über sie.«

»Sind Sie Psychologin oder Sängerin? Ich habe mir den Mund fusselig geredet!«

»Das glaube ich Ihnen. Aber bei einem Gespräch ist das Zuhören wichtiger, als Worte zu produzieren.«

Touché, Mum.

Faulkner schnaubt. »Sie sagt ja nichts. Sie heult rum, es täte ihr leid und sie würde sich ja so schämen und …« Er verstellt höhnisch seine Stimme, sodass es wie ein Winseln klingt, und mir wird die Brust eng. »*Ich würde alles tun, dass es aufhört!*« Wie es Billy gerade geht, kann ich mir nicht vorstellen.

»Schluss«, sage ich leise. »Halten Sie den Mund.«

»Was denkst du dir eigentlich …«, fährt er mich quer über den Tisch an. »Wie redest du mit mir?«

»So redet schon lange niemand mehr mit Ihnen, nicht wahr?«, sagt Mum. Wir wechseln einen kurzen Blick. Genau das ist sein Problem.

»Mum, würdest du mit Billy hochgehen?« Alle Blicke wenden sich mir zu, selbst Billy sieht auf, aber ich schaue an ihr vorbei zu ihrem Vater, der mir ein Pokerface zeigt, das man vermutlich im Jurastudium einübt und danach regelmäßig in Fünfzehntausend-Pfund-Fortbildungen trainiert. »Ich würde gern ein paar Worte mit Ihnen allein wechseln.«

Stille. Keiner sagt etwas, es ist so leise, dass man hören kann, wie die

Zunge von Mums Katze beim Putzen ungerührt von all den Emotionen über ihr Fell gleitet.

»Ich schlag ihn schon nicht«, werfe ich hinterher. Es sollte ein Scherz sein, aber Humor hat hier heute keiner mehr. Zugegeben, es ist nicht so, dass ich ihn nicht gern … Aber der Mann wiegt sechzig Pfund mehr als ich und ist keiner von denen, die mit Mitte fünfzig schon körperlich abbauen. »Echt nicht, keine Sorge.«

»Cedric, das musst du nicht«, murmelt Billy. »Das ist meine Sache. Das alles hier ist so lieb von euch. Aber ich hätte da keinen von euch reinziehen dürfen.«

Ich nehme ihr Kinn in die Hand und gebe ihr einen ganz leichten Kuss auf die Wange. »Bitte«, flüsterte ich. Bitte lass es mich versuchen. »Darf ich nicht ein einziges Mal den Helden für dich spielen?«

Sie gibt sich sehr viel Mühe, über meinen Scherz zumindest ansatzweise zu grinsen, und ich setze alles Vertrauen auf Mum, dass sie sie auffängt und tröstet. Mum ist gut in so was. Sie hat reichlich Übung.

Die beiden verlassen das Wohnzimmer, und Faulkner lehnt sich mit verschränkten Armen zurück, sodass der Korbstuhl leise unter ihm ächzt. »So, dann erzähl mir mal was«, sagt er herablassend. »Über meine Tochter.«

Ich beuge mich vor, um das Milchkännchen zurück auf seinen Untersetzer und die Zuckerdose daneben zu stellen. Sage: »Sie sind gar kein Arschloch«, und warte, was passiert.

Zunächst nichts. Dann sagt er: »Nein.«

Und ich erwidere: »Aber Sie denken das von sich. Sonst würden Sie sich doch nicht so verhalten. Wenn Sie die Wahrheit wüssten, dann würden Sie sich anders aufführen.«

Er bleibt sitzen, hält meinen Blick. Eine Ader an seinem Hals schwillt an. »Sie hatte immer was übrig für Typen mit Chuzpe.«

»Und hatten Sie auch immer schon Angst?«

»Was nimmst du dir hier eigentlich heraus?«

»Das ist doch eine ganz einfache Frage: Hatten Sie immer so viel Angst? Denn das ist es doch. Wenn Sie kein Arschloch sind, und hey«, ich hebe beide Hände, »ich glaub Ihnen das. Aber dann ist es Angst, die Sie so handeln lässt, wie Sie es tun.«

»Wovor sollte ich denn bitte Angst haben, hm?«, fragt er, doch bevor ich ihm auch nur einen Hinweis geben kann, legt er seine Hände auf den Tisch und spricht weiter. »Und wie soll man keine Angst haben, wenn man so ein Kind hat? Allein? Seit sie zwölf oder dreizehn ist, klaut sie lächerlichen Tand und nutzloses Zeug. Sie stiehlt sich selbst die Chance auf ein anständiges Leben. Wie soll man nicht vor Angst fast verrückt werden, wenn das eigene Kind alles dafür tut, um irgendwann im Gefängnis zu enden? Wenn es vor Hilfe davonrennt, statt sie anzunehmen?«

Ich nicke. »Das macht Angst, ja. Aber Ihre, die geht viel tiefer.«

Er schnaubt verächtlich. »Du hast keine Ahnung, was es heißt, jemandem helfen zu müssen, der das nicht zulässt. Du hast keine Vorstellung davon, wie man sich aufreibt.«

Er kann nicht wissen, dass ich das sehr wohl weiß.

»Tristan dachte zu Anfang genauso wie du, Klugscheißer.«

»Tristan ist ein Psychopath, Mr Faulkner.«

»Sprich nicht von Dingen, die du nicht verstehst«, sagt Faulkner gefährlich leise. »Tristan liebt Billy, wie noch kein Mensch auf der Welt einen anderen geliebt hat. Aber er war anfangs genauso naiv wie du und dachte, mit ein bisschen Liebhaben und Trösten würde es schon weggehen. Damit ist er gehörig auf die Nase gefallen, und sie hat ihn sitzen lassen und sich nie wieder auch nur bei ihm gemeldet. Erzähl mir nichts über den Mann, der in meinem Büro saß wie ein liebeskranker Kater und das ganze furchtbare Jahr an kaum etwas anderes gedacht hat als an Sybil und wie er sie finden kann und wie er ihr helfen soll. Er hat alles versucht. Genau wie ich. Aber sie hat es nicht zugelassen.«

»Sie helfen Billy nicht. Sie versuchen, die Symptome zu verhindern, aber Sie haben eine Scheißangst, sich der Ursache zu nähern.«

»Die Ursache, ja? Was ist deiner Meinung nach die Ursache, Klugscheißer?«

Das letzte Wort hat fast etwas Anerkennendes, und ich lächle ein bisschen. »Kleptomanie. Das Wort werden Sie kennen, aber ich verrate Ihnen etwas, das Sie offenbar noch nicht wissen. Es ist eine Krankheit, keine Entscheidung. Sie hat meist eine Ursache, und erschreckend oft, Mr Faulkner, liegt diese in der Kindheit.« Das zu erraten, ist in diesem Fall nicht schwer, ich müsste kaum etwas über Billy wissen. Faulkners Härte sagt genug. »Sie haben Angst davor, sich Ihrer Mitschuld bewusst zu werden. So ist es doch? Ich an Ihrer Stelle«, ich stoße die Luft aus, »ich würde vor Angst vergehen.«

Er lacht. »Psychologe. Angehender, vermute ich.«

»Nein, nur selbst psychisch krank. Schon eine Weile, aber hey: Sie haben jetzt die einmalige Chance, jemanden fragen zu können, der Erfahrung damit hat.«

Sein Blick gleitet an mir herab, er schluckt kurz, bevor er wieder diese Spur von Verachtung in seine Züge hineinkorrigiert.

»Sieht man gar nicht, oder? Manchmal denke ich, im Kontakt mit Menschen wie Ihnen wäre es so viel leichter, wenn man es sehen würde. Wenn wir keine Haare hätten, grüne Haut oder nur ein Auge. Weil Sie es dann vielleicht ernst nehmen würden.«

»Wir säßen nicht hier, Klugscheißer, wenn du nur ein Auge hättest. Dann wärst du kaum der Freund meiner Tochter, hm?«

Ich muss lachen, aber eigentlich ist es traurig. Er kennt Billy so verdammt wenig. »Wär ich. Verlassen Sie sich drauf.«

BILLY

»Er sollte das nicht tun.« In Lauras Zimmer gibt es neben dem Schreibtischstuhl keine Sitzgelegenheit. Es fühlt sich seltsam an, mich auf ihr Bett zu setzen. Als sei ich viel zu schnell zu tief in ihre Privatsphäre gerutscht. Quasi hineingestürzt.

Sie wirkt darüber selbst ein wenig erschrocken.

Es war eine miserable Idee, meinen Vater herzubestellen. Ich kann mich doch nicht hinter Cedrics Familie verstecken und ihn meine Kämpfe austragen lassen. Dass es so still im Wohnzimmer geworden ist, beunruhigt mich mehr, als lautes Geschrei es könnte.

»Ich weiß nicht, was er Cedric alles an den Kopf werfen wird.« Nur, dass es hart wird. Hart und hässlich.

Laura setzt sich neben mich, die Matratze dellt sich, sodass ich ungewollt noch näher zu ihr rutsche. »Lass ihn das tun. Für dich. Und für sich selbst.«

Irritiert sehe ich sie an.

Ihr Lächeln wirkt traurig. »Mein Ex-Mann ist deinem Vater sehr ähnlich.«

Das kann ich mir nicht vorstellen. Überhaupt nicht. Laura ist das Gegenteil meines Vaters, und ich bekomme diese starke, liebenswerte Frau mit niemandem zusammen, der so ist wir er.

»Nicht so laut und polterig«, fügt sie schnell hinzu. »Aber auf seine ruhige Art hat Carl dasselbe Problem. Sie sind beide nicht in der Lage zu begreifen, dass Gefühle etwas sehr Individuelles sind. Seine eigenen sind für Carl nachvollziehbar. Andere nicht immer. Und er hat bis heute nicht verstanden, dass die Seele ebenso erkranken kann wie der Körper, auch wenn man es nicht auf Röntgenaufnahmen oder Blutbildern beweisen kann.«

Ich beiße mir auf die Lippe. Hat Cedric deshalb so wenig über seinen Adoptivvater gesprochen? Weil der ihn nie verstanden hat?

»Cedric tut gerade das, was er als Kind noch nicht konnte und was ihm danach genommen wurde, weil Carl den Kontakt einstellte. Lass ihm diese Chance. Es ist ihm vermutlich nicht bewusst, aber es ist wichtig für ihn. Er verteidigt gerade nicht nur dich, sondern auch den kleinen Jungen, der er mal war.«

Sie steht auf und nimmt einen Bilderrahmen, der auf einem der Querbalken stand, um ihn mir zu geben. Ich zucke fast zusammen, weil das, was ich sehe, so unerwartet ist. Eine kleine Version von Cedric sitzt auf einem altmodisch geblümten Lehnsessel. Seine Augen waren also immer schon so blau. Seine dunklen, fast schwarzen Haare reichen ihm bis in den Nacken und werfen dort ein paar witzige Kringel. Er hält ein eng in ein Tuch eingewickeltes Baby im Arm. Unter dem weißen Häubchen, das den kleinen Kopf schützt, erahne ich aufgrund der dunklen Haut Emily. Was mich so erstaunt, regelrecht erschuttert, ist Cedrics Gesicht. Er lächelt so dermaßen breit und glücklich, dass die Gefühle das Bild verlassen, sechzehn Jahre durch die Zeit schießen und mich mitten ins Herz treffen.

»Da war er acht«, sagt Laura mit einem liebevollen Unterton. »Emily war erst seit wenigen Tagen bei uns, und er war der stolzeste große Bruder der Welt, weil sie in seinem Arm manchmal aufgehört hat zu weinen.«

»Er sieht so unglaublich glücklich aus.«

Laura setzt sich wieder zu mir und betrachtet das Bild. Ihr Lächeln schwindet allerdings. »Er sah immer so glücklich aus. Und er hat alle Menschen glücklich gemacht. Es strömte damals nur so aus ihm heraus. Wo er auftauchte, lächelten die Erwachsenen und lachten die Kinder. Aber er …« Sie stockt. »Ich habe so lange darüber nachgedacht, was mir an ihm seltsam erschien. Irgendwann konnte ich es dann benennen. Es war, als fehlte ihm eine Membran nach außen, die verhindert, dass zu viel Glück aus ihm herausfließt, weißt du? Er verteilte dieses Glück vollkommen verschwenderisch – aber jeden Abend war er erschöpft und müde und leer und irgendwie … kein Kind mehr. Er hat als Kind die Welt ein bisschen besser gemacht. Unsere Welt. Vielleicht unbewusst, aus Angst, wir könnten ihn auch nicht wollen, wie seine leibliche Mutter. Oder wie mein Ex-Mann. Cedric wusste immer, dass Carl sich übernommen hatte. Er wusste vor mir, dass er gehen würde, und hat alles versucht, es zu verhindern. Vielleicht glaubte er tief in seinem Inneren, er müsse der Welt all sein Glück geben, um selbst gewollt und geliebt zu werden. Aber es gab nichts, das ihm wirklich etwas zurückgeben konnte, nichts konnte ihn glücklich machen. Als ich das erste Mal die Vermutung äußerte, er könnte Depressionen haben, hielten mich alle für eine Spinnerin. ›Doch nicht Ceddy – der lacht und strahlt den ganzen Tag!‹« Sie zuckt mit den Schultern. »Ich wünschte, ich hätte damals mehr auf mein Gefühl gehört und weniger darauf, was man mir weismachen wollte. Es hätte alles etwas einfacher gemacht.«

Ich kann meinen Blick kaum von diesem Foto lösen. Ob es heute immer noch so ist, wie Laura erzählt? Fehlt ihm immer noch diese Membran? Glaubt er immer noch, alles geben zu müssen, um geliebt zu werden?

»Ich hab Angst um ihn.« Angst vor mir selbst. »Ich scheine den Verstand zu verlieren. Was macht das mit ihm?«

»Ach, Billy.« Laura reibt meinen Rücken. Ich lausche auf ihre Stimme, aber es folgen nur Stille und schmerzhaft fehlende Worte.

»Er denkt, es wäre nur ein Rückfall.«

Lauras Hand gerät zwischen meinen Schulterblättern ins Stocken. »Und das ist es nicht? Hast du schon länger wieder …«

Rasch schüttle ich den Kopf. »Nein. Aber … ich weiß nicht, was ich gemacht habe. Da ist keine Erinnerung – es ist einfach weg. Wie soll ich mir je wieder sicher sein, was ich getan oder nicht getan habe, wenn ich … wenn ich nun solche Aussetzer habe?«

»Es muss sich ja nicht wiederholen.«

»Aber wenn doch? Wenn es sich wiederholt, und ich merke es nicht? Sondern bringe stattdessen meine Freunde in Schwierigkeiten? Emily war so furchtbar erschrocken vorhin. Und ich … ich hab selbst eine Sekunde lang gedacht, ob sie es vielleicht gewesen sein könnte. Ich kann mir doch nie wieder selbst vertrauen.«

»Was meinst du damit?«, fragt Laura seltsam tonlos und rückt ein wenig von mir ab, um mich besser ansehen zu können. »Warum sollte Emily …?«

Sie weiß es nicht. Mein Gesicht kribbelt, ich spüre regelrecht die Farbe aus meinen Wangen laufen. Emily hat es ihr nicht erzählt.

»Ich … hab es ihr offenbar untergeschoben. Das Armband … Es war in ihrer Tasche.«

»Du hast …« Laura bewegt sich nicht, und trotzdem ist der Abstand zwischen uns plötzlich gewaltig. »Du hast Emily das Armband in die Tasche gesteckt?«

Ich kann nur nicken. »Ja. Und es tut mir furchtbar leid. Ich kann nicht mal erklären, warum oder was ich mir dabei gedacht habe. Ich kann das doch nicht gewollt haben! Aber da ist nur Leere.«

Laura atmet durch. »Das kann man alles therapieren, Billy. Das Wichtigste ist, dass du jetzt weißt, dass du professionelle Hilfe brauchst.«

»Und wenn es nicht so einfach ist? Wenn es nicht mehr weggeht?«

Laura sagt nichts. Sie weiß genau, dass eine schwere psychische Erkrankung nicht mit ein paar Pillen und einem halben Jahr Therapie erledigt ist. Dass man sie lange mit sich trägt. Vielleicht solange man lebt. Und dass andere an dieser Last mittragen. Vielleicht für immer.

»Cedric«, sage ich leise, »hat das nicht verdient. Er kämpft wie ein Löwe, und ich bin ihm so unglaublich dankbar, dass er heute da war. Dass ihr alle da seid. Aber …«

Ich muss nicht weitersprechen. Sie nickt kaum wahrnehmbar und bestätigt stumm, was ich nicht auszusprechen vermag.

CEDRIC

»Dann werde ich nun wohl gehen und«, Winston Faulkner atmet tief durch, »ein wenig nachdenken. Sagst du Billy bitte, sie soll sich gern melden, wenn sie sich gut genug fühlt? Und grüß sie von mir. Du hast wohl recht, dass es sinnlos wäre, wenn wir heute noch reden.«

Ich nicke und halte ihm die Tür in den Korridor auf.

Meine Mutter kommt in diesem Moment die Treppe hinab. Sie sieht bedrückt aus und stellt überhaupt keine Fragen, als Faulkner ihr erklärt, dass er nun besser erst mal geht.

»Alles okay?«, frage ich misstrauisch. »Ist Billy oben?«

Mum sieht mich mit einem seltsamen Ausdruck an.

»Was ist denn?«

Sie wirft Billys Vater einen unauffälligen Blick zu, aus dem ich nicht sofort schlau werden. »Lass uns … gleich …?«

Aber irgendetwas in ihrem Gesicht verhindert, dass ich warten kann. »Sag schon!«

Sie seufzt resigniert auf. »Wusstest du, dass Billy Emily das Armband untergejubelt hat?«

»Was?«

Faulkner sagt dasselbe, nur viel lauter. »Was?!«

»Ich verurteile nicht das Stehlen«, sagt Mum, ihre Stimme zittert, und ich komme mir vor wie der letzte Idiot. Sie hatte es nicht vor Faulkner sagen wollen, aber ich habe es verlangt. »Aber sie hat Emily da mit reingezogen. Und das hat nichts mit Kleptomanie zu tun, da mag sie noch so sehr beteuern, sich nicht zu erinnern. Die beiden Dinge passen doch überhaupt nicht zusammen. Da ist mehr, Cedric, und es macht mir Sorgen.«

»Das hat sie nicht getan«, sage ich, aber keiner scheint mir mehr zuzuhören.

»Sie lügt.« Faulkner wirkt nicht erschüttert, nur frustriert und müde. »Ich habe keine Ahnung, was man noch machen kann. Sie lügt, betrügt und rennt weg. Nichts davon ist neu. Es tut mir leid, dass Sie das auf diese harte Tour erfahren mussten.«

»Das ist ein Missverständnis«, werfe ich ein.

»Emily!«, ruft Mum, den Blick auf mir. »Tut mir leid, Cedric, aber es zu verheimlichen hilft ihr nicht. Euch beiden nicht.«

Emily erscheint am oberen Treppenabsatz.

»Schatz, bitte komm runter und erzähl mir noch mal, wie das heute war im Harrods. Wie es *wirklich* war.«

Emily beißt sich auf die Unterlippe, sieht erst zu mir und dann resigniert zu Mum. »Okay. Aber seid nicht sauer auf Billy. Sie hat sich entschuldigt und …«

Ich höre kaum mehr, was sie sagt.

Faulkner klopft mir auf die Schulter. »Das war das Detail, das sie dir nicht verraten hat, hm?« Zu meiner Überraschung wirkt er mitfühlend. Ich habe Hohn erwartet. »Ich weiß, wie das ist. Es wird einfach schlimmer mit ihr. Tristan hat dasselbe durchgemacht. Im letzten Jahr wollte sie sogar einem Kaufhausdetektiv sexuelle Belästigung unterstellen, um sich rauszuwinden.«

Ich muss gegen den plötzlichen Impuls ankämpfen, Faulkner wegzustoßen. »Sicher ein Missverständnis«, murmle ich und laufe die Treppe hoch zum Gästezimmer. Mum ruft meinen Namen, aber ich ignoriere sie.

Da ist plötzlich nur noch diese eigenartig endgültig verschlossene Tür, gegen die ich die Stirn lehne, während mir der Schweiß ausbricht, während ich anklopfe, während ich auf ein Wort aus dem Inneren lausche, das nicht kommt, während es in meinen Ohren rauscht, während ich innerlich irgendwas flehe.

»Billy. Billy, bitte. Sag was.«

Stille, und in meinem Kopf beginnt der Film einer Tür, die sich nicht öffnen lässt. Die ich auftreten muss, um …

Ich drücke die Klinke runter, die Tür schwingt nach innen auf.

Das Zimmer ist leer. Fuck.

Aus dem Flur höre ich das verhaltene Fluchen von Billys Vater. »Sie ist weg, oder? Sie ist wieder einmal weg.«

Mum taucht im Türrahmen auf, als ich gerade den Wohnungsschlüssel auf dem Nachttisch finde, den ich Billy gestern gegeben habe. Neben einem verblichenen, platt gedrückten und an mehreren Stellen leicht eingerissenen Papierschirmchen in Himmelblau.

Sie kann nicht weg sein.

»Mein Gott, was hast du?«, fragt Mum und starrt mich an, als würde ich mich auflösen. Sie berührt meine Haare, die während meines knappen Anflugs einer Panikattacke in Sekundenbruchteilen schweißnass geworden sind.

»Ist schon okay, geht wieder. Wo ist Billy?«

»Lass sie erst mal in Ruhe, Cedric. Ich denke, sie muss nachdenken. Und du auch.«

»Ist sie gefahren? Wann?« Ich suche das Zimmer mit dem Blick ab. Ihre Sachen sind alle fort. Jacke, Tasche, sogar ihr Schlaf-T-Shirt, das eben noch im Bett unter der zerwühlten Decke lag.

»Vor fünfzehn Minuten ungefähr. Sie kann das allein entscheiden, sie ist erwachsen. Mach nicht den Fehler, den ihr Vater macht.«

»Du verstehst das nicht«, sage ich, während ich auf dem iPhone bereits ihre Nummer anwähle. Sie hat das Handy ausgeschaltet – scheiße! »Sie fährt nicht nach Hause, Mum. Sie fährt *weg*.«

Und warum ist der verfickte Akku schon wieder fast leer?

»Unsinn.«

»Du kennst sie nicht. Es ist nicht das erste Mal.«

Es ist das Einzige, was ihr bisher geholfen hat. Was sie gerettet hat. Wegzurennen. Unbelastet und als Fremde von vorn zu beginnen, ist die einzige positive Erfahrung, die sie hat.

Mum schluckt. »Ich hätte sie kaum gewaltsam festhalten können! Und was soll das überhaupt heißen – sie läuft weg? Sie hat doch den neuen Job in Liverpool.«

»Nein. Hat sie wohl nicht mehr. Ich erkläre es dir später, jetzt muss ich los.«

»Cedric, sie braucht sicher nur Zeit. Und die solltest du dir auch nehmen.«

»Was meinst du damit?«

»Du hattest recht, sie ist schlau.« Mum lehnt sich in den Türrahmen. »Sie ist sehr schlau und beobachtet sehr gut. Aber sie hat auch ein großes Problem, Cedric, ein sehr großes, und sie hat die Befürchtung, dass das zu viel für dich wird.« Sie hebt die Hand, bevor ich ihr widersprechen kann. »Nein, lass mich ausreden. Lass dieses eine Mal einen Rat zu, Cedric. Ich denke, sie hat recht.«

»Leihst du mir dein Auto?«

»Hörst du mir zu? Ich habe dir diesen Rat schon einmal zu geben versucht, aber du hast alles ignoriert.«

Luke.

Ich bin sicher, sie wollte mich nicht treffen. Aber Kollateralschäden schmerzen nicht weniger als gezielte Schläge. »Willst du sagen, es war meine Schuld? Dass Luke tot ist? Weil ich nicht auf deinen Rat gehört habe?«

»Spinnst du?«, fährt sie mich an.

Ich kann mich nicht erinnern, wann sie das letzte Mal in diesem Ton mit mir geredet hat, aber ich glaube, damals ging es um die Sache mit der brennenden Mülltonne.

»Es war nicht deine Schuld – nichts davon!« Ihre Stimme bebt, und ihre Augen füllen sich mit Tränen. »Es war seine, dass du fast an diesem Leid zerbrochen wärst. Seine! Er war auch so klug, erinnerst du dich? Und jetzt das Mädchen? Sie wollte deiner Schwester einen Diebstahl anhängen, Herrgott! Cedric, willst du mir erzählen, dass du nicht siehst, wie unberechenbar sie ist? Wie Luke! Und noch mal hältst du so was nicht aus.«

Ich sehe sie an, einen Moment nur, denn ich habe keine Zeit. Aber der Moment fühlt sich endlos an, und ich begreife, dass ich etwas übersehen habe, in diesem chaotischen Kopf voller Untiefen, in dem ich ständig um mich selber kreise. Ich mag mich auf den Weg gemacht haben, Lukes Tod zu überwinden. Mum aber nicht. Ich habe sie nicht mitgenommen. Niemand hat sie dazu gebracht, darüber zu sprechen und zu weinen, niemand hat mit ihr während einer Nebelnacht mit Eistee eine Beerdigung gefeiert.

Ich war ja nicht da.

»Ich brauche dein Auto, Mum. Gibst du es mir, bitte?«

Sie wendet den Blick ab. »Der Schlüssel hängt am Brett.« Tonlose Frustration macht jede Silbe schwer.

»Mum?«

Kein Blick. Sie hat auch Angst. »Ja?«

»Billy ist nicht Luke. Sie ist ganz anders.«

»Ich hoffe es.«

»Und Luke … Mum. Es war nicht seine Glanzleistung, sein Leben zu beenden, echt nicht. Aber dieser eine Moment definiert nicht sein gesamtes Leben und auch nicht unsere Freundschaft. Er war mein bester Freund. Das wird er immer sein.«

CEDRIC

Auf dem Weg zu Mums Mini renne ich fast in Winston Faulkner rein, der mit Emily vor dem Haus steht und zulässt, dass sie ohne Punkt und Komma auf ihn einredet. Ich habe keine Zeit, etwas zu sagen, aber kurz überschwemmt mich unsagbarer Stolz. Meine kleine Schwester hätte früher kein Wort zu einem einschüchternden, großen Mann gesagt. Was auch immer heute geschehen ist – sie ist daran gewachsen.

»Wohin gehst du?«, ruft sie mir nach, weil ich ihr außer einem »Melde mich später« nichts dalasse. »Cedric, warte doch mal! Warte!«

»Ich kann nicht, ich muss mich beeilen!«

Mir fällt gerade ein, dass Billys Wagen nicht mehr viel Benzin im Tank hatte, als wir ankamen. Mit etwas Glück erwische ich sie an einer der Tankstellen, die auf dem Weg nach Liverpool liegen. Ich springe ins Auto und setze rückwärts aus der Ausfahrt. Als ich bremse, rutscht etwas zwischen den Sitzen hervor in den Beifahrerfußraum. Billys Handy. Fuck.

Ich angle mein eigenes aus der Tasche. Mein Akku ist bei fünf Prozent, und der scheiß Oldtimer hat keinen Anschluss. Fuckfuckfuck.

Okay, Benedict. Nachdenken. Sie wird nach Hause fahren, in die WG. Vermutlich nur kurz, sie wird nicht bleiben, sie wird erneut ihr Heil in der Flucht suchen. Weil sie Angst hat. Um mich. Zwei, drei, vier Mal schlage ich mit aller Kraft auf das Lenkrad ein. Das muss reichen. Nachdenken. Sie wird ihre Oxford-Unterlagen holen wollen, ein paar Klamotten sowie ihre Bücher. Also in die WG, in jedem Fall. Und sie wird versuchen, schnell zu sein, sehr schnell, denn sie ahnt vermutlich, dass ich versuche, ihr zu folgen.

Verlass dich drauf, Billy.

Der Mini ist nicht viel schneller als ihr altersschwacher Ford, und sie hat einen Vorsprung. Außerdem bremst mich jede einzelne beschissene Tankstelle, weil ich nachsehen muss, ob ihr Wagen irgendwo steht.

Kurzer Blick auf die Tanknadel. Damit komme ich ebenfalls nicht bis nach Liverpool. Scheiße.

Mehr Gas, Strafzettel sind jetzt mein geringstes Problem, Telefon.

Denken. Olivia ist in Edinburgh. Isaac mit der Fähre zu einem Forscherteam in Dublin gefahren. Jessicas Nummer hab ich nicht.

Sawyer.

Er lässt es endlos klingeln, bevor er rangeht. »Hey, Cedric, alles klar in London?«

»Nein. Ich brauch deine Hilfe.«

»Okay.« Sawyer dehnt das Wort, ich sehe regelrecht vor mir, wie sich diese besorgte Furche zwischen seinen Brauen bildet. »Was kann ich tun? Geht's dir gut?«

»Es ist wegen Billy.«

Ich höre ihn erleichtert ausatmen, und ja, ich weiß, Billy wirkt wie eine Frau, die auf sich aufpassen kann. Selbst ich habe nicht gemerkt …

Selbst ich. Habe. Nicht! Gemerkt. Was in ihr vorging.

Mir schwindelt bei der Vorstellung, was ich alles übersehen haben muss. Man bricht nicht aus wochenlang heiterem Himmel psychisch zusammen und fällt in schädliche alte Muster zurück, die man mühsam abgelegt hat. Nicht ohne einen Grund.

»Cid? Was ist denn mit Billy?«

»Sie kommt nach Liverpool in ihre Wohnung.« Denke ich. Hoffe ich. »In drei oder vier Stunden, ich kann es nicht genau sagen. Sie müsste auf dem Weg sein.«

Habe ich eigentlich einen Moment lang über die Möglichkeit nachgedacht, dass sie sich irrt? Dass sie dieses verdammte Armband nicht stehlen wollte, nicht dissoziiert und Emily nichts untergejubelt hat?

Emily … würde nicht … oder?

Der Gedanke würgt mich beinah. Was, wenn es Emily war?

»Okay?«, sagt Sawyer.

Emily würde …

»Kannst du da sein? Sie abfangen? Sie muss auf mich warten, ich bin auf …«

Ein sirenenartiger Laut jagt mir durch den Kopf. Eine Hupe. Bruchstückhaft sehe ich den Lkw. Direkt vor mir. Scheiße. Reiße das Lenkrad rum. Scheiße!

Das Heck bricht aus, der Mini rutscht. Das Telefon kracht auf den Boden im Fußraum.

Gegenlenken! Bremsen! Leitplanke kommt nä… – Gas! Vollgas!

Der Lkw rauscht vorbei. Ich hab den Wagen wieder unter Kontrolle. Das Lenkrad zittert, vielleicht auch meine Hände. Das iPhone im Fußraum, den Magen in der Brust, den Herzschlag in der Kehle. Das Adrenalin verpasst mir einen Schuss wie ein irrer Drogencocktail. Aus irgendeinem Grund entweicht mir ein »Whooow!«

Dann wird mir schlecht. Vor mir zieht sich allerdings schon die Autobahnzufahrt um eine lange Kurve, hier kann ich weder halten noch wenden.

Cool down, Benedict. Bist am Leben. Nichts passiert. Kannst weiterfahren.

Ich muss lachen, es gerät erbärmlich.

Am ersten Parkplatz fahre ich ab, steige aus dem Wagen und stütze die Hände zum Durchatmen auf die Motorhaube.

Ein Lkw, der gerade vom Parkplatz rollen wollte, hält neben mir. Die Fahrerin kurbelt umständlich die Scheibe runter. »Alles gut?«, ruft sie mit starkem schottischen Akzent zu mir runter. Highland-Akzent. In zwei Wochen wollten wir nach Torridon fahren, Billy und ich.

»Alles gut, danke. Hab zu wenig … Fahrpraxis.«

Sie murmelt etwas Unverständliches von wegen »Besser mal einen Whisky und das Auto stehen lassen« und rollt weiter.

Fuck. Sawyer!

Ich stürze zur Fahrertür und klaube das Telefon aus dem Fußraum. Siebzehn Anrufe, die meisten von Sawyer, dazwischen zwei von Emily. Außerdem zwei Nachrichten. Ich tippe Sawyers Nummer an. Er muss den Beinaheunfall mitgehört haben. Und ich habe keine Ahnung, wann die Verbindung abgebrochen ist.

Seine Stimme erklingt vor dem ersten Freizeichen. »Alter – bist du …«

»Ja, alles gut. Ist nichts passiert.« Mir geht immer noch die Pumpe. Neben dem Wagen lasse ich mich auf den Asphalt sinken, lehne den Rücken an den Kotflügel und zieh die Beine an die Brust. »War knapp, aber …«

»Cedric.« Seine Stimme klingt nicht nach ihm. Scheiße.

»Tut mir leid.«

»Tut dir leid?« Er lacht rau und zittrig, dann folgen ein erstickter Laut und langes Schweigen. »Dafür schlag ich dir die Nase blutig, solltest du dich je wieder herwagen.«

»Okay.«

»Bis sie nach innen wächst. Hast du eine Ahnung, wo mein scheiß Kopf gerade war?«

»Ja.« Drei Prozent. »Aber ich bin hier, okay? Ich muss mich beeilen, der Akku ist leer. Kannst du das für mich machen? Zu Billys WG fahren und dafür sorgen, dass sie nicht abhaut? Dass sie wartet? Auf mich?«

»Was hast du gemacht?«

»Nichts. Ich habe nichts gemacht.« Die Frage ist: Was hat Mum zu ihr gesagt? Mum wollte Billy nicht wehtun, aber sie übertreibt manchmal, wenn es um ihre Kinder geht. Und nun ging es um Emily. Bei ihr wird sie zur Löwenmutter. »Ich hätte aber etwas machen *müssen.* Sawyer. Bitte!«

»Cid, ich hab das Pub auf und keinen, der …«

Mir entweicht ein frustrierter Laut.

»Okay«, sagt Sawyer, dann schaltet sich das Telefon ab.

BILLY

Da ist ein Parkplatz vor der Tür frei, was einem Wunder nahekommt oder zumindest einem Omen. Mein Rücken schmerzt vom langen Sitzen, und als ich aussteige und ein wenig klärende, frische Luft erwarte, schlägt mir stattdessen Hitze ins Gesicht, dabei ist es fast Abend.

Ich laufe zur Tür und fahre zusammen, als der Typ, der daneben auf dem Boden hockt, plötzlich aufspringt.

»Sawyer! Hast du mich erschreckt.«

Verdammt. Was macht er hier? Und warum hab ich seinen weißen Lieferwagen auf der anderen Straßenseite nicht sofort erkannt?

»Hey, Billy. Ich … ist alles in Ordnung?«

Ich ramme wortlos den Schlüssel ins Türschloss. Das läuft nicht gut. Die lange Fahrt war anstrengend, aber sie hat auch meinen Kopf geklärt. Ich kann hier nicht bleiben und Cedric zumuten, miterleben zu müssen, wie ich mich aus meinem Inneren heraus selbst zerstöre. Das geht einfach nicht.

Sawyer folgt mir, folgt mir in die dritte Etage unterm Dach, folgt mir in die WG, die hinter den herabgelassenen Rollos in einem unwirklichen Eindruck des Halbschlafes liegt. Die Räume, die mein Zuhause hatten werden wollen, blinzeln mich verschlafen an. Sie hatten erst morgen mit mir gerechnet.

»Billy, lass uns reden, ja? Ich warte seit über einer Stunde vor deiner Tür. Du wirst ja wohl fünf Minuten für mich haben.«

Ich habe nicht mal eine Minute. »Ich werde das nicht diskutieren.« Ich bin zu unstet, ich habe zu viel Angst, dass meine Wünsche und Impulse wieder einmal stärker sind als ich.

Ich will bleiben – natürlich will ich! Aber ich darf nicht zulassen, dass Cedric an mir ebenso zerbricht wie an Luke.

Ich muss mich ein einziges Mal unter Kontrolle halten!

»Was hat er denn falsch gemacht?« Sawyer läuft mir in mein Zimmer nach, wo ich wahllos Klamotten in eine große Einkaufstasche stopfe. Unterwäsche, Socken, Shirts, Jeans. Meine Hand greift wie im Reflex nach einem Buch, aber ich ziehe sie zurück. Keine Zeit dafür.

Ich verharre bei dem Trilobiten, den Cedric mir geschenkt hat, lege ihn in meine Handfläche und schließe die Finger darum.

Für einen kurzen Moment fühle ich die Leere, das Vakuum, die Haltlosigkeit. Wenn ich jetzt gehe, verliere ich alles. Alles, was mir wichtig ist.

Ich schiebe das Fossil in meine Hosentasche.

Zu spät, Billy. Du hast das alles schon verloren. Du hast es weggeworfen, indem du dieses verdammte Armband in Emilys Tasche hast fallen lassen.

Die Mappe mit meinen unvollständigen Studienunterlagen sowie mein Laptop finden noch ihren Platz in der Tasche. Ich werfe mir meine Bettdecke über die Schulter und schiebe mich an Sawyer vorbei in die Küche, lege drei Äpfel, eine Packung Cereals, eine angebrochene Tüte mit geschnittenem Brot sowie eine Flasche Wasser oben auf die bereits vollgestopfte Tasche.

»Was ist passiert?«, fragt Sawyer und stellt sich in den Türstock, die Hände zu beiden Seiten in den Türrahmen gestemmt. Er hat verdammt große Hände. Warum sehe ich das jetzt? Seine breiten Schultern versperren mir den Weg. Seine Worte dringen fordernd durch den Raum, füllen ihn aus und entziehen ihm die Luft.

Ich trete vor ihn.

Er … sperrt mich jetzt hier nicht ein, oder? Er hält mich nicht fest in dem, was bis eben meine eigene Küche war!

»Billy, wenn Cedric ein Arsch war, dann erzähl es mir. Ich mach ihn zur Schnecke, wenn er dich mies behandelt hat. Ich hau ihm eine runter. Ich mach ne Prinzessin aus ihm, wenn er dir wehgetan hat. Ich bearbeite ihn, bis er eine Stimme wie Ellie Goulding hat, wenn er den Mund aufmacht. Aber geh jetzt nicht einfach ohne ein Wort, okay?«

Ich atme wie gegen einen Widerstand. »Kannst du … Du musst mich durchlassen.«

»Billy!«

»Nichts Billy! Lass – mich – durch.«

Er sieht mich seltsam an. Versteht dann und tritt in einer schnellen Bewegung auf die Seite.

Ich stürme an ihm vorbei, die Wasserflasche rollt aus der Tasche, fällt bollernd aufs Laminat und kullert durch den Flur. Ich überlege, sie aufzuheben, verharre aber. »Sag ihm, dass es mir leidtut. Bitte.«

»Nein. Sag es ihm selbst. Du kannst doch nicht …«

»Ich muss.«

»Kommst du zurück?«

»Ich weiß nicht.« Vielleicht irgendwann … wenn ich nicht mehr so fremd in mir selbst bin. Wenn es wieder eine Chance gibt, dann … »Ich weiß nicht.«

»Billy?« Er lächelt plötzlich, was mich völlig überrascht. »Ich hab Chris angerufen. Sie wohnt in Leeds, gar nicht weit weg. Vielleicht kommt sie mal auf einen Drink rein und …«

»Toll«, sage ich, als ich begreife, dass er Zeit schindet. Meine Zeit. Ich brauche sie. »Es tut mir wirklich leid. Alles.«

»Billy, warte bitte. Denk noch mal darüber nach, okay? Bleib in der Nähe und denk darüber nach. Ruf ihn einfach an und lass ihn sagen, was er sagen muss. Bitte. Gib ihm eine Chance. Cedric braucht dich.«

Ich nicke hastig, während sich meine Gedanken verschließen, mein Herz sich öffnet und die Tränen zu fließen beginnen.

Sawyer hat recht. Cedric braucht mich vielleicht wirklich – und ich ihn. Und das hätte einfach nicht passieren dürfen.

»Ich brauche auch irgendwas«, stoße ich hervor. »Aber ich weiß nicht, was. Was auch immer es ist, ich muss es erst finden.«

CEDRIC

»Du hast sie gehen lassen? Fuck, Sawyer, ich hab dich gebeten …«

Sawyer hebt die Hände. »Hör mir zu. Ich weiß nicht, was zwischen euch passiert ist, und ich glaube, das will ich auch nicht. Aber um sie aufzuhalten, hätte ich sie mit Gewalt festhalten müssen. Hätte ich das tun sollen, verdammt?« Er schreit fast, und etwas in mir wird klein.

»Nein. Nein, natürlich nicht.«

»Verdammt, ich stand nur in der Tür. Ich stand ihr nur im Weg, und trotzdem hat sie mich angesehen, als würde ich ihr Angst einjagen.«

Wie ein eingesperrtes Tier tigere ich auf dem Gehweg vor ihrer Haustür auf und ab. »Tut mir leid.«

Ich hätte daran denken müssen, so außer sich, wie sie war.

»Was hat sie denn bloß?«, fragt Sawyer mich leiser. »Ist ihr was zugestoßen?«

»Eine verdammt lange Geschichte. Und ich will, dass sie selbst entscheidet, wie viel du davon weißt.«

»Logisch. Klar. Ich wünschte trotzdem … verdammt!« Er schlägt mit dem Handballen gegen die Backsteinwand, von der sich ein uraltes Plakat in Fetzen löst. »Ich wünschte, ich hätte sie zehn Minuten hinhalten können.«

Ja. Verdammte zehn Minuten. Wäre ich doch schneller gefahren.

Hätte ich mich nach dem Beinaheunfall doch etwas schneller wieder zusammenreißen können!

Wo magst du sein, Billy?

Ich fahre mir durch die Haare, zwinge mich zum Denken, aber es funktioniert nicht.

Sawyer stellt sich mir in den Weg und hält mich vom Weitertigern ab, indem er mir in den Nacken greift. »Cedric, hör zu. Ich hab es verbockt, und es tut mir leid. Aber sie kann nicht weit sein.«

Natürlich nicht. Höchstens auf der Fähre nach Irland. Oder auf dem Weg nach Schottland. Oder Richtung Deutschland, immerhin lernt sie die Sprache. Sie könnte sogar in die Staaten abhauen …

»Sie kann überall sein«, widerspreche ich. Es schüttelt mich kurz und heftig bei der Vorstellung. »Und das ist nicht deine Schuld.«

»Wir finden sie.« Sawyer legt mir den Unterarm in den Nacken und zerrt mich in eine unbeholfene, eckige Umarmung.

Mir kippt die Stirn auf seine Schulter, und ich will heulen. »Ich hab keine Ahnung, wie.«

»Doch, hast du. Denn du kennst Billy. Du findest sie. Ich weiß das. Denk einfach nach. Lass jetzt nur nicht den Kopf hängen, okay? Alle schwarzen Wolken müssen mal kurz akzeptieren, dass du gerade keine Zeit für sie hast. Weil Billy dich braucht. Also atme durch und denk gefälligst nach.«

»Okay.« Er hat recht. »Erzähl mir noch mal, was sie gesagt hat.«

Sawyer nickt und erzählt alles ein drittes Mal. »Sie wollte, dass ich sie durchlasse, aus der Küche raus. Das hab ich getan. Danach konnte sie reden, atemlos zwar, aber es ging.«

Seine Worte drücken mir irgendwo tief in der Brust die Luft ab.

»Sie sagte, sie *muss* gehen, und das schien sie ernst zu meinen, als sähe sie keine andere Möglichkeit. Und dann, dass sie nicht weiß, ob sie zurückkommt.«

Ich höre es zum dritten Mal, und noch immer setzt es meine Wirbelsäule unter Strom.

»Ich hab versucht, sie abzulenken, aber sie hat es sofort durchschaut. Dann sagte sie, dass es ihr leidtut. Und ich fragte, ob sie dich nicht wenigstens anrufen kann.«

»Ihr Handy liegt im Wagen meiner Mum.«

»Ich sagte, dass sie dir eine Chance geben soll. Dass du sie brauchst. Und sie sagte, sie wisse aber nicht, was *sie* braucht.«

»Moment.« Mein Kopf wird schlagartig kühl und klar. »Was hat sie genau gesagt? Was hat sie getan, wie wirkte sie?«

»Sie war …«, Sawyer sucht nach Worten, »… gehetzt. Als würde etwas sie jagen. Sie atmete schwer, und sie sagte: ›Ich brauche auch irgendwas, aber ich weiß nicht was. Ich muss es finden.‹«

Sawyer tritt einen Schritt zurück und legt den Kopf schief. »Cedric?«

»Ich glaube, ich hab was. Nur so ein Gefühl, ziemlich vage, und vermutlich bilde ich es mir auch nur ein …«

»Hör zu. Ich fahr zum Bahnhof und schick Simon zum Hafen, okay? Nur für den Fall, dass sie einen Zug nehmen will oder ein Schiff.«

»Danke, Sawyer. Danke.«

»Nicht dafür, mein Bester. Und du fährst los und jagst diesem Gefühl nach. Du findest sie.«

BILLY

Die Wellen tragen frische, abendliche Seeluft mit sich. Ich weiß, dass der Wind da ist, merke, wie er an meinen Haaren zieht, und doch spüre ich ihn kaum im Gesicht. Ich sehe das Tankstellen-Sandwich zwischen meinen Fingern, aber wenn ich ein kleines Stück abbeiße, schmecke ich nichts und bekomme es nur mit Mühe runter. Ich grabe die nackten Zehen in den festen, feuchten Sand. Und bin doch irgendwie gar nicht hier.

Als ich Schritte auf der Treppe vernehme, die von der Straße zum Strand runterführt, zucke ich zusammen. Ein kurzer Schwall dieser lächerlichen Hoffnung rinnt durch meine Brust, dicht gefolgt von dem in seiner Unvereinbarkeit bitteren Cocktail aus Erleichterung und Enttäuschung, weil es nicht Cedric ist, sondern ein Mann mit großen Kopfhörern und sehr kurzen Hosen. Er stapft durch den tiefen Sand bis dorthin, wo er feucht und fest wird, und joggt los.

Ich sehe ihm eine Weile nach, bis er im Halbdunkeln verschwindet, und frage mich, wohin ich nun gehen soll.

Ich bin nach Norden gefahren, Richtung London bekommen mich keine zehn Pferde, für die Fähre fehlt mir das Geld. Vielleicht kann ich übergangsweise in Carlisle einen Job bekommen. Oder ich fahre die Nacht durch und versuche es in Glasgow. In jedem Fall muss ich ein

Handy besorgen und Muriel anrufen, dass ich nicht mehr kommen kann. Und Olivia. Bei dem Gedanken laufen mir ein paar ungehaltene Tränen übers Gesicht.

Mir ist eiskalt. Ich muss dieses Sandwich runterbekommen und etwas von dem Automatenkaffee trinken.

Vorhin habe ich gedacht, es sei Zufall, dass mein Körper genau auf der Höhe von Morecambe schlappgemacht hat. Mir ist schwindlig geworden und kalt, so kalt, dass ich zu schwitzen und zu zittern begann. Kein Wunder, bis auf einmal nippen am zu heißen Tee bei Laura war das Letzte, das ich gegessen oder getrunken habe, die Kugel Eis am Vormittag mit Emily. Kurz bevor ich zu blöd war, einen Bogen um das verdammte Harrods zu machen.

Inzwischen ist mir klar, dass ich nicht aus Zufall hier bin. Ich wollte einfach noch mal herkommen und feststellen, ob stimmt, was Cedric behauptet hat.

Dass das Meer einem zeigt, was man braucht.

Nein, um ehrlich zu sein, will ich mir nur beweisen, dass das Unsinn ist. Das Meer weiß nichts über mich – und wüsste es etwas, würde es mir trotzdem nichts sagen. Weil ich ihm nämlich scheißegal bin.

Zwei Möwen hopsen näher, neugierig, aber scheu, und ich werfe jeder von ihnen ein Stück vom Toastbrot hin. Sie verschlingen die Happen gierig, legen die Köpfe schief und kommen näher. Ich reiße zwei weitere Stücke vom Sandwich ab.

»Man sollte denen nichts geben.«

Ich wende mich sehr langsam um. Die Frau mit dem unbeholfenen Akzent leint gerade ihren Beagle ab, der mit tief gesenkter Nase losstreunt und auf seinem Zickzackkurs meine Möwen vertreibt, ohne ihnen dabei einen Blick zuzuwerfen.

»Die können unverschämt werden. Und krank. In der Reihenfolge.« Sie lächelt bemüht. »Tschuldigung. Geht mich nichts an.«

Der Wind frischt auf, macht das Meer ungestüm und laut und wirbelt mir durch die Haare.

»Ist alles okay?«

Ich wische mir übers Gesicht, das immer noch nass ist. »Ja. Alles gut.«

»Lügen können Sie nicht besonders.«

»Haben Sie ne Ahnung.«

Sie zuckt mit den Schultern, ich tu dasselbe, und sie nickt mir zu und spaziert dann langsam dem Hund hinterher, der bereits mit den Pfoten durchs Wasser tappt. Den Namen, den sie ruft, kann ich im Rauschen des Windes nicht verstehen.

»Sie hat schon recht.«

Ich erstarre. Bleibe einfach sitzen.

Hi, Halluzination, schießt es mir durch den Kopf. Ist es schon so weit? Drehe ich jetzt völlig durch?

Schritte knirschen dicht um mich herum, und als ich mich schließlich doch umdrehe, beendet Cedric gerade die letzten Linien, die er mit den Fingern in den Sand zieht.

»Was ist das?«

»Ein Schirmchen.« Dieses *Schirmchen* umspannt mich komplett und lässt noch Platz für ihn. Neben mir lässt er sich auf die Fersen sinken und zieht seine Jacke aus. »Ein großes Schirmchen, sicher ist sicher. Falls es gewittert. Darf ich?« Er hebt die Jacke an, ich nicke, und er legt sie mir um die Schultern.

Sie ist warm von seinem Körper, aber diese Wärme kommt bei mir nicht an. Sie verschwindet einfach.

Eine Weile warte ich auf die Vorwürfe, die nun folgen werden. Wie konntest du abhauen? Warum tust du mir das an? Hast du eigentlich den Verstand verloren, Sybil Faulkner?

Aber Cedric schweigt und blickt aufs Meer raus, als hätte er mit seinen eigenen Gedanken für den Augenblick schon genug zu tun.

»Was machst du hier?«, frage ich irgendwann, weil ich des Schweigens müde werde. »Warum bist du … Und woher wusstest du denn überhaupt …?« Ich muss an das Handy denken, vermutlich hat er auch wieder irgendeine App installiert, so wie Tristan damals. Nur passt das nicht zu Cedric. Und … Ich habe doch gar kein Handy bei mir.

»Ich wusste nicht, wohin ich sonst sollte«, sagt er, und mir zerreißt es das Herz. Hoffentlich bemerkt er das Schluchzen nicht, das ich irgendwo zwischen Brust und Kehle einklemme, in der Hoffnung, dass es dort verebbt.

»Funktioniert es denn wenigstens?«

»Funktioniert was?« Das Weglaufen? Nein, tut es nicht! Es tut weh und quält mich, aber … Verdammt, was soll ich denn machen?

»Das Meer. Zeigt es dir auch, was du brauchst?«

Es verschlägt mir die Sprache, und das zurückgehaltene Schluchzen presst sich nun doch aus meiner Kehle. Ich heule in die Ärmel seiner Jeansjacke.

Er hat mich gefunden. Meinen winzigen Hinweis verstanden, den ich ungewollt bei Sawyer zurückgelassen habe. Dabei wusste ich vorhin selbst noch nicht, wohin ich gehen würde.

Wann hatte ich je das Gefühl, so sehr gesehen zu werden, so sehr erkannt, bis ins Innere meiner Seele?

Und warum gerade jetzt? Jetzt, wo ich keinesfalls will, dass ans Licht kommt, was in dieser Seele alles los ist? Es ist hässlich da unten. Tückisch und voller Stolperfallen.

All das soll im Dunklen bleiben und nicht gesehen werden. Vor allem nicht von ihm. Es ist gefährlich für ihn.

»Gestern Abend«, sagt Cedric, es klingt ein wenig heiser, fast nasal, als würde er ebenfalls mit den Tränen kämpfen, »da dachte ich, es würde wieder losgehen.«

Überrascht werfe ich ihm einen Blick zu, aber seiner bleibt aufs Meer gerichtet, wo in der Dämmerung ein paar erleuchtete Schiffe über den Horizont ziehen.

»Ich hatte den ganzen Tag P!nk im Ohr, wie sie dem alten Präsidenten ein Lied singt. Ich liebe diesen Song, aber ich möchte immer schreien, wenn ich ihn höre, um nicht zu heulen. Und auch wenn es mir für P!nk echt leidtut, untermalt er leider immer die Phasen, in denen ich die Menschheit für absolut am Arsch und längst gescheitert halte. Wie ein dummes Tier, das auf die Autobahn gerannt und aufgrund eigener Blödheit unter die Räder gekommen ist und nun nicht wahrhaben will, dass es im Sterben liegt. Es zuckt nur noch. Die Menschheit ist ziemlich alt geworden, darum zuckt sie lange. Und sie ist ziemlich dumm geworden, daher merkt sie es nicht mal.«

Ich begreife langsam, warum wir den Schirm brauchen, den er uns in den Sand gemalt hat.

»Ich war also ziemlich sicher«, fährt Cedric fort, »dass die Gewitter wieder aufziehen.«

»Was hast du gemacht?«, frage ich leise, als er nicht weitererzählt.

»Mich zur Seite gedreht. Und da lagst du.«

Ja. Da lag ich. Und du hattest noch keine Ahnung, was geschehen würde. Bist der Lüge aufgesessen, ich wäre heil und gesund und ehrlich. Und gut für dich.

»Ich hab dich angesehen. Die Wimpern auf deinen Wangen, die Bewegungen unter deinen Augenlidern und diesen Hauch von einem Lächeln auf den Lippen. Und diese gestochen scharfe Wahrnehmung, die du besitzt.«

»Die kann man nicht sehen«, erwidere ich steif, dabei möchte ich ihn eigentlich nur bitten, damit aufzuhören, solche Sachen über mich zu sagen.

»Ich hatte anderthalb Gläser Wein gestern, da sehe ich eine Menge, was andere nicht sehen.«

»Was zum Beispiel?«

»Dass du mich abzulenken versuchst, sehe ich auch stocknüchtern.«

Mir fällt ein, dass er, wenn er mir nachgefahren ist, ebenfalls stundenlang im Auto gesessen haben muss und vermutlich ebenso wenig gegessen und getrunken hat wie ich. Ob ihm auch übel ist? Wortlos halte ich ihm meinen kalten Kaffee hin, aber er winkt ab.

»In jedem Fall hatten wir eine Erkenntnis«, sagt er und setzt erneut eine Pause.

Wieder muss ich nachfragen. »Welche? Und wer ist ›wir‹?«

»Der Wein und ich. Und die Erkenntnis war: Wenn du mit deiner messerscharfen Wahrnehmung und deinem Talent, die Menschen wirklich zu sehen, nicht merkst, dass wir alle verloren sind – wenn du nicht daran verzweifelst –, dann stimmt es entweder nicht.«

»Oder?«

»Oder du bist in der Lage, es auszublenden und nur den Bereich der Welt zu sehen, der sich um dich herumschmiegt und der irgendwie doch ganz in Ordnung ist. Und von dem ich ein Teil bin.«

»Und dann hast du mich geweckt?« Ich zwinge mich zu einem Grinsen, aber das warme, liebevolle Gefühl, das ich dabei in meinem Bauch habe, ist echt.

»Nein, erst hab ich die Gewitter abziehen sehen. Hab sie beobachtet wie ein fernes Wetterleuchten und Donner, den man nur verhalten irgendwo hinter den Bergen hört. Und hab gesagt: heute nicht. Ein andermal wieder, ganz sicher, aber heute nicht. Und danach habe ich dich geweckt. Weitestgehend. Tut mir nicht leid.«

Mir auch nicht. Im Halbschlaf miteinander zu schlafen, wortlos und langsam, ist wie ein gemeinsamer Traum. Die Konturen der Körper verschwimmen, laufen ineinander über, als würde man zu einem Wesen. Einem Wesen, das kein Misstrauen und keine Scheu kennt; eines, das sich gut und schön und richtig fühlt und sich tief, wohlig und unbesorgt in grenzenloses Vertrauen fallen lässt.

Das kann unmöglich nicht einmal vierundzwanzig Stunden her sein.

»Es ist so«, sagt Cedric ernst, und er rückt ein kleines Stück von mir weg, um sich mir besser zuwenden zu können. Ein Bein vor dem Körper liegend, das andere aufgestellt, sieht er mich an, als ginge es jetzt ans Eingemachte. »Ich will dir nicht sagen, was du zu tun oder zu lassen hast, weil du das selbst entscheiden musst – und auch kannst. Wenn du wegwillst, wenn du mich nicht mehr sehen willst – okay. Ich verstehe den Grund nicht, aber meine Begriffsstutzigkeit ist ja nicht deine Schuld. Alles, was ich gerade weiß, ist, dass ich dieses Gefühl in deiner Nähe liebe. Ich wollte dir eigentlich sagen, dass ich dich liebe, aber das reicht überhaupt nicht. Es endet nicht bei dir, es strahlt von dir ab wie Hitze um ein Feuer, und ich liebe das Gefühl, wenn mich diese Hitze umfängt und ich … und … fuck. Bitte wein jetzt nicht, sonst …«

Ich weine nicht, ich heule. Es schüttelt mich, und die Schluchzer verhindern fast, dass ich Luft holen kann.

»Sonst werde ich doch noch ein Arsch und lass dich nicht gehen, auch wenn du es willst.«

Ich schlinge die Arme um meine Beine und lege die Stirn auf meine Knie. Cedric nähert sich mir so behutsam und langsam, vermutlich würde ein Gedanke reichen, um ihn wegzustoßen. Aber ich will ihn ja gar nicht wegstoßen. Und ich …

»Ich will doch gar nicht gehen«, wispere ich. »Aber ich kann nicht anders.«

»Warum nicht?« Sein rechter Arm liegt nun über meinem Rücken, und er zieht mich dichter an sich, sodass ich mit der linken Schulter an ihm lehne. Ich bin so müde, dass mein Kopf mit seinem nächsten, tiefen Ausatmen ganz von allein an seine Brust sinkt, mein Gesicht in sein T-Shirt, meine Nase in seinen Geruch, mein Herz in seine Hände.

»Was hab ich falsch gemacht?«, fragt er in meine Haare, und ich muss bitter lachen, weil er immer noch denkt, er sei das Problem. Das denkt er immer, er schreibt es in fast jedes seiner Lieder.

»Warum denkst du, es läge an dir?«

»Ich bin ein Elefant«, sagt er. »Totale Sensibelchen, fürchten sich vor Mäusen, trampeln aber selbst alles platt.«

»Bist du nicht.«

»Luke hat das immer behauptet. Ich will dir nicht zu nahe treten, aber er kannte mich viel länger als du. Da wird also schon etwas dran sein.«

Es wird kalt, der Wind reißt an unseren Haaren. Trotzdem würde ich für den Moment nichts auf der Welt lieber tun, als die Augen zu schließen und zu schlafen. Sicher geborgen in dem Wissen, dass Cedric mich festhält. Und loslassen wird, wenn ich ihn darum bitte.

»Okay, Elefant«, murmle ich. »Aber es liegt an mir. Die ganze Sache begann damals, als meine Mum sich von meinem Vater trennte und nach Brasilien zurückging.«

»Diese Sache?«

»Das Stehlen.« Ich spreche es genauso hässlich aus, wie es ist. »Dass ich anfing, Dinge zu wollen, die ich nicht haben kann. Dass ich sie einfach nehme.«

»Die Kleptomanie«, sagt er einfach. Als wäre es nichts weiter, nichts, wovor man Angst haben muss.

»Ja. Aber im letzten Jahr hab ich mich mit meiner Mum ausgesprochen und versöhnt. Ich hab verstanden, warum sie gegangen ist. Ich habe das abgehakt und akzeptiert, bin im Reinen damit. Warum jetzt dieser Rückfall? Warum wird es schlimmer? Ich kann mir einfach nicht mehr vertrauen.«

»Ich weiß«, sagt Cedric bloß. Keine Aufmunterung, kein ›Das wird schon‹, kein weiterer Hinweis auf eine Therapie.

»Warum jetzt, wo ich glücklich war?«

»Ich weiß nicht.«

»Warum fühlt es sich so an, als würde ich in ein scheißtiefes Loch stürzen, ins Bodenlose, ins Nichts …?«

Statt einer Antwort atmet Cedric sehr tief ein und danach langsam und warm in meine Haare wieder aus. »Lass dich halten«, murmelt er dann, als wäre das etwas völlig Verwegenes, das ich nur mit sehr viel Mut einmal ausprobieren könnte.

Ich versteife mich in seiner Umarmung. »Und dann?« Die Worte kommen wie ein Beschuss. Er hat mich zum Reden gebracht, nun muss er mit den Konsequenzen klarkommen. Mit meinen Worten. Meiner Wut.

»Merkst du nicht, dass ich genau das zu verhindern versuche? Weil ich dich mitreißen würde? Weil wir dann noch tiefer fallen? Hast du mir das nicht selbst gesagt? Dass man einfach nur zusammen fällt, zusammen untergeht und zusammen aufschlägt, und dann auch noch damit klarkommen muss, dass man jemanden mit sich gerissen hat?« Ich schlage ihm mit der Faust vor die Brust. Erschrecke vor mir selbst und schlage ein zweites und ein drittes Mal zu. Ich bin so wütend auf alles, auf alles außer ihm, dass ich irgendwo damit hinmuss. Dass er sich nicht wehrt, mich nicht davon abhält, sondern einfach einsteckt, was ich austeilen muss, macht es nur schlimmer.

»Ist dir klar, was ich getan habe?«, schreie ich. »Ich habe deiner Schwester diesen Scheiß untergejubelt! Warum?«

»Weiß ich nicht.« Seine Stimme ist angestrengt, er spannt jeden Muskel an, für den Fall, dass ich noch mal zuschlage. »Aber ich würde gerade alles lieber in Kauf nehmen, als dich mit dieser Frage alleinzulassen. Ich kann dir nicht helfen, Billy. Ich will bloß bei dir sein, wenn du dir selbst hilfst, und bei dir sein, falls du scheiterst. Und bei dir sein, falls du fällst. Und bei dir sein, wenn du wieder aufstehst.« Seine Stimme wird lauter, energisch, als wäre er kurz davor, mich anzuschreien. »Ich habe mich geirrt, okay? Alles, was ich dir gesagt habe, war nichts als große Scheiße. Ich hab versucht, in einem Karton zu leben, eingewickelt in Luftpolsterfolie und aufgefüllt mit Styroporflocken, weil ich Angst hatte, dass mir etwas passiert, das meine Psyche überfordert. Und du hast den Karton geöffnet und die Packflocken herausgeholt. Und mich aus der Folie gewickelt und ... Ich hatte wirklich schon bessere Bilder, um zu verdeutlichen, was ich meine.«

Er lacht ein bisschen, ein erschöpftes Lachen, für das ich ihn noch mal schlagen möchte. Oder küssen. Ich weiß nicht.

»Mach nicht den gleichen Fehler. Es ist einsam in dieser sicheren Verpackung.«

»Ich hab Angst.«

»Ich auch. Ich hab bis heute Angst, schwimmen zu gehen. Wasser über meinem Kopf – vergiss es. Jemandem zusehen, der taucht? Panikattacke, wir sehen uns auf dem Klo, wenn ich es bis dahin schaffe. Ich bin froh, dass duschen geht, dass ich meine scheiß Haare inzwischen normal waschen kann, und bin nicht mal in der Lage, in eine bescheuerte Badewanne zu steigen. Das ist alles vollkommen irrational, aber darum fürchten wir sie, diese Angst. Sie geht nicht weg, nur weil man es will, und fuck, egal, wie sehr ich dich liebe: Ich würde für dich ins Wasser springen, wenn ich müsste, aber ich würde in der lähmenden Panik selbst ersaufen, statt dich zu retten. Ich muss dich bitten, das nicht auszuprobieren.« Er schweigt kurz, sieht mich an. »Es geht davon nicht weg, aber wenn du kannst, sag mir trotzdem, wovor du Angst hast«, flüstert er schließlich.

Ich brauche lange. So lange. Mein Gefühl sagt mir, ich müsse ihm einen Roman schreiben, um das alles zu erklären, um ihm verständlich zu machen, was in mir vorgeht und warum er nicht hier sein sollte, so beruhigend und aufwühlend und tröstlich und schmerzhaft seine Nähe auch ist.

Schließlich ist alles aber doch recht einfach in ein paar Worte zu fassen.

»Ich liebe dich. Aber ich würde dir schaden.«

CEDRIC

Die Kälte kriecht mir hinterrücks in die Knochen, und ich bin froh, Billy warm im Arm halten zu dürfen.

Eine Erinnerung an Luke kommt mir in den Sinn, und mir fällt auf, mit welcher Leichtigkeit ich mich inzwischen an ihn erinnern kann. Es ist ein wenig so, als wäre unsere Verbindung, die zerbrochen war, nun geflickt, sodass sie zumindest phasenweise wieder funktioniert. Vielleicht schickt er mir tatsächlich Hinweise von dort, wo er jetzt ist, einfach nur, weil er immer schon wusste, dass ich dazu neige, emotionale Gespräche zu ruinieren.

»Unglück jagt im Rudel«, habe ich damals einmal laut vor mich hingedacht und als Songzeile oder Titel aufgeschrieben.

Disaster hunts in packs.

Luke hat sich neben mich gesetzt und gemeint, Unglück sei immer relativ und man könne – wenn überhaupt – erst sehr viel später beurteilen, ob ein Unglück nun wirklich ein Unglück sei oder ein größeres verhindert habe.

»Cool«, hab ich gesagt, »kann ich meiner Depression jetzt dankbar sein.«

»Jipp. Wer weiß, was für ein arroganter Mistkerl du sonst geworden wärst.«

»Du hast recht. Bei dem Aussehen. Mein Charakter wäre episch schiefgegangen.«

Ich hab meinen Block gegriffen und mich vom Wohnzimmer in die Küche verzogen, den Block auf den Tisch gelegt und ›Misery likes company‹ draufgeschrieben. Für den Desaster-Song, sollte ich ihn je schreiben.

»Bei Tristan war das auch so«, sagt Billy mit belegter Stimme. Sie klingt fast, als hätte sie getrunken, so fertig ist sie, und ich sehne mich nach vielem, aber vor allem danach, ihr ein warmes Bett zu organisieren. »Er hat mich gemocht. Er wollte mir helfen. Und jetzt?«

»Tristan ist ein Psychopath«, schießt es aus mir heraus, und ich könnte mir im gleichen Moment selbst eine aufs Maul hauen. Wo ist Sawyer, wenn man ihn braucht?

Verdammt. Der sucht den Bahnhof und die Fährstationen ab, und inzwischen vermutlich noch den Flughafen und dann den Rest der Stadt.

Billy beginnt, in meinem Arm zu zittern.

»Hey. Und das hat nichts mit dir zu tun, okay? Ich sag es dir nur ungern, aber deine Menschenkenntnis hat bei dem Typen völlig versagt.«

»Früher war er anders«, flüstert sie. »Vor mir. Ich hab ihn zu dem gemacht, was er jetzt ist.«

»Ich bezweifle das. Ich sag dir jetzt was, Billy.«

Es fällt mir unsagbar schwer, meine Arme von ihr zu lösen und mich zurückzulehnen, und das hat nichts mit dem kalten Wind zu tun, der mein T-Shirt flattern lässt.

»Du traust mir nicht zu, dich zu lieben?«, frage ich und zwinge mich, gereizt zu klingen statt völlig panisch, sie zu verlieren. »Du glaubst, ich würde daran zerbrechen, dass du nicht vollkommen heil bist? Dass du Narben hast, die ich zu Anfang nicht gesehen habe? Es tut mir leid, dass ich sie nicht gesehen habe. Ich hätte sie sehen müssen.«

Sie schlingt die Arme um ihren Körper, und meine Entschlossenheit gerät ins Wanken. Wenn ich sie jetzt wieder in die Arme schließe und einfach zum Wagen führe, dann würde sie sich nicht wehren.

Aber es wäre nicht dasselbe wie eine Entscheidung.

»Was dir passiert ist – heute, früher, wann auch immer – wird nicht nach zwei, drei Arztbesuchen erledigt sein. Ich weiß, was es bedeutet, ich weiß es besser als jeder andere. Ich weiß aber auch, dass es zu schaffen ist. Und ich weiß, dass ich den Weg gern mit dir gehen möchte, so dicht wie möglich an deiner Seite oder aber auch mal mit hundert Meilen Abstand, wenn du gerade hundert Meilen Abstand brauchst. Das ist okay. Ich trau mir das zu. Ich hab Depressionen, aber ich bin deshalb nicht aus Glas, das sofort zerbricht. Ich will nicht arrogant klingen, Billy, aber ich hab schon ganz andere Dinge überstanden als eine Freundin, die irgendwelchen Scheißkram klaut.«

Ich stemme mich vom Boden hoch, mache zwei Schritte zurück und zertrete dabei die Linie, die ich in den Sand gezogen habe. Den Schirm.

»Das Schirmchen war eine blöde Idee von mir.« Ich habe das Gefühl, sie wusste das von Anfang an. Sie hat sich mir zuliebe darauf eingelassen, aber sie wusste, dass es Bullshit ist, sich vor demjenigen zu schützen, den man liebt. Das ist einfach keine Option.

»Ich will keinen Schutz vor dir. Ich will alles.« Ich muss fast bitter lachen, weil die Erkenntnis so klar ist und ich sie doch so wenig gesehen habe. »Du hast keine Vorstellung, wie glücklich du mich machst. Und das gibt dir jedes verdammte Recht der Welt, mich auch mal runterzuziehen. Egal wie tief. Wenn du ganz tief sinkst – dann nimm mich mit!«

Billy gräbt die Finger in den Sand, als würde der Wind sie sonst mitnehmen. Er bläst ihr die Haare vors Gesicht.

»Überleg dir, was du willst. Es ist deine Entscheidung. Schieb sie nicht auf mich oder das, was ich aushalte. Ich bin ein Gewittertyp, ich halte jede Menge aus. Ich laufe jetzt ein Stück den Strand runter, und ich werde nicht lügen: Ich hoffe, dass du zu mir kommst. Du entscheidest, was wir dann machen. Weglaufen *ist* eine Lösung. Aber wenn du kannst – wenn du willst –, lass mich mit dir gehen.«

Sie reagiert kaum, ich weiß nicht, ob sie mich im Windrauschen überhaupt richtig verstanden hat. Sie schaut nur kurz zu mir hoch, und ihre Lippen formen etwas, das sowohl »Geh jetzt« als auch »Geh nicht« bedeuten könnte.

»Wenn du wegwillst … weg von mir, dann …« Nein, dann ist das nicht okay. »Dann komm ich damit klar.«

Ich zucke mit den Schultern, und dann verbiete ich mir, länger zu warten, wende mich ab und gehe zum Wasser runter, das plötzlich irrsinnig weit entfernt scheint. Niemand ist mehr hier, bloß die Schiffe auf dem tintenschwarzen Meer und ein paar aufgehende Sterne im Himmel, der düster, aber blass aussieht, als sei ihm die dunkelblaue Farbe vor Schreck aus dem Gesicht gewichen.

Nach wenigen Minuten werfe ich zum ersten Mal einen Blick über die Schulter.

Da ist niemand.

Es ist niemand mehr da.

CEDRIC

Man denkt in Wellen, wenn man eine Weile allein am Meer steht.

Die Gedanken rollen heran, formulieren sich klarer und klarer, und wenn man ganz kurz davor ist, sie greifen zu können, um irgendetwas mit ihnen anzufangen, zerfallen sie in ihre tausend Tropfen und werden wieder fortgespült.

Ich hab zu viel riskiert!

Die windgetriebenen Wellen schwappen mir bis zu den Füßen, zwei Schritte weiter schon über den Knöchel. Das Wasser ist eiskalt. Mein Kopf spielt Linkin Park und fragt aus einem hässlichen Winkel hinter dem Bewusstsein, wie viele Menschen heute Nacht ertrinken werden in den grausam kalten Meeren dieser Welt, die wir anderen währenddessen romantisch verklärt anschmachten.

Ich hab, verdammt noch mal, viel zu viel riskiert!

Mein Fuß stößt gegen einen Stein, ich greife ins Wasser, ziehe ihn heraus und werfe ihn in die Wellen, so weit ich kann. Dann einen zweiten. Das Dritte, das ich greife, ist eine zerbrochene Flasche, und auch die werfe ich, diesmal von einem wütenden Schrei begleitet, ins Meer.

Gleichgültiges Scheißmeer.

Es war ein Fehler, sie stehen zu lassen. Ich hätte sie festhalten müssen. Wenigstens diese eine Nacht, in der sie viel zu fertig ist, um Entscheidungen zu treffen. In der sie mich braucht – das sieht ein Blinder, warum nicht ich Idiot, der sich doch sonst immer für so schlau hält?

Ich hätte, verficktes, gleichgültiges Scheißmeer noch mal, …

»Cedric?«

Ich lasse das Stück Treibholz fallen, das ich gerade aus den Wellen gefischt habe, und drehe mich um.

»Du …«

»Ich hab eine Jacke geholt. Und …« Sie hebt etwas Dunkles an, das ich beim zweiten Hinsehen als die Wolldecke identifiziere, die immer auf dem Rücksitz ihres Wagens liegt.

Ich gehe zu ihr, sie lässt sich gegen mich sinken, ihre Stirn an meiner Brust, ihre Hände kraftlos an meinen Seiten.

»Danke«, flüstere ich über ihren Kopf hinweg und küsse sie aufs Haar. »Danke fürs Zurückkommen.«

»Alles ist gerade falsch, alles. Ich weiß nicht, wohin ich soll.«

»Im Zweifel zu mir. Bei mir bist du richtig, okay?«

Billy ist so erschöpft, dass sie auf der vierminütigen Fahrt zum Hotel fast einschläft. Die Rezeptionistin ist die gleiche wie beim letzten Mal, vermutlich kommt sie mir deshalb vage bekannt vor. Sie lässt sich nicht anmerken, dass wir schon zum zweiten Mal windzerrupft und mit wunden Augen spät am Abend bei ihr aufschlagen.

Lächelnd reicht sie mir die Keycard und klärt uns auf, wann es Frühstück gibt, als neben ihr das Telefon zu läuten beginnt und mich daran erinnert, dass ich unbedingt Mum und Emily anrufen muss. Und Sawyer.

»Der arme Sawyer sucht vermutlich immer noch die Stadt nach dir ab«, flüstere ich Billy zu, aber sie murmelt nur ein müdes »Hm?«.

Ich warte das Telefonat ab und trete noch einmal zur Rezeption. »Entschuldigen Sie, kann ich bei Ihnen vielleicht ein Ladekabel fürs iPhone kaufen?«

»Das tut mir sehr leid, aber die haben wir nicht da.«

»Fuck. Tschuldigung, war nicht so gemeint. Trotzdem danke. Und gute Nacht.« Ich wende mich ab.

»Warten Sie«, ruft die Frau mir nach und taucht kurz unter ihrem Tresen ab. »Hier, nehmen Sie meins. Geben Sie es einfach morgen früh den Kollegen.«

»Vielen Dank. Ich bringe es Ihnen gleich zurück. Sie haben keine Ahnung, wie sehr mir das gerade hilft.«

»Sie könnten mir als Entschädigung verraten, wann denn mal wieder ein neuer Song rauskommt.«

Und da fällt mir ein, woher sie mir bekannt vorkommt. »Sie … Haben Sie mal in London gearbeitet?«

Der verschmitzte Zug um ihre Augen bestätigt meinen Verdacht. Wir waren damals für Studioaufnahmen in London, Luke, Sawyer und ich, und der Tag war absolut beschissen gelaufen. Es hatte damit begonnen, dass das Management in meinen Texten herumlektorierte, und damit geendet, dass man Sawyer den Rauswurf erklärte, weil er einfach nicht zuverlässig genug fehlerfrei spielte. Wir hatten uns – scheiß auf die Antidepressiva – abends im Hotel hemmungslos betrunken, verrücktes Zeug geraucht und um drei Uhr nachts vor dem peinlich berührten Personal ein krakeelendes Privatkonzert in der Lobby gegeben. »Sie sind die Frau, die mich nicht an die *Sun* verkauft hat«, sage ich. »Danke.«

»Nicht dafür. Machen Sie einfach wieder Musik, Sie und Ihre Freunde. Vielleicht diesmal mit weniger Gin Tonic und dafür mit Hosen.«

In meinem Kopf klingelt etwas äußerst unangenehm, aber in erster

Linie tut es mir leid, sie enttäuschen zu müssen. »Das mit der Musik ist vorbei.«

Ich hatte vergessen, dass manche Menschen nicht so schnell vergessen. Dass sie warten und hoffen. Vielleicht haben Lukes Eltern doch recht, wenn sie sagen, dass wir den übrig gebliebenen Fans die Wahrheit schuldig sind?

Unser Zimmer ist viel kleiner als beim letzten Mal. Taubenblau getünchte Wände um ein breites Bett und eine Sitzecke vor der Fensterfront, flauschiger Teppich auf dem Boden. Ich pelle mich im Flur aus den durchweichten Schuhen, Socken und der Hose, um mit der Mischung aus Sand und Meerwasser nicht alles einzusauen. Billy tritt ans Fenster und lehnt die Stirn an das Glas. Ihr Blick gleitet den glitzernden Streifen der Promenade entlang, wo noch eine späte Party stattfindet, und ich gehe ihr nach und murmle ihr ein halb gesungenes »One penny for your thoughts« ins Ohr.

»Duschen«, seufzt sie. »Aber geh du zuerst, dir frieren gleich die Füße ab.«

So weit wird es im Juni wohl nicht kommen, trotzdem schließe ich das Telefon am Strom an und verschwinde in der Dusche.

Als ich wenig später mit einem Handtuch um die Hüften zurückkomme, steht Billy immer noch am Fenster. Es verkrampft mir den Magen, wie verloren sie wirkt. Ich mag zwar wissen, wie es sich anfühlt, seine Gefühle nicht unter Kontrolle zu haben und schutzlos im Gewittersturm zu stehen. Aber wie mag es ihr gehen? Sie steht vor absoluter Leere. Vor dem entwürdigenden Gefühl, nicht mehr zu wissen, was sie getan hat – oder warum.

»Du kannst in die Dusche«, sage ich überflüssigerweise.

Während sie nickt und sich an mir vorbeidrückt, die Augen klein vor Müdigkeit, checke ich meine Anrufe und Nachrichten.

Die Anzahl allein erschlägt mich fast, und ich brauche einen Moment, um auszusortieren, wem ich zuerst antworte.

Sawyer schrieb vor etwa einer Stunde, dass er für heute aufgibt. Ich tippe ihm rasch einen Dank und Entwarnung. Sofort erscheint ein erleichtertes Emoji, dann verraten die Pünktchen, dass er einen längeren Text verfasst. Später, Sawyer.

Vorher schreibe ich Mum, dass ich Billy gefunden habe, noch lebe und ihr Auto nicht geschrottet habe. Sie hat mir sieben Sprachnachrichten geschickt, keine ist kürzer als zwei Minuten. Die höre ich später ab.

Nun noch Emily. In ihrem Chatfenster wechseln sich Text- mit Sprachnachrichten ab und ergeben von unten überflogen wirklich gar keinen Sinn. Also tippe ich die erste Sprachnachricht an, die gleich nach

Kannst du mal warten, du Honk?! Hör doch mal zu!

»Cedric, du musst mich sofort anrufen. Hörst du? Sofort! Es ist megawichtig. Ich weiß gerade nicht, wohin mit mir, ruf an!«

Sehr aussagekräftig, Schwesterherz.

»Warum rufst du nicht an? Warum ist schon wieder dein dummes Telefon aus? Hör das gefälligst ab und ruf mich an!«

Ich stöhne auf.

»Okay, ich versuch das jetzt zusammenzufassen. Setz dich besser, du kippst aus den Schuhen. Billy war es nicht!«

Ich setze mich.

»Ich hätte das direkt merken können, aber es ging echt schnell, und war alles so komisch und beängstigend. Aber hör zu!«

Ja, ja, ja, ich hör doch, denke ich, als könnte ich die Sprachnachricht damit beeinflussen. Nun sag schon!

»Wir hockten in diesem Hinterzimmer mit dem Ladendetektiv, und Billys Vater schickte diesen Typen, diesen Tristan. Und der …«, Emily gibt einen Ton von sich, den ich nur mit dem Wort ›Hysterie‹ in Zusammenhang bekomme, »wusste, dass es ein Armband war, das Billy geklaut hat. Also angeblich geklaut.«

Ich fürchte, ich verstehe nicht viel, aber die Nachricht geht weiter. Wenn Emily doch nicht immer so dramatische Pausen machen würde, Herrgott noch mal!

»Nur lag da schon lange kein Armband mehr, und Billy hat auch keines erwähnt und der Detektiv auch nicht. Was also nur eine Sache bedeuten kann.«

Sherlock, ich fürchte, du verrennst dich. So genau kann sich doch kein Mensch derart winzige Details merken. Oder doch?

»Tristan, dieser komische Psycho-Verschnitt, hat das alles inszeniert. Und das habe ich gerade Billys Vater erklärt, als du so plötzlich abgehauen bist. Und Billys Vater …«

Ich ahne Schlimmes.

»Okay, zuerst hat er mich ausgelacht und verspottet und gemansplained. Übelst! Aber ich bin hartnäckig geblieben, und er versprach dann, mal ›was zu prüfen‹. Zuerst dachte ich, der will mich nur hinhalten, damit ich Ruhe gebe, aber er hat mich eine Stunde später angerufen und – ich will nicht sagen, dass er stocksauer war, aber …«

Emily! Mir wird ein bisschen flau.

»Er war stocksauer. Aber nicht auf mich. Auf sich selbst. Und nun musst du dich echt setzen, Ceddy, denn jetzt wird es wie in einem Psychothriller von diesem Regisseur, den du so magst, wie heißt der noch? Night Shalamalla?«

Manoj Night Shyamalan. So schwer ist das doch nicht.

»Egal, wie er heißt, du weißt schon. Winston Faulkner hat knochentrocken die Anrufe von Tristans Firmenhandy geprüft. Und rate mal, wen Tristan heute Vormittag angerufen hat. Kurz bevor Billy und ich im Harrods waren? Zum einen Billys Nummer. Und zum anderen? Na?«

In meinem Kopf ist nichts als ein seltsames Rauschen. Wie eine Panikattacke, nur besser.

»Er hat einen Typen angerufen, der als Ladendetektiv bei Harrods arbeitet! Und Faulkner hat nicht lange gefackelt, sondern ist sofort zu dem hin, um seine fiese, bedrohliche Anwaltsmasche durchzuziehen, und was der Typ ausgespuckt hat … Cedric …«

Emilys Begeisterung bricht, und plötzlich höre ich sie die Nase hochziehen, und ihre Stimme bekommt einen verweinten Klang.

»Sie haben das schon mal gemacht. Im letzten Jahr. Da hat Tristan dafür gesorgt, dass einer der Detektive Billy in jedem Fall erwischt. Er hat dem Typen Geld dafür gegeben, ihr richtig übel Angst einzujagen, sie anzufassen und … ihr wehzutun … nur, damit er sie dann *retten* kann. Sorry, Ceddy. Aber dieser Typ … Wie krank ist der? Wie räudig sind diese Kerle, da mitzuspielen? Faulkner will sich Tristan jetzt vorknöpfen und ihn direkt bei der Polizei anzeigen. Die Ladendetektive sind sofort vor ihm eingeknickt und werden aussagen. Beide! Er meldet sich dann bei mir, ich geb euch gleich weiter, was ich erfahre.«

Ich lasse das Telefon sinken. Keine Ahnung, wie lange es dauern wird, bis ich das Chaos in meinem Kopf geklärt bekomme, bis ich zwischen Wut, Verachtung und Hass auf dieses … Subjekt die Schlüsse ziehen kann, die uns jetzt weiterhelfen.

Ich tippe die nächste Nachricht an.

»Ich weiß nicht, ob das jetzt deutlich war. Ich bin so durcheinander. Aber hast du verstanden, was das heißt? Billy hat heute nichts geklaut. Und vor allem hat sie mir nichts untergejubelt! Der Ladendetektiv – dieser miese, kleine … –, der war gekauft. Von Tristan. Er hat uns das untergeschoben, weil Tristan offenbar der Meinung war, Billy mit dieser Psychomasche zurückzubekommen.«

Indem er den Retter spielt und ihr das Gefühl einflößt, ohne ihn nicht zurechtzukommen.

Es ergibt furchtbar viel Sinn. Und weckt in mir das Verlangen, diesem Typen ganz andere Dinge einzuflößen. Cyanwasserstoff vielleicht.

»Cedric? Was ist passiert?« Billy steht im Raum, ich hab sie nicht kommen hören. Sie trägt eine bequeme Schlafhose, ein Top und ein Handtuch ums Haar und starrt mich an wie einen Geist. »Ist irgendetwas … Sag was, Cedric, bitte.«

Ich stoße die Luft aus und schüttle den Kopf. Ich sehe vermutlich wirklich aus, als wollte ich irgendjemanden umbringen. »Du bist … Du hast nichts getan.«

»Was?«

Ich strecke die Hand aus, sie tritt zögerlich näher, und ich ziehe sie auf meinen Schoß und schließe sie in die Arme. In erster Linie, um mich zu beruhigen und nicht zur nachtschlafenden Zeit das gesamte Hotel zusammenzubrüllen. »Du kannst dich nicht an deinen Rückfall erinnern, weil es keinen Rückfall gab.«

»Aber … Du erzählst mir nur was, oder? Damit ich mich nicht so schäme, damit ich …«

»Nein. Emily und dein Vater haben es herausgefunden. Du bist absolut unschuldig. Ich kann es dir vorspielen. Aber ich will, dass du vorher durchatmest und dich auf alles gefasst machst. Du warst es nicht. Die Wahrheit ist … Sie ist viel schlimmer.«

BILLY

Mit untergeschlagenen Beinen sitze ich auf der Couch am Fenster, knabbere an einem Schokoriegel, den Cedric mir aus dem Automaten im Flur besorgt hat, und warte darauf, dass er die letzten Nachrichten verschickt, damit sich niemand noch länger Sorgen um uns macht. Ich sollte mich bei einigen Leuten entschuldigen, aber das muss bis morgen warten. Wenn ich das jetzt tue, stammle ich vermutlich nur dummes Zeug.

Vor zehn Minuten war ich noch so erschöpft, dass ich fürchtete, im Stehen einzuschlafen, umzufallen und einfach auf dem Teppich liegen zu bleiben.

Jetzt, nach Emilys langen Sprachnachrichten, bin ich sicher, nie wieder schlafen zu können. Nie wieder.

Alles vermischt sich in meinem Blut, ein Gefühl, als kämpften darin irgendwelche fiesen kleine Tiere miteinander.

Ich bin so unglaublich dankbar, dass ich weder Emily etwas untergejubelt habe noch den Verstand verliere oder Dinge tue, die sich meiner Erinnerung entziehen. Ich hatte nicht einmal einen Rückfall.

Langsam wird mir wieder bewusst, dass ich mir sehr wohl vertrauen kann – allerdings bohrt sich mir gleich neuer Zweifel in die Eingeweide: Wie konnte ich mich nur so tief in die Panik treiben lassen?

Tristan wollte mir den Verstand zerstören, um mich dahin lenken zu können, wo er mich haben wollte. Wie konnte ich ihm so schrecklich auf den Leim gehen? Ich verstehe einfach nicht, wie er mir so was antun konnte. Noch nicht mal Wut oder Hass kann ich empfinden. Ich bin bloß fassungslos. Gleichzeitig ist da Erleichterung, dass mein Vater mir endlich glaubt. Dass er endlich mal auf meiner Seite ist. Dieses Gefühl ist ganz neu und so fragil, dass ich es am liebsten irgendwo verstecken möchte, sodass es keiner findet und Fragen stellt, die es beschädigen könnten.

Cedric kommt zu mir und geht vor dem Sessel in die Hocke, ein Viertellächeln im Mundwinkel und Anspannung in den Augen. Meerblau, denke ich. Aber nur, wenn Nacht über dem Meer liegt.

»Geht es dir besser?« Er zeichnet den Schwung meiner Augenbrauen mit dem Zeigefinger nach. »Ganz schön viel heute, oder?«

»Ich begreife es noch nicht im Ganzen.«

»Musst du auch nicht.« Er will es mich nicht merken lassen, aber die Wut auf Tristan brodelt in seinem Inneren. Ich wünschte, wir könnten diesen Verrückten eine Weile vergessen, aber er spukt um uns beide herum. Auch ich stoße ständig an Erinnerungen, die nun, da ich weiß, wie weit er in seiner Besessenheit gegangen ist, in anderem Licht erscheinen als früher.

»Ich dachte damals wirklich, es wäre seine Liebe, die mich erdrückt hat«, überlege ich verwundert. »Und es seien meine Fehler, die ihn dazu gebracht haben. Wie konnte ich den Unterschied nicht merken? Er hat mich gar nicht geliebt, oder? Er wollte bloß Macht über mich. Mich wie ein Haustier an der Leine halten.«

»Um dich nicht unbedingt behalten zu wollen«, sagt Cedric rau und leise, aber mit einer Spur Humor, die ihn vermutlich vor dem Durchdrehen bewahrt, »muss man ein harter Hund sein. Und abgebrüht bis auf den letzten Knochen.«

Ich hake zwei Finger in den Bund seiner Jeans, die er sich in Ermangelung von Wechselwäsche übergezogen hat. Er soll an etwas anderes denken. Wir sollten beide an etwas anderes denken. »Man muss also du sein?«

»Für dich«, er gibt sich wirklich Mühe, mich anzulächeln, »muss man vielleicht wirklich ich sein.«

»Ja.« Ich will lachen, aber es ist kein Scherz. »Genauso ist es.«

Ich ziehe ihn neben mich. Seine Bewegungen sind kantig, sein Oberkörper strahlt Hitze ab, ich spüre sie durch den Hemdstoff, während ich an den Knöpfen spiele. Bei mir mag Erleichterung alles andere überwiegen. Sie ist sogar stark genug, dass ich nicht heule, obwohl das nur eine Frage der Zeit sein kann. Cedric ist vor allem zornig, und er kann nirgendwo damit hin.

»Was tust du?«, fragt er, während ich schon den zweiten Knopf an seinem Hemd öffne.

Dritter Knopf. Vierter. »An etwas anderes denken.«

»An was?«

»An dich.« Letzter Knopf. Ich schiebe das Hemd über seine Schultern. Auf seinem Oberarm zeichnen sich Adern ab, die man normalerweise nur nach körperlicher Anstrengung sieht.

»Wie wütend bist du?«, frage ich, und er lacht kurz und bemüht. Das Licht ist warm in diesem Zimmer, aber die Schrammen in seinem Gesicht treten dennoch stärker hervor als in den letzten Stunden.

»Soll ich ehrlich sein?«

Ich spure die Ränder seines Tattoos mit der Fingerspitze nach. Streiche an der schwarzen Linie entlang, die aus seiner Achsel kommt, in einer gebogenen Spitze neben seine Brustwarze führt und dann wieder hoch zum Schlüsselbein. Ich kenne Cedric bislang kaum wirklich wütend. Aber die Bilder auf seiner Haut sind es. »Sei immer ehrlich zu mir. Bitte.«

»Ich würde gern auf irgendwas einschlagen.«

Seine Hände liegen zu Fäusten geschlossen auf seinen Oberschenkeln. Ich streiche über seine Fingerknöchel und die Vertiefungen dazwischen, hebe seine Hände an die Lippen, Küsse seine aufgeschürfte Haut und die Stelle, wo sein Puls schlägt.

»Vielleicht …« Aus irgendeinem Grund zittert meine Stimme gegen sein Handgelenk. »Kannst du ja auch was anderes mit deinen Händen tun?« Ich fahre mit der Zunge über seinen Handballen, stoße mit der Zungenspitze bis in seine Handfläche. Ich schmecke einen Hauch von Salz und lecke gleich noch mal über seine Haut. Er öffnet die Faust, umfasst mein Gesicht und vergräbt die andere Hand in meinem Haar; viel weniger zärtlich als sonst. Fordernder. Ich seufze auf, weil ich genau das will.

Unser Kuss ist keinen Moment lang vorsichtig. Er ist hungrig, gierig, nötig. Ich sauge an Cedrics Lippen, und er lässt mich abwechselnd seine Zunge und seine Zähne spüren, was mir ein sehnendes Ziehen bis zwischen die Beine treibt. Ich gleite auf seinen Schoß, spüre seine Erregung und lasse ihn wortlos dasselbe spüren. Seine Hand rutscht zwischen uns. Er streichelt und reibt mich durch den Stoff der Hose, und ich dränge mich gegen ihn. Gegen seine Finger, gegen seine Härte, gegen alles. Er ist nicht sanft heute, beinah roh, und jede Berührung macht, dass ich augenblicklich noch mehr fühlen will.

Wie schnell kann man sich nur so dermaßen unter Strom setzen? Wie dringend kann man einander wollen?

»Warte.« Das kleine Wort fällt mir schon schwer. Mit weichen Knien tappe ich ins Bad, wo mein Kulturbeutel auf der Ablage steht. Ich taumle fast auf dem Rückweg und werfe ihm die Schachtel mit den Kondomen zu. Als ich mir das T-Shirt über den Kopf ziehen will, verändert sich etwas in Cedrics Blick.

»Nicht?«, frage ich, einen Moment verunsichert.

Er räuspert sich. »Doch.« Pause. »Aber mach das Licht aus, Billy, wenn du nicht willst …«

Verdammt, ich hätte mich um ein Haar vor einer bodentiefen Fensterfront in einem hell erleuchteten Zimmer nackt ausgezogen. »Huch.« Das ist alles, was mir dazu einfällt, während ich nach draußen blicke, wo sich noch sicher zwei Dutzend Leute auf der Uferpromenade tummeln.

Cedric lacht leise. Der unverschämte Kerl hat schon wieder die Nerven, mich auszulachen, und ich merke erst in dem Moment, als er lacht, wie sehr ich mich genau danach gesehnt habe. Ich verschränke gespielt streng die Arme. »Das findest du also zum Kichern?«

»Ich kichere gar nicht.«

Nein, er macht diese dunkle, sexy Männerversion davon, die mir immer genauso warm in den Unterleib sickert, wie sie klingt.

Ich beschließe, mich zu rächen, und fasse ungerührt nach dem Saum des T-Shirts, um es langsam hochzuziehen, Leute hin, Uferpromenadenparty her.

Cedric vergeht das Lachen sehr, sehr schnell. Hastig streckt er sich weit über die Couchlehne, um die Vorhänge zuzuziehen. Darüber muss *ich* lachen, aber nur sehr kurz.

Dann ruht sein Blick wieder auf mir, und sofort setzt das lustvolle Ziehen wieder ein, wird allein durch die Intensität seiner Augen zu einem Brennen. Ich streife das T-Shirt und dann die Hose ab. Er leckt sich über die Unterlippe, und ich stelle mir vor, in wenigen Sekunden das Gleiche zu tun. Aber erst … Ich deute mit einem knappen Blick auf seine Hose, und er schält sie sich ohne aufzustehen vom Körper und lehnt sich wieder zurück.

»Komm her«, sagt er, und es kribbelt in jeder Faser meines Körpers, dass seine Stimme klingt, als hätte er sie nur mühsam unter Kontrolle. Da ist immer noch dieser Eindruck, dass ihn etwas quält. Was immer sich in seinem Kopf für Musik abspielt, sie ist wütend – und ich weiß, dass er sie gerade nicht hören will.

Sehr langsam überwinde ich die kleine Distanz, langsam genug, um noch einmal festzustellen, wie schön er ist, mit einem Körper wie gemalt und einer Seele voller Ecken, Kanten und Widerhaken, die sich an den richtigen Stellen an meine schmiegen, als wären wir füreinander gemacht. Unsere Gedanken sind es in jedem Fall. Er rollt sich das Kondom fast beiläufig über, ohne den Blick von mir abzuwenden.

Und ich gleite auf seinen Schoß, spüre ihn auf Anhieb an der richtigen Stelle und senke mich in einer fließenden Bewegung auf ihn herab, so tief ich kann. Ich keuche auf, und Cedric gibt im gleichen Moment einen tiefen, erstickten Laut von sich. Er versucht, die Augen offen zu halten und mich anzusehen. Scheitert daran und lässt sie zufallen, und in mir zerspringt etwas vor Zuneigung.

»Schht«, mache ich und streiche über seine Arme, bis er die Hände schwer auf meine Oberschenkel sinken lässt. »Ich will, dass wir allein sind. Nur du und ich.« Und keine Wut mehr. Nichts im Kopf. Nur wir. »Schht.«

Er legt den Kopf zurück und atmet im Takt, den ich mit meinen Bewegungen vorgebe. Langsam zunächst. Millimeterweise zuerst. Ich kippe nur ganz leicht das Becken, spanne sanft die Muskeln an. Es ist fast ein Streicheln, und ich streichle ihn so lange, bis der frustrierte Zug um seine Augen verschwunden ist. Bis er an nichts mehr denkt, das ich nicht in diesem Zimmer haben will. Bis wir allein sind und unsere Gedanken still.

Schließlich streicht er an meinen Seiten hoch, die Hände warm und entspannt und den Blick konzentriert und ruhig, und ich atme erleichtert aus, denn lange hätte ich diese Ruhe nicht mehr halten können, so sehr will ich ihn fester spüren.

Seine Hüften zucken mir entgegen, in seinen Armen spielen die

Muskeln unter der Haut, wenn er meine Hüften umfasst, mein Taille hält oder meinen Hintern packt.

Irgendwann entscheidet er über meine Bewegungen, und ich zerfließe in seinen Armen. Er küsst sich über meinen Mund zum Schlüsselbein, von meiner Schulter zu den Brüsten. Ich liebe das alles. So sehr. Liebe die glatte Haut seiner Brust, wenn sie gegen meine stößt, liebe seine Hände, die immer genau da sind, wo sie die größte Wirkung auf mich haben. Immer tiefer gleiten wir ineinander, aus dem Gleiten wird ein Stoßen, aus dem Wollen ein Brauchen und aus dem Sex wird etwas Tieferes. Etwas, das einen Punkt in mir berührt, der so verwundbar ist, dass mir vor Glück die Tränen kommen.

Ein Schleier liegt über Cedrics Blick, und ich spüre, wie er kommt, während im gleichen Moment eine Welle aus unfassbar viel Gefühl durch meinen Körper brandet und irgendwo bricht.

Vielleicht da, wo mein Herz ist. Vielleicht da, wo seins ist. Für einen Moment scheint es keinen Unterschied zu geben.

CEDRIC

Ich sitze nicht zum ersten Mal auf der Treppe, die zum Eingang des Museums hochführt. Auch heute scheint die Sonne, aber im Gegensatz zu April, als die Steine kalt und klamm waren, sind sie nun Mitte Juli angenehm warm. Alles ist seitdem wärmer, wetterunabhängig.

Als Billys Vater aus der Drehtür kommt, bin ich trotzdem alarmiert. Er zieht ein Gesicht, als hätte er ein Kilo Zitronen kauen müssen – ohne einen Tropfen Tequila. Das bedeutet doch nicht etwa, dass Billy den Job wirklich nicht bekommt? Das würde ihr das Herz brechen.

Im nächsten Moment folgt sie ihm jedoch, und ihr Herz sieht alles andere als gebrochen aus. Sie grinst mir an ihrem Vater vorbei zu.

»Wie war es?« Gott, ich bin so aufgeregt, als ginge es um *meinen* Job. »Was haben sie gesagt?«

Billys Vater nimmt seine Brille ab und reibt sich die Nasenwurzel. »Es lief wie erwartet nach Plan. Zunächst. Ich habe ihnen die Situation erklärt, dass Sybil … Billy Opfer eines Stalkers war, der nun vor Gericht für dieses ganze Durcheinander verantwortlich gemacht wird. Die Kopien der Anzeige wollten sie gar nicht mehr sehen. Sie haben uns alles geglaubt und Billy versichert, sie müsse sich keine Sorgen machen, sie solle sich von den Strapazen erholen und am ersten August ihre Stelle antreten.«

»Klingt großartig.« Wo ist der Haken?

»Und dann hat Billy den Mund aufgemacht!«, poltert Winston Faulkner.

Mein Blick huscht zu Billy, aber die presst nur die Lippen zusammen, um nicht offensichtlich zu grinsen. Dann holt sie Luft und erklärt: »Ich hab's ihnen gesagt.«

»Was gesagt?«

»Dass nicht alles, was Tristan ihnen geschrieben hat, gelogen war.«

»Sie hat ihnen gesagt«, sagt Faulkner beherrscht, »dass sie eine Kleptomanin war.«

Billy strahlt. »Ja. Und sie haben unisono geschluckt, alle drei, und ein paar Blicke gewechselt und mich gefragt, ob das überwunden sei. Und ich sagte ›Ja, seit einem Jahr‹, und Vivian Blunt sagte: ›Nun gut, dann muss es uns ja hoffentlich nicht weiter kümmern.‹ Und Ellen Gadlen sagte, sie sei beeindruckt von meinem Mut und meiner Ehrlichkeit.«

Da ist sie nicht die Einzige. Ich nehme Billy in die Arme, und vermutlich spürt sie die Detonation in meiner Brust, als irgendetwas vor Stolz platzt.

»Ich werde mich dann mal absetzen«, sagt Mr Faulkner und streicht sein Jackett glatt. »Ich wollte noch eine Studienkollegin treffen und mir vorher ein Hemd in der Stadt besorgen, das nicht ganz so … förmlich ist.«

›Klingt wie ein Date‹, formt Billy lautlos mit den Lippen, und jetzt bin ich es, der sich ein Grinsen verkneift.

Die Verabschiedung fällt verhalten aus. Billy weiß immer noch nicht richtig, wie sie mit ihrem Vater umgehen soll. Verletzungen aus so vielen Jahren verursachen Narben, die nicht so schnell verblassen. Vielleicht nie. Aber allein die Tatsache, dass er nach Liverpool gekommen ist, um sie bei diesem Termin zu unterstützen, bedeutet ihr viel und zeigt seinen guten Willen, sich ihr wieder anzunähern. Allerdings auch sein Bedürfnis danach, alles im Griff zu haben. Ich bin erleichtert, dass Billy sich durchgesetzt und sich das Gespräch mit ihren neuen Chefs nicht aus der Hand hat nehmen lassen.

Mr Faulkner hat außerdem angeboten, die Sitzungen bei der Therapeutin zu bezahlen, zu denen sich Billy entschlossen hat. Nicht, weil sie ernsthaft Angst hat, dass die Kleptomanie zurückkommt, sondern eher, um damit abzuschließen und die Sache mit Tristan besser zu verdauen. Sie wollte ablehnen, aber Faulkner erklärte, das Geld für die Therapiestunden sei ein kleiner Vorschuss der Summe, die er im Verfahren aus Tristan herauspressen wolle. Wenn es nach mir ginge, würden wir ganz andere Dinge aus ihm herauspressen. Aber Billy meint, mit Geld würde sie ihn am empfindlichsten treffen – was bedeutet jemandem ohne Herz schon sein Blut?

Dass sie dieses Geld allerdings nicht haben will, sondern in voller Summe dem Verein spenden will, bei dem sie im letzten Jahr in Edinburgh Unterstützung gefunden hat, hat sie ihrem alten Herrn noch nicht gebeichtet.

Das könnte noch interessant werden.

Ihr Vater rauscht in seinem Taxi davon, während Billy und ich zur Bushaltestelle schlendern. Rasch schicke ich Sawyer eine Nachricht mit einem Daumen nach oben. Er weiß, was das bedeutet: Es gibt etwas zu feiern, und er erledigt den Rest.

»Wartest du auf die Rückmeldung von eurem Management?«, fragt Billy, als ihr auffällt, wie gut ich das Handy im Blick habe.

Ich nicke, weil das nicht ganz falsch ist. »Die Mail müsste jeden Moment kommen.« Ich will schwarz auf weiß haben, dass die Rechte an den bisher eingespielten, aber unveröffentlichten Songs mir gehören, aber das ist nur noch eine Förmlichkeit. Die Zusagen haben ich bereits. Lukes Eltern und ich haben gemeinsam entschieden, diese letzten Aufnahmen für ein abschließendes kurzes Album zu nutzen.

Und dazu, den Fans die Wahrheit zu sagen, damit sie danach nicht ewig auf Luce warten.

Als wir wenig später beim Stoertebeker's ankommen, klingt uns schon von Weitem die Musik entgegen. Sämtliche Freunde sitzen auf der Terrasse am Pier um eine Feuerschale, die bereits brennt, obwohl es noch Stunden bis zum Sonnenuntergang sind: Olivia und Isaac (zwischen denen die fummeligste platonische Freundschaft seit der Erfindung platonischer Freundschaften entstanden ist), Jessica und ein weiteres Mädchen aus dem Sweesy, Jolie und der Typ aus der Boulderhalle, der mich konsequent mit ›Arsch‹ anspricht und furchtbar nett ist. Carlina und ihr blasser Steven, Simon, der die Küche heute vorzeitig geschlossen hat, und natürlich Sawyer. Sein Plan war, sich den Abend freizunehmen und seine unzuverlässige Aushilfe Lizzy an die Bar abzukommandieren. Ob sie am Ende wirklich mal gekommen ist? Womöglich hat Sawyer auch gekifft und sitzt deshalb so entspannt am Feuer, eine Tüte Marshmallows im Schoß, als könne er es kaum abwarten.

»Überraschung!«, ruft Olivia, als sie uns am Pier entdeckt. Billy bekommt erst tellergroße und dann feucht glänzende Augen. Sie steigt die Stufen zur Terrasse hoch, und unter sämtlichen Stühlen werden Gläser mit Prosecco hervorgeholt. Sawyer erweist sich als gnädig und tauscht unsere beiden gegen einen Schluck Whisky aus.

»Meine liebste Billy«, beginnt Olivia feierlich, klettert auf einen Stuhl und hebt ihr Glas. »Ich mag keine Frau vieler Worte sein.« Verhaltenes Hüsteln und Gelächter. »Und ich war trotz aller Mühen nicht mal die Erste, die dir zu deinem neuen Job gratulieren konnte.« Ich kassiere einen gespielt bösen Blick. »Dafür werde ich aber die Lauteste sein.«

Sie holt tief Luft, und ein paar Leute versuchen, sich trotz ihrer Sektgläser in den Händen irgendwie die Ohren zuzuhalten. Livie betrachtet das Ergebnis ihrer Warnung zufrieden, springt vom Stuhl, wobei Prosecco spritzt, und fällt Billy um den Hals, um ihr ihren Glückwunsch ins Ohr zu flüstern. Billy ist völlig sprachlos, aber sie blinzelt verdächtig oft.

Ich halte mich im Hintergrund und lehne mich gegen die Terrassenbrüstung, während alle reihum mit Billy anstoßen und ihr gratulieren. Sie strahlt immer mehr, umarmt erst den einen, dann die andere, und mir kommt zum ersten Mal die vorsichtige Ahnung, sie könnte hier längst viel mehr gefunden haben als einen Job und Freunde.

Hier gehört sie hin. Hier ist sie zu Hause.

Hier, wo (rein zufällig auch) ich bin.

Sawyer legt mir eine Hand auf die Schulter und stützt sich leicht darauf. »Dass ich das mal ausgerechnet zu dir sagen würde, Cid. Aber du hast ein verfluchtes Glück, oder?«

»Ist was dran«, erwidere ich, und wenn ich nicht bald zu grinsen aufhöre, werde ich wohl Gesichtskrämpfe bekommen. Der Whisky rinnt mir vermutlich aus den Mundwinkeln, wenn ich versuche, ihn zu trinken.

»So schön.« Sawyer seufzt theatralisch. »Hoffe, sie vergeigt es nicht.«

»Sie? Warum sollte sie …« Ich schüttle den Kopf. »Sie vergeigt es ganz sicher nicht, du Schmock.«

»Du erst recht nicht.« Sawyer nimmt einen Schluck aus seinem Glas, ohne mich dabei aus den Augen zu lassen. »Dich muss man nur angucken. Du bist derart verstrahlt, du bist gar nicht mehr in der Lage, es zu vergeigen. Kann also nur gut werden, das mit euch.«

Meine Unbeschwertheit bekommt einen feinen Riss. Keinen, der mir in dem Moment Sorgen macht. Er erinnert mich bloß wieder daran, dass auf jede gute Phase eine schlechte folgt und jede davon von

Neuem alles herausfordert, was heute so sicher und beständig scheint. Nichts ist selbstverständlich, alles zerbrechlich.

»Ich tu, was ich kann. Und hoffe, es reicht, damit sie bleibt, auch wenn's mal wieder hässlich wird.«

Statt einer Antwort hebt Sawyer sein Glas ein zweites Mal. »Auf die, die bleiben.«

Wir stoßen darauf an, denken in den Minuten danach aber beide an den, der nicht geblieben ist.

Schließlich knistert Sawyer lautstark mit der Marshmallowtüte. »Zeit für die Vorspeise, was denkt ihr?«

Billy sieht zu uns rüber. »Es gibt ein Menü?«

»Klar. Marshmallows und Real Ale zur Vorspeise, Marshmallows mit flambierter Whiskykruste als Hauptgang und Marshmallows an kleiner Tüte zum Dessert. Hat jemand die Stöcke im Arsch, oder wo sind die schon wieder?«

Er findet seine Stöcke ein paar Schritte den Pier runter, wo Isaac Olivia damit gerade dilettantisches Fechten beizubringen versucht.

Billy rückt an meine Seite, beschattet ihre Augen mit der Hand gegen die tief stehende Sonne und beobachtet die beiden.

»Was denkst du, treiben die da?«, fragt sie halb amüsiert, halb skeptisch. »Und denkst du, es ist ungefährlich?«

»Das kommt darauf an. Solange sie Sawyer seine Stöcke freiwillig zurückgeben, wird es keine Verletzten geben. Falls aber nicht, endet diese Party vermutlich äußerst bald und äußerst unschön.«

BILLY

Diese Party endet nicht unschön. Sie endet gar nicht. Für heute endet sie nie. Und ich genieße jeden Moment.

Das Herumgealber von Livie und Isaac.

Das Tanzen in dem bisschen Raum zwischen Feuerschale und zur Seite geschobenen Tischen unter freiem Himmel.

Den zarten Flirt zwischen Jessica und Paddy.

Die langen Gespräche mit Jolie. Seit sie zweimal an Sawyers Joint gezogen hat, ist sie beeindruckend redselig, und ich hoffe, dass sie in Zukunft häufiger herkommt.

Als Cedric reingeht, um bei Lizzy an der Bar Getränke für uns zu holen, kommt Carlina von der winzigen Tanzfläche zu mir und schiebt mir ein Sektglas in die Hände, in dem sich nur noch ein kleiner Schluck befindet. »Wir müssen unbedingt noch anstoßen«, sagt sie, »aber um ehrlich zu sein, hab ich schon genug getrunken, also trink du für mich.«

Verwundert sehe ich sie an. »So viel, dass du vergessen hast, dass wir schon angestoßen haben?«

Ihr Lächeln hat etwas Geheimnisvolles. »Auf deinen Job, Billy. Aber noch nicht auf meinen – meine liebe Kollegin.«

»Was? Soll das heißen …?«

Sie nickt. »Genau das. Wir werden nächstes Jahr zusammenarbeiten. Dein Museum plant eine Kooperation mit meiner Uni. Es geht um Forschung in den Kaltwasser-Korallenriffen vor Irland, und ich«, sie atmet kurz durch, als könnte sie es selbst noch nicht ganz glauben, »habe eine Promotionsstelle für das Projekt bekommen.«

»Wie toll ist das denn?« Ich umarme Carly und trinke den Sekt über ihre Schulter. »Du musst mir jeden Tag erzählen, was ihr da Spannendes herausfindet!«

»Der erste tägliche Report geht an dich, Ma'am.« Carly salutiert. »Wenn du mich dafür vor dieser Blunt rettest. Sie hasst mich jetzt schon.«

Vor Lachen verschlucke ich mich fast am letzten Tropfen Sekt. »Vivian Blunt ist ein Drache. Nimm es nicht persönlich, es liegt nicht an dir. Nach meinem ersten Gespräch mit ihr war ich den Tränen nah.« Nein, um ehrlich zu sein, fühlte ich mich vollkommen zerstört und hätte hemmungslos geheult. Wenn Cedric nicht aufgetaucht wäre. Wie skurril, mich daran zu erinnern, wohin ich ihn damals gewünscht habe, als er ungebeten vor der Tür des Museums auftauchte. Und sich nicht abwimmeln ließ.

»Und braucht man ein Schwert, um sie in den Griff zu bekommen?«, erkundigt sich Carlina. »Oder bevorzugt sie ein Jungfrauenopfer?«

Ich zucke mit den Schultern. »Ich glaube, sie besitzt wie jeder gute Drache ein Herz.«

»Finden wir es heraus«, sagt Carly entschlossen und schnippt mit leisem Pling gegen mein leeres Glas, als würden wir anstoßen.

Cedric taucht hinter mir auf, küsst meinen Nacken und reicht mir ein Cider über die Schulter, das ich ihm nicht sofort abnehme, weil ich zuerst einen Moment die Augen schließen und seine Lippen auf meiner Haut fühlen muss. Ich weiß nicht, ob ich mich je daran gewöhnen werde. Nein, ich glaube, ich möchte mich gar nicht daran gewöhnen.

»Will ich wissen, was ausgerechnet ihr beide herausfinden wollt?«, fragt er dicht an meinem Ohr.

Carly und ich wechseln einen Blick und beschließen wortlos, ihn ein bisschen schmoren zu lassen.

»Ganz bestimmt willst du das«, sagt sie.

Und ich ergänze: »Aber du wirst es möglicherweise nie erfahren.«

Cedric schnaubt. »Ihr seid furchtbar grausame Geschöpfe.«

»Sagt Steven auch immer. Ich schau mal, wo er sich rumtreibt.« Carly nimmt mir das Glas aus der Hand, zwinkert mir zu und lässt uns allein.

Ich lehne den Rücken gegen Cedrics warme Brust. »Das grausame Geschöpf würde zu gern mit dir tanzen«, murmle ich, schließe seinen Arm um meine Taille und bewege mich träge an seinem Körper. »Und dir danken.«

»Hm?« Allein dieser kleine Laut lässt mich vermuten, dass seine Stimme etwas heiser klingt. Ich liebe es, wenn sie das tut.

»Für das hier.«

»Hey.« Oh ja, sie klingt genauso, wie ich dachte. »Ich war dir noch eine Party schuldig.«

»Warst du nicht. Warst du wirklich nicht.«

Als es dunkel geworden ist, tanzt niemand mehr. Stattdessen sitzen wir in kleinen Grüppchen auf den Holzdielen, in denen noch die Wärme des Tages steckt. Sawyer schaltet die Anlage aus und beginnt, auf seiner Gitarre herumzuklimpern. Die Töne werden zu Fragen, er probiert mal das eine, mal das andere, spielt, als wäre er ganz allein, und findet dann einen Stil, der ihm gefällt. Aus dem Geklimper werden Melodien, aus den Melodien werden Lieder, die er in tiefer Ernsthaftigkeit mit whiskyrauer Stimme singt. Ich liebe die Musik, die über die Terrasse streift und sich über dem Dock auflöst. Die Sterne, die sich Glitzern für Glitzern aus der Nacht herauswagen.

Und am meisten liebe ich diese tiefe, friedliche Ruhe, die von Cedric ausgeht, der hinter mir mit dem Rücken an der Balustrade sitzt, sodass ich mich bei ihm anlehnen kann.

Als Sawyer ein neues Lied anstimmt, wechseln beide einen knappen Blick, der sehr viel sagt. Sehr viel, was ich verstehe, und vermutlich noch mehr, was mir für immer verborgen bleiben wird.

Cedric nickt, und ich erkenne das Lied im gleichen Moment. Es ist eines von Luce. Eines, das Luke gesungen hätte. Es ist okay für Cedric, ich glaube, er genießt es sogar, den Song zu hören, auch wenn es sicher wehtut.

»Ich liebe das«, flüstere ich, »dass Luke auch ein wenig hier ist.«

Er legt wortlos den Kopf auf meiner Schulter ab.

»Und ich hatte recht, weißt du.«

»Hm?«, macht er nur, das kleine Geräusch vibriert an meiner Wange und kitzelt meinen Gaumen, weil er so nah ist.

»Weglaufen ist eine Lösung.«

»Solange man sich den Rückweg offenhält.«

»Dafür muss man aber wissen, wo man hingehört.«

»Und das weißt du jetzt?«

Ich drehe das Gesicht, sodass meine Lippen an seinem Mundwinkel liegen. »Ja. Das weiß ich jetzt.«

TRIGGERWARNUNG

(Achtung: Spoiler!)

Dieses Buch enthält Themen, die triggern können.
Diese sind:

Depressionen
Kleptomanie
Suizid
Sexuelle Belästigung
Toxische Beziehungen

Die Liverpool-Reihe geht weiter!

Jennifer Benkau
A REASON TO HOPE
Liverpool-Reihe 2
ISBN: 978-3-473-58620-2

DIE NEUE NEW-ADULT-ROMANCE
VON SPIEGEL-BESTSELLERAUTORIN
JENNIFER BENKAU

»A REASON TO HOPE«
ERSCHEINT IM FRÜHJAHR 2022.

Hannah fehlt ein Jahr ihres Lebens. Ein Jahr, über das sie mit niemandem spricht und das noch immer einen Schatten auf ihre Gegenwart wirft. All ihre Träume scheinen nun unmöglich: mit ihrer Stimme und ihrer Gitarre Geld zu verdienen, die Welt zu bereisen, ein freies Leben zu leben. Als sie Sawyer kennenlernt, der ein Pub in Liverpool besitzt und ihr anbietet, dort zu singen, ergreift sie diese Chance nur zögerlich. Denn in Sawyers Nähe fühlen sich ihre eigenen Probleme weit weg und harmlos an. Und Hannah darf nicht vergessen, was passiert ist, sie darf nicht unvorsichtig werden. Zu groß ist das Risiko, dass ihre Vergangenheit sie einholt – und sie alle in Gefahr bringt, die ihr zu nahe kommen …